ERNEST CLINE

恩斯特·克萊恩——著　郭寶蓮——譯

A NEW YORK TIMES BESTSELLER

一級玩家

A NOVEL

READY PLAYER ONE

I REALLY, REALLY LOVED IT. —DANIEL H. WILSON

AMAZON BEST BOOKS OF THE MONTH, AUGUST 2011

一翻開書只想看主角一路破關！
一個讓你來不及做好心理準備的震撼故事！

這個故事展現了為什麼人們會不想活在現實世界，卻也同時呈現我們會因此失去什麼。它具有強烈的警世意味，也是一個精采刺激的冒險故事！

——史蒂芬．史匹柏

你可以稱《一級玩家》為創意之書、融合遊戲的小說、嚴肅的科幻史詩，或者漫畫形式的流行文化混合物，然而，它卻又顛覆你賦予的任何標籤！終於，這世代的《神經喚術士》出現了！

——暢銷書《失控的邏輯課》作者威爾．拉凡德

撇開《哈利波特》、《星際大戰》和《魔戒》！令人震懾的新故事和說書人來了！別等著做好心理準備——直接買書，跳進去讀。因為這麼令人讚歎的故事是不可能等你先做好心理準備的。

——《紐約時報》

就連不玩電玩的我也讀得津津有味！

——《紐約時報》暢銷小說「南方吸血鬼」系列作者莎蓮．哈里斯

我真的、真的、真的好愛《一級玩家》……我指的是那種神魂顛倒的愛！作者克萊恩以精湛技巧爬梳一九八〇年代豐富的流行文化，帶領讀者輕快地馳騁在先進卻緬古的未來世界中，令人目眩神迷。

——《紐約時報》暢銷書《機器人啟示錄》作者丹尼爾．威爾森

引人入勝，充滿想像力……為了拯救真實世界，玩家必須在虛擬世界裡一一破解精心設計的謎題，智取頑固勁敵。一趟狂野不羈的閱讀之旅！

——《紐約時報》暢銷小說「沙娜拉」系列作者泰瑞．布魯克斯

一本讓你在電玩中經歷欲仙欲死境界的書……想像電玩「龍與地下城」與八〇年代的電子遊樂場在一場激情的翻雲覆雨之後，生下的孩子在魔獸起源地艾澤拉斯被扶養長大！

——《紐約時報》暢銷書《垂暮戰爭》作者約翰．史卡奇

精采歷歷，栩栩如生，具有溫馨本質的虛擬探索……克萊恩這部玩家冒險傳說的想像力十足，洋溢歡樂氛圍，深具暢銷潛力。

——《書訊》

這本書淋漓盡致地呈現讓人腎上腺素竄升的技客族（geekdom）文化，在探索虛擬世界之餘也散發著一九八〇年代的濃濃懷舊氛圍，就連導演約翰・休斯最死忠的粉絲也能被取悅……窩心但自貶的主角韋德所屬的宇宙怪異地融合了真實的過去和虛擬的當下，他是不可思議卻令人喜愛的完美主角！

——《出版人週刊》

活潑歡樂、驚喜連連、精采刺激的冒險故事……書裡的每個句子都讓我愛不釋手！

——超人氣網站「波音波音」創辦人馬克・法蘭腓勒德爾（Mark Frauenfelder）

太屌了。這本書取悅了我這副技客身軀裡的每一根技客神經。好像專為我而寫的！

——《紐約時報》暢銷小說《智者的恐懼》（*The Wise Man's Fear*）作者派崔克・羅斯弗斯

技客的完美天堂。作者恩斯特・克萊恩筆下的人物在虛擬世界中進行一場攸關生死的競賽——這種情節適當不過，因為作者也是奮戰不懈以求讓夢想成真。克萊恩將悲慘的惡托邦和精心刻畫的懷舊氛圍融合在一起，創造出的故事肯定會在每個真正技客的心中引發迴響。

——《血誓》（*Blood Oath*）作者克利斯・方斯沃斯

不知怎麼辦到的，總之克萊恩成功地把技客對七〇和八〇年代的集體懷舊夢想放入了他們的神經系統，讓他們出神地陶醉其中，並利用他在這二十年裡重新找到的試金石創造出比閱讀更了不起的冒險。《一級玩家》提到的電影《戰爭遊戲》、電視影集《天才家庭》、阿拉丁城堡電子遊樂場，以及其他許多很棒的驚喜，在在勾起我年輕時的最美好回憶。

——《唐人街死雲大危機》（*The Chinatown Dead Cloud Peril*）作者保羅．馬蒙

書中隨處可拾電玩遊戲、電影、小說、漫畫、歌曲和電視劇。有些顯而易見，有些隱而細微。讀了之後我確定我開始懷念這些，我相信你也會：程度則視你所屬的技客文化而定。你認出來的那些一定會讓你漾起微笑，從頭溫暖到技客的腳趾頭。然而，這本書只有這樣嗎？只是為了獎勵曾迷戀的事物而形成的技客大集合？除了沉溺於每個技客的幻想中，期望有一天我們腦袋裡那一只只裝滿某領域細瑣知識的破瓶可以讓我們聲名大噪、名利雙收，這本書還有其他的意義嗎？當然有，《一級玩家》精采地訴說著友誼、夥伴情誼、榮譽和愛。在真實世界中曾交過朋友，主動維繫友誼，或者曾愛上網友的人，就會發現這本小說裡所提到的人際關係確實可信。這本書要傳達的訊息就是，不管你是誰，來自何方，如果你對於想達成的事情集中念力，並借助朋友的一點幫忙，你一定能達成。最棒的是，它告訴我們，如果我們這些微不足道的人能團結一致，就能撂倒真實世界和虛擬世界中的大壞蛋。

——「技客星球」網站書評

進入《一級玩家》的世界會讓人驚歎，這種經驗既興奮又深刻。克萊恩是說故事高手，他勾勒出高清晰度的未來，令人目眩神迷，但同時又帶領我們乘坐情緒的雲霄飛車。就算不是科技技客，就算

不接觸電玩，你也能享受這本書。在宅男技客的表象下，它所呈現的是動人的友誼故事、善惡的鬥爭，以及當代的愛情故事。克萊恩藉由此書來告訴我們在高度連結的數位世界中，當個真正人類所代表的意義為何。如果你愛動作片和冒險片，就要讀這本書，如果你追求愛情和人生意義，如果你想預見未來，或者只是要單純享受小說所帶來的興奮悸動，也都能從這本書裡獲得。撇開《哈利波特》、《星際大戰》和《魔戒》，令人震懾的新故事和說書人來了。別等著做好心理準備——直接買書，跳進去讀。因為這麼令人讚歎的故事是不可能等你先做好心理準備的！

——《紐約時報》專欄「紐約市電影」

作者在故事中囊括了多項元素，包括八〇年代的各種經典電玩遊戲、音樂與電影、戲劇，讓過去與未來揉合而成一種衝突樂趣，更結合了現今的社會議題——所謂的「繭居族」問題，以及青少年沉溺電玩、逃避現實之現況——揭露出人們過於追求假象而無視身旁現實的扭曲心理。

——部落客．小云

《一級玩家》之所以好讀又好玩，在於它以一個簡單的軸線吸引讀者持續對故事保持關注（喔你知道的，就跟那些規則簡單、畫面不那麼細緻卻能讓人百玩不膩的遊戲一樣），卻不斷添加讀者熟稔的各式元素，甚至帶點挪用的典故操弄，讓人在小說世界裡不斷驚喜其精妙的用典，以及產生緬懷的、懷舊式的共鳴。

——MLR推理文學研究會成員．心戒

在《小飛俠》裡，溫蒂撒上精靈的魔法粉，然後想著快樂的事情，就可以飛起來了。如今，我們閱讀著《一級玩家》，想著那熠熠發光的黃金八〇年代，彷彿就克服了現實的重力，徜徉在作者用想像力為我們打造的樂園，一個懷舊的neverland。

——MLR推理文學研究會成員・曲辰

眩目的未來科技、豐富的八〇年代歷史……你我永不厭倦、為英雄喝采的戲碼；加上一段萌芽於虛擬世界中的純純感情。《一級玩家》的遊戲一開始，絕對讓讀者如同按下一場冒險遊戲的啟動鍵，非得一路闖關下去而無法罷休。

——部落客・苦悶中年男

好的網路遊戲就是要有讓人流連其中的特色，一本好的小說也是一樣。整個故事如同一場華麗的冒險，唯有靜心等待，才能夠勝利在望……相當有趣、娛樂性也很高，唯有親自一讀，才能感受到這本小說描繪的精采世界。

——部落客・栞

感謝作者帶我回到了那段無憂無慮的時光。如果你也是活在八〇年代的人，翻開第一頁，你就知道這是一本為你而寫的小說。

——MLR推理文學研究會成員・張筱森

看完《一級玩家》真的會有點拿捏不出現實和虛擬生活的差異，穿插得太好了！其實每個人都冥冥在尋覓心中的「綠洲」，《一級玩家》踏實地描繪出人都有的欲望和缺陷，與我們內心的寂寞和嚮往相呼應。網路世界的一言一行都是每個人心中想說、想做的縮影。只要你能夠正面去集中一個信念，執行它，你會發覺在這個世界上有很多和你一樣的人累積著這些能量，在最適當的時候綻放。我是個很容易迷上奇幻事物的女生，瘋狂地蒐集或忘我地投入。後來發現，就是這一股股的傻勁和一波波的熱情造就了每個人的獨特性。跟著主角韋德一步步地感受，他延伸了我好多的欲望，讓我覺得自己宅的值得，因為很多以前和未來的流行文化就是這麼地奇妙有創意。最想擁有的就是他在學校可以隨時「靜音」別人的批評，然後帥氣地走開，完全不吸收，做自己。其實現在我就覺得我也可以這樣：不斷地練技、升級，成功地搜獲生命中所有的寶藏。

——藝人．廖語晴

作者運用了極為大量的通俗及次文化元素，成功激起了讀者的高度共鳴。無論你喜歡的是電影、電視影集、音樂、電玩、桌遊、動畫或漫畫，都必然能在其中找到自己熟悉的元素。更棒的是，部分元素也絕非單純提及的虛晃一招，而是與故事發展息息相關，因此使人在閱讀時更覺興味盎然。而這種作法，或許也正是作者撰寫本書的目的：藉由一個通俗且極具娛樂性的故事架構，完成其以通俗來禮讚通俗的寫作目的，同時亦令全書得以喚醒讀者的集體回憶，再度回到那個什麼事情都有可能，世界與世界間也毫無分野的美好時代。

——文字工作者．劉韋廷

作者點燃了中年宅叔心中深埋已久的引信，一發不可收拾……除了完全投降融入其中，根本就沒有第二個閱讀選項。

——「科幻國協毒瘤在臺病灶」站長・貓昌

這不只是一個遊戲阿宅才會有共鳴的書，我幾乎不玩任何game，但是八〇年代的電影、影集跟音樂塑造了我的人格，那種豐裕俗麗的時代精神深深滲透到我的靈魂深處，讓我面對二十一世紀黯淡的現世，還是有某種（也許天真到很可怕的）樂觀積極。這是八〇年代的美好遺產，我想我完全明白，韋德為什麼能夠靠著這個度過他的黑暗時代……

——MLR推理文學研究會成員・顏九笙

目錄

我這個年紀的人都記得，第一次聽到那場競賽時，自己人在哪裡，正在做什麼。當時我坐在小窩裡看卡通，螢幕忽然跳出一則訊息，說詹姆士・哈勒代已於昨晚去世。

我當然聽過哈勒代，所有人都聽過。他是電玩遊戲「綠洲」的原創者，這款玩家眾多的多人線上遊戲後來逐漸擴展成全球的虛擬實境，是大部分人類每日必參與的網路社群。「綠洲」史無前例的成功讓哈勒代躋身全球首富之林。

起初我不明白為什麼媒體對這位巨富的死這麼大驚小怪，畢竟我們地球行星上的人還有很多事要關心。持續惡化的能源危機、足以釀災的氣候變遷、日益蔓延的饑荒、貧窮和疾病。加上五、六起戰亂。你知道的，就像電影《魔鬼剋星》裡的臺詞：「貓狗同居……集體歇斯底里！」一般來說，新聞提要並不足以中斷大家正在觀賞的互動單元劇和連續劇，除非有不得了的大事發生，比如爆發新的致命病毒，或者又有哪座大城市消失在核爆的蕈狀雲中之類的。儘管哈勒代赫赫有名，但照理說晚間新聞應該只會稍稍帶過他的死訊，目的是為了讓平民百姓聽到播報員提及他的家人所分配到的巨額遺產多到天理不容時，個個羨慕得搖首咋舌。

然而，這就是重點所在。詹姆士・哈勒代沒有遺產繼承人。

享年六十七歲的他是個單身漢，孤家寡人，無親無戚，很多人說他連個朋友都沒有。生前最後十五年他把自己孤立起來，據說這段期間——若謠言可信的話——他徹底瘋了。

所以，一月早上這則讓人目瞪口呆，足以讓全世界每個人，從多倫多到東京，個個心煩意亂，早餐穀片食不知味的新聞重點就是：哈勒代最後的遺囑內容為何？以及巨額遺產將歸向何方？

哈勒代準備了一小段附有說明的短片，並指示在他臨終闔眼後寄給全世界的媒體。此外，他也安排好，在同一天早上將短片以e-mail寄給「綠洲」的每位用戶。我仍然記得那天看到這則新聞後幾秒鐘，就聽見我的收件匣冒出郵件抵達的熟悉樂音。

他的影音訊息其實是一段精心製作的短片，題為「安納瑞克英雄帖」。哈勒代是出名的技客，一輩子迷戀他青少年時期的八〇年代文化，而「安納瑞克英雄帖」裡就充斥著與八〇年代流行文化有關的事物。我第一眼見到這些東西，還真是丈二金剛摸不著頭腦。

整段短片不過五分鐘多，卻在日後幾天和幾週內成為史上最被仔細查看的影片，就連札布德（Zapruder）手持攝影機無意間拍下甘迺迪總統遭暗殺的影片被拿來定格分析的次數，都遠不及「安納瑞克英雄帖」。我這個世代的人對於哈勒代這段短片的每分每秒，無不記得一清二楚。

小喇叭聲揭開「安納瑞克英雄帖」，接著出現的是老歌「死人派對」（Dead Man's Party）。歌曲出現的前幾秒螢幕漆黑，而後吉他聲加入喇叭聲，這時哈勒代現身，但螢幕上的他並非那個高齡六十七、被歲月和病痛所摧殘的老人，而是二〇一四年登上《時代》雜誌封面的模樣。高瘦清癯，氣色健康，年約四十出頭，一頭亂髮，鼻梁上戴著那副招牌的玳瑁框眼鏡。身上那套衣物也跟《時代》雜誌封面上的照片一樣：褪色牛仔褲和電玩遊戲「太空入侵者」（Space Invaders）的復古T恤。

哈勒代身處在大體育館所舉行的高中舞會上。他的四周圍繞著一群青少年，他們的服裝、髮型和舞步一看就知道是一九八〇年代末*。哈勒代也在跳舞——但現實生活中沒人見過他跳舞的樣子。他的笑容看起來很毛躁，轉圈速度很快，還隨著歌曲揮手擺頭，流暢地跳出八〇年代的招牌舞步。但哈勒代沒有舞伴，他一人獨舞。

螢幕左下角短暫出現幾行文字，列出樂團名稱、曲名、唱片廠牌，以及發行日期，彷彿這是在MTV臺播放的老音樂影帶：樂團Oingo Boingo，歌曲「死人派對」。MCA唱片公司發行，一九八五年。

歌詞加入，哈勒代開始對嘴哼唱，繼續搖擺繞圈。「光鮮亮麗卻無處可去。帶著肩上的死人遊走。別跑開，我只是……」

他戛然停住舞步，右手比畫出切斷的動作，音樂隨之停住。這時，他身後那些跳舞的人和體育館消失，四周場景忽變。

現在，哈勒代站在殯儀館前，旁邊有一具打開的棺柩†，裡頭躺著較老的第二個哈勒代，身形憔悴，飽受癌症摧殘。雙眼眼皮上各蓋著一枚閃閃發亮的二十五分硬幣‡。

---

* 仔細研究這個場景，會發現在哈勒代身後的那些青少年全都是導演約翰·休斯（John Hughes）所拍攝的多部青少年電影裡的臨時演員。哈勒代以數位方式將他們剪貼到這段影片中。

† 他周遭的場景其實是出自一九八九年的電影《希德姊妹幫》（*Heathers*）。顯然哈勒代以數位方式複製那個殯儀館的場景，然後把自己的影像嵌進去。

‡ 若以高解析度的畫質來觀看，會發現這兩枚二十五分硬幣都是一九八四年所鑄造。

少年哈勒代低頭看著自己年老的屍體，一副哀傷的模樣，開始對著一群弔唁者說話*。接著他彈指，右手出現一幅卷軸，手一揮，卷軸落到地面上，沿著他前方的走道鋪開。接下來他打破人生如戲的虛幻現實，開始直接對短片觀賞者說話，讀出卷軸上的字。

「本人，詹姆士．多諾凡．哈勒代，神智清醒，記憶清晰，在此宣布此公告為本人最後遺囑，之前本人所為之一切遺囑暨附錄在此全數撤銷……」他繼續朗讀，速度加快，唸過一段又一段的法律措詞，速度快到字句含糊難辨，接著戛然而止。「算了。」他說：「即便用這種速度也得花上一個月才能唸完整份遺囑。悲哀的是，我沒這種閒工夫了。」他放下卷軸，它化成金色煙塵，消散無蹤。「我就直接說重點吧。」

殯儀館消失，場景再次改變。現在，哈勒代站在一道厚重的銀行金庫門前。「我的總資產，包含我在我所創辦的公司『群聚擬仿』企業裡的所有持股，都將委由公正第三方託管，直到我在本遺囑中所設定的唯一條件實現。第一個符合此條件者將可繼承本人所有財產，以目前市價來估算，超過兩千四百億美元。」

金庫的門打開，哈勒代走進去。金庫內的空間偌大寬敞，面積大概可比一棟豪宅，裡頭有成堆金磚。「這就是我要讓大家爭取的獎賞，」哈勒代一臉燦爛笑容，說：「靠，反正這東西我死了也帶不走，對吧？」

哈勒代倚靠在金磚上，鏡頭拉近，定格在他臉上。「現在，我相信你們一定很納悶，到底要怎麼做才能獲得這些錢？小夥子，稍安勿躁。我就要說到重點了……」他誇張地停頓一下，表情變成孩童將要揭曉天大祕密的神情。

哈勒代再次彈指，金庫消失，而他瞬間縮水，變成一個小男孩，穿著褐色的燈芯絨褲和褪色的芝麻街布偶圖案T恤†。年幼的哈勒代站在凌亂客廳中，裡頭有燒焦的橘色地毯、鑲木條的牆壁，還有七〇年代末的庸俗裝潢。旁邊有一臺二十一吋的Zenith牌電視，電視上連接著雅達利（Atari）2600型的遊戲機。

「這是我的第一臺電玩遊戲機，」哈勒代以小男孩的聲音說：「雅達利2600。這是我在一九七九年收到的聖誕禮物。」他撲通坐到遊戲主機前，拿起操控桿玩了起來。「我最喜歡的遊戲是這個，」他說，頭指向電視螢幕，上面有一個小方塊在一連串的簡單迷宮裡不停游移。「這遊戲叫『冒險』。跟早期許多電玩遊戲一樣，『冒險』的設計和程式是由一人完成。那時候雅達利不讓程式設計者在產品上掛名，所以產品包裝上完全找不到這款遊戲創造者的名字。」從電視螢幕上，我們可以看到哈勒代持劍屠宰紅龍，不過由於畫質粗糙，解析度低，看起來反倒像一個小方塊拿著箭刺向一隻扭曲變形的鴨子。

「創造出『冒險』這款遊戲的人叫華倫．羅賓奈特（Warren Robinett），他決定把自己的名字隱藏在遊戲當中。他在遊戲的迷宮中藏了一把鑰匙。這鑰匙其實是一個畫素大小的灰點，找到鑰匙的人可以打開祕密房間，那房間裡就藏著羅賓奈特的名字。」在電視螢幕上，哈勒代導引他的方塊主

---

* 這些弔唁者事實上都是電影《希德姊妹幫》裡同一個葬禮場景中的演員和臨演。劇中主角薇諾娜．瑞德（Winona Ryder）和克利斯汀．史萊特（Christian Slater）還真的出現在弔唁人群中，坐在後方的椅子上。

† 這時的哈勒代看起來就跟一九八〇年，他八歲時在學校拍的那張照片一模一樣。

角進入遊戲裡的祕密房間，緊接著螢幕正中央出現這段文字：創作人華倫·羅賓奈特。

「這個，」哈勒代畢恭畢敬地指著螢幕說：「就是電玩遊戲史的第一個程式彩蛋①。羅賓奈特將彩蛋藏在遊戲密碼中，誰都沒透露。雅達利公司生產出『冒險』遊戲後將它運送到全世界，完全不曉得遊戲裡藏有祕密房間。起初所有人都不知道這款遊戲裡藏著彩蛋，直到數個月後世界各地的孩童紛紛發現，而我就是其中之一。在我的生命中，第一次找到羅賓奈特的程式彩蛋正是我最酷的電玩經驗。」

年幼的哈勒代放下操控桿，從電視機前起身。這時，客廳褪去，場景再次變化。現在，哈勒代站在陰暗的山洞前，幾把火炬散發出的光線映照著潮溼穴壁，但螢幕上見不到那些火炬。就在這剎那，哈勒代的外貌再次起變化，他變成他在「綠洲」裡的著名分身——巫師安納瑞克②。身材高瘦，穿著長袍的巫師沒戴眼鏡，比成年的哈勒代略顯俊美。安納瑞克穿著那件招牌的黑色長袍，兩側衣袖上繡有草寫體的大寫A，代表他是分身（avatar）。

「在我死之前，」安納瑞克說，聲音變得更低沉，「我創造了我的程式彩蛋，並把它藏在我最受歡迎的電玩世界『綠洲』裡的某處。第一個找到程式彩蛋的人就能繼承我的所有遺產。」

又一次戲劇化的停頓。

「我把彩蛋藏得很隱密，可不是隨意放在某處的岩石底下。我想，你們可以說它鎖在一個保險箱裡，而保險箱埋在一個祕密房間，這個房間則是位於這裡某處，」他伸手戳戳自己的右側太陽穴，「一個迷宮的正中間。」

「不過別擔心，我已在各處留下線索，第一條線索是這個。」安納瑞克伸長右手，比個誇張的手勢，前方立刻出現三把鑰匙在半空慢慢旋轉。這三把分別由銅、玉和水晶打造的鑰匙持續轉動，安納瑞克開始朗誦詩，每唸出一行，該行詩就變成灼灼紅亮的字幕，短暫地出現在螢幕下方。

三把隱藏之鑰開啟三道祕密之門
探險漂泊者將在門裡受試煉
測試是否具有某種特質
有能力熬過難關者
將抵終點
抱得獎賞歸

他唸完後，玉鑰匙和水晶鑰匙倏地消失，只留下銅鑰，懸吊在安納瑞克脖子上。

安納瑞克轉身，走進陰暗洞穴裡，攝影鏡頭跟著移動。幾秒鐘後，他走到嵌在穴內岩壁上的雙扇對開大木門前。這道門鑲著一道道鋼條，門上雕刻著盾牌和龍。「這個遊戲我無法先試玩，所以我擔心程式彩蛋會被我藏得太過隱密，讓你們很難找到。我不確定是否如此，不過萬一真是這樣，那也太遲了，現在什麼都改變不了。所以，我想，大家只好等著看吧。」

編譯註

① 彩蛋（Videogame Easter egg），由西方國家尋找復活節彩蛋的典故延伸而來，指電腦程式中的隱藏訊息或功能。
② 安納瑞克（Anorak）在英文俚語中指醉心於鑽研某特定領域之繁瑣知識的人。

安納瑞克猛然打開那道門，裡頭堆滿亮澄澄的金幣和鑲飾著寶石的酒盅*。安納瑞克走入門內，轉身面向觀眾，張開雙手撐著兩扇巨大的木門†。

「廢話不多說，」安納瑞克宣布：「哈勒代程式彩蛋尋寶遊戲，開始！」語畢，他消失在一陣閃光中，留下觀眾望著敞開的大木門，凝視門後那堆炫亮的金銀珠寶。

接著，螢幕一片漆黑。

★

短片尾聲，哈勒代附上他個人網站的連結。在他去世的那天早上，該網站的內容有了巨幅改變。過去十年來，網站上只有一小段循環播放的卡通，內容是他的分身安納瑞克坐在中世紀的書房裡，伏案在一張斑駁污損的工作檯前，摻混藥劑，並研讀數本蒙塵的咒語書，後方的牆面上掛著一大幅畫，圖案是一隻黑色的龍。

但現在，那段卡通不見了，取而代之的是一張最高分的紀錄表，就像以前投幣式電玩上會出現的那種。這張表有十欄數字，每一欄上有三個字母JDH，代表詹姆士·多諾凡·哈勒代，後面的分數高達六位數。沒多久，大家開始以「計分板」稱呼這個最高分紀錄表。

計分板下方有個看起來像皮革書的小圖示，點進去就連接到《安納瑞克年鑑》。這個年鑑可以免費下載，裡頭有數百份哈勒代的日記，但都沒標明日期。年鑑厚達上千頁，不過內容很少提及哈勒代的私生活或每日活動，多半是他對於各種經典電玩、科幻和奇幻小說、電影、漫畫，以及八〇年代文化的觀察隨筆，中間穿插著對各種事物的幽默嘲諷，從組織化的宗教到無糖汽水。

尋寶活動——大家對該競賽的慣常說法——旋即席捲全世界，變成全球性的文化。就像中樂透一樣，找到哈勒代的程式彩蛋變成男女老少共有的夢想。這是人人都可參與的全民活動，而且一開始的玩法似乎沒有對錯之分。《安納瑞克年鑑》裡唯一提到的線索是，若想找到程式彩蛋，首要關鍵就是熟悉哈勒代所熱愛的各種事物。就這樣，全世界開始迷戀一九八〇年代的文化。現在距離八〇年代已有五十年之久，可是當年的電影、音樂、電玩和時尚再次蔚為潮流。到了二〇四一年，龐克風的刺蝟髮型和酸洗牛仔褲重返時尚舞臺，當代樂團所翻唱的八〇年代暢銷歌曲攻占各大音樂排行榜。一九八〇年代的青少年現在已屆耆年，他們看著孫執輩開始擁抱並研究起他們年輕時的潮流和時尚，莫不嘖嘖稱奇。

一股新的次文化於焉誕生，構成這文化的數百萬人把生活裡的分分秒秒用來探尋哈勒代的程式彩蛋。一開始這些人被稱為「彩蛋獵人」，沒多久就被簡化成「獵蛋客」。

尋寶的第一年，當獵蛋客是很炫的事，幾乎每個「綠洲」的用戶都宣稱自己是獵蛋客。

哈勒代逝世滿一週年，尋寶競賽的熱潮開始消褪。一年過去，誰都沒找著任何東西。連把鑰匙或門都沒有。部分問題出在「綠洲」的規模太大，裡頭包含數千個虛擬世界，而那三把鑰匙就藏在

---

* 仔細分析畫面，你可以發現在成堆的金銀珠寶後面還藏著幾十種怪東西，其中最引人注目的包括幾臺早期的家用電腦（一臺Apple IIe、一臺Commodore 64、一臺Atari 800XL、一臺TRS-80 Color Computer 2）、幾十個可用於各種電玩系統的操控器，以及數百個老式桌上角色扮演遊戲會用到的多面骰。

† 這畫面若加以定格，幾乎就跟傑夫·伊斯利（Jeff Easley）替《地下城主指南》（*Dungeon Master's Guide*）所畫的封面圖案一模一樣。這本書是桌上角色扮演遊戲「龍與地下城」（Dungeons and Dragons）的玩家祕笈，一九八三年出版。

這數千個世界的某個地方。若想把其中一個世界徹底搜索一遍，得花上好幾年。

儘管每天有很多「專業」獵蛋客在自己的部落格中吹噓他們就快突破關卡，但事實愈來愈明顯：根本沒人真正知道自己在找什麼，或者該從哪裡找起。

一年過去。

又過了一年。

依舊毫無所獲。

社會大眾對這個競賽失去興趣，大家開始認定這只是一個有錢怪老頭搞出來的無聊騙局，還有人認為，就算真有程式彩蛋，也沒人找得到。這時，「綠洲」持續發展，規模愈來愈大，但在哈勒代遺囑的重重規範和他託付管理遺產的凶狠律師團的監控下，「綠洲」受到嚴密保護，沒人能奪取它，或透過法令來質疑挑戰它。

哈勒代的程式彩蛋逐漸變成不可盡信的街談巷語，獵蛋客的人數日益萎縮一事開始變成笑柄。每年，哈勒代逝世週年的那天，新聞播報員就會拿尋寶仍無進展一事來開玩笑。每年，有愈來愈多獵蛋客喊停，他們的結論是哈勒代根本是故意讓程式彩蛋無法被找到。

就這樣，一年又過去。

又一年過去。

直到二〇四五年二月十一日晚上，一個分身的名字出現在計分板的最上頭，舉世皆知。經過漫長的五年，銅鑰匙終於被找到。發現者是一個十八歲的男孩，住在奧克拉荷馬市郊的拖車屋園區裡。

那個男孩就是我。

接著，坊間冒出一堆書、卡通、電影和迷你連續劇來杜撰我找到彩蛋後所發生的一切，但他們全都猜錯了。所以我想，乾脆由我自己一次把事情說清楚。

第一關

多數時候當人很悲哀。

只有透過電玩，日子才比較好捱。

——《安納瑞克年鑑》第九十一章第一至二節

我被附近某間拖車屋傳出的槍聲給驚醒。槍聲之後是幾分鐘的隱約咆哮和尖叫，然後一片闃寂。

在拖車屋園區中，槍聲稀鬆平常，不過這一聲還是震醒了我。我知道大概沒辦法再入睡，所以決定玩玩那幾款早就熟練的投幣式經典電玩，以打發天亮前的幾小時。「大蜜蜂」（Galaga）、「防禦者」（Defender）、「外行星」（Asteroids）。這幾款遊戲早在我尚未出生前許多年，就過時到可以放進博物館當數位恐龍，但我是獵蛋客，所以不會只把它們視為畫質粗糙的老古董。對我來說，它們是神聖的工藝品，是萬神殿的梁柱。每次玩這些經典電玩，我就是帶著這種堅定的崇敬心情。

我裹在舊睡袋裡，蜷縮在拖車屋狹窄洗衣間的角落，擠在牆壁和烘衣機之間。甬道對側是姨媽的房間，那裡不歡迎我，不過我無所謂，反正我本來就寧可睡在洗衣間。這裡溫暖，能給我一些隱私，況且無線網路的收訊狀況也很不錯。此外，還有個額外優點。這裡散發著洗衣精和衣物柔軟精的香味，不像拖車屋裡其他地方瀰漫著貓尿味和悽苦的貧窮氛圍。

我多半睡在我的小窩裡，可是前幾天晚上氣溫降到零度以下，為了不冷死，我還是得去睡姨媽的房間，雖然我很不想。

姨媽的拖車屋裡共住了十五個人，她睡在三個房間當中最小的那一間。戴普特一家人住在她隔壁的房間，米勒一家子則住在甬道尾端最大的主臥房。他們一家有六口人，當然要負擔最多的租金。我們的拖車屋不像園區裡的某些拖車屋那麼擁擠，因為它的寬度是一般拖車屋的兩倍，對每個人來說有足夠的活動空間。

我拿出筆電，打開電源。這臺高齡十歲的笨重電腦是我在高速公路對面那排廢棄商場後方的垃圾桶裡撿的。我換掉記憶體、重灌作業系統，慢慢摸了一些時間後終於讓它起死回生。以現在處理器的標準來看，它的速度簡直比樹懶還慢，不過只要能符合我的需求就好了。這臺筆電是我的手提式研究圖書館、電玩遊樂場，也是我的家庭劇院。硬碟裡灌滿了老書、老電影、電視節目、歌曲，以及二十世紀幾乎所有的電玩遊戲。

我啟動模擬器，挑選了經典電玩「機器人大戰：二〇八四」（Robotron: 2084），這是我一直很喜歡的遊戲之一。我喜歡它狂熱的節奏和簡化的殘暴表現。玩這款遊戲憑藉的全是直覺和反射動作。老電玩總能讓我思慮清晰，舒緩緊張壓力。每次對生活感到沮喪或挫折，只要按下單人遊戲鍵，我的煩憂瞬間消散無蹤，整副心思只專注在前方螢幕那場以畫素呈現的激烈纏鬥上。在電玩遊戲二度空間的宇宙裡，生命很簡單：只要對抗機器，左手負責移動，右手負責發射，活得愈久就愈成功。

我花了好幾個小時對抗各類邪惡機器人，包括布雷恩（Brains）、斯菲若依德（Spheroids）、垮克（Quarks）和浩克（Hulks）等所展開的一波波攻擊，奮戰不懈以拯救最後的人類家族！但拚到最後我的手指開始抽筋，陣腳大亂。在這一關發生這種狀況，很快會全盤皆輸。最後幾分鐘我拚命一搏，但螢幕上還是出現我最不喜歡的字眼：遊戲結束。

我關掉模擬器，開始瀏覽我的影音資料庫。過去這五年內，我把《安納瑞克年鑑》裡所提到的每部電影、每個電視節目和每個卡通全數下載。當然，我還沒全部看過。要看完大概得花上幾十年吧。

我挑選了影集《天才家庭》（*Family Ties*），這部八〇年代的情境喜劇描寫的是住在俄亥厄州的一個中產階級家庭。我之所以下載，是因為它是哈勒代的最愛，我猜想某一集劇情裡很可能藏有尋寶遊戲的相關線索。不過一開始看這部影片我就立刻沉迷，我把一百八十集全都看過，反覆看了好幾遍。我想，我大概一輩子都忘不了這齣戲。

我經常發現，當我獨自坐在黑暗中，看著筆電螢幕上的這部影片，就會開始幻想我住在螢幕上那間燈火通明的溫暖房子裡，而那些笑臉盈盈、和善明理的人就是我的家人。在每一集半小時（或者該說半小時內分成兩小集，如果這個資訊很重要）的劇情尾聲，不管發生多麼天大的事情，我們一家子都能順利解決。

我自己的家庭生活和《天才家庭》裡勾勒的生活天差地遠，或許就是因為這樣，我才會這麼愛這部影片。我是兩個青少年結合下的產物，他們是難民，相識於我所成長的拖車屋園區裡。我不記得我父親。在我幾個月大時他趁著停電去搜刮雜貨店，結果被人開槍打死。關於他，我唯一知道的是，他很愛看漫畫。我在他的遺物盒裡發現幾個舊的隨身碟，裡頭有完整的《神奇蜘蛛人》（*The Amazing Spider-Man*）、《X戰警》（*X-Men*）、《綠燈俠》（*Green Lantern*），一集都不缺。我媽曾告訴我，我爸之所以幫我取這個押頭韻的名字韋德·瓦茲（Wade Watts），就是因為他認為這名字聽起來很像某個超級英雄的真實祕密身分，就像蜘蛛人的真實名字是彼得·帕克（Peter Parker），而超人是克拉克·肯特（Clark Kent）。知道這一點後，我心想，他雖然死得很不光彩，但生前一定是個很酷的人。

我媽叫蘿瑞塔，她獨自扶養我長大。我們之前住在營區另一頭的小休旅車裡。她在「綠洲」有兩份全職工作，一份是電話行銷，另一份是在線上妓院做伴遊小姐。晚上她通常要我戴耳塞，免得我聽見她在隔壁房間對著另一個時區的恩客說些淫聲穢語。不過耳塞效果不怎麼好，所以我通常改看老電影，把音量開得很大聲。

我很小就接觸「綠洲」，因為我媽拿它當虛擬保母。當我大到可以戴上視像罩和虛擬觸覺手套，我媽就幫我創造了我在「綠洲」的第一個分身，然後把我抱到屋子角落，轉身回去工作，留下我獨自去探索全新世界，一個截然不同的世界。

從那一刻起，我可說是由「綠洲」的互動教育課程所教大的。這套課程免費提供給所有小朋友。小時候我幾乎都消磨在芝麻街的虛擬實境中，和可愛親切的玩偶一起唱歌，玩互動遊戲，透過這些遊戲學習怎麼走路、說話、加法、減法、閱讀、寫字，以及跟別人分享。我學會這些技能後，很快就發現「綠洲」也是全世界最大的公共圖書館，就連像我這樣的窮孩子也能從中讀到每一本書，聽到每一首歌曲，觀賞每一部電影、電視節目、電玩遊戲和每一件藝術品。人類文明的集體知識、藝術和娛樂就在那裡等著我。但有機會獲得這些資訊變成一件利弊參半的事。因為在獲取新知的同時，我也發現了真相。

★

我不曉得啦，或許你們的經驗跟我不同。對我來說，長大成為二十一世紀地球行星上的一個人類實在很不幸。從存在的觀點而言。

當小孩最慘的是，沒人告訴我我的真實處境。事實上，大人沒說真話就算了，甚至還說謊來騙我。當然，那時我相信他們，因為我只是個孩子，什麼都不懂。我的意思是，拜託，那時我的大腦都還沒發育完成，怎麼可能知道大人在唬爛？

所以，我把他們餵給我的那些黑暗世紀鬼扯蛋全都聽進去。日子一天一天過，我也一天一天長大，慢慢地，我開始明白，打從我蹦出娘胎，基本上每個人所說的每件事就是在唬爛。

這真是個令人驚恐的大發現啊。

也造成我日後對人難以信任。

我一開始探索免費的「綠洲」圖書館，就發現這世界的醜陋真相。真相就在那裡等著我，隱藏在那些不怕說真話的人所寫的老書中。藝術家、科學家、哲學家和詩人，他們多數人早已作古，但當我讀到他們遺留的作品，我終於開始了解真實狀況。我的狀況，我們的狀況。多數人所說的「人類處境」。

情況不妙。

我真希望有人在我大到懂事時就直截了當告訴我真相。真希望有人對我這麼說：

「韋德，情況是這樣的。你是一種稱為『人類』的東西，這是一種很聰明的動物。就跟地球上其他動物一樣，我們人類也是從幾百萬年前的單一細胞有機體所變成的。這種過程稱為演化，關於這一點，以後你會學到更多。不過相信我，我們人類就是這麼來的，證據到處都是，就埋在岩石裡。你聽過那個故事嗎？有個住在天上、名叫『上帝』的全能傢伙創造了人類的故事？鬼扯一通。

上帝這種說法其實只是古代的童話故事，被人類相互傳述幾千年。這是人類捏造出來的，正如聖誕老人和復活節兔子。

「喔，對了……世上沒有聖誕老人和復活節兔子，這也是瞎掰出來的。抱歉，孩子，面對事實吧。

「你大概會好奇，在你來到人間之前這世界發生過什麼事。喔，發生的事情可多著呢。我們演化成人類後，很多事情變有趣了。我們弄懂怎麼種植食物，豢養家畜，省去鎮日奔波狩獵的辛苦。我們的部落愈來愈壯大，開始像難以控制的病毒蔓延到全世界。接著，人類為了爭奪土地和資源，也為了我們捏造出來的神明大打出手，經過無數次戰爭之後，我們終於把人類部落組織成一個『全球文明』。不過，老實說，人類並沒那麼有秩序，沒那麼文明，大家繼續交戰，戰爭一樁一樁打不停。但我們也知道如何研究科學，利用科學幫助我們發展科技。若從無毛猿猴的角度來看，我們還真的創造出不可思議的發明。電腦、機器，雷射、微波爐。人工心臟。原子彈。我們甚至還把幾個人送上月球，並把他們平安弄回地球。我們還創造了全球通訊網絡，讓大家不論在世界哪個角落都能隨時交談。很令人驚歎吧？

「不過壞消息也隨之發生。全球文明讓人類付出昂貴代價。建造全球文明需要能源，而能源就從燃燒化石燃料而來，至於化石燃料則是來自埋在地底深處的死亡植物和動物。在你來到人世之前，人類消耗了絕大多數的燃料，現在所剩無幾。這代表我們不再像以前有充裕的能源來維持人類文明，所以，我們必須東撙西節，大規模降低使用量。我們稱這種狀況為全球能源危機，而這危機已經持續一段時間了。

「此外，燃燒這些化石燃料也造成不少可怕的副作用，比如地球溫度升高，環境慘遭破壞。現在，南北極的冰層正在融解，海平面上升，氣候異常得亂七八糟。植物和動物的死亡數量創新高，很多人挨餓受凍、流離失所。而我們仍在交戰，多半是為了搶奪僅剩的少量資源。

「孩子，基本上這代表日子會比你出生之前那段美好舊時光更艱辛。以前什麼都很好，但現在日子有點慘。老實說，未來不甚樂觀。你誕生在歷史上的黯淡期，而且看來只會每況愈下。人類文明正在『衰退』，有些人甚至說正在『崩解』。

「或許你會納悶自己將發生什麼事。很簡單，發生在你身上的事都發生在所有人身上。你會死。我們都會死。生命就是這麼一回事。

「死後會發生什麼事？嗯，我們沒法完全確定，不過證據顯示什麼都不會發生。死了就死了，腦袋停止運作，你不會再到處問些惱人的問題。至於你聽過的那些故事？關於死後會去到一個叫『天堂』的地方，那裡沒有痛苦或死亡，你能永生地處於恆久的幸福狀態？這也全是瞎掰的，就跟上帝那套一樣。沒有證據證明天堂存在，永遠也不可能證明得了。這都是人類編造出來的，是人類一廂情願的想法。所以，你知道終有一天你會死，永遠消失，但你仍必須把剩下的人生給過完。

「抱歉啊。」

★

好吧，若仔細想想，或許誠實不一定是上策。或許告訴一個剛抵世間的人類，他及時誕生在一個充滿混亂、痛苦和貧窮的世界，剛好目睹一切崩毀的過程，這種作法其實很不好。就連我花了好幾年慢慢消化，都還痛苦得想往橋下跳。

幸好，我接觸了「綠洲」。它就像逃生艙，讓我能遁逃到更好的世界。「綠洲」讓我頭腦清醒，它是我的遊樂場和幼稚園，是一個讓我覺得凡事都有可能的神奇空間。

我童年最快樂的回憶都發生在「綠洲」裡。我媽休假時，我們會同時登入「綠洲」，一起玩遊戲或者進入互動的冒險故事裡。每天晚上都得靠她逼迫，我才願意登出「綠洲」，回到真實世界。誰叫這個真實世界爛透了。

我不曾把這種爛日子怪罪到我媽頭上，畢竟她跟每個人一樣，都是命運和殘酷環境下的受害者。他們那一代最難捱，出生時物資豐富，長大後卻眼睜睜看著這些物資一點一滴消失。其實，我很替她難過。她經常陷入沮喪憂愁的情緒中，嗑藥成了她的唯一享受。想也知道，最後害死她的就是毒品。我十一歲時，她在手臂裡打入了一劑壞東西，然後死在我們那張破爛的摺疊式沙發床上，死時耳裡還聽著MP3的音樂。這臺舊MP3是我撿來後修理好，前一年聖誕節送她的禮物。

所以，我只好搬去和姨媽愛莉絲一起住。愛莉絲姨媽之所以收留我並不是出於善心或者家族責任，她這麼做純粹是為了每個月能多領幾張政府發放的食物券。多數時候我得自己張羅三餐，不過這通常不成問題，因為我天生擅長找東西，也很會修理舊電腦和壞掉的「綠洲」主機。修理好後我就可以賣給當鋪，或者和人交換食物券。我賺的不少，不會餓肚子，很多鄰居甚至驚訝我這麼會賺錢呢。

我媽剛死那一年，我經常陷入自憐和絕望情緒中，但我還是努力保持樂觀，不斷提醒自己，就算孤苦無依，我的命運也好過在非洲的許多人。還有亞洲，以及北美洲。我的頭上隨時有屋頂可以遮風避雨，食物還多到吃不完，況且我有「綠洲」。我的人生沒那麼悲慘。起碼我不停地這樣告訴自己，試圖藉此擊退巨大的孤寂，但，我根本白費工夫。

接著，尋寶遊戲出現，我開始尋找哈勒代的程式彩蛋，我想，就是這東西拯救了我。忽然，我找到值得做的事情，值得追求的夢想。過去五年，尋寶遊戲給了我人生目標和生命意義，給了我值得去實踐的探索。因為它，我每天早上有理由起床，人生有盼望。

就從我開始尋找程式彩蛋的那刻起，未來不再黯淡無光。

★

我一集接一集地觀賞《天才家庭》，第四集正看到一半，洗衣間的門開啟，愛莉絲姨媽走進來。她穿著寬鬆居家服，看起來營養不良，卻一臉貪婪樣，手上抓著一籃子的髒衣服，整個人似乎比平常清醒，大事不妙。她嗑完藥處於亢奮階段時會比較好應付。

她照例以鄙夷的眼神瞥了我一眼，開始將衣服塞入洗衣機裡，接著，她表情乍變，視線繞過烘衣機，仔細打量我。她一見到我的筆電，雙眼睜得斗大，我趕緊闔上電腦，將它塞入後背包中，但我知道為時已晚。

「拿過來，韋德。」她下令，伸手欲拿電腦。「我可以典當這東西來抵你的租金。」

「不行！」我扯開嗓門說，扭動掙離她的掌心。「拜託，愛莉絲姨媽，學校上課需要電腦。」

「你需要的是對我表示一點感激！」她咆哮，「所有人都付了租金，唯獨你在這裡白住，我受夠了！」

「我的食物券都被妳拿走了，那些券的價值就超過我該付的租金。」

「夠才有鬼！」她又試圖從我的手中搶走電腦，但我堅持不放手。她轉身，跺回房間，我知道接下來會發生什麼事，所以趕緊在電腦裡輸入指令，讓鍵盤上鎖，同時刪除硬碟裡的所有資料。

愛莉絲姨媽回來後身邊跟著睡眼惺忪的男友瑞克。他一年到頭打赤膊，因為他喜歡炫耀他在監獄裡偷刺的醒目刺青。他不發一語走過來，舉起拳頭恫嚇我。我嚇得往後退，將電腦遞給他。他和愛莉絲走出去時已經在討論這臺筆電可以典當多少錢。

失去筆電沒什麼大不了的，因為我在小窩裡還藏了兩臺備用的，不過它們速度不快，況且我還得從備份硬碟重新下載所有影音資料。真是夠煩人的了。唉，歸根究柢還是我的錯，我明知把值錢的東西帶回這裡會有什麼風險，卻還是這麼做。

深藍的拂曉天色開始鑽入洗衣間的窗戶，我決定早點兒去上學。

我盡可能迅速且安靜地更衣，穿上破舊的燈芯絨褲、鬆垮的毛衣和過大的外套，這三件就是我全部的冬裝。接著我背上後背包，爬到洗衣機上頭，戴上手套後將布滿霜的窗戶往旁邊拉開。我探頭出去，望向參差不齊的拖車屋屋頂，被清晨的冰凍寒風刺痛臉頰。

姨媽的拖車屋位於長寬六米七的標準貨櫃屋相疊起來的上一層，所以比鄰近的多數拖車屋高上一、兩層。下層的拖車屋貼近地面，或者安置在原本的水泥基座上，但疊在上層的則懸置在強化的組合鷹架上，這個鷹架是零碎鐵條拼湊多年後才組成的金屬格架。

我們住在波特蘭大道的拖車屋園區裡。這片不規則的園區密集擁擠，一間間貨櫃屋就像生鏽褪色的錫製鞋盒坐落在I-40公路旁，東側就是奧克拉荷馬市逐漸沒落的高樓市中心。這裡的貨櫃屋超過五百個，每個之間都以回收的水管、桁梁支柱和步橋串連在一起。十二架老舊的工地用吊機（之前在疊貨櫃屋時還真的派上用場呢）的螺旋千斤頂，就散置在腹地逐漸往外延伸的園區外圍。

貨櫃屋的上層或者「屋頂」覆蓋著一排排老舊的太陽能板，以補充下層貨櫃屋所需的電力。每個貨櫃屋的側邊都有一束束水管和波浪樹脂管上下蜿蜒，將水輸送到每個拖車屋，並輸走污水（某些散落在市郊的拖車屋園區可沒有這種奢侈設備）。每組貨櫃屋之間的陰暗狹長空地上，則塞滿了報廢汽車和卡車的骸體，油箱空空如也，而車骸之間該有的逃生通道也早就被堵死。

房客之一米勒先生曾告訴我，我們這樣的拖車屋園區的地面上原本整整齊齊停了數十個活動屋。後來石油耗竭，能源危機出現，很多大城市開始湧入來自市郊和鄉村地區的難民，造成都市的房屋大量短缺。大城市步行距離之內的房地產變得彌足珍貴，平面空地不再被浪費在活動屋上，所以有人開始動腦筋，就像米勒先生說的，「把這該死的東西往上疊」，好讓地面騰出更多空地得以使用。結果這點子大規模擴展，全國各地的拖車屋園區迅速變成像這裡的「疊層貨櫃屋」，這可說是貧民窟、違章建築和難民營的奇怪混種品。現在，多數大都市的市郊隨處可見這種形態的拖車屋園區，每個園區擠滿像我父母般的鄉下人，他們離鄉背井，渴望有活可幹、有食物可吃、有電可用，還有穩定的「綠洲」網路，逃離垂死的家鄉小鎮，用盡最後一滴汽油（或者載重牲畜的最後一絲力氣），將一家大小、休旅車和拖車屋拉到最近的都會市郊。

目前我們園區的貨櫃屋已經堆到起碼十五個活動屋的高度（這些活動屋包括偶見的休旅車、運送用的貨櫃、「氣流」公司〔Airstream〕所出廠的豪華休旅型拖車，連福斯出產的小巴士也混雜其中）。最近幾年來，很多疊層貨櫃屋的高度已經疊到至少二十個活動屋，害得大家隨時繃緊神經。

貨櫃屋倒塌的情況時有所聞，如果鷹架組裝的角度不對，還可能造成骨牌效應，讓旁邊四、五個疊層貨櫃屋一起坍塌。

我們的拖車屋靠近園區北側，再過去一點就是崩壞的高架快速道路。從我所在的洗衣間窗戶制高點望出去，可以看見載運貨物和勞工進城的電動車輛冒出縷縷薄煙，在龜裂的柏油路上緩緩前進。我望向陰霾的天際，一抹燦銀的陽光透出地平線。看著朝陽升起，我在心裡默默進行儀式：每次見到太陽，我都會提醒自己，我在注視的是一個星體，銀河系成千上億星球當中的一個，而我們所定居的這個銀河系又是已知宇宙中成千上億個銀河系其中之一。這樣一想，我就能保持宏觀的視野。自從看了八〇年代初期那部名叫《宇宙》（*Cosmos*）的科學節目後我就開始這麼做。

我盡可能不發出聲響地爬出窗戶，抓著窗框下緣，沿著拖車屋的冰冷金屬側牆往下滑。安置拖車屋的鋼板略比拖車屋本身大一點，所以四周凸出的空間大約只有四十五公分左右。我小心翼翼地把重心往下移，雙腳安穩地踏在突出的鋼板上，然後才伸手關上身後的窗戶。我抓住之前就被我掛在那兒的繩索，握緊這條高度及腰的繩子，以橫走的方式沿著突檐移動到鋼板的角落，然後沿著階梯狀的鷹架慢慢往下爬。我幾乎都循著這條路線來進出姨媽的拖車屋。其實在疊層貨櫃屋的側邊栓著一道搖晃不穩的鐵梯，它除了不穩固，還會撞擊貨櫃屋，發出聲響，所以我通常不爬這道鐵梯，免得暴露行蹤。萬一被人發現，那可不妙。在園區裡，最好盡可能不被人看見或聽見你的聲響，畢竟這裡經常有危險的亡命之徒出沒——就是那種會搶劫、強暴、將你的器官賣給黑市的人。

每次攀爬這些金屬鷹架，我就會想起「大金剛」（*Donkey Kong*）和「漢堡時光」（*BurgerTime*）等老式電玩所使用的遊戲平臺。這個想法是幾年前我撰寫我的第一個雅達利2600遊戲的程式時冒出來的——寫這個程式是獵蛋客必經的成年儀式，就像電影《星際大戰》裡的絕地武士打造自己專屬的第一把光劍。我所想像的遊戲平臺稱為「疊層貨櫃屋」，剽竊自雅達利超受歡迎的遊戲「陷阱」（*Pitfall*）。在我的這款電玩遊戲裡，你必須穿梭在垂直的拖車屋迷宮中、撿拾別人不要的電腦、搶奪可立即增強戰鬥力的食物券，抵達學校的途中還要避開吸毒者和戀童癖。我想出的這款遊戲讓真實世界變得更為有趣。

我往下爬，經過我們那間拖車屋下方三層的豪華「氣流」拖車屋時停了一下，因為我的朋友吉爾摩太太就住在那裡。年約七十多歲的她是個很親切的老太太，經常一大早就起床。我從她家的窗戶望進去，看到她正在廚房走來走去，忙著做早餐。幾秒鐘後她瞥見我，眼睛亮了起來。

「韋德！」她打開窗戶，對我說：「早啊，親愛的小夥子。」

「早，吉太太，希望我沒嚇到妳。」

「沒有，沒有。」她說著拉緊睡袍抵擋吹進窗戶的冷風。「外頭好冷！你進來吃點早餐吧？我做了一些素培根，還有這些用雞蛋粉做出來的炒蛋也挺不賴，如果撒上足夠鹽巴的話……」

「謝謝，可是今早不行欸，吉太太，我要去學校。」

「好吧，那就改天。」她給我一個飛吻，然後關上窗戶，「爬來爬去時可別摔斷脖子，好嗎？蜘蛛人。」

「我會小心的，待會兒見，吉太太。」我揮手向她道別，繼續往下爬。

吉爾摩老太太人真的非常好，每次我需要找地方睡，她都會讓我在她的沙發窩一晚，雖然她養的那些貓讓我很難入眠。吉太太對宗教非常虔誠，花很多時間在「綠洲」的線上超大型教會裡聚會、唱詩歌、聽佈道，以虛擬的方式遊覽「聖地」。每次她那臺古董級的「綠洲」主機系統掛掉時，我都會幫她修理，而她的回報方式就是回答我一連串的問題，讓我知道她所成長的一九八〇年代是什麼模樣。八〇年代最酷的各種瑣碎事物她都瞭若指掌──這些從書籍或電影可都學不到。此外她也經常替我禱告，努力拯救我的靈魂，所以，我一直沒勇氣告訴她，我認為組織化的宗教是狗屁。我想，懷抱這種美麗的幻想可以讓她擁有希望，好好過日子，就像尋寶競賽對我的意義。套句《安納瑞克年鑑》裡的話：「住在溫室玻璃屋裡的人全都給我閉嘴。」

我爬到最下層，從鷹架往下跳了數十公分，落在地面上，橡膠靴陷入融雪和冰凍的泥濘中。下面這裡的天色還相當黑，所以我拿出手電筒，朝東穿梭在漆黑的迷宮中，盡量不被人瞧見，並小心翼翼地不被散落在拖車屋之間的窄巷裡的購物推車、引擎缸體和有的沒的廢棄物給絆倒。在這種清晨時分，我很少在這附近見到人。那些幸運到有活可幹的人早就在公路旁的公車站等車，因為通勤巴士的班次不多。這些人多半在城市四周的大型工廠當日班工人。

走了約半公里，我抵達一個堆積如山的報廢汽車和卡車堆附近，這堆破車在園區東側的邊緣堆得老高，搖搖欲墜。數十多年前吊車將廢棄車輛盡可能清空，騰出空間放置更多貨櫃屋，被清除的車輛就像這樣棄置在園區四周邊緣，堆成一座座廢車山，其中好幾座幾乎堆得像疊層貨櫃屋本身一樣高。

我走到廢車山的邊緣，迅速左右張望一下，確定沒人看見或跟蹤，然後往旁邊擠入兩輛壓扁車輛之間的縫隙。我蹲低身子，手腳並用，費力地橫著往扭曲變形、搖搖欲墜的鐵山深處走去，直到抵達一輛被掩埋的貨車後方的小空地。這輛貨車只有尾部三分之一露出地面，其餘全被它上頭和四周的廢車給遮蓋住。兩輛翻覆的小卡車以怪異的角度疊在貨車頂上，車身重量分散於堆在兩側的其他車輛，形成一種保護性的拱橋，讓貨車不會被上頭堆積如山的車輛給壓垮。

我拿下掛在頸部的鍊子，鍊子上掛了一把鑰匙。真走運，我第一次見到這把鑰匙時它就掛在這輛貨車的點火孔上。其實這裡許多車子被丟棄時都還能跑，車主只是因為負擔不起汽油而直接將它們撇下，一走了之。

我收起手電筒，打開貨車的右後車門，僅能出現的四十五公分寬空隙正好足以讓我鑽進去。進入後我關上車門，然後鎖上。後車門沒有車窗，所以我在完全漆黑的車內待了一會兒，直到手指摸到我用強力膠帶貼在車頂的電源延長線。我壓下開關，一盞小桌燈的光線立刻灑滿狹窄的車內。

一輛小房車壓皺的綠色車頂蓋住了貨車原本是擋風玻璃但現在空空如也的部分，前半部的損壞並未延伸到駕駛座以後的區域，所以車子的內裝依舊完整。不過有人把座椅全都拆走（或許拿去當家具），讓車內留下一個約一百二十公分寬、一百二十公分高、兩百七十公分長的小「房間」。

這就是我的祕密基地。

四年多前我發現這裡，那時我正在尋找廢棄的電腦零件。我第一次打開車門，望進陰暗的貨車內部時，立刻知道我找到了無價之寶：隱私。這裡無人知曉，在這裡我不必擔心被騷擾，被我姨媽或者她交往的廢物賞耳光。我可以把東西藏在這裡，毋需擔心有人偷走，更重要的，這裡讓我可以安靜地徜徉在「綠洲」裡。

這輛貨車是我的避風港，我的蝙蝠洞，我的隱居堡壘，也是我上學、寫功課、看書、看電影以及打電玩的地方。此外，我也在這裡進行我的尋寶競賽，追獵哈勒代的程式彩蛋。

我在四周、地面和車頂鋪滿保麗龍蛋盒和一塊塊的地毯布料，讓貨車盡可能具隔音效果。角落有幾個裝著壞掉筆電的硬紙盒和電腦零件，旁邊有一排老舊的汽車電池和一輛運動型單車。這輛單車被我就地取材改裝成充電器。房間裡唯一的家具是一張折疊式的戶外躺椅。

我放下背包，將外套抖掉，跳上單車。通常踩單車充電是我每天會進行的唯一一項運動。我一直踩，直到計量器顯示電池已充飽。然後我坐在椅子上，打開旁邊的小型充電式暖氣，脫下手套，雙手放在已變成閃亮鮮橘色的暖氣燈絲前摩搓。暖氣可不能開太久，免得耗光電力。

我打開可以防止老鼠侵入的鐵盒子，裡頭放的是我的食物。我拿出瓶裝水和一袋奶粉，放進碗裡攪勻，再倒進一大份有水果乾的穀片。大口吃完後我把藏在壓扁儀表板底下的老舊午餐盒拿出來，塑膠盒上印有《星艦迷航記》（*Star Trek*）的圖案。盒子裡有學校發的「綠洲」主機系統、觸覺手套和視像罩，一看就知道這些是我最值錢的東西。值錢到我不能隨身帶著到處晃。

我戴上手套後彎彎手指活動關節，然後拿起我的「綠洲」主機系統。這是一個長方形的黑色扁平物體，面積大約和平裝書一樣。裡頭內建無線網路的天線，可是貨車內的接收效果爛得要命，因為這輛車被埋在一大堆破銅爛鐵下方。所以我拼湊出一根外接天線，將它裝在這堆破銅爛鐵最上層那輛車的引擎蓋上，然後將天線往下拉入我在貨車車頂上鑽出的洞裡。我把在車內的天線接到主機系統的側邊插孔，然後戴上視像罩。它像游泳蛙鏡般緊貼在我的眼眶，阻擋外面的所有光線。視像罩從我太陽穴的位置延伸出兩個小耳塞，自動塞入我的耳朵裡，此外它還內建兩個迷你麥克風，以收集我發出的所有聲音。

我打開主機系統電源，啟動一連串登入程序。視像罩掃描我的視網膜時，我看見一道紅光迅速閃過，接著我清清喉嚨，小心翼翼地發音，說出我的通關密語，也就是一九八四年科幻電影《星球勇士》（*The Last Starfighter*）裡的臺詞：「你被星際聯盟征召加入前線，以對抗惡勢力艾克索爾和寇黨艦隊。」

通關密語獲得認可，我的聲音模式也通過驗證，於是我順利登入。接著，我的虛擬顯示器正中央出現下面這些字：

身分認證通過

帕西法爾[3]，歡迎進入「綠洲」

登入完成：綠洲標準時間二〇四五年二月十日七點五十三分二十一秒

這三行字慢慢褪去，取而代之的是短短的一行訊息。這行訊息是由哈勒代本人在剛開始撰寫「綠洲」程式時親自寫入登入程序中，以便對這個模擬世界的先祖，也就是他少年時的投幣式電玩機致敬。「綠洲」玩家在離開真實世界，進入虛擬世界之前最後一眼見到的就是這行訊息：

單人遊戲　準備開始

02

我的分身出現在學校二樓，我的置物櫃前——也正是昨晚我登出時所站立的地方。

我朝走廊兩側左右張望一下，這個虛擬空間看起來幾乎和真實環境一樣（但不那麼逼真）。在「綠洲」裡的一切都以三度空間的方式完美呈現，除非你格外專注地凝視四周環境，否則很容易忘記眼前所見全是電腦製造出來的。即使我那臺學校發的「綠洲」主機系統很爛，都還能呈現出這種效果，聽說若是用最先進的主機系統來登入，簡直分辨不出「綠洲」與真實世界的差別。

我碰觸置物櫃的門，它發出清脆的金屬撞擊聲後彈開。裡面的東西稀少疏落。一張《星際大戰》裡莉亞公主手持激光槍的海報、英國喜劇團體「蒙地蟒蛇」（Monty Python）的團員穿著他們在惡搞電影《聖杯傳奇》（*Holy Grail*）的服裝所拍的團體照，此外還有哈勒代登上《時代》雜誌的當期封面。我舉起手，拍一下放在上層的那疊教科書，它們立刻消失，跑進我分身的物品清單中。

除了教科書，我的分身只有幾樣物品：一只手電筒、一把金屬短劍、一個小小的銅盾，以及一套條紋圖案的皮盔甲。這些東西平庸無奇，品質低劣，但已經是我所能負擔的最好裝備。在「綠洲」裡，物品的價值就和真實世界一樣（有時還更貴），而且不能用食物券支付。「綠洲」的交易是以綠洲幣來進行，在當前這黑暗時代，這些硬幣也是真實世界中最穩定的流通貨幣之一，比美元、英鎊、歐元或日圓更有價值。

我的置物櫃門內側貼著一面小鏡子，關上門之前我瞥了我的虛擬模樣一眼。我把我的分身設計得看起來和自己真實的模樣差不多，除了分身的鼻子比我的小，身材稍微高瘦一些，肌肉更強壯有力，而且沒有青春痘。除了這些小差異，基本上我們兩個看起來非常相像。校方嚴格實施服裝規

編譯註

③ 帕西法爾（Parzival）是德國中世紀浪漫傳奇故事中尋找聖杯的英雄人物。

定，要求所有學生的分身必須穿得像個人類，符合其所屬性別和年齡，絕不准學生以兩頭的雌雄同體巨大獨角獸當分身。總之，在校園裡這是絕對禁止的。

你可以隨心所欲給自己的分身取名字，只要那名字獨一無二，換句話說，你不能用別人已經取過的名字。分身的名字也是e-mail的位址和聊天室的識別證，所以要取得很酷、很容易記住。據說名人會付大筆鈔票給網路蟑螂，向他們購買某些已經註冊的分身名字。

我第一次建立「綠洲」的帳號時把分身取名為「韋德大帝」，後來每幾個月就更換一次，通常會改成很扯的名字，不過目前這個名字已經用了五年多。尋寶競賽開始那一天，我決定要變成獵蛋客，所以把我的分身名字改成帕西法爾。這個名字源自亞瑟傳奇中尋找聖杯的騎士。這位騎士的名字還有其他更常見的寫法，包括佩瑟爾和佩希爾，但這兩個名字都已經有人使用。不過，我還是比較喜歡帕西法爾，我覺得這個名字念起來很好聽。

大家很少在網路上用真名，「綠洲」最主要的好處之一就是能夠匿名。在這個模擬世界中，沒人知道你的真實身分，除非你想讓別人知道。「綠洲」之所以大受歡迎，正是因為能夠匿名，而且它的許多文化也都是建立在這種特性上。你的真實名字、指紋和視網膜的樣式都儲存在你的「綠洲」帳號裡，不過「群聚擬仿」會把這些資訊改成密碼，確保其機密性。就連「群聚擬仿」本身的員工都無法查看任何一位分身的真實身分。哈勒代還在「綠洲」主事時，在一場具里程碑意義的最高法院裁決中，「群聚擬仿」贏得官司，有權利保密每位「綠洲」使用者的身分。

第一次在「綠洲」的公立學校註冊時，必須給校方真實姓名、分身的名字、通訊地址及社會安全號碼。這些資料都儲存在我的學生資料夾中，只有校長能取得，任何老師或同學都無法知道我的真實身分，同樣地我也不曉得他們的資料。

學生在校園內不准使用分身的名字，這是為了避免老師說出可笑的話，比如「皮條客，上課請專心！」或者「大老王六九，可以請你起立跟大家報告你的讀書心得嗎？」在校園裡，學生都必須使用真正的名子，不帶姓氏，有時後面會加上號碼，以便與其他同名的學生做區別。我註冊時學校已經有兩個學生也叫韋德，所以我的學生代碼就變成「韋德三號」。每次我的分身出現在校園時，這個名字就會浮現在我的分身頭頂上。

校園鐘聲響起，顯示器一角閃過提醒訊號，告訴我第一堂課將在四十分鐘後開始。我利用一連串細微的手部動作操控我的分身，讓它沿著走廊往前走。如果兩手都在忙，我還能用聲音下令，讓它四處移動。

我慢慢踱向世界史的教室，一邊微笑一邊和迎面而來的熟悉面孔揮手打招呼。再幾個月我就要畢業，到時我一定會懷念這個地方。我一點都不期盼離開學校，畢竟我沒錢念大學，就連在「綠洲」的大學都負擔不起，而我的成績又沒好到能申請獎學金。畢業後我的唯一計畫就是當個全職的獵蛋客。我別無選擇，只能靠贏得獎金來逃離拖車屋。除非我想和某些公司簽訂五年的雇傭契約，而這種事情對我的吸引力就和要我光著身體在碎玻璃堆上打滾一樣。

我沿著走廊前進，這時其他學生開始出現在他們的置物櫃前，個個像幽魂一樣倏地現身。整條走廊開始迴盪著青少年的聊天聲音。沒多久，我聽見侮辱話語朝我而來。

「唷！唷！那不是韋德三號嗎！」有人鬼叫道。我轉身，看見陶德十三號。這個討厭鬼和我一起上代數二的課程，身旁還有幾個他的朋友。「穿得很屌喔，你從哪裡弄來這種好布料？」他說。

我的分身穿的是一件黑色T恤和藍色牛仔褲，這是註冊帳號時可以挑選的其中一套固定服飾。陶德十三號和他那群舊石器時代克魯麥農人的朋友一樣，都穿著價值不斐的設計款衣服，應該是在某間虛擬的高級購物中心買的。

「你媽買給我的。」我回嘴，沒停下步伐，「下次你回家吸奶時，別忘了幫我謝謝她。」很幼稚，我知道，不過，不管是在虛擬或真實世界，這裡終究是中學，所以侮辱人的話愈幼稚愈有效。

我的損語惹得他的幾個朋友和站在附近的學生哈哈大笑，陶德十三號氣呼呼，整張臉還真的脹紅——由此可看出他懶得把帳號中的真實表情給關閉，所以他的分身直接反映出真人的面部表情和肢體語言。他正要回嘴，但我已搶先一步把他關成靜音。我笑笑，繼續往前走。

線上學校最讓我滿意的一點就是能讓學生閉嘴。我幾乎每天都會善用這個功能。最棒的是他們只能眼睜睜看著你把他們消音，卻無計可施。校園裡永遠不准打架，這個模擬世界就是不允許這種事，所以整個「路得思星球」基本上就是個「零衝突區」，亦即不准有玩家與玩家起衝突的狀況發生。在這所學校，唯一的武器就是話語，所以我被磨練得伶牙俐齒。

★

我在真實世界的學校念到六年級，那段期間實在不甚愉快。我害羞得要命，又笨手笨腳，自我評價低，毫無社交手腕可言——這大概是我整個童年都耗在「綠洲」的副作用。在網路上，我可以輕鬆自在地跟人說話、交朋友，但在真實世界中，與人互動——尤其是同齡的孩子——會讓我緊張得半死。我永遠都不曉得該怎麼舉手投足，該說些什麼話，就算我鼓起勇氣開口，也經常說錯話。

部分問題出在我的外表。打從有印象開始，我就一直過胖。政府補助的高糖高澱粉飲食是罪魁禍首，但還有一個原因是我沉迷於「綠洲」，所以我唯一的運動時間就是上下學時跑著躲開想欺負我的惡霸。雪上加霜的是，我的衣服已經沒幾件，卻件件來自二手衣店或衣物回收箱，沒一件合身——這等於在我的額頭漆上「歡迎霸凌」的記號。

就算如此，我還是很努力融入大家。幾年下來，我的雙眼就像電影《魔鬼終結者》當中的機器人T-1000，可以迅速搜尋到可能會接納我的同掛弟兄，可是，就連那些爹不疼娘不愛的邊緣份子也不想跟我有瓜葛。對怪胎來說，我比他們還怪。至於女孩呢？跟她們說話簡直比登天還難。在我看來，她們就像外星人，美麗卻可怕。每次接近她們，我必然冒冷汗，話說得七零八落。

對我來說，學校就像個達爾文式的競技場，汰弱留強，適者生存。每天都得面對嘲笑、欺負和孤立等砲火攻擊。上了六年級後我開始納悶，我有沒有辦法精神正常地念完接下來的六年中學。

後來，在某個光輝燦爛的日子，校長宣布成績在及格邊緣的學生都能申請轉入「綠洲」世界裡的新公立學校。現實生活中由政府出錢運作的公立學校財務匱乏，幾十年來就像擠得水泄不通的破爛火車。現在許多學校的財務狀況嚴重惡化，所以只有半個腦袋的學生被鼓勵待在家裡上網路學校。我以最快速度衝到辦公室遞交申請書，網路學校接受我的申請，所以下個學期我就轉學到第一八七三號「綠洲」公立學校。

轉學之前，我的「綠洲」分身從未離開過「因悉皮歐星球」，這星球位於銀河第一區塊的正中央。新的分身被創造出來後就是在那個銀河系裡生活。在因悉皮歐星球沒什麼事好做，能做的事就只有跟其他菜鳥聊天，或者在涵蓋整個星球的超大虛擬購物商場閒逛。如果想去其他有趣一點的地方，你得支付心電移動的費用才能到，這筆錢我可付不起。所以，我的分身就被困在因悉皮歐星球，直到新學校以e-mail寄給我心電移動券，才有辦法移動到路得思星球。「綠洲」的所有公立學校都在路得思星球上。

在這個星球有上百所學校，平均分散在星球表面。這些學校看起來一模一樣，因為每次需要設立新學校，程式設計師就把建築硬體的程式碼複製，貼到不同地方。由於硬體建築只是程式軟體組成的，所以在設計時不會受限於經費或者物理定律，因此每所學校的學習環境就像大宮殿，大理石走廊光可鑑人，教室像教堂般雄偉，健身房是無重力環境，而虛擬圖書館擁有天底下每一本（學校董事會批准學生看的）書。

我第一天到第一八七三號公立學校時，心想我一定是死掉上了天堂。現在，我每天早晨上學時毋需再閃躲惡霸和吸毒者的攻擊，而是直接走到我的祕密基地，整天留在那裡。最棒的是，在「綠洲」裡，沒人看得出來我是大胖子，滿臉青春痘，每個禮拜都穿同樣的破爛衣服。惡霸不會朝我丟紙團，拉起我的內褲褲頭，或者放學後在單車架旁邊痛扁我。在「綠洲」裡，沒人可以碰我，我安全得不得了。

★

我抵達世界史的教室，發現已經有幾個學生坐在位子上，他們的分身文風不動地坐著，雙眼緊閉，這代表他們「正在忙」，也就是說，他們的本尊可能正在打電話，逛網站，或者登入聊天室。在「綠洲」，和正在忙的分身說話是很不禮貌的，通常他們會置之不理，而且自動發送給你一則訊息要你滾開。

我坐上位子後點選我顯示器邊緣「正在忙」的圖示，我的分身立刻閉起眼睛，但我仍然可以看見四周景物。我又點選另一個圖示，立刻出現一個二度空間的大瀏覽視窗，直接懸浮在我眼前。這樣的視窗只有我的分身看得到，除非我設定選項，讓別人可以看見。

我的首頁設定在「孵卵所」，這是比較受歡迎的獵蛋客論壇。孵卵所的網站界面看起來及操作起來就像網際網路時代之前的電子布告欄（BBS），在撥接登入時會傳出三百鮑率數據機的高分貝噪音。真酷。我花了幾分鐘瀏覽最近發表的訊息，了解最新的獵蛋客消息和謠言。我很少在布告欄上發言，不過我會每天上去看。今天早上沒見到什麼有趣的。通常各個獵蛋客幫派之間會彼此挑釁，爭論《安納瑞克年鑑》裡某些奧祕段落的「正確」詮釋。高階程度的分身會吹噓他們已經得到某些寶物或神器。這種爛戲碼已經進行了好幾年。由於尋寶競賽沒有實際進展，所以獵蛋客的次文化已經淪為虛張聲勢、鬼扯一通、無意義的鉤心鬥角。真是悲哀。

我最喜歡的是那些專門攻擊「六數人」的訊息。「六數人」是鄙夷的暱稱，被獵蛋客用來指「創新線上企業」的員工。「創線企」（就是「創新線上企業」的簡稱）是一個全球通訊集團，他們是全世界規模最大的網路服務供應商。「創線企」的業務當中有很大一部分是提供用戶使用「綠洲」，並在裡頭銷售貨品和服務，所以「創線企」好幾次試圖奪取「群聚擬仿」，但每次都失敗，現在他們想在哈勒代的遺言找漏洞，來掌控「群聚擬仿」。

「創線企」在企業內設立了一個蛋學部門。（蛋學原本是指研究鳥蛋的科學，但最近衍生出第二個定義：尋找哈勒代程式彩蛋的科學。）「創線企」成立蛋學部只有一個目的：贏得哈勒代的競賽，掌控他的財產、他的公司和整個「綠洲」。

就跟多數獵蛋客一樣，我一想到「創線企」接管「綠洲」就不寒而慄。該公司的公關部門把他們的意圖說得很清楚了，他們認為哈勒代沒有好好發揮他的發明所具有的現金價值，所以他們要矯正此一缺陷。到時他們會對這個模擬世界的用戶索取月費，還會在每個見得到的地方張貼廣告，並讓匿名和言論自由的特性蕩然無存。「創線企」一接管「綠洲」，「綠洲」就不再是我從小浸淫到大的那個開放原始碼虛擬烏托邦，而會變成企業經營的惡托邦，只給有錢菁英份子玩的昂貴主題樂園。

「創線企」要求它的獵蛋客——也就是蛋學研究員——以員工編號做為「綠洲」的分身名字。這些編號都是六位數，而且以數字「六」當開頭，所以大家就叫他們六數人。最近多數的獵蛋客開始稱呼他們「阿六仔」（因為他們很爛）。

要成為六數人，除了要遵守各種規定，你還必須跟「創線企」簽訂合約。根據這份約定，如果你找到哈勒代的彩蛋，獎金必須全歸雇主所有，而「創線企」則會半個月付你一次薪水，提供你食物、住宿、醫療保險和退休金。公司也會讓你的分身擁有上等的盔甲、車輛和武器，並且幫你支付所有的心電移動費用。加入六數人一族就和加入軍隊沒兩樣。

六數人很好辨認，因為他們看起來都是一個樣。公司規定他們的分身都必須是大塊頭的男性（不論本尊的真實性別），留著小平頭，五官要跟系統預設的相貌一樣，而且全要穿著同樣的海軍藍制服。唯一能區別這些企業寄生蟲的方式就是他們別在右胸的識別證。在「創線企」的企業圖案底下印有他們的六位數員工編號。

我跟多數獵蛋客一樣厭惡六數人，非常不屑見到他們。「創線企」雇用簽訂契約的獵蛋客，根本是破壞競賽的精神。當然，你也可以說獵蛋客各自成群結黨的作為就跟「創線企」一樣，畢竟現在有好幾百個獵蛋客幫派，有些幫派的成員高達上千人，他們同心協力想找到程式彩蛋。每個幫派都有嚴密的法令，規定任何一位成員贏得競賽都必須把獎金分給所有成員。像我這樣單打獨鬥的玩家並不在乎那些幫派，不過我們都尊重他們也是獵蛋客——他們跟六數人不一樣，六數人的目的是要把「綠洲」整個移交給邪惡跨國集團，而該集團試圖要摧毀「綠洲」。

我這一代人從來不知道沒有「綠洲」的世界長什麼樣。對我們來說，「綠洲」不只是一個遊戲或娛樂平臺，就我們記憶所及，它就是我們生活的一部分。我們誕生在一個醜陋的世界，而「綠洲」就是我們的幸福避風港。一想到這個虛擬世界要被「創線企」私有化，被變成同質性的人才能參與的世界，就讓我們萬分害怕，而這種害怕程度是那些在「綠洲」出現之前出生的人所無法理解的。對我們來說，這就像有人威脅要奪走太陽，或者對抬頭看天空的人索價。

六數人讓真正的獵蛋客有了共同的敵人，而攻擊六數人就成了論壇和聊天室裡最熱門的消遣。許多級數高的獵蛋客制定嚴密規則，對於踩線的六數人一律格殺勿論（或者要設法幹掉他們）。有幾個網站還專門追蹤六數人的活動和動靜，有些獵蛋客花在獵殺六數人的時間甚至遠多於搜尋程式彩蛋。規模較大的獵蛋客幫派還會舉行「剷除阿六仔」的年度比賽。幹掉最多阿六仔的幫派就能贏得獎金。

瀏覽了幾個獵蛋客的論壇後，我點入「書籤」圖示，瀏覽我最愛的網站，「雅蒂的藏經格」。這個部落格的格主是女獵蛋客，她把自己取名為雅蒂米思。我三年前一發現這個部落格就立刻成為忠實粉絲。雅蒂米思會在上面張貼很棒的隨筆，內容是她尋找哈勒代程式彩蛋的心得，她把這件事稱為「瘋狂的麥高芬搶奪」④。她的寫作風格討喜、慧黠，撇開譏諷的部分不談，每一篇文章充滿自貶的幽默和機鋒。在她的部落格裡，除了對《安納瑞克年鑑》裡的章節段落發表（經常很歇斯底里的）個人詮釋外，還會提供書籍、電影、電視劇和音樂的網站連結，這些都是她最近研究哈勒代時所接觸到的東西。我認為她張貼的這些內容根本方向錯誤，訊息不實，不過還是很具娛樂效果。

不用說，我非常迷戀網路上的雅蒂米思。

她偶爾會把從螢幕上擷取、有著一頭烏黑秀髮的分身照放在部落格裡，我有時（總是）會把那些照片存進硬碟的檔案夾中。她的分身好美，但不是那種不自然的美。在「綠洲」裡，你常見到所有人都有一張美得出奇的臉。可是雅蒂米思的五官看起來不像從分身樣本的美女圖庫中挑選出來的。她的五官就跟真人一樣獨特，彷彿是將真面目掃描下來的。褐色大眼，圓潤顴骨，秀氣的尖下巴，還有永遠的笑靨。我覺得她真的美呆了。

雅蒂米思的身材也有點罕見。在「綠洲」，你通常會見到兩種女性身材：瘦到不像話但又超級受歡迎的模特兒骨架，要不就是大奶纖腰的色情女星身材（這種身材在「綠洲」裡甚至比在真實世界更不自然）。然而，雅蒂米思的身材卻顯得矮短，像畫家魯本斯（Rubens）作品裡的美女豐滿圓滾。凹凸有致。

我曉得我對雅蒂米思的情愫既愚蠢又輕率。我對她有多少了解？她當然從未提過她的真實身分，或者她的年齡以及在真實世界的所在地點。我壓根兒猜不出她的真正模樣。她很可能十五歲，也可能五十歲。很多獵蛋客甚至懷疑她搞不好不是女的，但我不這麼認為。大概是因為我無法忍受在虛擬世界裡讓我神魂顛倒的女孩其實是個中年大叔，名叫恰克，背部全是毛，頭髮禿成地中海。

從我開始造訪「雅蒂的藏經格」這幾年來，它已成為最受歡迎部落格之一，每天瀏覽數高達百萬人次，而雅蒂米思也因此成了名人，起碼在獵蛋客圈子裡。但名氣並沒讓她患有大頭症，她的寫作方式依舊風趣自貶。她最近放上去的文章標題為「約翰．休斯的藍調」，裡頭深入詳述她最喜歡的六部約翰．休斯的校園電影。她將這六部影片分成兩個三部曲：「傻女幻想曲」三部曲，影片包括《少女十五十六時》（*Sixteen Candles*）、《紅粉佳人》（*Pretty in Pink*）、《他們的故事》（*Some Kind of Wonderful*）。另一個是「傻男幻想曲」三部曲，影片包括《早餐俱樂部》（*The Breakfast Club*）、《摩登保母》（*Weird Science*）以及《蹺課天才》（*Ferris Bueller's Day Off*）。

我讀完這篇文章時，顯示器剛好跳出即時訊息的視窗。是我最要好的麻吉艾區（好，真要吹毛求疵的話，那我就改口，除了吉爾摩太太，他是我唯一的朋友）。

艾區：早啊，老兄。

帕西法爾：嗨，老兄。

艾區：在忙啥？

編譯註

④ 麥高芬（MacGuffin）是指在電影（通常是驚悚片）中推動情節展開的某種事物，這事物本身並不重要，但整齣戲的情節是因為這個事物才得以展開。這個概念首次出現於驚悚電影大師希區考克一九三五年的電影《國防大機密》（*The 39 Steps*），一九三九年他在哥倫比亞大學演講時使用了這個辭彙。

帕西法爾：逛網路啊，你呢？

艾區：在「地下室」啊，上學前出來玩一玩吧，阿呆。

帕西法爾：好啊！立刻過去。

我關掉即時訊息的視窗，看看時間，還有半小時才上課。我咧嘴笑了一下，點入顯示器邊緣一個小門圖示，然後從「我的最愛」清單中挑選艾區的聊天室。

03

系統確認我隸屬於聊天室所准許的名單之內，開門讓我進入。我的餘光所瞥見的教室影像開始縮成拇指大小的視窗，跑到顯示器的右下方，好讓我清楚看見分身前方的狀況。現在我的視野全是艾區的聊天室內部的畫面。我的分身出現在「入口」的內側，所謂的「入口」是指一道鋪著地毯的樓梯最上方的門。這道門無法通往任何地方，也沒開啟，因為「地下室」這個聊天室和裡頭的內容不屬於「綠洲」。聊天室獨立於「綠洲」之外，是一個讓來自「綠洲」的分身可以進入的臨時虛擬空間。我的分身其實並不是真的在那個聊天室「裡面」，只不過乍看之下如此。韋德三號／帕西法爾仍雙眼緊閉坐在世界史的課堂裡。登入聊天室有點像是同時出現在兩個地方。

艾區把他的聊天室命名為「地下室」，還把裡面設計得很像一九八〇年代末郊區住宅的大娛樂室。木板鑲飾的牆面上貼滿老電影和老漫畫的海報，房間正中央擺了一臺RCA牌的復古電視，上面連接著Beta制的錄放影機、鐳射影碟播放器，以及幾臺復古的電玩主機系統。遠端牆面上有幾排書架，上面擺滿了角色扮演的遊戲輔助品以及《龍》（*Dragon*）的絕版雜誌。

主持規模這麼大的聊天室可不便宜，不過艾區負擔得起。他會利用放學後和週末參加電視轉播的玩家競賽，從中贏得不少錢。在「綠洲」的世界裡，艾區在「死鬥」和「搶旗」兩個聯盟中都屬於高階的快打手，甚至比雅蒂米思還出名。

過去幾年內，「地下室」成了上流的菁英俱樂部。艾區只允許他認為值得的人加入，所以被他邀請出入地下室是至高的榮譽，尤其對我這種級數只到三級的無名小卒而言。

我下樓梯後看見幾十個獵蛋客在那裡閒晃，他們的分身什麼模樣都有，有人類、半機器人、魔鬼、黑精靈、金工火神伏爾甘，以及吸血鬼。他們多半聚集在一排靠牆的老電玩機臺前，剩下幾個站在一臺古董級的音響旁——現在正轟隆播放的是杜蘭杜蘭樂團（Duran Duran）的「野男孩」（The Wild Boys）——瀏覽艾區擁有的一大排音樂卡帶。

艾區本人呈大字躺在聊天室三張沙發的其中一張，這些沙發以U字型擺在電視機前面。艾區的分身是一個英挺闊肩的高大白種男性，深色頭髮，褐色眼珠。我曾問他在真實生活裡長得是否跟分身很像，他以玩笑的口吻，說：「對，不過在真實生活中我更帥。」

我走過去，原本正埋首於「慧視遊戲機」[5]的艾區抬起頭看我，他露出《愛麗絲夢遊仙境》中

編譯註

⑤ 慧視遊戲機（Intellivision）是一九七九年美泰兒公司（Mattel）生產的遊戲主機，主要是衝著當時最受歡迎的遊戲主機雅達利2600而來。

那隻柴郡貓式的嘻嘻笑容，嘴巴從一耳咧到另一耳，喊道：「Z！還好嗎？老兄。」他伸長右手，跟在他對面那張沙發的我擊掌。我們相識後沒多久，艾區就以「Z」來稱呼我，他喜歡給別人取單一字母的綽號，而他說到自己的分身的名字時也只以「H」來稱呼。

「你咧？漢柏汀克。」漢柏汀克是我們玩過的電玩。我經常隨口以H開頭的字來稱呼他，比如哈利（Harry）、休柏特（Hubert）、漢瑞（Henry）、霍根（Hogan），乃至於漢柏汀克（Humperdinck）。我曾猜想，他的真名應該也是H開頭，後來他向我坦承的確如此。

我認識艾區三年多，他也在路得思星球就讀，不過他的學校是編號一一七二，剛好位於我學校所在的星球對側，兩個學校遙遙相對。有個週末我們在獵蛋客公共聊天室相遇，立刻相談甚歡，因為我們有共通的興趣，應該說有同樣的一種興趣：對哈勒代和他的程式彩蛋醉心痴迷。聊了幾分鐘，我就知道艾區是個真正厲害的人物，頭腦靈光的優秀份子。他對八〇年代的事物非常了解，不僅是主流正規的東西，就連任何細節都瞭若指掌。他可說是研究哈勒代的學者。我想他也在我的身上見到相同特質，因為他給了我他的聯絡方式，還邀請我隨時到他的地下室逛逛。從那時起，他就是我最要好的麻吉。

這幾年來，我們之間逐漸發展出一種友好的競爭關係。我們經常閒扯，說不曉得我們兩人哪一個的名字會先登上計分板。我們經常藉由細微瑣碎的獵蛋客知識來彼此較勁，看誰更具有技客的本領。有時我們還會一起進行研究，比如在他的聊天室裡看八〇年代的俗爛電影和電視劇。我們當然也一起打很多電玩。艾區和我花了很多時間在兩人對打的經典電玩上，比如「魂斗羅」（Contra）、「戰斧」（Golden Axe）、「重裝戰士」（Heavy Barrel）、「電視鬥士」（Smash TV），以及「怒II」

（Ikari Warriors）。除了在下敝人我，艾區是我見過最全能的玩家。在多數的遊戲中，我們兩人可說旗鼓相當，不過他有辦法在某些遊戲上痛宰我，尤其是以主視角所進行的第一人稱射擊遊戲（First person shooter，簡稱FPS）。這類型的電玩是他的強項。

我對真實世界中的艾區一無所知，但我感覺得到他的家庭生活也不怎麼愉快。他跟我一樣醒著時就登入「綠洲」。雖然我們從未謀面，但他不止一次告訴我，我是他最要好的朋友，所以我猜想他大概跟我一樣孤單寂寞。

「你昨晚離開後幹了些什麼？」他問我，把慧視遊戲機的另一個操控器丟給我。昨晚我們在他的聊天室晃了幾小時，一起看日本的怪獸老電影。

「沒什麼。就回家複習幾個經典的投幣式電玩。」

「沒必要玩那種東西。」

「對，不過我就是想玩。」我沒問他昨晚幹了什麼，他也沒主動交代細節。我曉得他大概去了賈蓋斯星球，或者同樣很酷的地方，去那裡打電玩，快速破關，累積經驗值。他不想提起這些讓我尷尬。艾區可以花很多時間在網路上，追蹤線索，尋找銅鑰，但他從未藉此對我示威，或者取笑我沒足夠的銀兩心電移動到其他地方；此外，他也不曾故意說要借我錢來羞辱我。獵蛋客之間有一種不成文的規定：如果你決定單打獨鬥，就代表你不想要或不需要從任何人獲得任何協助。想尋求幫助的獵蛋客會加入幫派，而艾區和我都認為只有遜咖和裝模作樣的人才會加入這種組織。我們兩人發誓要一輩子單打獨鬥。雖然我們偶爾會討論程式彩蛋，不過討論時通常帶著防備，小心翼翼地避免說得太具體。

我和艾區一起玩「創界：致命身分碟」（Tron: Deadly Discs），我贏了他三回合後，他不悅地將慧視操控器丟開，抓起地上的一本雜誌，是科幻影視月刊《星誌》（*Starlog*），我認出封面是魯格・豪爾（Rutger Hauer）在電影《鷹狼傳奇》（*Ladyhawke*）中的宣傳照。

「《星誌》啊？」我說，點點頭表示認可。

「對，我在『孵卵所』論壇中下載了每一期，不過還沒全看完。我正在讀的這篇很棒，它在討論《魔星傳奇》（*Ewoks: The Battle for Endor*）。」

「電視影集，一九八五年上映。」我背誦它的資料。與《星際大戰》有關的任何事物都是我的強項。「這部《星際大戰》番外篇根本是垃圾，《星際大戰》系列史上最爛的一部片。」

「胡扯，屁股臉，有些情節很讚的。」

「不對，」我說，搖搖頭，「一點都不讚，甚至比系列第一集《依沃克冒險記》（*Ewok Adventure: Caravan of Courage*）還爛。他們應該把它稱為《爛片元素大集合》。」

艾區翻翻白眼，繼續低頭讀雜誌。他沒上當。我覷了雜誌封面一眼，說：「嗨，你看完後可以給我看嗎？」

他咧嘴笑著說：「幹麼？你想看討論《鷹狼傳奇》那篇文章啊？」

「對啦。」

「小子，你就愛垃圾食物，對吧？」

「要你管。」

「這齣鬧劇你看過幾次啊？不過我可知道你起碼有兩次硬要我坐著看完。」現在換他引我上鉤。

他明知《鷹狼傳奇》是一部會讓我在享受時懷著罪惡感的電影，而且我看了起碼二十次。

「我要你看是為了你好，呆瓜。」我將一個新卡帶塞入慧視主機系統裡，玩起單人射擊遊戲「太空碎敵」（**Astrosmash**）。「有一天你會感謝我的。等著瞧，《鷹狼傳奇》是不折不扣的正典。」

「正典」是指哈勒代很著迷的電影、書籍、遊戲、歌曲或電視劇。

「是唷，你肯定在說笑。」艾區說。

「不是，我不是在說笑。還有，我的名字不叫士友。」

他放下雜誌，身子往前傾，「哈勒代絕不可能是《鷹狼傳奇》的粉絲，這點我可以保證。」

「證據在哪裡？大便臉。」我問。

「他是有品味的人，這一點就足以當我的證據。」

「那麻煩你告訴我，為什麼他有VHS錄影帶版以及鐳射影碟版的《鷹狼傳奇》？」哈勒代把他臨終之前收藏的所有影片都收錄在《安納瑞克年鑑》的附錄中，我們兩人都有這份影片名單。

「這傢伙家財萬貫，擁有上百萬部的影片，可是搞不好一半以上都沒看過！他也有《天降神兵》（*Howard the Duck*）和《電光飛鏢俠》（*Krull*）的DVD啊。他擁有這些影片不表示他喜歡，傻蛋，所以這些肯定不會是正典。」

「這實在沒什麼好爭的，荷馬⑥，反正《鷹狼傳奇》是八〇年代的經典。」

「反正這影片遜斃了，就是這樣！那些劍看起來就像用錫箔紙黏的，還有電影配樂，簡直世紀

編譯註

⑥ Homer這個名字也是H開頭。

無敵遜，根本就是合成器搞出來的爛東西。見鬼的亞倫派森實驗樂團（The Alan Parsons Project）遜遜相連到天邊！宇宙超級無敵遜。《時空英豪》第二集（*Highlander II*）也很遜。」

「喂，」我假裝要將慧視操控器丟向他，「你這是在侮辱人喔！光是《鷹狼傳奇》裡的卡司陣容就足以讓這部片成為正典！主角魯格·豪爾演過《銀翼殺手》裡的人造人羅伊·貝提（Roy Batty）！而馬修·鮑德瑞克（Mattew Broderick）還演過《蹺課天才》呢。還有在電影《戰爭遊戲》（*WarGames*）扮演弗肯老師的那個演員呢？」我在腦海搜尋那個演員的名字。「喔，就是約翰·伍德！他和馬修·鮑德瑞克又在這部戲裡碰頭。」

「對這兩人來說，《鷹狼傳奇》是他們事業的敗筆。」他說完後哈哈大笑。他就愛跟人爭論老電影，甚至比我還愛。聊天室裡的其他獵蛋客開始在我們四周圍成一圈湊熱鬧。我和艾區的辯論經常很具娛樂價值。

「你一定是腦袋壞了！《鷹狼傳奇》可是他媽的李察·唐納（Richard Donner）導演的欸！他導過《七寶奇謀》（*The Goonies*）！還有《超人》（*Superman: The Movie*）！而你竟然說這傢伙很遜？」我嚷嚷起來。

「就算是史帝芬·史匹柏導的我也不在乎。反正我覺得那明明是給小女生看的，卻偽裝成一部刀光劍影、巫術魔法的影片。唯一稍微不扯的類型電影大概是……就是《黑魔王》（*Legend*）吧。喜歡《鷹狼傳奇》的人骨子裡肯定是經過美國農業部嚴選認證的娘娘腔！」

無聊的圍觀鄉民爆出哄堂大笑。我現在真的有點不高興了。我也是《黑魔王》的大粉絲欸，艾區明明知道。

「噢，所以我是娘娘腔囉？你這個崇拜依沃克的變態狂！」我一把抓過他手中的《星誌》，丟向牆上那張《星際大戰：絕地大反攻》（*Revenge of the Jedi*）的海報。「你以為你對依沃克瞭若指掌就能找到程式彩蛋？」

「別說到恩多星人喔，老兄，」他伸出食指說：「我警告你，我會禁止你來這裡，我發誓。」我知道他的威脅只是嘴巴說說，所以打算抓著依沃克的主題窮追猛打，或許故意把依沃克說成恩多星人[7]來氣他。就在這時，有個新加入者出現在樓梯上，是那個暱稱叫「我最屌」的遜咖。我嘆了一口氣。「我最屌」和艾區念同一所學校，有幾堂課還一起上，可是我依然想不通艾區怎麼會准許他進來地下室。「我最屌」自以為是菁英獵蛋客，其實他不過是個裝模作樣的討厭鬼。對，他是經常透過心電移動到「綠洲」各個地方，闖過一關關任務，讓分身升級，可是他根本什麼都不懂。他總是揮舞著一把體積約雪地車大的超大電漿步槍，即使那玩意兒在聊天室裡根本毫無意義。而且這傢伙超沒禮貌的。

「你們兩個傢伙又在爭論《星際大戰》啦？」他說著步下階梯，走到我們四周的人群中。「這種爛戲碼過時囉。」

我轉向艾區，對他說：「如果你想對誰下禁止令，何不從這個小丑開始？」我按下慧視操控器上的重置鍵，準備開始打另一款遊戲。

「閉上你的狗嘴，怕死法爾！」「我最屌」說，還用他最喜歡的諧音來稱呼我。「他不會禁止我

編譯註

[7] 依沃克（Ewok）出自電影《星際大戰》，是一種長得類似泰迪熊的生物，住在恩多（Endor）衛星上。

來的，因為他知道我是傑出人士！對不對啊？艾區。」

「不對，」艾區賞他一個白眼，「不對。你的傑出程度就跟我曾祖母一樣，而她早就死翹翹。」

「去你的，艾區！還有去你那死掉的阿嬤！」

「哇，『我最屌』，你老是有辦法提升大家聊天的智商程度。」我嘟噥道。

「不好意思喔，窮酸艦長。咦？你這會兒不是應該在因悉皮歐星球跟人乞討零錢嗎？」「我最屌」伸手拿另一個操控器，但我早一步搶下，擲給艾區。

他沉下臉，罵我：「小癟三。」

「假掰貨。」

「假掰貨？怕死法爾說我是假掰貨？」他轉身面向旁邊那一小群觀眾說：「這呆瓜窮到得求人讓他搭便車去灰鷹遊戲區，殺妖精，換到銅配件，而這種人竟然說我是假掰貨！」

這句話惹得群眾一陣竊笑，我感覺到我在視像罩底下的臉開始變紅。大概一年前，我犯了一個錯，為了提高經驗值，我在虛擬世界裡請「我最屌」讓我搭便車。他把我放在灰鷹較低階的任務區後竟然跟蹤我。下車後我花了幾小時誅殺一小群妖精，等著它們繁衍，然後再殺掉它們，一遍又一遍。那時我的分身仍是最初階，要想升級有幾種安全的方式，而這就是其中之一。那晚「我最屌」偷偷把我的影像側拍下來，貼上一句話：「怕死法爾，勇猛的妖精屠夫。」然後，把這些側拍的照片貼到孵卵所。之後每次有機會他就會拿這件事來取笑，看來他不打算放過我。

「對，我叫你假掰貨，假掰貨。」我站起來，挺身面對他。「你是個什麼都不懂的小娘砲。就算你晉升到十四級，也不代表你是個獵蛋客。你還得多充實一些『知識』呢。」

「說的好呀。」艾區說，點頭附和，還跟我擊拳。觀眾爆出更多竊笑，這次是針對「我最屌」。

「我最屌」瞪了我們一會兒，然後說：「好，我們就來看看誰是真正的假掰貨。娘兒們，看看這個。」他拿出一樣東西，舉得老高，那是雅達利2600的一款老遊戲，仍裝在盒子裡。他故意用手蓋住遊戲名稱，但我還是認出那圖案。那是穿著古代希臘服裝的一對年輕男女，兩人都揮舞著劍，在他們身後鬼鬼祟祟的是希臘神話中牛頭人身的怪物以及一個留著大鬍子的男人，這男人一眼戴著眼罩。「知道這是什麼嗎？假掰貨。」「我最屌」挑釁我，「我就給你一個線索吧……這是雅達利的遊戲，當初是以競賽的方式來發表，裡頭有幾個謎題，能一一解出來的人就可以贏得獎賞。很耳熟吧？」

「我最屌」為了讓我們刮目相看，老是喜歡賣弄與哈勒代有關的線索或事物，他愚蠢地以為他是第一個發現那些線索或事物的人。獵蛋客就喜歡玩這種我比你厲害的較勁遊戲，一天到晚都想證明他們比其他人更懂得某些冷僻知識。不過在這方面「我最屌」遜斃了。

「你在開玩笑，對吧？你現在才知道有尋劍系列（Swordquest）啊？」我說。

「我最屌」整個人洩了氣。

「你手上拿的是『尋劍：凡間』，」我繼續說：「這是尋劍系列中的第一部遊戲，一九八二年發表。」我露出大笑臉，「那你說得出來接下來的三部遊戲是什麼嗎？」

他瞇起眼，想必被考倒了。就像我說的，他是個不折不扣的假掰貨。

「有誰知道？」我把問題開放給所有人。圍觀的獵蛋客面面相覷，但沒人開口。

「火界、水界和風界。」艾區回答。

「答對了！」我說，我們再次擊拳。「不過風界從未真正完成，因為雅達利財務困難，在這部遊戲完成之前就取消了競賽。」

「我最屌」默默地把遊戲盒收回他的物品清單中。

「你真該加入阿六仔那群人，『我最屌』。」艾區說，哈哈笑，「他們真的用得到像你知識這麼淵博的人。」

「我最屌」對他比中指。「你們這兩個同性戀若真的知道尋劍競賽，我以前怎麼沒聽你們說過？」

「拜託，」艾區說，還搖搖頭，「『尋劍：凡間』是雅達利『冒險』遊戲的非正式續集，每個獵蛋客都應該知道這個競賽。這樣說夠不夠清楚？」

「我最屌」試圖扳回顏面，「好，既然你們兩位是專家，那我就問問你們，所有的尋劍系列是出自誰之手？」

「丹．西雀恩（Dan Hitchens）和陶德．弗萊（Tod Frye）。」我回答，「考點比較難的吧。」

「我來問你。」艾區打岔，「每個競賽的贏家可以從雅達利獲得什麼獎賞？」

「喔，好問題，」我說：「我來想想看……凡間的獎品是『準終極真實護身符』，這個護身符是一塊鑲著鑽石的扎實金塊。如果我記的沒錯，贏得該獎品的孩子把金塊拿去融化，賣了之後繳大學學費。」

「對，對，」艾區很興奮，「好，別耽擱時間，另外兩個呢？」

「我沒耽擱時間。火界的獎品是『光之聖杯』，水界的獎品應該是『生命皇冠』，但這個獎項從未頒發，因為競賽取消了。風界的獎品『哲學家之石』也一樣沒人得到。」

艾區咧嘴露出燦爛笑容，雙手舉高，跟我拳碰拳，然後補充說：「如果競賽沒取消，前四回合的贏家就能獲得最大獎，『終極魔法劍』。」

我點點頭，「在隨著尋劍遊戲發表而出版的漫畫書裡都有提到這些獎品。對了，在「安納瑞克英雄帖」短片最後一幕的藏寶室中就出現那些漫畫。」

觀眾鼓掌叫好。「我最屌」羞愧地低下頭。

自從我變成獵蛋客後，愈來愈發現哈勒代的尋寶競賽靈感就是來自尋劍競賽。我不曉得解謎這個主意是否也借自尋劍，但我還是仔細地研究了尋劍系列的遊戲和解題方式，以策安全。

「好，你贏了，不過你們兩個顯然需要過點正常生活。」「我最屌」說。

「你也是。看來你得重新找嗜好，因為你顯然缺乏成為獵蛋客所需的智慧，而且也不夠認真。」我說。

「的確。」艾區幫腔：「你偶爾也要做點功課，研究一下啊，我的意思是，你應該聽過維基百科吧，討厭鬼。」

「我最屌」轉身，走向堆在房間另一側的一箱箱漫畫書，好像沒興趣繼續跟我們談下去。「隨便啦，」他轉頭說：「如果我沒花那麼多時間下線、泡妞，我大概也會跟你們兩個一樣知道那麼多沒用的狗屎。」

艾區不理他，轉而對我說：「在尋劍漫畫書裡那對雙胞胎叫什麼名字？」

「泰菈和泰兒。」

「天殺的，Z！你實在太屌了。」

「多謝啦，艾區。」

我的顯示器閃過一則訊息，提醒我教室剛剛響過鈴聲，提醒學生三分鐘後開始上課。我知道艾區和「我最屌」也看到了同樣的訊息，因為我們的學校有相同的課程作息。

「該進行更高深的學習了。」艾區說著起身準備離開。

「真討厭，」「我最屌」說：「兩位廢物待會兒見。」他對我比中指，接著登出聊天室，他的分身消失。其他獵蛋客也紛紛登出，最後只剩下我和艾區。

「說真的，艾區，你為什麼要讓那個白痴來這裡？」我說。

「因為在電玩裡痛扁他很有趣，況且他的無知帶給我希望。」

「怎麼說？」

「如果多數的獵蛋客都跟『我最屌』一樣呆，Z，相信我，他們就是這麼呆，這代表你和我很有機會贏得尋寶競賽。」

「我想，大概也只能從這個角度來看。」

「今晚放學要不要再出來玩？大概七點左右，行嗎？我要先去忙一點雜事，然後觀賞『必看清單』中的東西。或許今晚就來看英國影集《屋事生非》（*Spaced*），連續看上好幾集？」

「喔，太棒了，算我一份。」

我們同時登出，這時上課鐘聲響起。

04

我的分身睜開眼，回到世界史的教室裡面。四周的座位都坐滿了學生，而老師艾文諾維區也出現在教室前方。艾老師的分身留著鬍子，看起來像魁梧的大學教授。他常露出具感染力的燦爛笑容，戴著金屬框眼鏡，穿著手肘部位有補丁設計的花格呢外套。他說話時總讓人覺得他在朗讀十九世紀英國作家狄更斯的作品。我喜歡他，他是個好老師。

想當然耳，我們不曉得艾文諾維區老師的真實身分，也不知道他住在哪裡。我們不知道他的真實姓名，連「他」是否真的是男性都一無所知。搞不好他其實是個嬌小的因紐特原住民女性，住在阿拉斯加的安克拉治市，但故意讓分身擁有這種外貌和聲音，以便學生更能接受她的授課。不過不知為何，我總覺得艾文諾維區老師的真實外貌和聲音就跟這個分身一樣。

這裡的所有老師都很棒，跟真實世界的老師很不一樣。「綠洲」公立學校的老師好像都很熱愛教書，大概是因為他們不必把一半的時間拿來當保母和教官。「綠洲」的軟體會處理這部分的事務，確保學生乖乖坐在教室聽課。所有老師只需要教課。

線上教學的老師也比較容易讓學生專心，因為在這裡，教室就像《星艦迷航記》裡的全像甲板，可以栩栩如生地模擬真實環境。老師每天都能在不離開校園的狀況下，帶領學生進行虛擬的戶外教學。

在今天早上的世界史中，艾文諾維區老師下載了一個獨立於「綠洲」的模擬環境，讓全班可以親眼目睹一九二二年考古學家在埃及挖掘君王圖坦卡門墳墓的景象。（前一天我們造訪了同一個地點，但時間是西元前一三三四年，當時我們目睹了圖坦卡門帝國的全盛榮景。）

第二堂課是生物課，我們遊歷了人體心臟，從體內看著它怦怦跳，就像老電影《神奇旅程》（*Fantastic Voyage*）裡的畫面。

上藝術課時我們所有人的分身戴著貝雷帽遊覽了法國羅浮宮。

上天文課時，我們造訪了木星的所有衛星，還站在木衛一「艾奧」（Io）的火山表面聽老師解釋該衛星當初是如何形成的。老師授課時，木星就隱約地出現在她身後，占滿大半個天空，而它的風暴漩渦「大紅斑」（Great Red Spot）則緩緩地在老師的左肩上方不停攪動。接著老師一彈指，我們就立刻站在木衛二「歐羅巴」（Europa）上，討論該衛星的冰層底下是否可能存在著外太空的生命跡象。

午餐時我坐在校園外的青綠草地上，望著模擬的自然景色，繼續戴著視像罩，啃著蛋白質棒。這絕對勝過呆望著祕密基地的內部。我是高年級生，所以午餐時間可以在虛擬世界裡閒逛，可是我沒有那種閒錢來揮霍。

登入「綠洲」不用錢，但要在裡頭到處移動則不是免費。多數時候我沒有足夠的錢在虛擬世界裡隨意來去，然後回到路得思星球。每天最後一次鐘聲響起，在真實世界有事要做的學生就會登出「綠洲」，其他人則會前往其他虛擬世界。很多學生有自己的星際運輸工具，所以路得思星球的校園停車場停滿了飛碟、鈦戰機、美國太空總署的老太空梭、《星際大爭霸》（*Battlestar Galactica*）裡的毒蛇戰鬥機，以及你可以想到的每齣科幻電影和電視影集裡出現過的太空工具。每天下午，我會站在學校前方的草坪，羨慕地看著這些梭艦布滿天空，嗡嗡前進，去探索模擬世界裡的無垠可能性。至於自己沒有梭艦的學生要不是搭朋友便車，就是成群結隊到距離最近的運輸航站，搭乘大眾運輸工具，前往虛擬夜店、電動遊樂場或者搖滾音樂會。但我也不會這麼做。我哪裡都不會去，只能困在路得思星球，全「綠洲」中最無聊的星球。

其實「綠洲」（Oasis）的全名是「以人類為宇宙中心之實體論的感官浸淫模擬體系」（Ontologically Anthropocentric Sensory Immersive Simulation），這個體系無邊無際。

當然一開始只有幾百個星球供用戶探索，而這些全都是由「群聚擬仿」的程式設計師和美術設計所創造出來的。這些星球的環境無所不包，從「劍與魔法」的奇幻小說情境，到以高科技為主的後現代科幻小說「網際叛客」作為氛圍的星球城市，到呈現出受輻射污染的大滅絕後氛圍，殭屍橫行的荒原。有些星球精心設計，有些則是隨機套用樣板。每個星球上都聚集了各式各樣具人工智慧的「非玩家角色」，也就是非由玩家所控制，而是由電腦所控制，能與「綠洲」用戶互動的人類、動物、怪物、外星人和機器人。

「群聚擬仿」也取得授權，得以使用其競爭者先前所創造出來的虛擬世界，所以「無盡的任務」（Everquest）和「魔獸世界」（World of Warcraft）遊戲中的內容能被移植到「綠洲」中。此外，在「綠洲」逐漸擴增的星球類別中，也涵蓋了充滿冒險和奧祕的夢幻世界「諾拉斯」及魔獸爭霸之地「艾澤拉斯」。其他的虛擬世界很快就跟進，包括巨大虛擬城市「魅他域」和「母體」。而科幻電視影集《螢火蟲》（*Firefly*）裡所描述的宇宙則安置在《星際大戰》裡的銀河旁邊，《星艦迷航記》裡所描述的宇宙也被鉅細靡遺地重製，與該銀河相鄰。用戶可以在他們喜愛的科幻世界中穿梭。《魔戒》裡的中土世界、金工火神伏爾甘、科幻小說《帕恩星的龍騎士》（*The Dragonriders of Pern*）系列中的帕恩星、《沙丘魔堡》（*Dune*）中的阿拉基斯星、《銀河便車指南》中主角所要尋找的瑪葛拉西亞星、奇幻小說《碟型世界》（*Discworld*）中的世界、科幻小說《冥河世界》（*Riverworld*）中的星球、科幻小說《環狀世界》（*Ringworld*）裡的景象。一個又一個的奇幻世界。

為了跨區和航行之便，「綠洲」被均分成二十七個立方體狀的區塊，每個區塊都含有數百個不同的星球。（這二十七個區塊的三D立體地圖非常類似八〇年代的益智玩具魔術方塊。就跟多數的獵蛋客一樣，我也不是無意間知道這事。）每個區塊的長寬高都正好是十光時，也就是一百零八億公里。所以如果你以光速旅行（「綠洲」裡的太空船所能達到的最快速度），大約十小時可以從一個區塊的一端移動到另一端。這麼遠的移動費用可不便宜。能以光速移動的太空船並不多，而且需要燃料才能前進。由於進出「綠洲」都是免費，所以「群聚擬仿」的利潤來源之一，就是向搭乘虛擬太空船的人索取虛擬燃料費，不過「群聚擬仿」最主要的收入還是來自心電移動。心電移動是最快的移動方式，但也是最昂貴的。

在「綠洲」內部旅行不僅昂貴，而且很危險。每個區塊都分成許多形狀和面積各異的區域。有些區域涵蓋好幾個星球，有些則只涵蓋一個星體表面幾公里。每個區域都有自己獨特的規定和特色。有些區域有魔法，有些沒有，同樣地，科技也不是每個區域都有。如果你搭乘以科技為原理的星際船進入科技無法運作的區域，你的引擎一跨過區界就會立刻失靈。這時你得雇用某個留著灰鬍的愚蠢魔法師開著以魔法為動力的太空駁船，將你的屁股拖回科技區。

所謂的「雙重區」是指同時具有魔法和科技功能的區域，而「無效區」則是指兩者都無法作用的區域。在和平區裡，玩家之間不准發生衝突，至於在自由區中，每個分身都要各求自保。

每次進入新區域或區塊時，你都得謹慎，得先有心理準備。

不過就像我說的，我沒這種問題，因為我被困在學校裡。

路得思星球被設計成學習場所，所以整個星球表面見不到任何通關入口或者遊戲區。在這裡唯一能發現的，是數千所一模一樣的學校。這些學校以綠油油的起伏草地、完美的造景公園、小河、原野，和從樣板中擷取出來的偌大樹林作為區隔。這裡沒有城堡、地下城或環繞運行的太空堡壘讓我的分身進攻，也沒有非玩家角色的壞蛋、怪獸或外星人跟我對打，所以這裡沒有寶藏讓我掠奪。

從很多方面來說，這實在爛透了。

完成任務過關、跟非玩家角色對打、收集寶藏，是像我這種低階分身能贏取經驗值的唯一方式。獲得經驗值，你就能提高分身的戰鬥力、體力和能力。

很多「綠洲」用戶不在乎其分身的戰鬥力，也懶得理模擬世界裡的遊戲事物，他們只把「綠洲」當成娛樂、正事、購物或跟朋友相聚閒晃的地方。這些用戶不會跑進自由區，如果他們進去這種區域，他們那手無縛雞之力的初階分身肯定會被非玩家角色或其他玩家打得落花流水。如果你留在路得思星球這樣的安全區，就不必擔心分身會被搶奪、綁架或殺害。

但我就是討厭被困在安全區。

我知道若我想找到哈勒代的程式彩蛋，我終究得到危險的區域冒險，如果我的戰鬥力不夠強，或者武器裝備的數量不足以保護自己，我的分身就活不了多久。

過去五年內，我設法慢慢地把我的分身提升到第三級。這可不容易。我的作法是趁著其他學生

（主要是指艾區）剛好要去我的肉腳分身可以存活的星球時，請他們讓我搭便車。我要他們在菜鳥遊戲區放我下來，然後我利用晚上或週末在那裡斬殺怪物、妖精或其他弱到殺不死我的弩腳怪物。每打敗一個非玩家角色，我就能獲得些許經驗值，而且通常會有銅幣或銀幣從被我幹掉的對手身上掉出來，這些硬幣可以立刻轉換成我的存款數目。我能利用那些存款來支付最後一次鐘響前趕回路得思星球的心電移動費用。有時，但不是太常，被我幹掉的非玩家角色身上的配備會掉出來，而這就是我的分身獲得劍、盾和盔甲的來源。

上學期末開始，我不再搭艾區的便車。他的分身已經超過十三級，所以他所前往的星球對我的分身來說幾乎都很危險。他很樂意把我放在途中經過的某些菜鳥世界，但如果我沒贏得足夠的錢來支付返回路得思星球的費用，我就會被困在其他星球，趕不及回去上課，而校方可不接受這種藉口。我已經有多次沒經過校方批准就缺席，已瀕臨退學，萬一真的被退學，我就得繳回學校所發的「綠洲」主機系統和視像罩，更慘的是我必須回到真實世界裡的學校把高中念完。我可不能冒這個險。

所以，最近我幾乎寸步不離路得思星球，我被困在這裡，困在第三級。擁有第三級的分身簡直丟臉死了，除非是十級以上，否則沒有一個獵蛋客會把你當一回事。即使我打從尋寶競賽開始第一天就是個獵蛋客，所有人依舊認為我不過是個菜鳥，真令人沮喪。

走投無路的我試著放學後兼差，就為了賺點錢以便四處走動。我應徵了十幾份與技術支援或程式有關的工作（多半是與獵蛋有關的工程，寫程式建造「綠洲」的購物商場和辦公大樓），但都石沉大海。目前有數百萬具大學文憑的成人找不到工作。經濟大蕭條已進入第三個十年，失業率依舊創新高，就連我家附近的速食餐館的候補應徵者都排到兩年後。

所以，我繼續困在學校。我覺得自己就像站在世界最頂尖的電玩遊樂場，卻身無分文，啥都幹不了，只能走來走去看著別的孩子玩。

05

午餐過後，我去上我最愛的一堂課，「綠洲」進階研究。這是高年級的選修課，從中可以學到「綠洲」和其創辦人的相關歷史。對我來說，這門課可說是不用費工夫就能念得很好。

這五年來，我閒暇時幾乎都在研究詹姆士·哈勒代。我讀遍任何與他的生平、成就和興趣有關的東西，包括他死後所出版的十幾本傳記。此外我也觀賞與他有關的幾部紀錄片。我研究哈勒代曾寫過的每個字，玩他打過的每個電玩。我做筆記，寫下我認為與尋寶競賽有關的任何細節。我把所有心得記錄在一本筆記本中（看過第三部印第安那·瓊斯的影片後，我就開始把這個筆記本稱為我的『聖杯日誌』）。

我愈了解哈勒代的生平，就愈把他當成偶像。他是技客之神，宅境界已經超凡入聖，媲美發明第一個桌上角色遊戲「龍與地下城」的賈蓋斯（Gygax）、電玩遊戲「創世紀」（Ultima）之父蓋瑞特（Garriott），以及比爾·蓋茲。哈勒代高中畢業後離家時什麼都沒帶，只憑著才智和想像力就建立起世界級的名聲，賺取不計其數的財富。他創造了一個嶄新的世界，讓絕大多數人得以遁逃其中。最重要的，他把他的遺願轉變成有史以來最大的電玩競賽。

在上「進階綠洲研究」課時，我經常把賽德斯老師惹惱。我會指出教科書裡的錯誤，舉手補充（只有）我認為和哈勒代有關的趣味細節。開學幾週後，賽德斯老師就不再點我起來回答問題，除非沒人知道答案。

今天他朗讀《蛋人》裡的章節。這本轟動暢銷的哈勒代傳記我讀了四次。老師講課時，我一直克制自己別去打斷他，別主動指出書裡沒提到的重要細節，只在心裡默默記下每個疏漏點。當老師開始講述哈勒代的童年背景，我再次從哈勒代怪異的生活方式及他故意在身後留下的零星線索來拼湊他的祕密。

★

詹姆士．多諾凡．哈勒代於一九七二年六月十二日誕生在美國俄亥厄州的米德爾敦。他是獨子，父親是機械操作員，成天酗酒，母親是餐廳服務生，患有躁鬱症。

據說哈勒代很聰明，但拙於社交，很難跟周圍的人溝通。即使天資聰穎，他的功課卻很爛，因為他的心思多半放在電腦、漫畫書、科幻和奇幻小說，以及最重要的，電玩遊戲上。

初中時有一天，哈勒代獨自坐在學校餐廳讀《龍與地下城玩家手冊》。這遊戲讓他很著迷，但他從沒機會玩，因為沒有朋友願意跟他一起玩。他班上那個叫歐格頓．莫洛的同學注意到哈勒代正在讀的東西，邀請哈勒代參加每週在他家舉行的「龍與地下城」聚會。在莫洛家的地下室，哈勒代認識了一群跟他一樣的「重度技客」。他們立刻接納他成為他們的一份子，這是詹姆士．哈勒代第一次擁有自己的朋友圈。

歐格頓．莫洛最後成為哈勒代的事業夥伴和最要好的朋友。後來很多人把莫洛和哈勒代的關係，比喻成蘋果電腦的賈伯斯和沃茲尼克、披頭四樂團的藍儂和麥卡尼。這種夥伴關係注定要改變人類的歷史。

十五歲時，哈勒代創造了他的第一個電玩遊戲「安納瑞克闖關記」，這是他以BASIC程式語言在TRS-80彩色電腦上寫出來的。坦迪公司（Tandy）製造的這款桌上型電腦，是前一年聖誕節他收到的禮物（原本他要父母送的是更貴一些的Commodore 64）。「安納瑞克闖關記」是一種冒險遊戲，場景設定在「雀索尼亞」，這是哈勒代為中學朋友的「龍與地下城」聚會所創造出來的奇幻世界。「安納瑞克」是中學時班上一位來自英國的交換女學生替他取的綽號，他很喜歡這個名字，所以還把「龍與地下城」裡他最喜歡的巫師角色命名為安納瑞克，而這個法力高強的巫師後來出現在他的很多電玩遊戲中。

哈勒代創造「安納瑞克闖關記」純粹是為了好玩，他把這款遊戲跟一起玩「龍與地下城」的那群朋友分享，大家立刻著迷，花了很多時間去解答複雜的謎題和困局。歐格頓．莫洛說服哈勒代相信他的「安納瑞克闖關記」比當時市面上任一款電玩遊戲更棒，並且鼓勵他販賣。他還幫哈勒代為這款遊戲做了幾款簡單的封面，兩人一起動手將「安納瑞克闖關記」壓製成幾十片五又四分之一吋的軟碟片，連同一張彩色影印的介紹單放入夾鏈袋，到當地電腦店寄賣。沒多久，這款遊戲就供不應求，他們根本來不及壓製。

莫洛和哈勒代決定創業，在莫洛家的地下室設立電玩遊戲公司「群聚遊戲」。哈勒代設計了幾款新版本的「安納瑞克闖關記」給雅達利800XL、第二代蘋果電腦，以及Commodore 64使用。而莫洛開始在幾本電腦雜誌背面刊登廣告，宣傳這款遊戲。六個月內，「安納瑞克闖關記」就成為全美最暢銷的電玩遊戲。

哈勒代和莫洛差點無法從中學畢業，因為高三那年兩人幾乎都埋首於「安納瑞克闖關記」第二部。他們決定不念大學，把所有精力投注於新公司。那時莫洛家的地下室已經不敷使用，一九九〇年，「群聚遊戲」遷入它第一間真正的辦公室，位於俄亥厄州哥倫布市的破舊購物商場裡。

接下來十年，這間小公司席捲整個電玩產業，他們發表了好幾個系列的動作和冒險遊戲，款款暢銷轟動，而這些遊戲全都採用哈勒代所創造的第一人圖形引擎，這在當時可說是畫時代之舉。「群聚遊戲」替身歷其境的情境體驗遊戲建立了一套新標準，他們每發表一款新遊戲，就挑戰了當時電腦硬體的極限。

矮胖的歐格頓・莫洛天生具有群眾魅力，他負責掌管公司的業務和公關工作。在「群聚遊戲」的每場記者會當中，都可以見到留著滿臉亂鬍、戴著金屬框眼鏡的莫洛展露具感染力的燦爛笑臉，利用他的天賦製造出誇張興奮的高潮氛圍。從各方面來說，哈勒代與莫洛截然相反。他高瘦憔悴、非常害羞，寧可遠離鎂光燈。

這段期間曾受雇於「群聚遊戲」的人說哈勒代一天到晚把自己關在辦公室寫程式，經常一連好幾天或好幾週廢寢忘食，也不跟人接觸。

就算偶爾接受訪問，哈勒代也會出現異於常人的怪異舉止，這些行為甚至以遊戲設計師的標準來看都古怪到不行。他會表現得很亢奮、失神，社交技巧拙劣到主持人常覺得他是否精神不正常。哈勒代說話速度經常快到讓人聽不懂，笑聲尖銳到讓人不舒服，更慘的是通常只有他知道自己在笑什麼。如果他厭煩了訪問（或者對話），經常一聲不吭起身走人。

哈勒代迷戀很多事物，這一點眾所周知，其中最主要的是經典的電玩遊戲、科幻和奇幻小說，以及這類型的電影。他也很熱愛他少年時期一九八〇年代的文化事物。哈勒代似乎期望周遭的人也能跟他一樣著迷於這些事物，還經常痛斥那些不喜歡的人。據說他會開除資深員工，原因可能只是因對方沒聽出他所引用的冷僻電影臺詞，或者他發現他們不熟悉他喜歡的卡通、漫畫或電玩。（歐格頓．莫洛經常會把這些員工請回來，而哈勒代通常不會察覺他們又回來上班。）

年復一年，哈勒代原本就笨拙的社交技巧每況愈下。（哈勒代死後好幾位心理學家針對他做過詳實周延的研究，許多心理學家認為他對日常事物的強烈固著模式，以及對某些冷僻嗜好的過度著迷，很可能是因為他患有亞斯柏格症，或者某種高功能的自閉症。）

哈勒代雖然古怪，卻沒人懷疑他的才氣。他所創造出來的遊戲款款令人著迷，廣受大眾歡迎。到了二十世紀末，哈勒代已被世人公認為當代最了不起的電玩設計者——有些人甚至說他的厲害程度前無古人，後無來者。

歐格頓．莫洛本身也是很優秀的程式設計師，但他真正的天分在他的商業本領。除了和哈勒代共同開發遊戲，他還負責公司早期的所有行銷宣傳及軟體經銷籌劃，成績耀眼。「群聚遊戲」一公開上市，股價立刻衝上雲霄。

三十歲生日前，哈勒代和莫洛就雙雙成為億萬富翁。他們在同一條街上購買豪宅，莫洛還買了藍寶堅尼，享受奢華假期，旅行全世界。至於哈勒代，他所有時間幾乎仍黏在電腦鍵盤上，不過他把電影《回到未來》（*Back to the Future*）裡那輛能穿梭時空的跑車德羅寧（DeLoreans）的原始款買來收藏，並利用新增加的財富來蒐集經典電玩、《星際大戰》的公仔、復古的便當盒及漫畫書，最後這些東西成了全世界最聞名的私人收藏品。

「群聚遊戲」到達頂盛時期後似乎停滯不前，好幾年沒發表過任何新遊戲。莫洛神祕兮兮地宣布，其實該公司正野心勃勃地進行著一個案子，一推出肯定會把公司帶往全新的方向。謠言四起，有人說「群聚遊戲」正在研發新的電腦遊戲硬體，而且這個祕密計畫迅速地燒掉公司很多錢。此外有證據顯示，哈勒代和莫洛兩人也把自己的錢砸入這項新計畫中。「群聚遊戲」瀕臨破產的謠言四起。

然後，二〇一二年十二月，「群聚遊戲」更名為「群聚擬仿」，並以這個新商號來推出旗艦產品，而這項產品成了日後「群聚擬仿」發表過的唯一作品：「綠洲」——「以人類為宇宙中心之實體論的感官浸淫模擬體系」。

「綠洲」最終將改變世人的生活、工作和溝通方式，也會讓娛樂、社交網絡甚至全球政治出現不同的面貌。雖然「綠洲」一開始是以大型多人線上遊戲的新產品面貌問世，但隨即演變成一種新的生活形態。

在「綠洲」出現之前，大型多人線上遊戲可說是第一個共享虛擬環境，這種系統讓成千上萬人可以同時並存在一個模擬世界中，透過網際網路彼此相連。這種環境的規模一般來說相當小，通常只是個單一世界，或十來個小星球。大型多人線上遊戲的玩家是透過一個二次元的小視窗——也就是桌上的電腦螢幕——來觀看線上環境，而且只能透過鍵盤、滑鼠和其他粗糙的輸入設備來互動。「群聚擬仿」將大型多人線上遊戲的概念提升到前所未有的新層次。「綠洲」不把用戶限制在單一星球或幾十個星球。「綠洲」具有數百（甚至數千）個高解析度的三D世界讓用戶探索，每個世界細膩精美，栩栩如生，從小蟲、葉片、風到天氣模式都逼真傳神。用戶若把所有星球都繞過一遍，保證不會見到重複的地貌景致。就連一開始的質樸原貌也模擬得讓人咋舌。

哈勒代和莫洛把「綠洲」稱為「開放原始碼的真實世界」。任何人都可以透過網際網路，利用家裡既有的電腦或電玩遊樂器來進入這個具有無限可能的線上宇宙。一登入你就能逃離沉悶的日常生活，替自己創造出一個全新的角色，完全掌握你在別人眼中的模樣和說話方式。在「綠洲」裡，胖子可以變瘦，醜人可以變美，害羞的可以變活潑，或者反之亦然。你可以改變你的名字、年齡、性別、種族、身高、體重、聲音、髮色和骨架，或者你可以不再當人類，改當精靈、怪物、外星人，或者任何小說、電影或神話裡的生物。

在「綠洲」裡，你可以變成任何你想當的人或生物，毋需擔心真實身分被發現，因為「綠洲」保障你擁有絕對的隱私。

用戶也能更動「綠洲」裡的虛擬世界，或者自己創造出一個全新的世界。在「綠洲」裡，個人的模樣不再局限於他在一般網站或者社交網絡裡的身分。此外，你還可以創造出屬於你的私人星球，在上面蓋虛擬豪宅，隨心所欲地裝修布置，邀請成千上百位朋友來參加派對。而這些朋友很可能隸屬於不同的時區，遍布在世界各角落。

「綠洲」的成功關鍵在於「群聚擬仿」所創造的兩個介面設備——視像罩和觸覺手套，這兩個東西正是進入這個模擬世界所需的物品。

「綠洲」的無線視像罩只有一個尺寸，卻能適用於所有人，它的體積只比一般的太陽眼鏡略大。它透過對人體無害的低功率雷射，將「綠洲」裡令人讚歎的環境射入使用者的視網膜，讓他們的視界完全沉浸在這個網路世界裡。視像罩跟之前那種笨重的虛擬實境大蛙鏡相比，可謂先進了好幾個光年，它改變了虛擬實境技術的典範。超輕薄的觸覺手套也一樣，它讓使用者可以直接控制分身的手，跟周遭的模擬環境互動，彷彿他們的人真的在那個世界裡。當你拾起物品、開門、操作運輸工具，觸覺手套會讓你身歷其境地觸摸到這些不存在的物品和界面，彷彿它們真的出現在你眼前。觸覺手套讓你「進入並碰觸到『綠洲』」——如「綠洲」的電視廣告所言。在視像罩和觸覺手套的共用相輔下，進入「綠洲」變成一種世上任何事物都無法取代的體驗，一旦嘗過那種滋味，就不可能回頭。

讓這個模擬世界得以運作的軟體，亦即哈勒代的新「綠洲」實境引擎，也象徵著畫時代的科技大突破。它克服了之前困擾模擬實境技術的局限。早期的大型多人線上遊戲除了必須限制虛擬環境的規模外，還不得不限制其使用人口，通常每個伺服器只能容納數千人。如果太多人同時登入，系統就會跑不動，使得模擬世界的速度慢如烏龜，而分身跨步時也會凍在半空。但「綠洲」採用了一列新的「容錯」伺服器，可以從與其相連的每一臺電腦中汲取額外的運作能力。剛啟用時，「綠洲」可以同時處理五百位用戶，沒有顯著的延遲發生，系統也沒當掉。

行銷宣傳一波波出現，大力推廣「綠洲」這項產品。電視廣告、海報看板和網路廣告無處不在，呈現給社會大眾一個生機盎然的綠洲，一棵棵搖曳生姿的棕櫚樹，一汪澄藍的海水。而四周則是一片荒蕪的沙漠。

「群聚擬仿」的創舉打從第一天上市就造成轟動。「綠洲」正是大家夢想了幾十載的世界。世人夢寐以求的「虛擬實境」終於出現，而且比大家所能想像得還要好。「綠洲」是一個網路烏托邦，一個居家全像甲板，而它最大的賣點呢？免費。

在那個時代，多數的線上遊戲多半藉由向用戶收取月費來賺錢，但「群聚擬仿」只索取一次的註冊費。第一次註冊時只要繳交二十五分美元，你就能擁有終身帳號。「綠洲」的所有廣告都採用相同的標語：「綠洲」——只需二十五分，你就能擁有史上最讚的電玩遊戲。

在社會和文化掀起劇烈變化之際，多數世人渴望能逃避現實，這時「綠洲」正好提供一個便宜、合法、安全且不會上癮（這是指醫學證實不會有藥物成癮）的逃避管道。而持續的能源危機更讓「綠洲」的歡迎程度席捲全球。天價般的石油讓一般人無法負擔超級昂貴的飛機和汽車運輸費，而「綠洲」就成了多數人唯一負擔得起的外出度假方式。在這個年代，便宜豐富的能源日趨枯竭，貧窮和動盪的氛圍開始像病毒一樣擴散開來。每一天都有愈來愈多人找到理由，在哈勒代和莫洛所創造出來的虛擬烏托邦裡尋求慰藉。

想在「綠洲」裡開店的商家都必須向「群聚擬仿」承租或購買虛擬房地產（莫洛將綠洲裡的房地產稱為超現實地產）。於是「群聚擬仿」先見之明地將第一區塊設定為商業區，並開始在這裡銷售或出租數百萬個超現實地產公司。一眨眼間出現一棟規模大如城市的購物商場，店面逐漸遍布星球的景象，就像以縮時攝影技巧拍攝黴菌吞噬橘子的景象。都市發展從未如此容易。

「群聚擬仿」除了透過銷售實際上不存在的房地產而賺進數十億美元外，還從販賣虛擬物品和運輸工具而大賺一筆。「綠洲」已充分融入人們的日常社交生活，所以用戶非常願意花真正的錢去替分身購買物品：衣服、家具、房子、會飛的車子、魔劍和機關槍。這些物品其實不過是「綠洲」

伺服器裡的1和0，卻同樣也是身分地位的象徵。許多物品只需少許銀兩就買得到，但由於「群聚擬仿」製造這些物品完全沒成本支出，所以收到的錢全是淨利。「綠洲」讓美國人在持續痛苦掙扎的蕭條期依舊能從事最愛的休閒活動：逛街血拚。

短短時間內，「綠洲」變成最受歡迎的網路活動。「綠洲」和「上網」逐漸變成同義詞。而「群聚擬仿」免費提供的作業系統不僅操作容易，還有逼真的三D介面，立刻變成全世界最廣為使用的電腦操作系統。沒多久，全球成千上百億的人每天都在「綠洲」裡工作、休閒。有些人還在上面相遇、戀愛，甚至結婚，但兩人的本尊卻不曾踏在同一片土地上。個人的真實身分和分身之間的那條界限，開始變模糊。

這是一個新紀元的開端，在這個紀元中，多數人類都把閒暇時間花在電玩裡。

06

學校裡的課程一堂堂匆匆而過，唯獨最後一堂拉丁文例外。

多數學生會選修日後可能用得到的語文課，比如中文、印度文或西班牙文，但我決定選拉丁文，因為詹姆士．哈勒代也學拉丁文。早期他在開發冒險遊戲時還偶爾會用拉丁辭彙。可惜的是，我的拉丁文老師蘭克小姐雖然有無窮的「綠洲」資源可用，卻仍無法讓這堂課變有趣。今天她在複習的動詞我早已熟記，所以我很快開始分心。

上課時，「綠洲」有機制防止學校使用非經老師授權的資料或程式，免得學生在上課時間看電影、玩遊戲或者跟同學聊天。幸運的是，初中時我找到學校的線上圖書館的軟體漏洞，藉由這個漏洞，我可以取得圖書館裡的任何一本書籍，包括《安納瑞克年鑑》。所以每次我開始覺得無聊（比如現在），就會在我的顯示器裡拉出這本書的視窗，閱讀我喜歡的章節來打發時間。

這五年來，《安納瑞克年鑑》已成為我的聖經。它就跟現在多數的書籍一樣，只有電子版，不過我希望不管日夜都能讀到《安納瑞克年鑑》，就算遇到拖車屋園區常見的停電狀況也能照樣讀，所以我修好一臺廢棄的老舊雷射印表機，將這本書列印出來，以三孔活頁夾裝訂，放在背包中，不停研讀，直到牢記書中的字字句句。

《安納瑞克年鑑》裡提到數千樣哈勒代最喜歡的書、電視影集、電影、歌曲、圖像小說和電玩遊戲。這些東西多半已存在四十年之久，所以可以從「綠洲」中下載免費的數位版。如果我想看的東西沒辦法免費合法取得，我多半會利用全世界獵蛋客所使用的檔案分享軟體「槍流」來取得。

說到我對《安納瑞克年鑑》的研究，我可是絕不馬虎。這五年來，我一項一項去研究獵蛋客該閱讀的清單。道格拉斯・亞當斯（Douglas Adams）、馮內果（Kurt Vonnegut）、尼爾・史蒂芬生（Neal Stephenson）、里察・摩根（Richard K. Morgan）、史帝芬・金（Stephen King）、歐森・史考特・卡德（Orson Scott Card）、泰瑞・普萊契（Terry Pratchett）、泰瑞・布魯克斯（Terry Brooks）、阿爾福瑞德・貝斯特（Allfred Bester）、雷・道格拉斯・布萊伯利（Ray Douglas Bradbury）、喬瑟夫・爾德曼（Joseph William Haldeman）、海萊因（Robert Anson Heinlein）、托爾金（John Ronald Reuel Tolkien）、約翰・荷布洛克・凡斯（John Holbrook Vance）、威廉・福特・吉布森（William Ford Gibson）、尼爾・蓋曼（Neil Richard Gaiman）、約翰・史考季（John Michael Scalzi），以及羅

傑．喬瑟夫．齊拉茲尼（Roger Joseph Zelazny）等科幻／奇幻小說家。哈勒代喜歡的這些小說家的每部作品，我都一一找來讀。

不止如此。

我還看了《安納瑞克年鑑》裡提到的每一部影片。若某些影片又是哈勒代的最愛——比如《戰爭遊戲》、《魔鬼剋星》（*Ghostbusters*）、《天才反擊》（*Real Genius*）、《再見人生》（*Better Off Dead*）或者《菜鳥大反攻》（*Revenge of the Nerds*）——我更會反覆觀賞，直到牢記影片裡的每一幕。

尤其哈勒代所說的「神聖三部曲」我更是拚命地看，包括《星際大戰》（正傳以及前傳三部曲，依順序來說）、《魔戒》（*Lord of the Rings*）、《駭客任務》（*The Matrix*）、《衝鋒飛車隊》（*Mad Max*）、《回到未來》，以及印第安納．瓊斯系列（不過哈勒代曾說，他寧可假裝從《水晶骷髏王國》（*Crystal Skull*）之後的影片不存在，這點我還滿同意。）

此外，我還透澈地研究他最喜歡的導演的所有電影。詹姆士．柯麥隆（James Cameron）、泰瑞．吉連（Terry Gilliam）、彼得．傑克森（Peter Jackson）、大衛．芬奇（David Fincher）、史丹利．庫柏力克（Stanley Kubrick）、喬治．盧卡斯（George Lucas）、史帝芬．史匹柏、吉耶莫戴托洛（Guillermo Del Toro）、昆汀．塔倫提諾（Quentin Tarantino）。喔，當然還有凱文．史密斯（Kevin Smith）。

我花了三個月研究約翰．休斯的每部校園電影，牢記每句重要臺詞。

弱者被逮，勇者存活。[8]

你可以說我把基本工都練足了。

我還研究英國喜劇團體「蒙地蟒蛇」。不只對他們的惡搞電影《聖杯傳奇》瞭若指掌，也研究了他們的其他電影、專輯、書籍，以及在英國BBC所播出的每一集影片。（包括他們替德國電視臺製作的兩集佚失的節目。）

我不會抄捷徑，偷工減料。我扎扎實實地下苦工。

我不會遺漏任何功課。

有時甚至還會做得太過認真。

事實上，我或許還開始變得有點瘋狂。

我觀賞每一集的《霹靂超人》（*The Greatest American Hero*）、《飛狼》（*Airwolf*）、《天龍特攻隊》（*The A-Team*）、《霹靂遊俠》（*Knight Rider*）、《超人特攻隊》（*Misfits of Science*）、以及《布偶秀》（*The Muppet Show*）。

你會問，那《辛普森家庭》（*The Simpsons*）呢？

拜託，我對他們所居住的春田鎮的了解，遠多於我對自己居住城鎮的認識。

《星艦迷航記》呢？我當然也做足了功課，首部系列《星艦迷航記》（*TOS*）、《銀河飛龍》（*TNG*）、《銀河前哨》（*DS9*）。就連《重返地球》（*Voyage*）和《星艦前傳》（*Enterprise*）我都沒錯過。而且我還是依照時間順序觀賞，連電影也是。**光砲已鎖定目標**。

編譯註

⑧ Only the meek get pinched. The bold survive. 語出《蹺課天才》。

我還給自己一堂速成課，在最短時間內弄懂八〇年代週六早上播放的卡通影片。

我記住玩具「百變雄師」以及「變形金剛」系列中每隻玩偶該死的名字。《失落之地》（*Land of the Lost*）、《大地勇士》（*Thundarr the Barbarian*）、《太空超人》（*He-Man*）、音樂教育動畫短片《上學樂翻天!》（*Schoolhouse Rock!*）和《特種部隊》（*G.I. Joe*）——這些我全都知道。因為知識是成功的一半。

當日子難捱時，誰是我的朋友？是《魔法龍帕夫》（*H.R. Rufnstuf*）。

日本？我提到日本片了嗎？

對，的確還有日本。日本動畫和實景真人卡通。《酷斯拉》（*Godzilla*）、《卡美拉》（*Gamera*）、《宇宙戰艦大和號》（*Star Blazers*）、《熔岩大使》（*The Space Giants*）、《科學小飛俠》（*G-Force*）、《駭速快手》（*Go, Speed Racer, Go*）。

我可不是業餘愛好者。

我可不是隨便玩玩的。

我牢記已故喜劇脫口秀表演者比爾·希克斯（Bill Hicks）的每齣戲碼。

音樂呢？嗯，要涉獵所有的音樂可不是一件簡單的事。

這需要花點時間。

八〇年代可不短（整整十年欸），加上哈勒代對音樂幾乎來者不拒，所以我也跟著什麼都聽，流行、搖滾、新浪潮、龐克、重金屬。從「警察」（Police）、「旅行者」（Journey）到「R. E. M」和「衝擊」（Clash）等樂團。我照單全收。

我花不到兩週的時間把「明日巨星」樂團（They Might Be Giants）的所有曲目都聽完。至於「反進化」樂團（Devo）的曲目則花了更多時間。

我在YouTube上看了很多可愛的女技客以四弦琴演奏八〇年代歌曲的影片，嚴格說來，這不列入研究，不過「可愛女技客演奏四弦琴」這種事讓我難以抗拒，至於原因，我說不上來。

我還牢記歌詞，比如「范・海倫」（Van Halen）、「邦・喬飛」（Bon Jovi）、「威豹」（Def Leppard）以及「平克・佛洛依德」（Pink Floyd）等樂團的蠢歌詞。

我拚了。

我焚膏繼晷。

你曉得嗎？「午夜石油」（Midnight Oil）是澳洲的一個樂團，一九八七那首「床鋪燒了嗎？」（Beds Are Burning?）可是紅透半邊天。

我沉迷其中，我不眠不休，我的成績很破，但我不在乎。

我讀遍哈勒代蒐集的每一本漫畫書。

我不會讓任何人質疑我的用功程度。

尤其說到電玩遊戲。

電玩是我的拿手領域。

我最厲害的強項。

也是益智搶答競賽節目《危險境地》（*Jeopardy!*）裡我夢想中的題目類型。

我把《安納瑞克年鑑》所提到或參考的每部電玩遊戲，從「阿卡拉貝」（Akalabeth）到「傑克遜戰機」（Zaxxon），下載到我的電腦裡。每個遊戲我都玩到熟能生巧，才改玩下一部。

若你的生活乏善可陳，你所能下的研究工夫甚至會嚇到你自己。一天十二小時，一週七天，這樣的研究時間很可觀。

我透澈地研究每種電玩類型和主機平臺。包括電子遊樂場裡經典的投幣式電玩、家用電腦、主機系統和手持式電玩機。以文字為基礎的冒險遊戲、射擊遊戲、角色扮演遊戲（RPGs）。上世紀以八、十六、三十二位元所寫的經典電玩。愈難的遊戲我愈喜歡。我一夜又一夜，一年又一年地玩這些古老的數位遺物，愈玩愈發現我有這方面的天分。我可以在幾小時內精通多數的動作性遊戲，至於冒險或角色扮演遊戲我也照樣上手。我向來不需要靠預演或金手指的幫忙，就能搞定一切。而且愈古老的傳統電玩我愈擅長。在玩「防禦者」這類的高速經典電玩時，我覺得自己就像翱翔天際的老鷹，或者在海床底梭巡的鯊魚。有史以來，我第一次嘗到天生擅長某事物的感覺，擁有天賦的滋味。

不過我的第一個線索不是出現在我研究這些老電影、漫畫書或電玩遊戲時，而是在我研究桌上角色扮演遊戲的歷史時。

★

《安納瑞克年鑑》的第一頁印著謎語詩，他曾在「安納瑞克英雄帖」的短片中朗讀過。

三把隱藏之鑰開啟三道祕密之門

探險漂泊者將在門裡受試煉
測試是否具有某種特質
有能力熬過難關者
將抵終點
抱得獎賞歸

一開始，這似乎是整本《安納瑞克年鑑》當中唯一與競賽有關的線索，但我後來在那些日記隨筆和討論流行文化的一篇篇文章中，找到了隱藏其中的訊息。

在《安納瑞克年鑑》裡隨機出現一些特別標記起來的字母。這些字母都有幾乎難以察覺的小「凹痕」。我在哈勒代死後的那一年發現了這些凹痕。當初我在讀列印出來的《安納瑞克年鑑》時，以為這些凹痕只是沒有列印好的結果，可能是紙質的問題，或者我的那臺印表機過於老舊。但後來我到哈勒代的網站上查看這本書的電子檔，才發現同樣的字母也有同樣的凹痕。如果放大來看，這些凹痕可是清清楚楚。

哈勒代故意把凹痕放在那些字上，他這麼做一定有理由。

整本書裡有凹痕的字母共一百一十二個，我依照出現的順序寫下來，發現它們具有意義。當我在我的聖杯日誌中寫出這些字母，整個人興奮得快死掉。

銅鑰等待探索者
在可怖的墳墓中

但你有很多要學習
若你想在高分者之列
占得一席之地

當然，也有其他獵蛋客發現這個隱藏的訊息，不過大家都夠聰明，懂得不洩漏出去，至少守密一段時間。就在我發現這個訊息之後六個月左右，有個麻省理工學院的大嘴巴新生也發現了。他叫史帝芬．潘德蓋斯特，他決定把這個「發現」和媒體分享，以便「成名十五分鐘」[9]。這個白痴整整被新聞節目訪問了一個月。即使他壓根兒不曉得這則訊息所代表的意義。後來，大家就用「來了一個潘德蓋斯特」形容獵蛋客把線索曝光。

訊息曝光後，獵蛋客把它暱稱為「五行詩」。全世界知道這首詩將近四年了，但沒人了解其真正涵意，而銅鑰迄今仍未被找到。

我曉得哈勒代在他早期的許多冒險遊戲中經常使用類似的謎題，而且每個謎題在該遊戲的脈絡中都很合理。所以我的聖杯日誌裡有一整個部分就是專門用來解析五行詩，一行行加以分析。

銅鑰等待探索者。

這一行的意思似乎直截了當，我看不出有什麼特別隱藏的涵意。

在可怖的墳墓中。

這一行就有得推敲。從字面上來看，似乎在說鑰匙藏在某個墳墓的某處，而那裡充滿恐怖的事物。不過話說回來，在研究期間，我就發現「龍與地下城」有本別冊就叫做《可怖之墓》（*Tomb of*

Horrors），一九七八年出版。我一見到這個句子，就知道它所指的是這本書。哈勒代和莫洛整個高中都在玩「專家級龍與地下城」（Advanced Dungeons & Dragons）及其他桌上角色扮演遊戲，比如「泛用無界角色扮演系統」（GURPS）、「冠軍爭奪賽」（Champions）、「車戰」（Car Wars）及「角色大師」（Rolemaster）。

《可怖之墓》這本薄薄的小冊子就是所謂的「模組」（module），裡頭包含了成群不死怪物所寄生的地下迷宮的詳細地圖，以及每個房間的細部描述。「龍與地下城」的玩家可以跟著其人物探索迷宮，這時地下城主則閱讀這本「模組」，引導玩家體驗裡頭的故事，並沿途描述所見所遇。

我愈了解早期角色扮演遊戲的玩法，就愈確定「龍與地下城」的模組正等同於「綠洲」裡所設定的一關關任務，只差前者比較粗糙。「龍與地下城」裡的人物就像分身。從某方面來說，這些角色扮演的老遊戲就是電腦厲害到無所不能之前的第一個虛擬實境。那時，如果你想遁逃到另一個世界，你必須靠自己，利用頭腦、紙筆、骰子和幾本規則書來創造出那個世界。這個頓悟讓我好吃驚，也改變了我對哈勒代的彩蛋競賽的整個看法。從那時起，我開始把尋寶競賽當成一個更細膩的「龍與地下城」模組，而哈勒代顯然就是地下城主，雖然他是從墳墓裡操控這個遊戲。

我在古老的FTP檔案裡找到了深埋於其中，已有六十七年歷史的《可怖之墓》，研讀後發展出我的理論：在「綠洲」某處，哈勒代重新創造了「可怖之墓」，而且銅鑰就隱藏在該墓中。

編譯註

⑨「成名十五分鐘」（fifteen minutes of fame）是著名普普藝術家安迪．沃荷的名言，意思是誰都有機會出名，但這種短暫的名氣稍縱即逝。

接下來我花了幾個月研究這個模組，牢記裡頭的地圖和所有房間的描述，希望有一天能想通這個墓位於何處。可是問題來了：這首五行詩可沒任何字句暗示哈勒代把這該死的東西藏在哪裡，唯一的線索是：「你有很多要學習，若你想在高分者之列占得一席之地。」

我在腦海一遍又一遍地朗誦這些字句，直到沮喪得大叫。**有很多要學習**。對，好，我知道，但到底要學習什麼啊？

「綠洲」裡的世界扎扎實實有數千個，哈勒代很可能將他所重新創造的「可怖之墓」藏在任一個世界中。想尋遍每個星球，一輩子也找不完，就算我有財力這麼辦。

在第二區塊中那個叫賈蓋斯的星球似乎值得一試。這個星球的名字是哈勒代親自取的，為了紀念蓋瑞．賈蓋斯，他是「龍與地下城」的創作者，原始版的《可怖之墓》模組也是他寫的。根據獵蛋客百科，賈蓋斯之星上有很多重製版的「龍與地下城」模組，但《可怖之墓》不在其中之列。而且，在「綠洲」其他以「龍與地下城」為主題的世界中似乎也沒有這座墳墓的重製品。有些獵蛋客甚至已經把這些星球翻過來，徹底搜尋過每個角落了。如果任何星球上有「可怖之墓」的重製品，肯定早就被發現且侵入。

所以這個墓一定藏在別處，但我一點兒頭緒都沒有。不過，我告訴自己，如果繼續拚下去，不中斷研究，最後一定可以掌握到什麼。事實上，或許哈勒代說「你有很多要學習，若你想在高分者之列占得一席之地」指的就是這個意思。

如果有哪個獵蛋客對這首五行詩有跟我一樣的詮釋，那麼他們一定聰明到懂得保密，因為到現在為止，我還沒見過有人把「可怖之墓」的事情放在獵蛋客討論版上。當然，我知道這也很可能是因為我對「龍與地下城」模組的詮釋理論根本遜斃了，毫無根據可言。

所以，我繼續研究、觀賞和聆聽《安納瑞克年鑑》出現過的所有事物，做好準備，搞不好哪天碰巧發現什麼線索，幫助我找到銅鑰。

終於，它出現了，就在我坐在拉丁課堂上做白日夢時。

07

蘭克老師正站在全班面前，緩緩地列舉拉丁文的動詞變化。她先用英語說一遍，然後用拉丁文，她身後的黑板自動浮現她所說的那個字。每次練習這種無聊透頂的動詞變化，我的腦海就會開始播放音樂動畫短片《上學樂翻天！》的歌詞：「跑啊、走啊、拿啊、給啊，動詞啊！你是最重要的啊！」

蘭克老師開始解說「學習」的拉丁動詞時，我默默地在心裡哼著這首歌的曲調。「學習，Discere這個字應該很好記，因為跟英文字discern很像，而這個字也有學習的意思。」她說。

聽她重複「學習」這個字讓我想起五行詩。你有很多要學習，若你想在高分者之列占得一席之地。

蘭克老師繼續解說，把動詞用在句子裡。

「我們到學校學習，Petimus scholam ut litteras discamus。」

就在這時，我靈光一閃，彷彿天上掉下一個鐵鉆直接砸中我的腦袋。我環視我的同學。什麼人

「有很多要學習」？

學生嘛。

我身處的星球滿滿都是學生，他們所有人都「有很多要學習」。

五行詩裡所說的墳墓會不會就藏在這裡——路得思星球？過去五年來讓我無聊到玩手指的星球？

接著我想起路得思這個名字ludus也是拉丁字，意思是「學校」。我拿出拉丁文字典來確定它的意思，結果發現這個字不只有一個意思，它除了指「學校」，也指「運動」或「遊戲」。

遊戲。

我從摺疊椅上摔下來，重重跌坐在祕密基地的地面上。我的「綠洲」主機系統察覺到這個動作，試圖讓我的分身也跌坐在拉丁課教室的地板上，不過教室規範軟體不讓我的分身移動，我的顯示器開始閃爍著警告訊息：**上課時請坐好**。

我告訴自己別太興奮，我這個結論很可能太過草率，畢竟在「綠洲」裡的其他星球也有好幾百所私立學校和大學，五行詩指的很可能是那些星球的其中之一。但老實說我不這麼認為。在路得思星球比較合理，因為哈勒代出了數十億美元在這裡建立公立學校體系，藉此展現「綠洲」具有成為教育工具的無窮潛力。在他去世之前，他還設立了基金會確保「綠洲」的公立學校制度永遠有經費可以運作下去。「哈勒代學習基金會」讓全球貧困的孩子能免費上網並獲得「綠洲」的硬體，以便到「綠洲」裡上學。

「群聚擬仿」自己的程式設計師設計並建構了路得思星球以及在上面的所有學校，所以這個星球的名稱非常有可能就是哈勒代取的。況且，如果他想把東西藏在這裡，勢必得有這個星球的程式原始碼。

這些領悟就像原子彈在我的腦袋爆炸開來，一個接一個。

根據「龍與地下城」的模組，通往可怖之墓的入口就隱藏在「一個一百八十公尺寬，兩百七十公尺長，低矮平頂的小丘」附近。這山丘的丘頂覆蓋著巨大的黑色岩石，若從高空俯眺，它們的排列形狀就像人類頭顱的眼窩、鼻孔和牙齒。

可是，如果路得思星球的某處真有這樣一座山丘，怎麼會到現在都沒人發現？

或許真的沒人發現，畢竟在路得思星球的數千個校園之間的寬廣空地上散布著好幾百座大森林。有些森林遼闊，面積涵蓋幾十平方公里，多數學生不曾踏進過這些森林，因為裡頭沒什麼有趣的事物可看可做。路得思星球上的森林就跟原野、河流及湖泊一樣，都是電腦製作出來，以填塞空白位置的地貌。

既然我的分身在路得思星球待了這麼久，當然探索過幾個從學校步行可及的森林，但純粹是出於無聊。我探索的這些森林裡都只有成千上萬棵隨機製作出來的樹木，以及應景的鳥兒、兔子和松鼠。（殺死這些小動物無法獲得任何經驗值，我試過了。）

所以，在路得思星球某處未被探索的廣袤森林裡，的確很有可能藏著一座丘頂岩石排列得類似人類頭顱的山丘。

我試圖把路得思星球的地圖拉到我的顯示器上，但拉不出來。系統不讓我這麼做，因為現在仍在上課。我駭入學校網路圖書館取書的那套作法，在「綠洲」的地圖軟體上行不通。

「靠！」我沮喪得衝口而出，不過教室規範軟體把這句話過濾了，所以蘭克老師和同學都聽不到。這時，我的顯示器上又閃爍著另一個警告：禁止不雅用語。

我看著顯示器上的時鐘，還有十七分又二十秒才放學。我坐在教室裡，咬緊牙根，一秒一秒地倒數，思緒奔騰。

路得思星球是「綠洲」的第一區塊裡一個不起眼的世界，這裡只有學校，所以想尋找銅鑰的獵蛋客幾乎不會想到這裡。而我也從未想過要找這裡，所以光就這點來說便足以構成絕佳的藏匿地點。不過為什麼哈勒代要把銅鑰藏在這裡？除非……

放學後，我把路得思星球的地圖放上顯示器，我的前方立刻出現一個旋轉的三D球體。我伸出手指比畫了一下，讓球體轉動。以「綠洲」的標準來說，路得思星球是個挺小的星球，大約只有月球的三分之一大，圓周恰好是一千公里，整個表面被一個綿延的大陸所覆蓋。沒有海洋，只有幾十個大湖泊隨機散布。由於「綠洲」裡的星球都不是真實的，所以毋需遵守自然定律，比如在路得思星球，不管你站在星球的哪個地方，永遠都是白晝，而且天空一概晴朗無雲。高掛天空固定不動的太陽其實只是一個虛擬的發光體，被設定在想像的天空中。

在地圖上，分布在星球表面的數千座校園全都是一模一樣的長方形。它們之間隔著起伏的翠綠草原、河流、山脈和森林。森林有各種形狀和大小，許多就緊臨著學校。我把《可怖之墓》的模組拉到地圖旁邊，在模組前面的附近，有一張圖粗略地展示墳墓所在的山丘，我把這張圖拍下來，放在我的顯示器一角。

我激動地搜尋我最愛的幾個盜版軟體網站，想尋找適用於「綠洲」地圖的高階圖像識別外掛程式。我透過「槍流」分享軟體將這程式下載後，花了好幾分鐘才弄懂如何讓它掃描整個路得思星球的表面，以尋找丘頂上有排列成頭顱形狀的黑色巨岩的山丘。那裡的巨岩的體積、形狀和排列外觀，都必須與《可怖之墓》模組裡的圖案相吻合。

我緊張得屏息，將路得思星球地圖的特寫放在「龍與地下城」模組的插圖旁邊，結果山丘的形狀和岩石所排列的頭顱樣子，恰好與插圖上的一模一樣。

我把地圖縮小一點，身體往後退，從較遠處來看，以便確定山丘北側的邊緣跟「龍與地下城」模組裡的圖一樣，是一處由沙子和碎石構成的斷崖。

我爆出的勝利歡呼聲迴盪在空無一人的教室，也迴盪在我祕密基地的窄促牆面間。我辦到了，我真的找到了可怖之墓。

我設法平靜下來後迅速計算了一下。那山丘位於路得思星球另一端，一座狀如變形蟲的大森林的正中央，距離我的學校大約四百公里。我的分身一小時最快可以跑五公里，所以就算不眠不休地跑，也得跑上三天才到得了。如果用心電移動，就可以在幾分鐘內抵達。這種短距離應該花不了多少錢，大概幾百元，不幸的是，目前我「綠洲」帳戶裡的存款數目仍是一個肥肥大大的零。

我開始考慮其他方案。艾區會借我錢，但我不想請他幫忙。如果我不能靠自己到達那座墳墓，就代表我不配到那裡。況且，若要向艾區開口，我就得針對這筆錢的用途撒謊，加上我以前從未向他借錢，所以我編的任何理由一定會讓他起疑。

想到艾區，我就忍不住泛起微笑。他若發現這件事，一定會大驚失色。墳墓所隱藏的地點離他的學校不到七十公里，可說是他的後院！

這念頭給了我靈感，讓我高興得跳起來。我跑出教室，衝向走廊。

我不僅想出了怎麼靠心電移動到路得思星球的另一頭，我還曉得該怎麼讓學校幫我付錢。每一所「綠洲」的公立學校都有一些體育校隊，包括摔角、足球、棒球、排球和某些真實世界中不會玩的體育項目，比如魁地奇，以及在無重力狀態下玩搶旗子的比賽。就跟真實世界中的學生一樣，這裡的學生也會到校外參加比賽，只差在這裡的學生會穿戴可以進行體育活動的先進觸覺設備，讓他們可以做出跑、跳、踢和擒抱等動作。這些隊伍通常晚上練習，還有啦啦隊幫忙加油。當他們到路得思星球的其他學校參加比賽時，學校會免費贈送心電移動券給想外出觀賞比賽的人，讓我們坐在看臺上替編號一八七三的綠洲公立學校加油打氣。這種好處我只利用過一次，那次我們學校的搶旗隊伍與艾區的學校爭奪綠洲公立學校冠軍賽。

我到學校辦公室瀏覽各項活動訊息，立刻找到我要的東西。就在今晚，學校的足球隊將去校外和第〇五七一號綠洲公立學校比賽，而該校距離位於藏有墳墓那座森林跑步只要一小時。

我伸手挑選這個比賽，心電移動券立刻出現在我的分身的物品清單中，一張到第〇五七一號綠洲公立學校的往返免費乘車券。

我先到置物櫃前，把教科書放進去，同時拿了我的手電筒、劍、盾牌和盔甲。接著我衝出校門，越過學校前方的遼闊草坪。

我走到標示校園邊界的紅線，左右張望確保沒人看見我，然後跨出那條紅線，一跨出去，原本飄浮在我頭上的名字識別牌立刻由韋德三號變成帕西法爾。現在，我離開了校園，可以再次用分身的名字，也能拿掉我的學生名牌，我已經這麼做了，因為我要隱姓埋名地去遊歷。

最近的運輸站離學校很近，就位於一條鵝卵石步道的盡頭。那是一座很大的圓頂館，以十來根象牙柱支撐。每根柱子上都有「綠洲」運輸系統的標誌：藍色六角形中央寫著大大的「T」字，代表運輸（Transportation）。放學已有幾分鐘，所以現在學生的分身川流不息地走入車站。藍色候車亭裡已排了長龍。這些候車亭的形狀和顏色老是讓我想起英國科幻電視劇《超時空博士》（*Doctor Who*）裡的時空機「塔迪斯」（TARDIS）。我步入放眼所及的第一座空亭後，門立刻自動關上。我不需要在觸控顯示器按下我的目的地，因為這些資料已經記錄在我的乘車券裡。我只要把券插入票孔，路得思星球的地圖立刻出現在顯示器上，並在我當下所在位置以及目的地——第〇五七一號綠洲公立學校旁出現一個不停閃爍的綠點——之間畫出一條線，同時計算出我將移動的距離（四百六十二公里）以及學校要支付的車費（一百零三元）。乘車券通過確認，並顯示車資已付，我的分身咻地消失。

一眨眼，我出現在另一座一模一樣的亭子裡，而這個運輸站的樣子也跟星球另一頭那座一模一樣。我跑出亭子，看見第〇五七一號綠洲公立學校就在南邊，外觀一如我的學校，只差四周的地貌景致不同。我看見幾個同校的學生，他們正走向附近的足球場，準備去觀賞比賽，幫校隊加油打氣。我實在不曉得他們幹麼大老遠跑來這裡，其實大可透過影像轉播輕鬆地看比賽。如果這樣，看臺上的空位會坐滿隨意製造的非玩家角色粉絲，他們會大口灌虛擬汽水，吃熱狗，同時激動地喊叫，三不五時還會來個「波浪舞」。

我啟動分身的自動模式，然後打開物品清單，點選其中三樣物品。盔甲穿上身，盾牌背在背上，插在劍鞘裡的劍掛在身側。

就在快抵達森林時我的手機響起，號碼顯示來電者是艾區。他大概是要問我怎麼還沒登入「地下室」。如果我現在接電話，他就會看見我的分身快速奔過田野、身後的第〇五七一號綠洲公立學校慢慢變小的影像。我是可以只透過音訊來接電話，可是這樣一來他一定會起疑，所以，我決定讓電話直接轉到影像留言信箱。艾區的臉出現在我的顯示器的小視窗中，他是從某個自由區打來的，身後有幾十個分身正在多層設計的遊樂場裡激烈廝殺。

「唷，Z！你在幹麼？對著《鷹狼傳奇》打手槍啊？」他照例露出柴郡貓式的咧嘴嘻笑。「給我回個電吧，我還打算跟你一起吃爆米花，拚一場《太空》影集的馬拉松呢，好唄？」他掛上電話，影像消失。

我只用簡訊回覆，告訴他我有一堆功課要做，今晚不去找他了。接著，我在顯示器上拉出《可怖之墓》的模組，又讀了一次，一頁一頁地讀，慢慢謹慎地讀，因為我很確定裡頭肯定對我將要面對的東西有詳細說明。

模組的前言寫道：「在世界的遠端角落，一處失落的孤寂山丘底下，藏著一座險惡陰森的可怖之墓。這座迷宮式的地下城充滿可怕的陷阱、詭異凶殘的怪物、豐富神奇的寶藏，而且那隻邪惡的巫妖就棲身在地下城某處。」

最後這句話讓我擔憂。巫妖是一種不死的生物，通常是法力高強的巫師或國王利用黑暗魔法把自己的智力灌入復活的屍體所製造出來的不死生物。我之前曾在無數回合的電玩遊戲和奇幻小說中遇過巫妖。這種生物，最好想盡辦法避開。

我研究墳墓的地圖和眾多房間的說明。墳墓的入口就埋在碎礫懸崖側邊，進去後沿著坑道往下通到三十三個房間和密室所構成的迷宮裡，每一房每一室都有各種凶猛怪物、致命陷阱，或者寶藏（不過多半受到詛咒）。如果你成功躲過這些陷阱，順利通過迷宮，最後就會抵達巫妖阿瑟瑞拉克國王所在的地下城。這房間滿是寶藏，但如果你碰觸到寶藏，不死的國王阿瑟瑞拉克就會出現，打開一罐不死生物，讓它們把你痛扁一頓。如果你奇蹟似地打敗了這個巫妖，就可以拿取他的寶藏，離開地下城。任務達成，順利闖關。

倘若哈勒代把這個可怖之墓建造得跟模組裡所描述的一樣，那我就麻煩大了。因為我的分身不過是第三級的遜咖，既沒有神奇的武器，生命值也只有區區二十七。就算我設法通過一道道關卡抵達地下城，我的分身光是注視著超厲害的巫妖，就可能被他瞬間幹掉。

不過幾件事對我有利。首先，其實我沒什麼好失去的。如果我的分身被殺死，我頂多失去劍、盾牌和皮盔甲，以及我在過去幾年內練成的第三級地位。到時，我可以再創造一個第一級的新分身，他會出現在我最後登入的地方，也就是學校的置物櫃前。我可以再返回墳墓。我可以一次又一次，利用每天晚上取得經驗值，提高我的級數，直到我弄清楚銅鑰藏在何處。（這裡沒有所謂的備用分身。「綠洲」用戶一次只能有一個分身。駭客是有可能利用調整過的視像罩去改變其視網膜模式，替自己創造第二個帳號，不過萬一被逮到，你就永遠不得進入「綠洲」，也沒資格參加哈勒代的尋寶競賽，所以沒有獵蛋客會去冒這個險。）

另一個對我有利的是（我希望如此啦），我清楚知道進入墳墓會出現什麼東西，因為模組已提供完整詳細的迷宮地圖。而且它也說明所有的陷阱位於何處、如何解除，或如何避開。我還知道哪個房間裡有怪物，哪個密室有武器或寶藏。當然，如果哈勒代整個調整過，那我就完蛋了。不過我興奮到無暇去擔心這種事，畢竟我解開了我生命中最重大、最重要的謎團，離隱藏銅鑰的地點只剩幾分鐘的距離！

我終於抵達森林，立刻跑進去。裡頭好幾千棵電腦繪製的人工樹，楓樹、橡木、雲杉，棵棵完美無瑕。這些樹看起來就是透過標準的「綠洲」地貌樣板製作出來，不過細膩程度令人驚歎。我停下腳步，近距離端詳一棵樹，看見上頭還有螞蟻沿著樹皮上的複雜隆脊緩緩爬行。我把這視為好預兆，代表我的方向正確。

森林裡沒有步道，所以我把地圖放在顯示器一角，循著地圖走到丘頂有頭顱狀岩石的山丘，那兒就是墳墓的入口。果然，它就在地圖所說的位置，在森林中央的林間大空地上。我走入空地，心臟怦怦跳得彷彿要衝出胸腔。

我爬到低矮的丘頂，感覺就像走入「龍與地下城」模組的插圖裡。哈勒代一一複製了所有細節。十二個巨大的黑岩排在丘頂，圖案果然就是人類的顱顏五官。

我走到丘頂北側，沿著我在那裡發現的碎礫懸崖往下爬。藉由模組地圖的幫助，我得以指出懸崖的何處埋藏著墳墓的入口。接著，我拿盾牌當鏟子，開始挖掘。我在幾分鐘內就挖出一個坑道口，沿著這坑道可通往黑暗的地下廊道。廊道的地面是彩色石頭拼出的馬賽克，上頭有一條鋪著紅瓷磚的蜿蜒步道。再次跟「龍與地下城」的模組裡的圖案一模一樣。

我把可怖之墓的地下城地圖移動到顯示器右上角，讓它變得有點透明，然後將盾牌掛在背上，拿出手電筒。我再次四下張望，確定沒人看到我。接著，另一手抓住劍，進入可怖之墓。

通往墳墓的地下廊道兩側牆面上覆滿幾十幅奇怪的畫，上頭描繪的是被當成奴隸的人類、妖怪、精靈和其他生物。每幅壁畫所出現的位置就跟「龍與地下城」模組裡所描述的一模一樣。我曉得在瓷磚地面底下有幾個彈簧裝置的陷阱門，如果踩到這些門，它就會彈開，讓你掉入布滿毒鐵釘的坑裡。由於每個隱密陷阱門的位置就清楚標示在地圖上，所以我可以順利避開。

到目前為止，所有狀況都跟模組所描繪的一模一樣。如果墳墓的其他區域也是如此，那我的分身或許能存活得夠久，找到銅鑰所在。這座地下城裡有幾種怪物出沒——石像鬼、骷髏頭、殭屍、一些小毒蛇、一具木乃伊，以及邪惡的巫妖阿瑟瑞拉克。由於這份地圖告訴我它們藏在哪裡，所以我應該可以避免跟他們正面槓上。除非其中一個守衛著銅鑰，而我已經猜得出誰有這種榮幸。

我小心翼翼地慢慢前進，彷彿不曉得會遇上什麼。

我避開位於廊道尾端的湮滅球⑩，這時很確定在最後一個陷阱坑旁有一道暗門。門開著，門後是一道傾斜的小通道。我拿手電筒照向前方黑暗處，在潮溼的石牆上映照出點點光芒。周遭環境讓我覺得彷彿置身低成本製作的「劍與魔法」類的電影中，譬如《飛鷹神劍》（*Hawk the Slayer*）或者

編譯註

⑩ 湮滅球（Sphere of Annihilation）是「龍與地下城」裡的一種神祕物體，它是一個直徑約六十公分的黑色球體，任何東西一接觸到這個球體，就會被吸入並遭徹底摧毀。

《魔誡奇兵》（*The Beastmaster*）中。

我開始在地下城裡穿梭，一個房間走過一個房間，就算曉得所有陷阱的位置，我還是得小心翼翼，避免踩到。在一間陰暗可怕的小房間裡——就是大家所說的「邪惡禮拜堂」——我發現成千上百枚金幣和銀幣藏在靠背長椅裡，就在它們該出現的地方。就算用我找到的「次元袋」[11]去裝，我的分身也扛不了。不過我還是能拿多少就拿多少，盡量放進我的物品清單中。這些金幣和銀幣的價值自動換算成現金，所以我戶頭裡的存款立刻暴增到兩萬以上。長這麼大，我第一次見到這麼多錢。除了戶頭存款增加，我的分身還因為得到金幣而擁有等值的經驗值。

我繼續深入墳墓，一路獲得幾個寶物，包括一把加權值為一[12]的炎之劍、一個慧眼寶石、一個加權值為一的防護戒指，我甚至找到一套加權值為三的全身盔甲。我的分身首次擁有這些寶物，我覺得自己所向無敵。

我一穿上那套神奇盔甲，它立刻縮小，變得非常合身，而那閃閃發亮的鉻黃色澤讓我想起電影《神劍》（*Excalibur*）裡的君王所穿的超屌盔甲。事實上，我暫時轉換到第三者的視角，欣賞了一下穿上盔甲的自己有多麼帥。

我繼續往前進，更加有信心。墳墓的平面配置和內部狀況完全符合模組的描繪，任何細節都一模一樣。直到我抵達王座柱房。

這個偌大的正方空間裡有挑高天花板，還有幾十根巨大的石柱。房間另一端有個大高臺，上面有個黑曜石打造的皇冠，皇冠上鑲嵌著銀質和象牙頭顱。

除了一個大差異外，這一切完全符合模組的描述。照理說王座應該是空的，但並非如此。眼前的王座上坐了巫妖阿瑟瑞拉克，正不發一語地俯視著我。他那顆枯槁的頭上戴著一頂蒙塵卻仍熠熠閃爍的金色皇冠。他的外表果然跟《可怖之墓》模組封面上一模一樣。但根據這本冊子，阿瑟瑞拉克不該出現在王座上，他應該在地下城更深處某個埋葬用的密室等著。

我原想逃之夭夭，但決定不這麼做。如果哈勒代把巫妖放在這裡，或許他也會把銅鑰藏在此處。我必須找出來。

我走到房間另一頭，抵達高臺下方，從那兒可以更清楚看到巫妖。他的牙齒是兩排尖銳的鑽石，排列在沒有雙唇的嘴裡，兩個眼窩各鑲著一只巨大紅寶石。

進入墳墓後，我第一次不知所措。

跟巫妖一對一單挑，我肯定毫無活命機會。我那把加權值為一的炎之劍根本是玩具，完全動不了他一根寒毛，而他眼窩那兩顆紅寶石具有神奇魔力，能吸乾我分身的生命力，瞬間取走我的小命。就算有一群六級或七級的分身大概也很難打贏他。

我暗自希望（而這並不是我最後一次這麼希望），這就跟老式的冒險遊戲一樣，遊戲結束之後可以讓我從已經到達的關卡重新開始，可惜不行。如果我的分身死在這裡，我就必須從頭來過。但現在遲疑也沒用了。如果巫妖殺了我，我頂多明晚再來。當「綠洲」伺服器的時鐘走到午夜十二

編譯註

⑪ 次元袋（Bag of Holding）是「龍與地下城」中的寶物，這個袋子看似普通麻袋，體積約一百二十公分乘六十公分，但可以裝入比袋子本身還要大的東西，而且東西放進去後會通往無次元空間。

⑫ 每個寶物的重要性不同，得到加權值的寶物表示該寶物對別人造成的傷害會更大，讓自己有更大的優勢。

點，整個墳墓就會重新設定。到時候，被我解除的祕密陷阱也將重新設定，而被我拿走的寶藏和寶物也會再次出現。

我按下顯示器邊緣的「攝錄」圖示，好將接下來發生的一切儲存在影像檔案中，這樣我日後就能重新播放，好好研究。但當我點入那個圖示，卻得到「不許攝錄」的訊息。看來哈勒代設定了這種限制。

我深吸一口氣，舉起劍，右腳踩上高臺的第一級階梯。這時，阿瑟瑞拉克緩緩抬起頭，發出骨頭斷裂的聲音。他眼窩裡的紅寶石發出強烈的紅光，我往後退幾步，心想他就要跳下來攻擊我。但他沒從王座上起身，反而緩緩低下頭，以冰冷的眼神看著我，以刺耳的聲音說：「歡迎，帕西法爾，你在找什麼？」

這話問得我措手不及，因為根據模組，巫妖不會說話。照理說他只會發動攻擊，讓我別無選擇，只能跟他一決生死或者拔腿逃命。

「我在找銅鑰。」我回答，接著想起我是在跟國王說話，所以趕緊低頭，單膝跪地，補上一句：「國王陛下。」

「我想也是。」阿瑟瑞拉克示意我起身。「你來對地方了。」他站起來，走動時全身木乃伊般的乾燥肌膚立刻像老舊皮革一樣裂開。我更用力抓緊劍，依舊等著他發動攻擊。

「我怎麼曉得你值得擁有銅鑰？」他問。

搞啥呀？我幹麼要回答這種問題？萬一我說錯答案怎麼辦？他會不會吸乾我的靈魂，把我燒成灰？

我絞盡腦汁，想著該怎麼回答，最後所能想到的最好答案就是：「請容我證明我的價值，尊貴的阿瑟瑞拉克。」

巫妖發出一長串惱人的咯咯笑聲，迴盪在房間的石牆之間。「很好，那你跟我來一場騎馬比武，以證明你的價值。」

我從未聽過不死的巫妖國王想跟人騎馬比武，而且還是在地下密室裡。我怯怯地說：「好啊，不過這樣一來我們不是需要馬匹？」

「不用馬，」他回答，走下王座。「用鳥。」

他朝著王座揮動一隻骨瘦如柴的手，一陣閃光伴隨著有東西變化的音效（我很確定這段音樂來自老卡通片《無敵超人》〔*Super Friends*〕。）寶座融化，變成一臺投幣式的老舊電玩機。控制板上凸出兩根操縱桿，一根黃色，一根藍色。我看到從後面透光的天篷看板上的字──「鳥騎士」，於是忍不住笑了出來。那是一九八二年威廉電子公司出品的遊戲機臺。

「三局二勝。」阿瑟瑞拉克以粗嘎的聲音說：「如果你贏，我就給你你在找的東西。」

「如果你贏呢？」我問，雖然早已知道答案。

「如果我贏，」巫妖眼窩裡的紅寶石發出更刺眼的光芒，「那你就得死！」他的右手出現一團不停旋轉的橘色火球，他舉高火球恫嚇我。

「當然。我早就猜到了，只是想跟你確認一下。」

阿瑟瑞拉克手上的火球消失，他伸出皮革般的掌心，上面有兩枚閃亮的二十五分硬幣，他說：「這場遊戲我贏定了。」然後走到鳥騎士的機臺前，將兩個硬幣塞入左側的投幣孔。遊戲機臺發出兩聲低沉的電子音樂聲，計分器從零變成二。

阿瑟瑞拉克用嶙峋的手指緊緊握住控制板左側的黃色操縱桿。「你準備好了嗎？」他粗嘎的聲音問道。

「好了。」我深吸一口氣，扳扳指關節，然後左手抓住第二人用的操縱桿，右手放在可以讓鳥振翅的按鈕上。

阿瑟瑞拉克左右扭動頭部，扭得脖子霹啪響，聽起來就像折斷樹枝的聲音。接著，他用力拍打「雙打遊戲」的按鈕，遊戲開始。

「鳥騎士」（Joust）是八〇年代電玩遊樂場的經典遊戲，這款遊戲設定的背景很怪。每個玩家都控制著一名配備長矛的騎士。一號玩家騎在鴕鳥上，二號玩家騎在鸛鳥上。你要拍動翅膀在螢幕上飛來飛去，並且和對手以長矛「比武」，還要對抗幾個電腦控制的騎士（他們都騎在鵰上）。當你撞上敵人時，誰的長矛舉得比較高就算贏家。輸的人會被誅殺喪命。每殺一個騎士，他所騎的鵰就會下一顆綠色的蛋，如果你沒迅速把那顆蛋拿起來，它就會迅速孵化成另一個騎士來打你。此外，偶爾會出現長翅的翼手龍來肆虐破壞。

我已經一年多沒玩「鳥騎士」。這是艾區最愛的遊戲，有陣子他的聊天室裡還擺了一臺「鳥騎士」機臺。之前我們若意見不合，或者對流行文化有什麼愚蠢的爭執時，他就會說要打一場「鳥騎士」來分勝負。有幾個月，我們幾乎每天都玩。一開始，艾區比我稍微厲害一些，每次贏我，他就得意洋洋，這惹惱了我，所以我開始自己練習「鳥騎士」，一個晚上跟人工智慧操控的對手打上好幾回。我磨練技術，直到功力足以撂倒艾區，持續不斷，一遍又一遍地打贏他。我們最後一次對打時，我毫不留情地把他打得落花流水，他惱羞成怒，發誓再也不跟我玩。從那時起，我們改玩「快打旋風II」（Street Fighter II）來解決我們之間的爭端。

我的「鳥騎士」技術比我預期得還生疏。前面五分鐘我努力讓自己放鬆，重新熟悉這個遊戲的控制方式和節奏。阿瑟瑞拉克趁機宰了我兩次，毫不留情地以完美的幅度把翅膀往我身上猛撲。他操控的方式精準得有如機器，不過這是當然的，畢竟他本身就是機器——哈勒代親自寫的程式，畫時代的人工智慧。

到了第一局尾聲，我已開始重新拾回我在跟艾區連續對打的好幾回合中偷學到的招式和技巧。但阿瑟瑞拉克可不需要熱身，況且打從一開始他就無懈可擊，所以不管我怎樣追趕，都無法彌補我在遊戲一開始就露餡的弱點。我還沒拿到三萬分就被他幹掉最後一條命。丟臉死了。

「你輸了一局，帕西法爾。」他咧嘴一笑說：「再來一局吧。」

他沒浪費時間讓我楞在原地望著他把剩下的遊戲打完，而是伸手去找遊戲機臺後方的電源開關，關掉後重新開啟。螢幕循環播放完彩色的「威廉電子出品」的開機畫面後，他從半空抓出兩枚硬幣，塞入投幣孔裡。

「準備好了嗎？」他伏在控制板上問我。

我遲疑了一下，然後問他：「嗯，你介意跟我交換位置嗎？我習慣站在左邊。」

確實如此。之前跟艾區在「地下室」裡對打時，我通常在鴕鳥那一邊。第一局站在右邊讓我的節奏變得有點混亂。

阿瑟瑞拉克考慮了我的要求好一會兒，然後點點頭，說：「好。」他退離機臺數步，我們交換位置。我忽然想到這情景真荒謬：一個穿著成套盔甲的傢伙站在一個不死君王旁邊，兩人伏在一臺經典電玩機臺的控制板前。這種超現實的畫面通常只會在《重金屬》（*Heavy Metal*）或《龍》（*Dragon*）雜誌的封面見到。

阿瑟瑞拉克用力按下「雙打」鍵，我立刻緊盯著螢幕。

第二局一開始我也表現得很爛，對手不停出招，招招精準，前面幾回合我只能設法躲開他的攻勢。他嶙峋的食指按下「撲翅」按鈕時不停發出的敲擊聲也讓我分心。

我放鬆下巴，保持思緒清晰，強迫自己不去想我身在何處，我在跟誰對打，以及我正在冒什麼樣的險。我試著想像我在艾區的聊天室「地下室」，正在跟他對打。

奏效了。我進入狀況，情勢開始對我有利。我開始找出這個巫妖招式的破綻，以及他的設定程式的漏洞。過去幾年來，我精通數百種電玩遊戲所學到的就是這個：在這樣的遊戲中，有天賦的真人玩家通常可以打贏由人工智慧所創造出來的人物，因為軟體無法做出即興的反應。它通常只是隨機反應，或者根據設定好的有限狀況，從事先已決定的有限反應中挑出一個。這是電玩遊戲的定理，而且這定理會一直沿用下去，直到人類發明真正的人工「智慧」。

第二局直到最後才分出勝負，不過在此之前我就已經看出巫妖出招的模式。我在某些時間改變我所操縱的鴕鳥的方向，讓巫妖的鸛鳥撞上迎面而來的鵰，這招反覆用了幾次後，我接連幹掉他好幾次。在這個過程中我死過幾次，但在第十波的攻擊中我終於把他撂倒了，雖然我自己也沒多餘的命了。

我退離機臺，鬆了一大口氣。我可以感覺到從額頭滑下一顆顆汗珠，流到了視像罩周圍。我用衣袖抹抹臉，我的分身也跟著這麼做。

「精采。」阿瑟瑞拉克說，然後，出乎我意料地，他朝我伸出他乾枯的手。我跟他握手，緊張地咯咯笑。

「對，」我回應：「很精采，老兄。」怪的是我忽然想到，其實跟我對打的人是哈勒代。不過我趕緊將這念頭甩開，免得我嚇到沒膽。

阿瑟瑞拉克再次憑空變出兩枚硬幣，塞入「鳥騎士」機臺裡。「這局要一決勝負。你準備好了嗎？」

我點點頭，這次我擅自按下「雙打」鍵。

最後這局決勝賽纏鬥的時間比前兩局加起來還長，在最後一波攻擊中，整個螢幕滿滿都是鵰，移動時很難不被任一隻影響到。巫妖和我最後一次正面對決，我們倆不停敲打「撲翅」鍵，同時用力把操控桿往左或往右搖。阿瑟瑞拉克奮力使出最後一搏，避開我的攻擊，但落下時低了千分之一尺。他的最後一命消失在爆開的畫素當中。

螢幕上出現「雙打遊戲結束」幾個字，巫妖憤怒地大吼一聲，讓人不寒而慄。他還氣得掄拳敲打機臺側邊，使得它粉碎成畫素，消散開來，在地板上彈跳。接著他轉向我，對我深深一鞠躬，說：「恭喜，帕西法爾，你打得非常好。」

「謝謝，尊貴的阿瑟瑞拉克。」我回答，克制自己才沒興奮地上下跳，或以凱旋之姿對著他搖屁股。我莊重地鞠躬回禮，這時巫妖變成一個穿著飄逸黑袍的瘦高巫師。我立刻認出他是哈勒代的分身安納瑞克。

我直瞅著他，說不出話。好幾年來獵蛋客都在揣測安納瑞克其實仍在「綠洲」裡漫遊，變成一個獨立存在的非玩家角色。也就是說，哈勒代的鬼魂就在機器裡。

「現在，」巫師說，聲音跟哈勒代非常相像，「領取你的獎賞吧。」

房間響起管絃樂，勝利號角之後緊接著高昂的弦樂。我認出這是著名電影配樂大師約翰．威廉斯（John Williams）為《星際大戰》所做的原始配樂的最後一首歌，這段音樂就出現在莉亞公主將獎章遞給路克和韓．索羅時（而如果你還記得的話，秋巴卡獲贈的是長矛）。

就在逐漸加強的音樂聲中，安納瑞克伸長右手，掌心上就放著一把銅鑰，也就是過去五年來數百萬人東尋西找的東西。他將銅鑰遞給我時音樂聲漸歇，同時我聽到「噹」的一聲。我剛剛得到五萬經驗值，這些經驗值足以讓我的分身立刻竄升到第十級。

「再會，帕西法爾先生。祝你闖關順利。」安納瑞克說。我還來不及問接下來該怎麼做，或者該去哪裡找第一道門，他的分身就消失在一道光芒中。這時出現了心電移動的聲效，我知道這音樂來自八〇年代《龍與地下城》的老卡通。

我發現自己一個人站在空蕩蕩的高臺上。我低頭看著手中的銅鑰，驚奇興奮不已。它看起來就跟「安納瑞克英雄帖」短片裡的銅鑰一模一樣：簡單古老的銅鑰匙，橢圓形的鑰匙頭浮刻著羅馬數字「I」。我在手中翻轉它，看著手電筒的光映照著這個羅馬數字，就在這時，我注意到金屬上刻著兩行小字。我將鑰匙斜向光線，大聲唸出來：「你要尋找的東西，就在戴格拉斯最內層的垃圾裡。」

無需唸第二次，我就明白這句話的含意。我清楚該去哪裡，以及一到那裡該做什麼。

「藏在垃圾裡」的垃圾是指八〇年代的電子公司「無線電屋」及其七〇年代的前身「坦迪」公司所製造的古老電腦TRS-80。那個年代的電腦使用者給TRS-80取了一個不雅的綽號——「垃圾80」，因為TRS很像Trash（垃圾）的縮寫。

你要尋找的東西，就在垃圾裡。

哈勒代所擁有的第一臺電腦就是TRS-80，記憶體高達十六K。而且我很清楚這部電腦的複製品放在「綠洲」何處。每個獵蛋客都知道。

在「綠洲」早期，哈勒代曾創造出一個名為「米德爾敦」的小星球，這是以他在俄亥厄州的家鄉所命名。這個星球鉅細靡遺地重現了一九八〇年代末他家鄉的一景一物。誰說你永遠沒機會返回老家？哈勒代就找到方法了。米德爾敦是他最喜愛的計畫之一，他花了好幾年寫程式，精心修改。眾所周知（起碼在獵蛋客的圈子裡），在虛擬的米德爾敦裡最細膩、最精確的部分，就是哈勒代童年時期所住的那間房子。

我不曾去過那裡，但看過好幾百張那地方的側拍照片和影片。在哈勒代的臥房裡就有他第一臺電腦的複製品，TRS-80第二代彩色電腦。我很肯定第一道門就藏在那裡。銅鑰上的第二行字告訴我該如何找到那道門：

在戴格拉斯最內層的垃圾裡。

「戴格拉斯」（Dagorath）是托爾金在《魔戒》中所描述的精靈語言辛達語裡的一個字，意思是「交戰」，但托爾金的這個字裡只有一個g，不是兩個g。而鑰匙上那句話裡的「戴格拉斯」（Daggorath）有兩個g，只指涉一個東西：一九八二年出廠的一款冷僻電腦遊戲「戴格拉斯地下城」

（Dungeons of Daggorath）。這遊戲是專為TRS-80彩色電腦的平臺所設計。

哈勒代在《安納瑞克年鑑》當中提到，「戴格拉斯地下城」正是促使他成為電玩遊戲設計師的主因。

在哈勒代複製的童年房間中，TRS-80旁邊的鞋盒裡擺著好幾款電玩遊戲，其中之一就是「戴格拉斯地下城」。

所以我現在只要心電移動到米德爾敦，進入哈勒代家，坐在他那臺TRS-80前玩電玩，抵達地下城的最底部……在那裡應該就能找到第一道門。

至少，我是這麼解讀的。

米德爾敦位於第一區塊，距離路得思星球非常遙遠，但把我收集到的金幣和寶藏拿來支付心電移動費用還綽綽有餘。跟之前的財務狀況相比，現在的我簡直就是窮到只剩下錢。

我看看時間：晚上十一點零三分，我是說OST時間（也就是「綠洲」伺服器的時間，這個詞的縮寫剛好也是美東標準時間）。離上學還有八個小時，時間應該夠，我可以立刻啟程。倘若現在就以最快速度從地下城返回地面，狂奔回最近的運輸站，從那裡直接心電移動到米德爾敦，那麼我應該可以在一小時內使用到哈勒代那臺TRS-80。

我知道我應該先睡個覺，因為我登入「綠洲」將近十五個小時了。明天是週五，我可以明天放學後立刻心電移動到米德爾敦，這樣一來就有整個週末可以處理第一道門。

但我在騙誰啊？我今晚絕不可能睡得著，明天也絕不可能乖乖坐在教室把課上完。我必須現在就出發。

我拔腿衝向出口，但到了房間中央時停下腳步。從敞開的門望出去，我看見有個修長身影在牆上閃爍，伴隨著逐漸逼近的腳步聲。

幾秒鐘後，一個分身的剪影出現在門口，我準備拔劍，這時才想起自己手中仍握著銅鑰。我將銅鑰放入皮帶上的小囊裡，慌亂地將劍抽出劍鞘，就在我舉起劍時，那分身開口說話。

09

「你到底是誰？」剪影質問，聲音聽起來像個年輕女子，一個很想找人打架的女人。

我沒回答。這時一名健壯的女性分身走出陰影，進入房間裡搖曳的炬光中。她有一頭聖女貞德般的烏黑短髮，模樣看起來約二十歲上下。她逐漸靠近，我這才發現我認識她。我們從未謀面，但我從過去幾年她在自己部落格所貼的幾十張側拍像，認出了她的臉。

是雅蒂米思。

她穿著一套有鱗片的青銅藍盔甲，看起來更像科幻片而非奇幻片裡的人物。兩把一模一樣的激光槍插在她臀際的槍鞘裡，讓她可以在第一時間拔槍。此外，她背上的劍鞘裡還插了一把精靈常用的修長彎劍。她戴著電玩遊戲「公路戰士」（Road Warrior）裡那種露出半截手指的手套，鼻梁上則架著一副經典的雷朋墨鏡。整體看來，她似乎想呈現出八〇年代流行的末日後電腦叛客鄰家女孩形象。這套對我有用，非常有用。一個字：辣。

她走向我，裝飾著鉚釘的軍靴喀喀踩在石地上。她在我的利劍所及的地方停步，但她沒抽出自己的劍，而是把墨鏡往上推到額頭——真是矯揉造作，因為就算戴著墨鏡也不會影響視力——上下看著我，大剌剌地把我打量一遍。

遇到名人的我霎時震驚得說不出話。為了不再呆若木雞，我提醒自己；我眼前這個分身的本尊很可能壓根兒不是個女生。我在網路上暗戀了三年多的這個「女孩」很可能是個指關節長毛、名叫恰克的大胖哥。這念頭一出現，我瞬間清醒，又能專注於當下，這時隨即冒出一個問題：她在這裡幹麼？我想，經過五年搜尋，我們很有可能在今晚同時找到銅鑰的隱藏地點。很可能就這麼巧。

她說：「說不出話來了啊？我剛剛問：你、到、底、是、誰？」

我跟她一樣，也關掉了分身的名牌識別證，所以隨便想也知道我是刻意隱藏身分，尤其是在這種情況下，難道她沒看出來嗎？

我略微頷首鞠躬，說：「你好，我是胡安・桑切斯・維拉洛柏・拉米雷茲[13]。」

她冷笑了一下，說：「西班牙國王查理五世的冶金學家群的頭頭？」

她聽出我引用了電影《時空英豪》中的冷僻臺詞，也立刻引用一句來回應我，不愧是雅蒂米思。

「悉聽尊便。」我回答，咧嘴一笑。

「機靈。」她瞥向我肩後，看著那空蕩的高臺，然後又看著我。「說，你如何辦到的？」

「辦到什麼？」

「跟阿瑟瑞拉克對打『鳥騎士』啊？」她說，語氣好像任誰都知道這件事。

忽然，我明白了。她不是第一次到這裡。我也不是第一個解開五行詩找到可怖之墓的人。雅蒂米思已經比我早一步辦到。既然她知道「鳥騎士」這款遊戲，想必已經跟巫妖對打過，可是，若她已經拿到銅鑰，就沒有理由回到這裡，由此可見她還沒拿到銅鑰。她一定是跟巫妖對打「鳥騎士」，結果被打敗，所以回來再試試看，依我猜，這很可能是她第八或第九次嘗試，而且她顯然以為我也被巫妖打敗了。

「喂！」她的右腳不耐煩地踏著地面，說：「我在等你回答呢。」

我在考慮是否要拔腿就跑，從她身邊衝出去，穿過迷宮，回到地面上。可是，如果我拔腿就跑，她可能會猜到我大概拿到了銅鑰，說不定會殺了我搶走鑰匙。在「綠洲」的地圖上，路得思星球表面上被歸類為安全區域，所以玩家之間不准發生衝突，但我不知道這座墓穴是否也適用同樣規則，因為這裡是地下，壓根兒沒出現在星球的地圖上。

雅蒂米思看起來氣勢逼人，一副要與我為敵的模樣。盔甲、激光槍，還有她佩戴的那把精靈劍很可能銳利無敵，一刀就能將人斬首。如果她在她的部落格裡提到的戰績有半數為真，那麼她的分身起碼是十五級的水準，搞不好更高。萬一在下面這裡可以打鬥，那我這種十級的功力肯定會被她扁得落花流水。

所以，我決定要酷，表現得沒什麼大不了的。這個謊非撒不可。

我說：「我輸慘了，鳥騎士不是我的強項。」

她的備戰姿態稍微放鬆，看來這是她想聽到的答案。「對，我也是。」她說，語氣流露同情。

編譯註

⑬這是一九八六年科幻動作片《時空英豪》（*Highlander*）中一個人物的名字，原文是Juan Sánchez Villa-Lobos Ramírez。

「哈勒代利用超厲害的人工智慧來設計阿瑟瑞拉克這個角色，對吧？所以我們根本很難撂倒他啊。」她低頭看著我手中那把仍擺出防衛姿態的劍，「你可以放下手中的劍，我不會傷害你的。」

我繼續舉著劍，「這個墳墓算自由區嗎？」

「不曉得，你是我下來這裡遇到的第一個分身。」她微側著頭，咧嘴微笑，說：「我想，只有一個方法能知道。」

她以閃電般的速度拔出利劍，俐落地以順時針的方向轉個圈，把熠熠發亮的刀身朝向我，這些動作都在一眨眼間完成。我在最後一秒舉高劍身，笨拙地擋掉她的攻擊。但我們兩人的劍在半空停佇，相距數公分，彷彿被某種無形的力量給牽制住。我的顯示器上閃爍著一則訊息：此處禁止衝突！

我鬆了一大口氣。（後來我才曉得銅鑰無法轉移給別人。拿到鑰匙就不能丟掉，也不能把它給其他分身。如果在持有鑰匙期間死掉，它就會跟著你的身體消失。）

「嗯，現在知道了吧。」她說，咧嘴一笑，「這裡是零衝突區。」她將劍繞八字型揮舞，然後俐落地放回背上的劍鞘裡。完美極了。

我也把劍放入劍鞘內，但沒耍那些很炫的招式。「哈勒代一定不希望玩家為了爭取跟國王打『鳥騎士』而起衝突。」我說。

「對，」她笑著說：「所以，你很走運。」

「我走運？」我回答，將雙手交叉在胸前，「怎麼說？」

她指著我身後空蕩的高臺。「若不是走運，你在跟阿瑟瑞拉克對打之後一定元氣大傷，生命值大幅滑落。」

所以……如果阿瑟瑞拉克要跟你對打「鳥騎士」，你就必須跟他玩真的，設法擊潰他。**幸好我贏了，我心想，否則我現在大概正忙著創造新的分身了吧。**

我撒點小謊：「我的生命值很高，所以那個巫妖對我來說不算什麼。」

她狐疑地說：「喔，真的嗎？我是第五十二級，每次都還差點被他殺掉。所以，每次我要下來這裡時，都得儲積額外的治療藥水。」她直瞅著我好一會兒，然後說：「我認出你的劍和你所穿的盔甲，這些是你在這個地下城裡拿到的，這代表它們比你之前所擁有的武器還要好。在我看來你是個遜咖，胡安．拉米雷茲，而且我認為你還藏著什麼。」

既然曉得她在這裡不能攻擊我，我開始考慮告訴她真話。我何不直接亮出銅鑰給她看？不過我想想，覺得別這麼做比較好。現在，最聰明的做法是轉身走人，直接前往米德爾敦，搶得先機。她還沒拿到銅鑰，或許幾天內都還拿不到。不過話說回來，倘若不是我之前花了很多時間練習「鳥騎士」，天曉得我得嘗試幾回合才能打敗阿瑟瑞拉克。

「妳錯了，不過隨便妳愛怎麼想，神力女超人，」我說，從她身邊走過去，「搞不好我哪天會在虛擬世界遇到妳，到時我們再來比畫比畫。」我對她輕輕揮手，「再會。」

「你要去哪裡？」她說，跟在我身後。

「回家啊。」我說，繼續往前走。

「那巫妖呢？還有銅鑰？」她指著空蕩的高臺，「幾分鐘內他會再次出現。當綠洲伺服器的鐘走到午夜十二點，整座墳墓會重新設定過，如果你在這裡等，就有機會在墳墓重新設定前打敗他，否則就得從頭開始，闖過一關關的陷阱才能抵達這裡。就是因為這樣，我才趕在午夜之前來這裡，每隔一天就這麼做，這樣我就能連續試兩次。」

聰明。要不是我第一次就成功，真不曉得我要多久才會想出這種辦法。「我想，我們可以輪流跟他對打。我才剛跟他打過，所以今夜輪到妳，好嗎？我明天午夜過後再回來，我們可以每天輪流，直到其中一人打敗他，聽起來公平吧？」

「我想應該公平，」她說，開始端詳我，「不過，你還是應該待在這裡，如果午夜時有兩個分身在，說不定會有不同的結果。安納瑞克很可能事先想到這種突發狀況，所以搞不好到時會出現兩個巫妖，分別對付我們兩個。或者，很可能——」

「我喜歡自己一個人玩，我們還是輪流，好嗎？」我快走到出口時，她跨步到我面前，擋住我的去路。

她的語氣軟化下來：「拜託，等一下啦，可以嗎？」

我大可以繼續走，直接穿越她的分身，但我沒這麼做。我是很想盡速到米德爾敦，找出第一道門，可是現在站在我眼前的正是我多年來魂縈夢繫的名人雅蒂米思。而且她的分身比我想像的還要酷。我好想跟她多相處一些時間，好想更深入了解她——如八〇年代的詩人霍華．瓊斯（Howard Jones）所言。如果我現在離開，很可能再也遇不到她。

「聽著，」她說，低頭望著自己的靴子。「對不起，我剛剛說你是遜咖，這樣說很不對，這是侮辱你。」

「沒關係，其實妳說的對，我才到第十級。」

「不管怎樣，你好歹也是個獵蛋客，而且是個很有腦筋的獵蛋客，否則就不可能站在這裡。所以，我要你知道其實我尊敬你，也佩服你的技術。我要為我剛剛說的那些蠢話跟你道歉。」

「我接受妳的道歉，別放在心上。」

「酷。」她看起來鬆了一口氣。她分身的面部表情好逼真，這通常代表她的表情跟本尊同步出現，而非由電腦軟體所控制。她使用的設備一定很昂貴。「當我發現你在這裡時，我嚇到了。我的意思是，我知道最終會有其他人找到這地方，但我沒料到會這麼快，我獨自保有這個墳墓的祕密已有一段時間。」

「多久？」我問，沒真的期望她會回答我。

她遲疑了一下，然後開始聊起來。「三個禮拜！」她說，情緒開始激動，「我來這裡已經他媽的三個禮拜，我設法要在那個蠢遊戲中打敗蠢巫妖！可是他的人工智慧太誇張了！我的意思是，你應該知道我的意思。我以前沒玩過『鳥騎士』，現在它搞得我無力招架！我發誓幾天前我差點就要宰掉他了，可是……」她沮喪地以手指耙過頭髮。「靠！我睡不著，吃不下，成績一落千丈，這都是因為我整天埋首練習『鳥騎士』。」

我正打算問她是否也在路得思星球上的學校念書，但她繼續說，速度愈來愈快，彷彿腦袋裡的水閘門被打開。話語從她的嘴裡滔滔湧出，她幾乎沒停下來喘口氣。

「今晚我來這裡，心想我終於要打敗那個渾帳東西拿到銅鑰了，可是當我抵達時看見有人已經打開入口，知道我最懼怕的事情終於成真了，有人也找到墳墓了。所以我一路跑下來，緊張得不得了，我的意思是，我不是太擔心，因為我不認為有誰可以第一次就打敗阿瑟瑞拉克，可是我仍舊……」她停下來深呼吸，然後戛然打住。

「抱歉，」幾秒鐘後她說：「我一緊張就會滔滔不絕，激動時也會。而現在，我既緊張又激動，因為我很想跟人談這些，但我明明誰都不能說，對吧？我可不能在跟人閒聊時提到自己……」她再次打住，「天哪，我真是長舌婦！」她做出拉上嘴巴拉鍊的樣子，鎖上雙唇，然後將想像中的鑰匙丟開，我不加思索地假裝在半空抓住鑰匙，打開她的雙唇，惹得她哈哈大笑——帶有一點嘲諷的真誠笑容，看得我也跟著哈哈笑。

她好迷人啊。那典型的技客行徑以及過度亢奮的說話方式，讓我想起電影《天才反擊》中我最喜歡的角色——約旦。不管在真實世界或在「綠洲」裡，我從未跟誰一見面就如此投緣。就連跟我最要好的朋友艾區都沒有這種感覺。我整個人飄飄然。

她終於克制住笑聲後告訴我：「我真的該節制或者調整一下我的笑法。」

「不用，不需要。這樣笑很棒，真的。」接著，每說出一個字，我就後悔得想躲起來。「我也笑得很蠢。」

太好啦，韋德，我心想，你這不是在說她的笑很「蠢」嗎？還真會說話啊。

不過她沒說什麼，只是露出羞怯的笑容，以嘴型說「謝謝」。

我忽然好想吻她，就算這只是虛擬世界，我也不在乎。我正打算鼓起勇氣跟她要名片，就見她伸出手。

「我都忘了自我介紹。我是雅蒂米思。」

「我知道。」我跟她握手，「其實我是妳的大粉絲，好幾年來我一直是妳部落格的忠實讀者。」

「真的嗎？」她的分身還真的臉紅。

我點點頭，「真榮幸能遇到妳，我是帕西法爾。」這時我才發現我仍握著她的手，於是趕緊放開。

「帕西法爾？」她微側著頭，說：「這名字源於找到聖杯的圓桌武士，對吧？很酷喔。」

我點點頭，現在更為她神魂顛倒了。平常我必須跟人解釋我的名字的由來。「而雅蒂米思則是希臘的狩獵女神，對吧？」

「對！不過這個名字一般的拼法已經有分身在用，所以我改用駭客語的拼法，把中間的e改成數字3[⑭]。」

「我知道。妳兩年前曾在妳的部落格裡提過這事。」我差點還把那篇日誌的日期說出來，不過隨即發現這麼做只會讓我聽起來更像網路上的跟蹤狂。「妳還說，到現在妳還會遇到一些蠢蛋，把這個3直接發音成英文的數字3，使得妳的名字聽起來像『雅崔米思』。」

「對。」她說，對我綻放笑顏，「我是真的遇過。」

她將戴著賽車手套的手伸過來，把名片遞給我。在「綠洲」裡，你可以隨心所欲，以各種造型款式設計你的名片。雅蒂米思的名片看起來就像玩具公司肯納所出產的《星際大戰》人物復古公仔（還用硬紙塑膠盒包著呢）。她以粗質塑膠做出屬於她的公仔，臉蛋、頭髮和外型都跟她的分身一

編譯註

⑭ 一九八〇年代早期，駭客玩家喜歡用數字來取代一些英文字，比如A=4、E=3，I=1。

模一樣，甚至還有縮小版的槍和劍。聯絡方式就印在公仔上方的硬紙塑膠盒上。

雅蒂米思

第五十二級戰士／法師

（公仔所使用的運輸工具分開銷售）

名片後面則有她的部落格網址、e-mail及電話號碼。

這不僅是第一次有女孩給我名片，而且這也是我見過最酷的名片款式。

我說：「這是我見過最酷的名片。謝謝妳！」

接著，我遞給她我的名片。我把它設計得看起來很像雅達利2600「冒險」遊戲的卡帶，原本遊戲名稱標籤上改寫上我的聯絡方式。

帕西法爾

第十級戰士

（此款遊戲只能以操控桿來進行）

「太讚啦！」她仔細端詳。「好有創意的設計啊！」

「謝謝。」我的分身也臉紅了。我好想跟她求婚喔。

我把她的名片放入我的物品清單中，它立刻出現在我的物品欄位裡，就在銅鑰的下方。看見上面所列的鑰匙，我立刻彈回現實。搞什麼啊，我竟然還站在這裡跟女孩子閒扯，忘了第一道門正在等我？我看看時間，不到五分鐘就午夜十二點了。

我說：「聽著，雅蒂米思，能遇到妳真的很棒，不過我得走了。伺服器就快重新設定，我想趕在那些陷阱和不死生物重新出現之前離開這裡。」

「噢……好吧。」她的語氣聽起來很失望！「反正我也該準備進行『鳥騎士』比賽，不過，你走之前，先讓我用治療重傷的咒語來幫你復原。」

我來不及抗議，她就把一隻手放在我分身的胸口，喃喃說著神祕晦澀的話語。我的生命值本來就呈現最大值，所以她的咒語一點用處也沒有，不過雅蒂米思並不曉得，她依然認為我得繼續跟巫妖對打。

「好了。」她往後退一步。

「謝謝。可是妳不必這麼做的，我們是競爭對手，妳知道的。」

「我知道，不過我們還是可以當朋友，對吧？」

「希望如此。」

「況且，我們離第三道門還很遠。我的意思是，我們兩人花了五年才達到現在的成果，如果我對哈勒代的遊戲攻略算了解，那麼，我認為從現在開始會愈來愈難過關。」她壓低聲音，說：「聽著，你確定你不待在這裡？我敢打賭我們一定可以一起跟巫妖對打。我們可以相互分享攻略，我已經看出那個國王的招數漏洞……」

我開始覺得自己是個混蛋才會欺騙她。「妳人真好，可是我真的得走了。」我開始在腦袋裡搜尋合理的藉口。「我明天早上要上學。」

她點點頭，但面露狐疑。接著她睜大雙眼，彷彿突然想到什麼。她開始四處張望，然後聚焦在她眼前的某個地方，這時我才了解她正在瀏覽視窗上的什麼東西。幾秒鐘後，她的臉因憤怒而扭曲。

「你這個撒謊的王八蛋！你是個大騙子！」她的網路瀏覽器的視窗出現在我面前，旋轉一圈，出現哈勒代網站上的計分板。我之前興奮得忘了去查看。

除了一個差異外，這個計分板看起來就跟過去五年一樣。我分身的名字出現在最上頭第一名的地方，旁邊的分數值是一萬。其他九個欄位仍是哈勒代名字的縮寫ＪＤＨ，後面的分數欄全都是零。

「毀了。」我喃喃地說。當安納瑞克遞給我銅鑰，我就成了史上第一個在競賽中獲得分數的獵蛋客，而且，由於全世界都看得到計分板，所以我的分身已經舉世聞名了。

我查看新聞快訊，想確定是不是這樣。果然每一則都有我分身的名字。比如：神祕的分身「帕西法爾」締造歷史、帕西法爾找到銅鑰！

我頭暈目眩地楞在原地，勉強才能呼吸。雅蒂米思推了我一下，我當然毫無感覺，不過這一推讓我的分身往後退了幾公尺。「你第一次玩就打敗了他？」她吼叫。

我點點頭。「他贏了第一局，我贏了後兩局，不過是險勝。」

「可惡！」她尖叫，握緊拳頭，「你到底是怎麼辦到的？」我清楚感覺到她很想往我的臉打下去。

「純粹是運氣好。我以前常和朋友玩『鳥騎士』，所以已經練習過幾萬次，我相信如果妳練習過那麼多次一定……」

「拜託，」她吼叫，舉起手阻止我說下去，「不用討好我，好嗎？」她大吼，我只能用沮喪來形容那吼聲。「我不會相信的！你知道嗎？天殺的這五星期來我一直設法要打敗他。」

「可是一分鐘前妳才說三星期……」

「別打岔！」她又推了我一次，「我連續不停地練習，長達一個多月！就連在天殺的睡夢中我都看見鴕鳥飛來飛去。」

「那一定很不舒服。」

「而你就這麼走進去，第一次對打就過關！」她開始掄拳猛捶自己額頭正中央，我才發現她氣的是自己而不是我。

「聽著，我真的是運氣好。我只是剛好對古老的機臺遊戲有天分，這是我的強項。」我聳聳肩，說：「別像電影《雨人》裡那個自閉症患者那樣傷害妳自己，好嗎？」

她停手，瞅著我，幾秒鐘後嘆出長長一口氣，說：「為什麼要挑戰的不是『巨蟲入侵』（Centipede）、『小精靈小姐』（Ms. Pac-Man）？或者『漢堡時光』？這樣我或許早就抵達第一道門了！」

「嗯，我也不曉得。」我說。

她怒目瞪了我一秒，然後對我露出奸笑，轉身面向出口，開始在前方的半空中比畫出一連串手勢，嘴裡還念念有詞。

「喂，等等，妳在做什麼？」其實我已經知道她在做什麼。她念完咒語，立刻憑空出現一道大石牆，擋住唯一的出入口。可惡！她下了「屏障」咒。我被困在這裡了。

我大吼：「喂，拜託！妳幹麼這樣？」

「你好像很急著離開這裡。我猜，安納瑞克給你銅鑰時，也透露第一道門的線索，對吧？所以，你急著要去那裡，對不對？」

「對。」我原本想否認，但現在否認也沒用了吧？

「所以，除非你能讓我的咒語失效，第十級戰士先生，不過我看你是辦不到的，否則這道屏障就會把你關到午夜過後，等伺服器重新設定。到時，你進來時途中所解除的陷阱機關都會重新設定，這樣一來你出去的速度肯定會變慢。」

「對，的確如此。」

「而在你忙著閃過陷阱，以便順利回到地面時，我就有機會跟阿瑟瑞拉克對打，這次我一定會痛宰他。到時我就會緊跟在你後面，先生。」

我叉起手，「如果過去五個禮拜國王都能打敗妳，妳憑什麼認為今晚妳一定會贏？」

「競爭會激發我的潛力，讓我有最好的表現。向來如此。而現在，我遇到你這個強勁對手。」

我望向她所設立的魔法屏障，她的功力超過五十級，所以這個咒語的有效時間最多可以到十五分鐘。現在我別無選擇，只能站在這裡等著它消失。「妳很壞欸，妳知道嗎？」我說。

她咧嘴笑笑，搖搖頭，「親愛的，我是屬於『龍與地下城』裡的『混亂中立』陣營，既不是好人，也不是壞人，全憑自己的興致和當下利益做決定。」

我也對她咧嘴一笑，「妳明知道我還是會比妳早抵達第一道門。」

「或許。不過現在才剛開始，你還有好幾關要過。你得先找到另外兩把鑰匙以及另外兩道門。我還有很多時間可以趕上你，到時你就會被我遠遠拋在腦後，電玩高手。」

「那我們就走著瞧吧，小姐。」

她指著出現計分板的視窗，說：「你現在出名了，你懂這代表什麼意思吧？」

「我還沒有時間想到那些。」

「喔，我可想到了，我已經想了五個禮拜。你在計分板上的名字將會改變一切，社會大眾會再次著迷於這個競賽，就像一開始那樣，媒體已經開始瘋狂，等到明天早上，帕西法爾將是家喻戶曉的名字。」

一想到這個，我就有點反胃。

「你在真實世界裡也會變有名，如果你讓媒體知道你的真實身分的話。」

「我不是白痴。」

「很好。這可是關係著上千億美元呢，現在大家都想知道怎麼找到程式彩蛋，去哪裡找。一定有很多人會設法挖出相關資訊。」

「我曉得。很感激妳的關心，不過我沒事的。」

其實，我一點都不覺得自己沒事。之前我壓根兒沒想到這些，可能是因為我還沒真正相信我可能是那個找到程式彩蛋的人。

我們站在原地，沉默不語，看著時鐘等待。「如果你贏了，你要做什麼？」她忽然開口問我：「你要怎麼花那些錢？」

我倒是花了不少時間想過這一點。我經常做這個白日夢。艾區和我列出一長串我們贏得獎金後要買的東西或要做的事情。

「我不知道，就像多數人會做的那樣吧，搬入豪宅，買一堆很酷的鳥東西，脫離貧窮一族。」

「哇，夢想頗大。買了豪宅和『很酷的鳥東西』之後呢？剩下的一千三百億你要拿來做什麼？」

我不想讓她認為我是個膚淺的蠢蛋，衝動之下便脫口說出我一直夢想贏了之後要做的事。這件事我從未告訴過任何人。

「我要在地球的軌道上建造一個以核子為動力的星際太空船，然後在裡面裝滿足夠終身使用的食物和飲水，讓它成為一個可以自給自足的生物圈，而且擁有一臺超級電腦，讓我把所有人類文明所創作的每本書、每首歌、每個電玩遊戲，以及每件藝術作品儲存進去，另外還有一個獨立運作的『綠洲』系統。然後，我會邀請幾位親近的朋友上船，連同醫生和科學家團隊一起離開這個鬼地方，離開太陽系，開始在太陽系外尋找另一個類似地球的星球。」

當然，我還沒徹底通盤思考過這個計畫，所以還有很多細節要考慮。

她揚起一眉，說：「野心勃勃喔。不過，你應該知道現在這個星球上有一半的人正餓著肚子吧？」我從她的語氣聽出她沒惡意。聽起來她好像真的相信我沒意識到這件事。

「對，我知道。」我說，語氣帶著防衛。「會有這麼多人餓肚子就是因為我們毀了這個星球，地球正在死亡，妳知道吧？現在是該離開的時候了。」

「這種觀點很負面。如果我贏了獎金，我要讓這個星球上的每個人都有足夠的食物。把全世界的饑荒問題解決後，我們就能想辦法解決環境和能源危機的問題。」

我翻翻白眼，「對，等妳讓這個奇蹟發生後，妳就可以利用基因工程創造出一堆小精靈和獨角獸，讓它們在妳創造的這個完美新世界裡嬉戲遊玩。」

「我是認真的。」她說。

「妳真以為這麼簡單啊？難不成妳只要開一張支票，花個一千四百億美元就能解決人類困境？」

「我不曉得，或許解決不了，但至少我願意試一試。」

「如果妳贏的話。」

「對，如果我贏的話。」

就在這時，伺服器的鐘走到午夜十二點。我們兩人沒看鐘，但都知道時間到了，因為王座又重新出現在高臺上，還有阿瑟瑞拉克也是。他坐在寶座上，一動也不動，看起來就跟我第一次進入這房間時一樣。

雅蒂米思抬頭瞥了他一眼，然後看看我。她微笑，對我輕輕揮個手，說：「改天見，帕西法爾。」

「好。」我回答：「再會。」她轉身走向高臺。我在她的身後叫住她。「喂，雅蒂米思。」

她轉身，不知何故，我忽然好想幫她，即使我知道自己不該這麼做。「站在機臺的左邊，我就是這樣贏的。我想，讓他扮演鸛鳥，你會比較容易打敗他。」

她望著我片刻，大概在衡量我是否在捉弄她，然後點點頭，準備走上高臺。她踏上第一階，阿瑟瑞拉克立刻活了起來。

「歡迎，雅蒂米思。」他的聲音轟隆作響，「妳要尋找什麼？」

我沒聽見她回答，但幾分鐘後王座變成「鳥騎士」的機臺，就跟之前一樣。雅蒂米思對巫妖說話，然後兩人交換位置，她站在左邊，接著，遊戲開始。

我從遠處看著他們對打，直到幾分鐘後她所設立的屏障消失。我抬頭瞥了雅蒂米思一眼，然後推開門，跑出去。

10

我花了一個多小時才走完墳墓，回到地面上。我一爬出去，顯示器上就閃爍著未讀訊息的指示燈。這時我才發現哈勒代將墳墓設定在「通訊無效」的區域內，所以在墳墓裡沒人可以播接電話、發簡訊或 **e-mail**。大概是不讓在裡頭的獵蛋客向外尋求幫助或建議吧。

我看了一下來電者，發現自從我的名字出現在計分板之後，艾區一直在找我。他打了十幾通電話，傳了好幾則簡訊，還大吼著叫我立刻回他電話。就在我刪除這些訊息時，我又接到一通電話，還是艾區。我決定不接，轉而傳簡訊給他，向他保證我會盡快回電。

我跑出森林時讓計分板繼續留在顯示器一角，以便在第一時間知道雅蒂米思是否贏得「鳥騎士」競賽，順利拿到銅鑰。我抵達運輸站後，跳入最近的運輸亭，這時已超過凌晨兩點。

我在亭子的觸控螢幕上輸入目的地，顯示器立刻出現米德爾敦的地圖，要我從這星球的兩百五十六個米德爾敦運輸站中挑選一個。

哈勒代創造米德爾敦時，並未只在這個星球上置入一個家鄉的複本。他總共創造了兩百五十六個一模一樣的米德爾敦，平均分散在星球的表面上。我想，去哪一個並不重要，所以我隨機挑選靠近赤道的那個。點了一下「確認」後付款，我的分身應聲消失。

幾百萬分之一秒過後，我就站在一九八〇年代灰狗巴士站的復古電話亭裡。我打開電話亭的門走出去，那感覺就像走出時光機。有幾個非玩家角色四處閒晃，他們全穿著八〇年代中期的服裝。有個女人頂著一頭足以阻擋臭氧的蓬鬆髮型，戴著一個巨無霸隨身聽，隨著音樂點頭應和。有個男孩穿著「會員專區」（Members Only）品牌的灰色夾克，倚靠在牆上玩手中的魔術方塊。頭頂中間只留著一搓雞冠髮型的龐克坐在塑膠椅上，看著投幣電視機上播放的偵探片《激流》（*Riptide*）。

我找到出口，動身前往，邊走邊拔劍。整個米德爾敦都是自由區，所以我得謹慎一些。

尋寶競賽剛開始沒多久，這個星球變成大中央車站，哈勒代的兩百五十六個家鄉被一波波湧來的獵蛋客徹底搜索，大家都跑來找鑰匙和線索。留言板上最常見的說法是，哈勒代之所以創造出這麼多個家鄉，是因為他怕好幾個分身同時搜索一個地方而爭得打起來。當然，這些搜索的人潮帶來不少錢潮，然而，就是沒有鑰匙，沒有線索，沒有程式彩蛋。之後，大家對這個星球的興趣急遽下降，但還是有一些獵蛋客三不五時跑來這裡。

如果我去那裡時有個獵蛋客就在哈勒代的屋子裡呢？若真是這樣，我打算立刻跑走，偷一輛車直接開到四十公里（東南西北都行）外的另一處米德爾敦，反正每個米德爾敦都設計得一模一樣。若那裡也有人，就到下一個，直到哪個哈勒代的家沒被人捷足先登。

巴士站外是美國中西部的美麗景致，橘紅的太陽低垂在天邊。雖然我以前沒到過米德爾敦，但我可詳細研究過它，所以我知道哈勒代把這個星球設定成永遠一樣，無論你何時造訪，或者造訪星球的哪個地方，見到的都是一九八六年左右一個美麗的晚秋黃昏。

我拉出小鎮地圖，找出從我所在位置到哈勒代的童年房子的路徑。大約是往北一公里半左右。我把我的分身轉向那個方向，拔腿開始跑。我環顧四周，被細膩講究的景物震懾得說不出話。我在某處讀過，哈勒代親自編寫這地方的程式碼，根據他的回憶完整重建出他童年時的家鄉。他參考老街地圖、電話簿、照片及影片，盡可能讓一景一物逼真詳實。

這地方讓我想起電影《渾身是勁》（*Footloose*）裡的小鎮。小巧、鄉村、人口稀少。這裡的房子似乎大得不可思議，而且彼此間的距離也過分地遙遠。我很驚訝五十五年前就連低收入的家庭也能擁有一整間屬於自己的房子。四周的非玩家角色個個看起來就像搖滾歌手約翰·庫格·梅倫坎普（**John Cougar Mellencamp**）的音樂錄影帶裡的配角。我看見有人在戶外耙落葉，有人遛狗，有人坐在長凳上。我出於好奇跟他們當中的一些人揮手，結果他們也都跟我揮手，每次都得到友善的回應。

在這裡處處可見歲月的痕跡。非玩家角色駕駛的轎車和卡車緩緩地穿梭在遮蔭的街道上，一輛輛都是耗油量驚人的古董車：**Trans-Ams**、**Dodge Omnis**、**IROC Z28s**，以及**K-cars**。我經過加油站，牌子上寫著汽油一加侖只要九十三分美元。

我正要拐進哈勒代家所在的那條街，就聽見勝利的喇叭聲。我的雙眼瞄往盤旋在我顯示器角落的計分板。

雅蒂米思辦到了。

她的名字就在我的名字下方，分數是九千分——比我少一千分。看來第一個獲得銅鑰的我，多了一千分的額外獎勵。

這時，我才第一次察覺計分板這東西存在所可能造成的全面性影響。從現在開始，不止獵蛋客會追蹤彼此的尋寶進度，就連整個世界都會知道目前的領先者是誰，並因此製造出暴紅的名人（和目標物）。

我知道，就在這一刻，雅蒂米思一定正低頭看著她的銅鑰，閱讀刻在上面的線索。我不曉得她是否能跟我一樣這麼快就解讀出來。搞不好她已經在前往米德爾敦的路上。

一想到這裡，我趕緊移動。現在，我只比她領先一小時，搞不好連一小時都不到。

我走到克里夫蘭街，這裡就是哈勒代成長的地方。我跳下龜裂的人行道，踏上他家前院的階梯。這裡看起來就跟我看過的照片一樣：普通的兩層樓殖民式建築，牆面是以紅色塑膠板搭成。車道上停了兩輛七〇年代末的福特轎車，其中一輛還停在空心磚上。

我看著哈勒代打造出來的老家複製品，開始想像他是怎麼在這裡成長。我曾讀過，一九九〇年晚期，在真正的俄亥厄州米德爾敦的這條街上，每間房子都被夷平，好騰出空間蓋成排的購物商場。但哈勒代把他的童年永遠保存下來了，保存在「綠洲」裡。

我走上階梯，進入前門，裡頭就是客廳。我對這間屋子瞭若指掌，因為它曾出現在「安納瑞克英雄帖」短片中。我認得這模擬的木紋鑲板、燒焦的橘色地毯，還有看起來就像從七〇年代中期迪斯可時代的後院跳蚤市場中撿回來的俗麗家具。

屋裡空蕩蕩，不知為何，哈勒代決定不在這裡放上他和已逝父母的非玩家角色的複製品，大概這樣會很嚇人吧，連他都會毛骨悚然。不過，我還是在客廳牆上看見一張眼熟的全家福照片。這張照片是一九八四年攝於當地的賣場Kmart，不過哈勒代夫妻仍穿著七〇年代末款式的服裝。十二歲的小詹姆士站在父母中間，笨重眼鏡後方的雙眼瞪著鏡頭。哈勒代一家人看起來就跟尋常的美國家庭沒兩樣，絲毫看不出穿著棕色休閒外套的拘謹男人是個會虐待人的酒鬼，那個穿著花朵圖案成套褲裝、笑臉盈盈的女人是個躁鬱症患者，而那個穿著褪色行星圖案T恤的男孩日後會創造出一個全新的宇宙。

我環顧四周，心裡納悶著，口口聲聲說童年很悲慘的哈勒代怎麼會對這裡這麼懷念。我知道若哪天我逃出拖車屋園區，肯定不會回頭看，而且絕不會如此鉅細靡遺地模擬出那個地方。

我望向那臺笨重的Zenith電視機，以及跟它連結的雅達利2600遊戲主機。雅達利塑膠框上的模擬木紋完美地搭配著電視櫃和客廳牆壁上的鑲飾木紋板。在雅達利旁邊有個鞋盒，裡頭裝著九個遊戲卡帶：「格鬥」（Combat）、「太空入侵者」、「陷阱」（Pitfall）、「炸彈轟隆碰」（Kaboom!）、「星際奇兵」（Star Raiders）、「帝國大反擊」（The Empire Strikes Back）、「星空達人」（Starmaster）、「亞爾斯復仇記」（Yars' Revenge），以及「外星人」（E.T.），唯獨不見「冒險」。獵蛋客認為它的消失具有重大意義，畢竟在「安納瑞克英雄帖」短片的尾聲，哈勒代在這一臺雅達利上所玩的遊戲就是「冒險」。獵蛋客搜尋了整個米德爾敦，就為了找出它，但翻遍整個星球就是不見它的蹤影。獵蛋客曾經從別的星球帶「冒險」來，但當他們想在哈勒代的雅達利上玩這款遊戲時，卻行不通。到目前為止，還沒人搞懂為何如此。

我快速找了一下屋內，確定沒其他分身在場。然後我打開詹姆士．哈勒代的臥房門，裡頭也沒人，所以我走進去，鎖上門。這房間的側拍照片和透過SimCap應用軟體所抓到的影像流傳了好幾年，所以我已詳細研究過。但這是我第一次站在「實景」中。真讓人起雞皮疙瘩呀。

地毯是嚇死人的芥末色，連壁紙也是，不過所有牆面幾乎都掛滿了電影和搖滾樂團的海報：《天才反擊》、《戰爭遊戲》、《電子世界爭霸戰》（*Tron*），以及樂團「平克．佛洛依德」、「德沃」、「匆促」（Rush）。門內側的書架上滿滿都是科幻和奇幻類的平裝書（我當然每本都讀過）。床邊的另一個書架上，則塞滿了過期的電腦雜誌以及「龍與地下城」的規則手冊。牆邊還堆放了好幾個謹慎貼著分類標籤的長盒子，裡頭全是漫畫。屋內角落那張斑駁的木書桌上，則放著詹姆士．哈勒代的第一臺電腦。

就跟那時代的許多家用電腦一樣，這臺電腦的鍵盤跟主機裝在同一個硬匣裡，鍵盤上方的標籤印著：TRS-80彩色電腦第二代，記憶體十六K。機器後方延伸出好幾條電線，連接著一個卡式錄音機、小型的彩色電視、點陣式印表機，以及鮑率三百的數據機。數據機旁邊的桌面上，貼了一長串可以撥接到BBS（電子布告欄系統）的電話號碼。

我坐下來，打開電腦和電視機的電源。一串靜電的細碎爆裂聲傳來，接著是電視正在暖機的低沉嗡鳴。幾分鐘後，TRS-80的綠色啟動畫面出現，我看見三行字：

彩色進階BASIC 1.1版
版權所有©，一九八二年，坦迪公司
請輸入指令

底下是一個閃爍的游標，反覆出現色彩光譜上的每種顏色。我打出「嗨」，按下輸入鍵。

下一行出現的是「語法錯誤」。看來在這種古董電腦唯一能懂的語言裡——BASIC——「嗨」並非有效的指令。

根據我之前的研究，卡式錄音機的功用就是做為TRS-80的「磁帶驅動器」，將資料以類比聲音的方式儲存在錄音磁帶上。一開始寫程式時，哈勒代這窮孩子連軟碟機都沒有，所以只能把程式碼儲存在卡帶上。磁帶驅動器旁邊的鞋盒裡裝有幾十捲卡帶，多半是純文字型態的冒險遊戲：「拉庫圖」（Raaku-tu）、「瘋人院」（Bedlam）、「金字塔」（Pyramid），以及「瘋狂與牛頭人」（Madness and the Minotaur）。此外還有ROM卡匣，可以插入電腦旁邊的長槽裡。我在盒子裡翻找，終於找出那個破舊紅色標籤上印有歪扭黃色字體「戴格拉斯地下城」的卡匣。這款遊戲的插圖畫著從當事人的角度看出去的地下城長廊，這道長廊被一個手持石巨斧的藍色大巨人給擋住。

當初在哈勒代臥房內發現的遊戲清單一出現在網路上，我就把它們全都下載，而且一個一個玩得精通，所以我在兩年多前就成功破解「戴格拉斯地下城」，當時幾乎花了我整個週末。這遊戲的畫質粗糙，但就算如此，遊戲本身還是很有趣，很讓人著迷。

過去這五年，我從留言板上知道有幾個獵蛋客曾在哈勒代這臺TRS-80的電腦上玩過「戴格拉斯地下城」，並且成功過關，甚至有人破解了鞋盒裡的每一個遊戲，就為了看看會發生什麼事。結果什麼都沒發生。不過那時沒一個獵蛋客擁有銅鑰。

我微微顫抖著手，關掉TRS-80的電源，插入「戴格拉斯地下城」卡匣後再次打開電源，螢幕閃爍變成黑色，一個筆觸粗糙的巫師圖案出現，伴隨著不祥的音效。巫師一手拿權杖，他的下方出現一行字：看你敢不敢進入……戴格拉斯地下城！

我把手指按在鍵盤上，開始玩起來，這時，放在哈勒代衣櫥上方的無線喇叭開始啟動，轟隆傳出熟悉的音樂。這是電影配樂大師巴索．普列多斯（Basil Poledouris）替《王者之劍》（*Conan the Barbarian*）所寫的配樂。

這一定是安納瑞克在暗示我，我的方向正確，我心想。

沒多久我就玩到忘了時間，忘了我的分身正坐在哈勒代的臥房。而在真實世界中我是坐在祕密基地裡，縮在電暖爐旁，敲擊著前方的空氣，按著想像中的鍵盤下指令。這一層層的中介時空消失，我渾然地置身在遊戲的遊戲裡。

在「戴格拉斯地下城」中，控制分身的方式是用鍵盤打出指令，比如「左轉」或「拿火炬」，藉此走過以向量圖形畫出的走廊。往下深入五層地下城的途中還要打倒蜘蛛、石巨人和鬼魅，而且愈往下會愈困難。你得花點時間讓指令和遊戲做出反應，不過一旦有了反應，遊戲本身並不難破解。此外，這款遊戲可以在任何時候儲存所在的進度，所以基本上我擁有無限的生命。（不過儲存和從磁帶驅動器重新下載遊戲的速度很慢，而且很麻煩，經常得嘗試好幾次，還得反覆操作卡帶錄音座的音量鈕）。因為可以儲存遊戲，所以我能登出去上個廁所，再次填充暖氣的電力。

我玩到一半時，《王者之劍》的配樂結束，無線喇叭喀嚓一聲，開始播放錄音帶的另一面，現在陪伴我的是電影《鷹狼傳奇》的合成器配樂。之前艾區說，哈勒代絕不可能是《鷹狼傳奇》的粉絲，這會兒我等不及要讓他知道他錯了。

我在凌晨四點左右抵達地下城的最後一層，在那裡遇上戴格拉斯之邪惡巫師。我死掉之後重新下載兩次，最後終於利用精靈劍和冰之環打敗他。我拿起巫師的魔法環據為己有，遊戲到此結束。

就在這時，顯示器上出現影像：一個巫師，他的權杖和袍子上各有一顆閃亮星星。下方有一行字：

看哪！命運就在新巫師的手中啊！

我等著看接下來會發生什麼事，有那麼半晌，啥事都沒發生。接著，哈勒代那臺古董級的點陣印表機啟動，嘈雜地打出一行字。印表機上方跑出一張紙，我撕下那張紙讀上面的字：

恭喜！你已打開第一道門！

我左右張望，看見臥房牆壁上，前一秒才貼著《戰爭遊戲》海報的地方，乍然出現一道鍛鐵製的門。鐵門的中央有道鍍銅的鎖，上面有個鎖洞。

為了搆到那個鎖，我爬上哈勒代的書桌，將銅鑰插進鎖洞，接著轉動銅鑰。整道門開始發光，彷彿金屬過熱，兩扇門往內推開，露出一整片星斗，彷彿這是通往太空深處的門扉。

「我的天哪，全是星星。」我聽見一個縹緲的聲音說。我認出來了，這是電影《二〇一〇》裡的片段。接著，我聽見一種低沉不祥的嗡嗡聲，緊接著是該部電影的配樂：理查．史特勞斯的「查拉圖斯特拉如是說」（Also Sprach Zarathustra）。

我往前傾，從門扉望出去。左看看，右望望，上瞥瞥，下覷覷，什麼都沒有，只有放眼所及的無垠星斗。瞇眼細瞧，我還能分辨出遠處的幾個小星雲和銀河系呢。

我沒遲疑，跳入敞開的門裡。我彷彿被吸進去，整個人開始墜落。但我不是往下墜，而是往前墜，四周的星星也與我同墜。

11

我發現自己站在一臺老式遊戲機臺前，正在玩「大蜜蜂」（Galaga）。

遊戲已經開始，我有兩艘船，分數已有四萬一千七百八十分。我低頭，看見我的雙手在操控器上。茫然了一、兩秒鐘後，我本能地玩了起來。我及時地移動操縱桿，才沒失掉任何一艘船。

我一眼專注在遊戲上，另一眼查看四周環境。從眼角餘光，我看到左手邊有「打空氣」遊戲（Dig Dug），右手邊則是「傑克遜戰機」（Zaxxon）的機臺。我還能聽見身後傳來幾十臺復古電玩機臺發生數位打鬥的嘈雜聲。然後，就在我解決掉一局「大蜜蜂」時，我注意到自己在機臺顯示器上的倒影。我看見的不是我的分身，而是馬修・鮑德瑞克（Matthew Broderick）的臉。那個還沒演《蹺課天才》和《鷹狼傳奇》的年輕馬修・鮑德瑞克。

接著，我知道我在哪裡，我知道我是誰了。

我是大衛・賴特曼——馬修・鮑德瑞克在電影《戰爭遊戲》中的角色，而且這是他第一次主演的電影。

我在電影裡。

我迅速環顧四周，看見鉅細靡遺複製出來的「二十大皇宮」，這是電影裡一間結合披薩店與電玩遊樂場的店家。每個電玩機臺四周聚集了一群群孩子，頭髮都是八〇年代最流行的羽毛剪。有些人則坐在雅座裡吃披薩，喝可樂。角落的點唱機高聲唱出「傳呼器」樂團（Beepers）的「影像熱潮」（Video Fever）。放眼望去，放耳所及，全跟電影《戰爭遊戲》裡一模一樣。哈勒代鉅細靡遺地複製了電影中的細節，重現在互動模擬的世界裡。

哇塞。

這麼多年來我一直在想，在第一道門裡等著我的會是什麼挑戰，但從沒想過會看到眼前這種情景。不過我該想到的，畢竟《戰爭遊戲》是哈勒代畢生最愛的影片之一，所以我才會看了三十幾遍。這麼說吧，其實也是因為這部電影真的很讚，而且主角還是少年駭客。看來我之前下苦功所做的研究全都值回票價了。

現在，我聽見有個電子音嗶嗶叫個不停，好像是來自我身上這件牛仔褲的右邊口袋。我一手繼續握著操縱桿，右手伸到口袋，掏出一個電子表。上面顯示現在是早上七點四十五分。我關閉鬧鈴，我的面罩顯示器正中央立刻閃爍著一則訊息：**大衛，你上學快遲到了！**

我以語音指令叫出地圖，以便得知機臺把我送到了哪裡。結果我不僅不在米德爾敦，甚至也不在「綠洲」裡。地圖上顯示我位於一片空白顯示器中央，這代表我的位置在地圖以外。原來我一踏入機臺，它就把我的分身送到另一個完全獨立的虛擬世界，一個與「綠洲」毫不相干的地方。看來回去「綠洲」的唯一方式就是完成任務，離開那道門。不過，如果這是種電玩遊戲，那我該怎麼玩？如果有任務要完成，我的目標是什麼？我一邊思索這個問題，一邊繼續玩「大蜜蜂」。沒多久，有個小男孩走進這家電玩遊樂場，朝我走過來。

「嗨，大衛！」他說，雙眼盯著我的遊戲。

我認出這孩子是電影裡的人物，他叫霍伊。電影中，馬修．鮑德瑞克所飾演的角色將他在玩的

「大蜜蜂」交給霍伊後，就匆忙跑去上學。

「嗨，大衛！」男孩以相同的語調又說了一次。這次，他說話時，話語就出現在我的顯示器下方，看起來像字幕。而下方有行紅字不停閃爍：最後一次對話提醒！

我明白了。這個訊息是要提醒我，這是我接著那個男孩說出下一句臺詞的最後機會。我已經猜到萬一我沒說出來會發生的後果——遊戲結束。

但我不驚慌，因為我早就知道下一句臺詞是什麼。《戰爭遊戲》我看了那麼多次，早就把整齣電影背得滾瓜爛熟。

「嗨，霍伊。」我說，但我從耳機裡聽到的並不是自己的聲音，而是馬修．鮑德瑞克的聲音。我一說完這句臺詞，顯示器上的警示立刻消失，而且還有一百點分數疊在螢幕上方。

我絞盡腦汁，在腦海重播其餘的電影場景。接下來的臺詞自動從我口中冒出來：「你好嗎？」分數跳到兩百分。

「還不錯。」霍伊回答。

我整個人飄飄然。太不可思議啦，我完全置身電影裡。哈勒代把一部五十年前的電影變成即時互動電玩。真不曉得他花多久時間寫這些程式。

我的顯示器上又閃爍著一則提醒：大衛，你上學要遲到了！快一點！

我退離「大蜜蜂」機臺。「嗨，你要玩嗎？」我問霍伊。

「好啊，」他回答，抓住操縱桿，「多謝啦！」

遊樂場的地板出現一條綠色路徑，從我所在的地方延伸到出口。我循著這條路徑往前走，忽然想起一件事，趕緊往回跑，抓起放在「打空氣」機臺上的筆記本，就跟電影裡的大衛一樣。這時，我的分數又增加了一百分，而且顯示器還出現這幾個字：**動作加分！**

「掰掰，大衛！」霍伊大喊。

「掰！」我回喊道。又多了一百分。易如反掌哪。

我順著綠色路徑離開「二十大皇宮」，沿著繁忙街道走到幾個路口外，奔跑在一條綠蔭成排的郊區街道上。然後轉過街角，看見有條路直接通向一幢磚砌的大建築物，門上有個招牌寫著史諾荷米須中學——這是大衛的學校，也是接下來幾個電影場景發生的地方。

我跑進學校，思緒也跟著奔騰。如果接下來兩小時我只需順利說出《戰爭遊戲》裡的臺詞，那就太輕鬆了。我在不知不覺中就準備得極為充分，搞不好我對《戰爭遊戲》的熟稔程度還遠勝於《天才反擊》和《再見人生》呢。

我在空蕩的學校走廊上奔跑，前方又出現一個警告：**你上生物課要遲到了。**

我沿著正閃閃發亮的綠色路徑，繼續以跑百米的速度衝刺，終於抵達二樓教室門口，從窗戶望進去，我看見老師站在黑板前，已經開始上課。我看到了我的座位——唯一還沒人就坐的位置。就在愛莉．希蒂的後方。

我打開教室門，躡手躡腳走進去，老師立刻瞧見我。

「啊，大衛！歡迎加入啊！」

★

結果，演完整齣電影竟比我預期得還難，雖然我大概只花了十五分鐘就搞懂這遊戲的「規則」及計分方式。其實我要做的不止是簡單背誦臺詞，還要在正確時間以正確方式做出馬修．鮑德瑞克所飾演的角色在電影中所做出的每個動作。這有點像被迫在你看了好幾次但從未排演過的戲劇裡軋上一角。

電影的前一小時我多半處於緊繃狀態，不停想著待會兒要說的臺詞。每次把臺詞搞砸，或者沒在正確時間做出動作，我的分數就會下降，顯示器也會出現閃爍的警示燈。若連續失誤兩次，就會出現「最後警告」的訊息。不曉得若連續被三振會有什麼下場，我猜，要不是被逐出這道門就是分身死翹翹。反正我壓根不想知道。

每次我連續做出七個正確的動作，或者連續唸出七句正確的臺詞，遊戲就會賞給我「提示板」。下次我若忘了要說什麼或者該做什麼動作，就可以點提示板，顯示器上就會出現正確的動作或臺詞，類似提詞機。

沒有我的戲份時，整齣模擬電影就會變成旁觀者的角度，我只需悠閒坐著看別人演出，有點像是觀賞電玩遊戲裡的過場動畫。在這些場景中，我可以放輕鬆，直到我的角色再次出現於顯示器上。休息時我想從「綠洲」主機系統的硬碟裡找這部影片，讓它在我的顯示器上播放，以便需要時可以參考。可是系統不准許我這麼做。事實上，我發現一進入機臺裡，任何視窗都不能開啟。我只要一嘗試，就會收到警告：**不准作弊，否則遊戲結束！**

幸好我不需要幫忙。我拿到五張提示卡後——最多就是五張——整個人開始放輕鬆，霎時遊戲才真正變得好玩起來。置身在我喜歡的影片裡還挺有趣，一會兒後我甚至發現，若我說臺詞時的語氣和音調跟電影裡一樣，還能贏得額外的紅利分數。

那時我不知道自己成了第一個玩這種前所未見新電玩的人。「群聚擬仿」一想到可以把《戰爭遊戲》放入第一道門裡（沒多久他們就真的做出來），就火速地把這個點子申請專利，開始購買老電影和電視影集的版權，把它們變成身歷其境的互動遊戲，並取名為「角演電影」。角演電影一推出就受到熱烈歡迎，原來讓玩家在自己喜歡的老電影或影集中飾演主角的遊戲有這麼大的市場。

演到電影尾聲，我開始因疲憊而焦躁起來。我已經連續上線二十四小時，而且這段時間幾乎都繃緊神經。我要演出的最後一個動作，是命令那臺名為「作戰行動計畫應變」（WOPR）的超級電腦透過井字遊戲來「玩弄自己」。由於這臺電腦所玩的每種遊戲最後都會打成平局，所以我可以這麼教導它：全球熱核戰也是一種「若想要贏，唯一的招數就是不玩」的遊戲。這樣一來就能阻止「作戰行動計畫應變」電腦把全美國的洲際彈道飛彈對準蘇聯。

我，大衛．賴特曼，一個來自西雅圖郊區的少年技客，單打獨鬥地阻止了人類文明的滅亡。北美防空司令部（NORAD）的指揮中心爆出歡呼聲，我等著顯示器上跑出工作人員名單，但名單沒出現，周遭的所有人物卻一一消失，只剩下我一人站在偌大的作戰室。我看看我的分身在電腦螢幕上的倒影，發現我不再是馬修．鮑德瑞克，而是變回帕西法爾。

我環顧空蕩蕩的指揮中心，納悶接下來該怎麼辦。忽然，我眼前每一臺巨大的影像播放顯示器都變成空白，只出現四行閃閃發亮的綠色字體。又是一個謎題：

船長隱藏玉鑰
於久被忽略的居所
你的哨子只能在此時吹起
當集滿獎盃之時

我佇立原地，驚訝得說不出話，只能呆望著這些字句。半晌回神後，我立刻將這段文字側拍下來。就在這時，銅門再次出現，嵌在旁邊的一道牆上。門開啟，門的另一側是哈勒代的臥房。這是出口，從這裡可以出去。

我辦到了，我成功闖出第一道門。

我回頭望著顯示器上的謎題。我之前花了好幾年才解讀出五行詩，找到銅鑰，而眼前這首關於玉鑰的新謎題乍看之下似乎也要花很久解讀，因為我一個字都讀不懂。不過我現在已經累到眼睛都快睜不開，更別說要解謎題了。

我從出口往外跳，重重落在哈勒代臥房的地板上。我轉身看著牆壁，那道門不見了，《戰爭遊戲》的海報再次出現在原位。

我看看我分身的分數，這才發現闖過第一道門讓我的經驗值增加了好幾十萬點，就連我的分身級數也從十級一舉竄升到二十級。接著我看看計分板。

最高得分：	
1. 帕西法爾	110000
2. 雅蒂米思	9000
3. JDH	0000000
4. JDH	0000000
5. JDH	0000000
6. JDH	0000000
7. JDH	0000000
8. JDH	0000000
9. JDH	0000000
10. JDH	0000000

我的分數增加了十萬點，旁邊還出現一個銅門標誌。媒體（和所有人）大概從昨晚就一直盯著顯示器，所以現在應該全世界都知道我闖過了第一道門。

但我累得沒辦法思考這件事代表的意涵，我現在只想好好睡一覺。

我跑下樓，進入廚房，哈勒代家的車鑰匙就掛在冰箱旁的多孔板上。我抓起鑰匙往外衝。車子（不是停在空心磚上那一輛）是一九八二年的福特雷鳥，我試了第二次才啟動引擎。我開出車道，駛向公車站。

我從公車站利用心電移動返回位於路得思星球的運輸站，回到運輸站旁的學校後，我走到我的置物櫃，把我分身獲得新寶藏、盔甲和武器都放進櫃子裡，最後登出「綠洲」。

我脫下視像罩時已是早上六點十七分。我揉揉布滿血絲的雙眼，環顧祕密基地的陰暗內部，想搞清楚剛剛發生的每件事。

忽然間，我發現貨車裡好冷。我斷斷續續使用暖氣一整晚，現在電池已經耗光，而我又累到沒辦法踩單車來充電，也沒力氣走路回姨媽的拖車屋。不過太陽快出來了，所以我可以睡在祕密基地，不用擔心冷死。

我滑下椅子，坐在地板上，整個人縮進睡袋裡。我閉上眼，開始思索玉鑰的謎題。可是幾秒鐘後睡意襲來，將我完全吞沒。

我做了個夢。我獨自站在焚焦的戰場上，幾隊不同人馬正在對付我。一群六數人站在我面前，還有幾群不同黨派的獵蛋客從其他方向包圍我，他們揮舞著槍劍和具有神奇魔力的武器。

我低頭看著我的身體，瞧見的不是帕西法爾，而是真正的我，穿著紙糊的盔甲，右手握著一把玩具塑膠劍，左手拿著一個大的玻璃蛋。這顆蛋看似在電影《保送入學》（*Risky Business*）中，那顆讓湯姆．克魯斯所飾演的角色傷心欲絕的水晶球。然而，我就是知道，在我的夢境中，這顆球正是哈勒代的程式彩蛋。

我站在那裡，在光天化日之下讓全世界看見我拿著球。

那一群群與我為敵的人不約而同放聲大叫，朝我奔來。他們咧牙，眼睛充血，蜂擁而上，要來搶這顆球，而我無計可施，阻止不了他們。

我知道我在做夢，所以我希望在他們淹沒我之前能夠醒來，但我沒醒。夢境持續，蛋被搶走，我感覺自己被撕成碎片。

12

我睡了十二小時，翹了所有的課。

終於醒來後我揉揉眼睛，靜靜地躺了一會兒，努力告訴自己前一天發生的事情都是真的。那一切對我來說仍像做夢，美妙到不可能成真。最後我戴上視像罩，上線去確定一下。

每則新聞報導都有計分板的鏡頭，而我分身的名字就在計分板最上頭第一名的地方。雅蒂米思仍跟在我後面，但她名字旁的分數已經增加到十萬九千分，只比我少一千分。而且就跟我一樣，她的分數旁邊也出現了一個銅門的圖案。

看來她辦到了，就在我睡著時，她解開了刻在銅鑰上的文字，去了米德爾敦，找到第一道門，通過《戰爭遊戲》的考驗，而且只落後我幾小時。

我不再佩服自己了。

我迅速轉了幾個頻道，最後停在主要的新聞臺。我在這個頻道裡看見兩個男人坐在計分板的截圖前。左邊那個中年男子一副學者模樣，名牌上寫著「艾德格．納許，獵蛋客專家」，他正在跟主播說明身後的計分板。

「看來這個名叫帕西法爾的分身是第一個找到銅鑰的人，因此分數稍高一些。」納許指著計分板說，「接著，帕西法爾的分數在淩晨時增加了上萬分，而且分數旁邊還出現銅門的圖案。幾小時後，同樣的情況也發生在雅蒂米思身上。由此可見這兩人都通過了三道門中的第一道。」

「你是指在『安納瑞克英雄帖』中那三道著名的門？」主播說。

「完全正確。」

「不過，納許先生，經過五年的搜尋，這兩個分身怎麼會在同一天內完成這個任務，而且只差了幾小時？」

「這個嘛，我想只有一種可能性。這兩個人，帕西法爾和雅蒂米思，一定是搭檔，他們大概就是所謂『獵蛋客幫派』中的成員，也就是一群獵蛋客，他們一起……」

我皺起眉頭，開始轉頻道，直到看見一位興奮激動的記者正透過衛星訪問歐格頓．莫洛。對，就是那個跟哈勒代一起創辦「群聚擬仿」的歐格頓．莫洛。

「……正從他奧勒岡州的家裡跟我們連線，謝謝你接受我們的訪問，莫洛先生！」

「不客氣。」莫洛說。莫洛上次接受媒體訪問是在六年前，這六年來他似乎完全沒變老。他那頭不羈的灰髮和長鬍鬚，讓他看起來像是愛因斯坦和聖誕老人的合體，而這個比喻也很適合用來形容他的個性。

記者清清喉嚨，顯然有點忐忑。「我們先來了解一下您對過去二十四小時內所發生的事情的反應，當您見到哈勒代的計分板上出現這兩個名字時，您驚訝嗎？」

「驚訝？對，有一點，但說『興奮』應該比較恰當。我就跟所有人一樣，一直盯著顯示器，等著看會發生什麼事。沒錯，之前我不確定我是否能活著看到有人終於突破進展，不過現在我很高興能親眼目睹。很令人雀躍，不是嗎？」

「你是否認為這兩個獵蛋客，帕西法爾和雅蒂米思是搭檔？」

「不知道，不過我想有這個可能。」

「就大家所知，『群聚擬仿』替所有『綠洲』用戶的資料保密，所以我們不可能知道他們的真實身分，您認為他們當中會有人站出來，跟大眾表明身分嗎？」

「他們如果夠聰明就不會這麼做。」莫洛說，調整一下他的金屬框眼鏡。「如果我是他們，我會盡可能隱瞞身分。」

「為什麼呢？」

「一旦大家發現他們是誰，他們就永遠不得安寧。如果你讓大家認為你可以幫助他們找到哈勒代的程式彩蛋，他們絕不會放過你。相信我，這是我的經驗談。」

「對，我想也是。」記者露出虛假的笑容。「本臺已經透過e-mail跟帕西法爾和雅蒂米思聯絡，若他們願意接受我們的獨家訪問，不管在『綠洲』或在真實世界裡都行，我們會致贈優渥酬金。」

「我很確定這種邀約正源源不絕出現，不過我懷疑他們會接受。」莫洛直視著螢幕，我覺得他好像是在對我說話。「任何人若聰明到能解開謎題，就應該知道最好不要冒險跟媒體界的禿鷹打交道。」

記者尷尬地乾笑了兩聲，「呃，莫洛先生……我想大家沒這麼稱呼我們。」

莫洛聳聳肩，說：「真抱歉，我就是這麼稱呼。」

記者再次清清喉嚨，「嗯，我們繼續吧……你能預測我們未來幾週會在計分板上見到什麼樣的變化嗎？」

「我敢打賭其他八個空位很快會被填滿。」

「您為何這麼認為？」

「一個人可以守密，兩個人就不行。」他回答，再次直視著攝影機。「我不曉得，或許我想錯了，不過我很確定一件事。六數人一定會使盡各種卑鄙手段來得知銅鑰和第一道門的下落。」

「你指的是『創新線上企業』？」

「對，『創新線上企業』。六數人。他們的唯一目的就是利用競賽規則的漏洞來破壞詹姆士遺囑的原意。當然，這個競賽的真正精神也因此面臨危機。詹姆士最不想見到的，就是他的發明落入『創新線上企業』這種法西斯跨國集團的手裡。」

「莫洛先生，我們這個頻道是『創新線上企業』擁有的欸……」

「當然！」莫洛激動地說：「他們已經擁有一切！包括你，小帥哥！我的意思是，他們是不是在你的屁股刺上商品條碼，然後雇用你坐在這裡，替他們公司做企業宣導？」

記者開始結巴，緊張地瞥向鏡頭外的地方。

「快回答呀！趕快在我說出其他更難聽的話之前打斷我啊！」莫洛爆出笑聲，這時頻道切斷他的衛星畫面。

記者幾秒後才恢復鎮定，「莫洛先生，再次感謝你接受我們的訪問。可惜我們的通話時間有限，現在讓我們把現場交給茱蒂，在她身旁的是知名的哈勒代學者……」

我微笑，關掉影像視窗，思忖著這老人家的建議。我早就懷疑莫洛對這場尋寶競賽的了解要比他所說的更多。

★

莫洛和哈勒代一塊兒長大，一起創業，一起改變全世界。但莫洛的人生跟哈勒代截然不同——他比哈勒代更像個人，不過也更具悲劇性。

九〇年代中期，那時「群聚擬仿」仍然只是「群聚遊戲」，莫洛跟高中時的女友綺拉．安德伍同居。綺拉在倫敦出生長大。她的本名是凱倫，不過自從看了電影《魔水晶》（*The Dark Crystal*）後，她就堅持自己叫綺拉。她國中時到他的學校當交換學生，兩人因此相遇。在莫洛的自傳中，他寫到綺拉是個「古怪的技客女孩」，完全不掩她對英國喜劇團體「蒙地蟒蛇」的迷戀，以及對漫畫書、奇幻小說和電玩遊戲的熱愛。她和莫洛一起上不少課，他一見到她立刻傾心。他邀請她參加每週一次的「龍與地下城」聚會（就像幾年前他邀請哈勒代一樣），出乎他意料，她欣然答應。莫洛寫道：「她成了我們每週的遊戲聚會中唯一的女性。所有人立刻為她癡迷，包括詹姆士。事實上，『安納瑞克』這個綽號就是她替詹姆士取的，這名稱在英國俚語中是指走火入魔的技客。我想，詹姆士在他的『龍與地下城』中把自己的角色取這個名字就是為了討好她。或者，他要藉此讓她知道他接受這個玩笑。異性通常會讓詹姆士手足無措，綺拉是我見過他唯一能輕鬆交談的女孩。不過即使如此，這情況也只發生在我們玩『龍與地下城』遊戲時。在遊戲裡，他成了安納瑞克，而綺拉就成了露克西雅。」

莫洛和綺拉開始約會，到了學年末綺拉該返回倫敦時，兩人才終於公開戀情。之後兩人每天以e-mail聯繫感情，那時他們用的是網際網路之前的電子布告欄網路，稱為「惠多網」（FidoNet）。兩人高中畢業後，綺拉回到美國，開始跟莫洛同居，並且成為「群聚遊戲」的一員（頭兩年，全公司的美工部門就是她一人）。「綠洲」發表幾年後，兩人訂婚，訂婚一年後結婚，而綺拉也在這時辭掉「群聚擬仿」藝術總監的職位。（現在她也晉身百萬富翁之列，這全拜公司給她的股票選擇權所賜。）莫洛繼續留在「群聚擬仿」，五年後，二〇二二年夏天，他以「私人因素」為由宣布離開公司。不過數年後，他在傳記中提到，當初之所以離開「群聚擬仿」是因為「我們已經不在電玩遊戲產業」，他覺得「綠洲」已經演變成某種可怕的東西。他寫道：「它變成某種人性的自囚監獄，一個讓世人躲起來逃避問題的愉快仙境，造成文明因人類的不看不聽而逐漸崩毀。」

謠言甚囂塵上，據說莫洛之所以離開是因為他和哈勒代水火不容。這些傳言，兩人既沒承認也沒否認。大家都不知道到底是什麼樣的嫌隙讓兩人的友誼畫下句點。不過根據公司內部的消息來源，莫洛辭職之前兩人已經好幾年不直接跟對方說話。即便如此，莫洛離開「群聚擬仿」時，他的公司股票還是全數賣給哈勒代，金額不詳。

莫洛和綺拉「退休」後回到奧勒岡的家，在那兒成立了非營利性的教育軟體開發公司——「豪爾瑟多尼亞互動公司」。這公司開發互動冒險遊戲，免費提供給兒童使用，我就是玩他們的遊戲長大的。這些遊戲的場景都設定在哈勒代奇幻王國。莫洛的遊戲讓我不再是一個身處惡劣環境，在拖車屋園區長大的孤單小孩。它們教我做數學，解謎題，讓我從中建立信心和自尊心。就這方面而言，莫洛可說是我的啟蒙老師之一。

之後十年，莫洛和綺拉隱居起來工作、生活，享受寧靜幸福的時光。兩人想要有孩子，但一直未能如願。他們開始考慮領養，但就在二〇三四年冬天，綺拉開車行駛在結冰的山路，不幸車禍身亡，地點離他們家只有幾公里。

莫洛獨自繼續經營「豪爾瑟多尼亞互動公司」。他始終成功躲過鎂光燈，直到哈勒代去世那天早上，他家被媒體重重包圍。身為哈勒代的前密友，所有人都認為只要找到他，就能解開這位億萬富翁留下財產讓人爭奪的原委。最後，莫洛召開記者會，免得媒體緊巴著他不放。那是他最後一次跟媒體打交道，直到今天接受訪問。那段記者會的影片，我看了一遍又一遍。

在記者會中，莫洛先讀出一份簡短聲明，說他已經超過十年沒見過哈勒代，也沒跟他說過話。他說：「我們不和，無論是現在或未來，我都不想討論這一點。我想，這樣說就夠了：我已經超過十年沒跟詹姆士．哈勒代聯絡。」

記者問道：「既然這樣，為什麼哈勒代要把他大批收藏的經典投幣式電玩留給你？其他所有身外之物則全數拍賣？如果你不再是他的朋友，為什麼只有你獲贈他的遺物？」

「我不曉得。」莫洛簡單回答。

另一名記者問莫洛，既然他這麼了解哈勒代，想必比別人更有機會找到哈勒代的程式彩蛋，所以他是否會考慮親自出馬參加尋寶競賽。莫洛提醒記者，哈勒代的遺囑裡把競賽規則寫得清清楚楚，任何曾在「群聚擬仿」任職的員工及其近親都不得參加競賽。

「你知道哈勒代這幾年隱居起來是在做什麼嗎?」另一名記者問道。

「不知道。我猜大概在研發新遊戲吧。詹姆士持續不斷開發新遊戲,對他來說,這就像呼吸一樣,是他人生不可或缺的事情。但我從沒想過,他在設計的東西會……有這麼大的規模。」

「身為最了解詹姆士.哈勒代的人,你是否能提供一些建議給正在尋找他的程式彩蛋的數百萬名獵蛋客?你認為他們應該從哪裡找起?」

「我想,詹姆士說得很清楚了,」莫洛用一根手指指指太陽穴,就像哈勒代在「安納瑞克英雄帖」短片裡做的一樣。「詹姆士向來就要所有人都跟他有相同的嗜好,熱愛相同的東西,所以我猜想,這個競賽的目的是要提供誘因,讓全世界都著迷於他所迷戀的東西。」

★

我關掉莫洛的資料夾,打開e-mail。系統告訴我,我有兩百多萬封不請自來的信。這些信件都被自動放進一個獨立的信匣中,可以晚點兒再看。收件匣裡只有兩封信,來自我授權過的通訊名單。一封是艾區寄來的,另一封是雅蒂米思。

我先打開艾區的信。是影音信,所以他分身的臉立刻出現在視窗上。「該死!」他吼著說:「我真不敢相信!你竟然闖過他媽的第一道門,卻還沒打電話給我?打給我!現在!立刻!」

我原本打算幾天後再回電艾區,不過隨即打消這念頭。我必須找人談談這件事,而艾區是我最要好的朋友。除了他以外,我沒有其他人能信任。

他在第一聲就接起電話，而他的分身也立刻出現在我前方的新視窗上。「你這隻豬！你這隻聰明、害羞卻不光明磊落的豬！」

「嗨，艾區，有啥新鮮事？」我努力不受他的影響，逕自說道。

「啥新鮮事？啥新鮮事？你的意思是，除了看見我麻吉的名字出現在計分板最上頭嗎？除了這個還有啥新鮮事，這是你的意思嗎？」他往前靠，嘴巴占滿影音視窗，大聲咆哮：「除了這個，沒啥新鮮事！什麼屁事都沒有！」

我噗哧笑了出來。「對不起啦，太晚回你電話。我昨天忙翻了。」

「屁話，你昨天當然忙翻了！看看你！你怎能這麼平靜？你不明白這所代表的意義嗎？意義可大了！史無前例的大！我的意思是……天殺的，恭喜你啦，老兄！」他開始不停地對我鞠躬。「我真是不配當你的朋友啊！」

「別這麼說，好嗎？這真的沒什麼大不了的，我又還沒贏到任何東西……」

「沒什麼大不了的！」他大叫，「沒、什、麼、大、不、了、的？你在開我玩笑嗎？你變成傳奇了，老兄！你剛剛成為有史以來第一個找到銅鑰的人！而且還闖過了第一道門！從現在開始，你是神哪！你不明白嗎？呆瓜。」

「好啦，正經一點，別鬧了，我已經夠驚嚇了。」

「你看新聞了嗎？全世界都瘋了，而且獵蛋客的討論板都被你的消息洗板了啊，麻吉。」

「我知道，你聽著，我希望你別因為我把你蒙在鼓裡而生氣。我自己也覺得很不安，沒能立刻回你電話或者主動告訴你，我要……」

「噢，拜託！」他翻翻白眼，一副不在乎的表情，「你很清楚，如果我是你，我也會這麼做。遊戲規則就是這樣啊。不過……」他的語氣愈來愈嚴肅：「我很好奇，雅蒂米思怎麼會剛好在你之後找到銅鑰，闖過第一道門。大家都認為你們兩個是搭檔，不過我曉得這根本是胡說八道。到底怎麼一回事？她跟蹤你或什麼的？」

我搖搖頭，「沒有，其實她比我更早發現鑰匙藏匿的地點。她說她上個月就知道了，只是現在才拿到。」我沉默了一會兒，「你知道的，我真的不能跟你說太多，以免……」

艾區舉起雙手，「別擔心，我完全了解，我不會要你透露線索。」他露出柴郡貓式的招牌笑容，閃亮潔白的牙齒占了大半個螢幕，然後說：「其實，我應該讓你知道我現在人在哪裡……」

他調整影音虛擬攝影機，好讓畫面從他的臉部特寫鏡頭延伸出去，涵蓋他所在的地方——他就站在一座平坦的小丘旁，就在可怖之墓的入口處。

我驚愕得下巴都掉了。「你怎麼會……？」

「嗯，我昨晚見到你的名字出現在所有新聞報導裡，立刻想到，打從我認識你以來，你的經濟狀況就無法讓你跑太遠，其實，應該說讓你根本無法離開路得思星球，所以我猜想，如果你找到銅鑰，那麼這地方一定很靠近路得思星球，搞不好就在路得思星球上。」

「幹得好呀。」我說，這是心口合一。

「不盡然。我花了好幾個小時，絞盡我這個小豆腦的腦汁，才終於想到應該搜尋路得思星球的地圖，來尋找《可怖之墓》模組裡所描述的地表特徵。我一這麼做之後，謎團就豁然開朗。所以，我就來到了這裡。」

「恭喜你。」

「是啊，有你幫我指點迷津，剩下的就容易多了。」他回頭看著那座墳墓，「這地方我找了好幾年，結果它居然離我的學校只有幾步路！我簡直就是大白痴，才沒解出這個謎題。」

「你不是白痴。你解開了五行詩，否則你就不會知道《可怖之墓》模組，對吧？」

「所以，你沒生氣？沒氣我利用了這種內線消息？」

我搖搖頭，「沒有，換做是我，我也會這麼做。」

「好，反正不管怎樣，我欠你一次，這份恩情我不會忘的。」

我對著他身後的墳墓點點頭，說：「你進去過了嗎？」

「進去過了，上來後趁著等伺服器重新設定的空檔打電話給你。現在裡頭空無一人，因為你的朋友雅蒂米思，已經匆匆走人了。」

「我們不是朋友，她只是在我拿到鑰匙的幾分鐘後忽然冒出來。」

「你們兩個沒有一較高下？」

「沒有，墳墓是零衝突區。」我瞥了一眼時鐘，「看來在伺服器重新設定之前，你還有好幾個小時要打發。」

「是啊，我一直在讀『龍與地下城』的模組，想先準備一下。要不要給我一點提示？」

我咧嘴笑著說：「不，不行。」

「我想也是。」他沉默了幾秒鐘，然後說：「聽著，我得問你一件事。你學校裡有人知道你分身的名字嗎？」

「沒有，我一直很小心。沒人知道我叫帕西法爾，就連老師都不曉得。」

「很好。我也一樣謹慎，不幸的是，有幾個經常來我聊天室的獵蛋客知道我們兩個都在路得思星球上的學校念書，所以他們很可能會把這些線索串連起來。我尤其擔心那個……一陣恐慌向我襲來。『我最屌』？」

艾區點點頭，「自從你的名字出現在計分板後，他就給我奪命連環叩，一直打來問我知道些什麼。我假裝什麼都不知道，幸好他相信，不過萬一我的名字也出現在計分板上，你可以想見他一定會到處吹噓他認識我們兩個。一旦他告訴其他獵蛋客，你和我都在路得思星球上念書……」

「該死！這樣一來所有獵蛋客都會趕來這裡找銅鑰。」

「對。而且，不用多久，墳墓所在地也會眾所周知。」

我嘆了一口氣，「那你最好趕在這些情況發生之前拿到鑰匙。」

「我會盡力的。」他舉起《可怖之墓》模組。「現在，我要走了，我要去讀這本冊子了，第一百遍閱讀。」

「祝好運，艾區。你闖過第一道門後打電話給我。」

「如果我闖得過的話……」

「你會的，你闖過後，我們『地下室』見。」

「好，麻吉。」

他揮手跟我道別，準備掛斷電話，這時我開口說：「嘿，艾區？」

「什麼？」

「你或許可以把『鳥騎士』的技巧複習一下。你知道的，趁著現在到午夜的空檔。」

他茫然了片刻，隨即露出恍悟的笑容。「我懂你的意思，多謝啦，老兄。」

「祝你好運。」

他的影音視窗閃了一下後消失。我開始納悶，經過未來的一切之後，我和艾區仍有可能當朋友嗎？我們倆都不想組隊來尋寶，所以從現在開始我們將是直接的競爭對手。到頭來我會後悔今天幫他這個忙嗎？或者怨恨我不經意地指引了他銅鑰藏匿的地點？

我拋開這些念頭，打開雅蒂米思寄來的信，一封傳統的文字信件。

親愛的帕西法爾：

恭喜！瞧？被我料中，你出名了。不過看來我們兩個都處在鎂光燈下了，有點可怕，對吧？多謝你提示我，玩「鳥騎士」時要站在左邊。總之，這招奏效了，不過可別以為我欠你一份人情喔，先生。:-)

第一道門很誇張，對吧？我從沒想過會有這種戲碼。如果哈勒代給我選擇，讓我飾演愛莉·希蒂的那個角色，那一定會更酷，不過我們也沒得選，對吧？

新的謎題還真會讓人搔破頭皮，是不是？希望可別讓我們又花了五年才解答出來。

總之，我只是想說我很榮幸認識你，希望很快有機會再見面。

誠摯的　雅蒂米思

PS—好好享受你的第一名吧，老兄，因為這地位持續不了太久的。

這封信我反覆讀了好幾遍，傻笑得像個嗑藥嗑茫了的高中生。然後我開始回信。

親愛的雅蒂米思：

也恭喜妳。妳說的沒錯，競爭激發出妳最強的潛力。

關於提示妳站在左邊那件事，不用客氣。不過，現在妳真的欠我一份人情。:-)

新謎題簡單得很，我已經搞懂了，妳是哪裡弄不懂呢？

我也很榮幸見到妳，如果妳有到聊天室閒晃的習慣，告訴我一下。

願原力與妳同在。⑮

帕西法爾

PS——妳這是在挑釁我嗎？放馬過來吧，小姐。

這封信我修改了十幾遍才寄出去。然後，我拿出玉鑰謎題，一個字一個字慢慢讀，但我實在無法專心，不管怎麼努力集中注意力，思緒仍不停飄向雅蒂米思。

編譯註

⑮ 這句的原文是MTFBWYA，May the Force be with you always.的縮寫，出自電影《星際大戰》，後來成為許多人的問候祝福語。

13

隔天一大早，艾區就闖過了第一道門。

他的名字出現在計分板上的第三名，分數是十萬八千分。獲得銅鑰的分數比第二名少了一千分，但闖過第一道門的分數仍維持在十萬分。

那天早上我去學校上課。原本我想請病假，但又怕缺席反而啟人疑竇。抵達學校後，我才發現我的擔心是多餘的。尋寶競賽忽然又引發社會大眾的興趣，所以有一半以上的學生和幾位老師根本沒來上課。在學校，大家都叫我的分身韋德三號，所以壓根兒沒人注意到我。我在走廊上閒晃，沒人鳥我，這種擁有祕密身分的感覺還真不賴，讓我覺得我彷彿是彼得．帕克或克拉克．肯特[16]。我想，我爸大概也會認為這種感覺很酷吧。

那天下午，「我最屌」發了e-mail給艾區和我，他想勒索我們。他說，如果我們不告訴他怎麼找到銅鑰和第一道門，就要把我們的事情公布在他所能找到的每個獵蛋客留言板上。我們拒絕後，他真的告訴每個願意聽他說話的人：艾區和我都是路得思星球上的學生。當然，他沒法證明他真的認識我們，況且那時已經有好幾百個獵蛋客宣稱他們是我們的好朋友，所以艾區和我心想，應該不會有人把他的留言當一回事。結果，當然有人理會，起碼有兩個獵蛋客就精明到把路得思星球、五行詩和《可怖之墓》這些線索串連起來。「我最屌」洩密隔天，一個叫「大刀」的名字出現在計分板的第四名，接著不到十五分鐘，「小刀」這個名字出現在第五名。這兩人在同一天取得銅鑰，沒等伺服器在午夜重新設定，而且幾小時後，大刀和小刀都闖過了第一道門。

之前沒人聽過這兩個分身，但從名字看來，這兩人顯然是搭檔，他們要不是二人組，就是隸屬於某個幫派。大刀和小刀是指日本武士所佩戴的長劍和短劍，兩支劍組合在一起稱為「大小對刀」。這個名稱很快變成這兩人的綽號。

我的名字出現在計分板第一名是四天前，在這四天內，每天都有一個新名字出現在我名字下方。現在，祕密公開了，尋寶競賽似乎有了更進一步的進展。

整個星期我都無法專心聽課，幸好只剩兩個月就畢業。即使從現在開始我的成績一路往下滑，我的學分也已足夠讓我順利走出校門。我從一堂課恍惚到下一堂，滿腦子想的都是玉鑰謎題。

船長隱藏玉鑰
於久被忽略的居所
你的哨子只能在此時吹起
當集滿獎盃之時

根據英國文學教科書，句子四行，每行押韻不同的詩稱為「四行詩」，所以我就把這個謎題暱稱為四行詩。每天放學後，我登出「綠洲」，在我的聖杯日誌裡寫下滿滿的四行詩詮釋。

編譯註

⑯ 蜘蛛人和超人平常的身分。

安納瑞克所說的「船長」是指什麼？兒童電視節目裡的袋鼠船長？漫畫裡的美國隊長？電視劇《二十五世紀的巴克．羅傑斯艦長》（*Captain Buck Rogers in the 25th Century*）中的艦長？

還有，「久被忽略的居所」到底在哪裡？這部分的線索實在太不具體。哈勒代位於米德爾敦的老家不能算是被「忽略」，不過，他說的會不會是家鄉的另一間房子？這樣好像太簡單，而且也太過接近藏匿銅鑰的地方。

一開始，我認為所謂被忽略的居所指的可能是《菜鳥大反攻》，這是哈勒代最喜歡的片子之一。在這部電影中，裡頭的書呆子租了一間爛屋，合力將它重新裝修（在八〇年代配上音樂的經典蒙太奇剪輯手法中迅速完成）。我去過史科尼克星球造訪《菜鳥大反攻》裡那間屋子的複製品，而且花了一整天搜尋，但最後證明啥都沒有。

這首四行詩的最後兩行也是個謎。它們似乎在說一旦你發現那個被忽略的居所，你就能拿到一堆「獎盃」，然後吹某種哨。或者這裡的吹哨是英文口語俚語，指的是「揭發祕密或提醒某人某種犯罪行為正在發生」？不管是真的吹哨或者俚語，對我來說都一樣沒道理。但我繼續一行一行、一字一字地研究，研究到我的腦袋像家護牙膏一樣黏稠。

★

週五放學後——大刀和小刀就在這天闖過第一道門——我坐在學校幾公里外的一處隱僻地，就是丘頂有著一株孤樹的陡峭山丘。我喜歡在這裡看書，寫功課，或者單純享受四周的蓊綠平疇，因為在真實世界中，我沒機會看到這種景色。

我坐在樹下，整理仍塞滿收件匣的幾百萬封信件。這整個禮拜我都在過濾這些信件，它們來自全球各地，有的恭賀，有的求我幫忙，有的威脅要我死，有的是訪問邀約，還有獵蛋客寄來邏輯混亂的罵人長信，這些傢伙八成是找彩蛋找得發瘋了。我也收到獵蛋客四大幫派的邀請，要我加入他們。這四個幫派是偷蛋龍、幫派命運、鑰匙大師和萬歲隊。我跟他們道謝，並說：不用了。

讀厭了「粉絲來信」後，我開始整理那些被標記為「商業相關」的信件。我收到電影公司和出版社提議的幾個計畫，他們對我的生平很有興趣，想買下版權。我將這些信件全數刪除，因為我已經決定不曝露我的真實身分。至少在我找到程式彩蛋之前。

還有幾封信是要談代言。有些公司想使用帕西法爾的名字和臉孔來銷售他們的服務和產品。有個電子零售業者想藉由我的分身來宣傳他們旗下的「綠洲」身歷其境硬體設備，販賣經過「帕西法爾授權」的虛擬感官器具，包括觸覺手套和視像罩。就連連鎖披薩店、鞋子製造商，以及販賣客製分身外貌的網路商店，都來信要跟我談合作。甚至有間玩具公司想製造一系列帕西法爾便當盒和公仔。這些廠商說要以「綠洲」的幣值來支付我費用，這些錢會直接轉入我分身的帳戶。

我真不敢相信自己這麼走運。

我一一回信給那些邀請我代言的廠商，告訴他們我可以接受他們的代言邀請，但有一個條件：我不必透露真實身分，只需透過我在「綠洲」的分身來代言。

一小時內我陸續收到回覆，上面並附有聯絡方式。我請不起律師來幫我審查他們的合約，不過反正代言期也不過一年，所以我就直接以電子簽名檔回覆他們，並附上我分身的三D模型給他們的商品使用。還有人要求我提供我分身的聲音檔，所以我寄了一個合成器製作出來的男中音，讓我聽起來像專門替電影預告片配旁白的人。

贊助商收到所有資料後通知我，他們會在四十八小時內將第一筆款項滙到我的「綠洲」帳戶。這些錢從長遠來看不足以讓我致富，但對一個從小一貧如洗的孩子而言，是一大筆財富。

我迅速計算了一下。如果節儉一點，這些錢還夠我搬離拖車屋園區，到外面租個麻雀雖小、五臟俱全的公寓。起碼可以租個一年。這念頭讓我好興奮。打從有記憶以來，我就一直夢想逃離拖車屋園區，而現在，這個夢想就要實現了。

搞定代言的交易後，我繼續整理e-mail。我依照寄件人歸類信件時，發現有五千多封是「創新線上企業」寄來的，應該說他們把同一封信寄了五千多次。自從我的名字出現在計分板這整個星期以來，他們就不停寄同一封信，到現在依然持續每分鐘寄一次。

六數人用大量e-mail轟炸我，就為了引起我的注意。

這些e-mail全都標示「最重要」，標題還寫著：急迫的商業提案——請立刻閱讀！

我一打開信，收件確認的訊息就立刻回傳給「創線企」，讓他們知道我終於讀了他們的信。果然，他們沒再繼續寄。

親愛的帕西法爾：

首先，讓我向您恭賀，我們「創新線上企業」全體同仁在此為您近期的成就獻上最高敬意。

在此僅代表「創新線上企業」向您提出一項報酬可觀的商業計畫，細節可透過聊連視訊詳談。

無論白天或夜晚，您方便時請盡速利用所附聯絡方式與我聯絡。

鑑於敝公司在獵蛋客圈裡聲名狼藉，我了解您對於與我接觸會有所疑慮。然而，請您了解，倘若閣下不接受我們的提議，我們就會與您的競爭者聯繫。我們希望至少有這個榮幸，讓您最先聽見我們優渥的報酬。反正您也沒損失，對吧？

感謝您展信，期望與您詳談。

誠摯的　諾藍・索倫托

「創新線上企業」營運長

這封信儘管措詞理性，但背後的威脅意圖清晰無疑。六數人想招募我，要不，就是要給我錢，讓我告訴他們如何找到銅鑰，如何闖過第一道門。如果我拒絕，他們就會去找雅蒂米思，接著是艾區、大刀、小刀，以及每個成功讓名字躍上計分板的獵蛋客。這些無恥的企業賤人絕不會輕易善罷干休，除非他們找到哪個人蠢到或者走投無路到把他們需要的消息賣給他們。

我第一個念頭是刪除他們寄來的每一封信，假裝沒收到，但我隨即改變心意。我想知道「創線企」究竟會提供什麼樣的報酬，而且我也不想錯過跟六數人惡名昭彰的領導人——諾藍・索倫托——交談的機會。透過私人通訊網路來見面應該沒有危險，只要我謹言慎行，別口無遮攔。

我原本考慮在「面試」之前利用心電移動到因悉皮歐星球，替我的分身買一張新皮，或者帶一套量身訂製的燕尾服，就是那種閃亮酷炫、價值不斐的衣服，但我隨即打消念頭。我不需要跟這個蠢企業證明我的厲害，畢竟我現在出名了。我就直接用原本的分身外貌和不鳥人的態度去參加會議，或許把整個過程錄下來放到YouTube上。

我拉開搜尋引擎，找尋諾藍·索倫托的所有資料，事先為這場會議做準備。他擁有電腦博士學位，在擔任「創線企」的營運主管前是赫赫有名的遊戲設計者，「綠洲」裡有幾款第三人稱的角色扮演遊戲就是在他的管理之下發明出來的。他的遊戲我都玩過，它們確實非常棒。在他賣掉自己的靈魂之前，他是個很優秀的程式設計師，而「創線企」顯然就是因此才雇用他帶領那群走狗。他們認為遊戲設計師一定最有可能解開哈勒代那前所未有的遊戲大謎題。然而，過去五年多來，索倫托和六數人仍舊一無所獲。如今，獵蛋客分身的名字陸續出現在計分板上，「創線企」的長官一定急瘋了，他們一定把怒氣全發洩在索倫托身上。不曉得拉攏我是索倫托的主意，還是上級命令他這麼做。

我搜索完索倫托的身家資料，感覺信心滿滿，隨時都能坐下來跟這個惡魔談。我打開索倫托信件所附的通訊錄，點入下方的聊連視訊圖示。

14

我一連上聊連視訊，分身就出現在一個巨大的觀景臺上，從這裡可以看見十幾個「綠洲」的世界飄懸在弧形大窗外的墨黑太空裡。我似乎是在一個太空站或非常大的太空船內，但我不確定是前者或後者。

聊連視訊會議的作法跟其他聊天室不同，要舉行這種會議可得砸下重金。打開聊連視訊，你的虛體分身會投射到「綠洲」的另一個地方，也就是說在那裡出現的並不是你真正的分身，所以在別的分身看來，你有點像是透明的幻影。但你仍能以有限的方式跟環境互動——穿過門扇、坐在椅子上等等。聊連視訊主要用於商業目的。當公司要在「綠洲」的某個地方召開會議時，毋需勞師動眾，花錢花時間把每個人的分身移動到該地。這是我第一次使用聊連視訊。

我轉身，看見我的分身站在一張C字形的大接待桌前。「創線企」的企業標幟——六公尺高，相互重疊的巨大鉻黃字體——就飄浮在桌子上方。我靠近接待桌，一位美若天仙的金髮女子就站在那裡歡迎我，她微微頷首說：「帕西法爾先生，歡迎來到『創線企』，請稍待，索倫托先生已經在路上，即將過來跟您見面。」

真不曉得他們怎麼辦到的，我又沒事先告訴他們我要過來。等候時我試圖啟動分身的影音紀錄器，但「創線企」讓這場聊連視訊會議無法錄影。看來他們不想讓我留下待會兒開會時的影音紀錄。我只好打消原本要把這次會談放上YouTube的盤算。

不到一分鐘，一個分身走入觀景臺另一側的自動門，朝我直直而來，鞋子踩在光可鑑人的地板上喀答喀答響。是索倫托，我認出他，因為他沒使用六數人的標準分身——這是他位居高層的額外福利。他分身的臉孔就跟我在網路上看到的一樣，金髮棕眉，鷹鉤鼻。不過他穿的是六數人的標準制服——海軍藍緊身衣褲，肩上有金色徽章，右胸口繡著銀色的「創線企」標幟，標幟下方印著他的員工標號：655321。

「終於！」他走上前，露出豺狼般的奸笑，說：「大名鼎鼎的帕西法爾大駕光臨，真讓我們蓬蓽生輝啊！」他伸長戴著手套的右手。「我是營運長諾藍・索倫托，真榮幸見到你。」

「是啊，」我努力用冷漠的口吻回道，「我想，我也很榮幸見到你。」在聊連視訊裡的我雖然只是分身的投影，但仍能跟他握手，不過我沒這麼做，而是低頭瞅著他的手猛看，像是他要給我一隻死老鼠。幾秒鐘後他兀自放下手，笑容不減，甚至咧得更大。

「請隨我來。」他領我走到觀景臺，來到自動門前，門往兩邊開啟，露出一座偌大的埠頭，裡頭停了一艘星際太空船，船體鑲飾著「創線企」的標幟。索倫托登船，但我的腳步停佇在舷梯底部。

「何必透過聊連視訊把我帶來這裡？」我問，指著周圍的埠頭。「幹麼不在聊天室直接跟我推銷你的東西？」

「拜託，你就遷就我一下吧。這個聊連視訊只是我們推銷術的一部分。我們主要是要讓你體驗一下親臨敝公司總部的感覺。」

對，如果我的分身親自來這裡，就會被成千上萬的六數人包圍，到時只能任你們宰割。

我跟著他進入太空船。舷梯收起，我們離開埠頭。透過一百八十度環繞的舷窗，我看見我們正要離開六數人的軌道太空站。前方直逼而來的是「創線企」之一號星球，這是一個巨大的鉻色球體。它讓我想起《幽靈》（*Phantasm*）系列電影中那些會殺人的飄浮球體。獵蛋客把「創線企」一號星球稱為「阿六大本營」。該企業在尋寶競賽開始之後沒多久就建造了它，以作為「創線企」的線上營運基地。

我們的太空船——現在好像採取自動駕駛模式——迅速靠近該星球，並開始掠過它會反射的光亮表面。我望出窗外，看著太空船繞行了一整圈。就我所知，沒有哪個獵蛋客經歷過這種旅程。

整個「創線企」一號星球都覆蓋了軍械庫、碉堡、倉庫和機棚，我還看見幾座小型航空站零星點綴在它的表面上，裡頭停了一排排閃閃發亮的武裝直升機、太空船，以及武裝坦克，等著出勤作戰。我們環視六數人艦隊，索倫托不發一語，讓我靜靜將一切盡收眼底。

我以前見過「創線企」一號星球的圖片，但它們的解析度很低，而且又是從高空軌道拍攝，也就是從該星球那令人震懾的防禦陣型的上方拍攝。這幾年來，幾個主要的獵蛋客幫派曾公開策謀，試圖以核武摧毀六數人的營運園區，但都無法通過防禦陣型，攻抵該星球表面。

繞行一圈後，「創新線上企業」營運中心出現在我們前方。它由三座有著鏡面外牆的高塔組成——中間那座是圓型，左右兩側是長方形超高塔樓。從上面俯瞰，這三座塔剛好構成「創線企」企業的簡稱「ＩＯＩ」。

我們乘坐的太空船放慢速度，盤桓在O型塔樓上方，然後慢慢旋降到一處小屋頂的降落臺上。

「令人驚歎吧？」我們降落，舷梯放下，索倫托才終於開口說話。

「還不賴。」我很驕傲我的聲音能保持平靜，其實我的內心還因剛剛見到的景象而悸動不已。

「事實上，這三座高塔是位於俄亥厄州的哥倫布市市中心，剛剛看到的只是它們在『綠洲』的複製品，對吧？」我說。

索倫托點點頭，「對，哥倫布市的營運園區是我們公司的總部，我的團隊多半在中間那座圓塔裡工作。整個園區的設計跟『群聚擬仿』非常接近，所以不會有系統延遲的問題。當然啦，哥倫布市也不會有美國各大城市常見的電力中斷現象。」

他說的是廢話嘛。「群聚擬仿」就位於哥倫布市，所以「綠洲」的伺服器機房也是在那裡。雖然全世界各地都有備用的鏡像伺服器，不過這些伺服器全連接到哥倫布市的主要節點上。所以，打從「綠洲」這個虛擬世界發表以來，這城市就變成高科技的麥加聖地。「綠洲」用戶在哥倫布市能更快、更穩定地連上線。包括我在內，多數的獵蛋客都夢想有一天能搬到那裡。

我跟著索倫托下太空船，進入降落臺旁的電梯裡。「最近這幾天你成了名人，」我們開始下降時他說道：「你一定覺得很興奮吧，或許還有點害怕？你發現自己擁有幾百萬人拚死都想得到的訊息。」

我早就等著他說這類的話，所以已準備好答案。「你能不能省省唬人戰術和心理戰？直接告訴我，你的條件是什麼？我還有其他事要忙呢。」

他咧嘴對我笑，當我是個早熟的小鬼頭。「對，我相信你有其他事要忙。不過，可別太早下定論，認為我的條件沒什麼，說出來很可能嚇你一大跳。」接著，他以忽然變強硬的語氣補上一句：「事實上，這一點我很確定。」

我努力隱藏我感受到的恫嚇，翻翻白眼，說：「隨便啦，老兄。」

我們抵達第一百零六樓時電梯發出一聲咚，門旋即開啟。我隨著索倫托走過一位接待員身旁，循著燈火通明的長長甬道前進。這裡的裝潢有點像科幻片裡的烏托邦——高科技，完美無瑕。我們經過幾位六數人的分身，他們一見到索倫托立刻繃緊神經，向他行禮，彷彿他是高階將軍。索倫托沒回禮，也沒以任何方式跟屬下打招呼。

最後，他領我進入一個幾乎占據整個樓層的偌大房間。放眼望去，這個開放式的空間裡盡是一間間牆板高聳的小隔間，每個隔間裡都有一個人，人人都配有能夠身歷其境的高科技設備。

「歡迎來到『創線企』的蛋學部。」索倫托說，語氣頗為自豪。

「所以，這就是阿六仔的大本營囉？」我說，環顧四周。
「說話別這麼無禮，你搞不好會跟這些人共事。」
「那我會有自己的辦公隔間囉？」
「不，你會有自己的辦公室，一間視野一級棒的私人辦公室。」他笑著說：「不過你可能不會有太多時間眺望窗外。」
我指著那些新的情境體驗設備，說：「這些設備很棒。」真的，樣樣都很先進。
「對，很棒，是不是？我們的情境體驗設備經過大幅改裝，每個都以網路加以串連。這套系統可以讓多位操作者同時控制某個蛋學研究員的分身。若某個分身在尋寶競賽的過程中遇到問題，就可以立刻由團隊中最能處理該狀況的人接手控制設備。」
「對，可是這樣算作弊。」我說。
「喔，拜託，」他賞我一個白眼，「沒有作弊這回事。哈勒代又沒有設立競賽規則。這個老糊塗犯了很多天大的錯誤，這就是其中之一。」我來不及回答，索倫托就開始走動，領我穿越如迷宮般的辦公隔間。「我們的蛋學研究員都可以靠聲音跟支援團隊聯繫。這個團隊裡有專門研究哈勒代的學者、電玩專家、大眾流行文化的歷史學家，以及密碼學家。他們同心協力協助每一位分身克服困難，解決他們所遇到的難題。」他轉身，咧嘴對我笑，「如你所見，帕西法爾，我們設想得太周到了，所以我們一定會贏。」
「對，你們非常了不起，給你們拍拍手，可是既然你們這麼了不起，我們幹麼在這裡閒扯？噢，對了，因為你們還搞不清楚銅鑰在哪裡，需要我幫忙。」

索倫托瞇起眼，隨即哈哈大笑，「我喜歡你，小子。你很聰明，而且很帶種，這兩種特質都是我所欣賞的。」

我們繼續往前走，幾分鐘後抵達索倫托的偌大辦公室。裡頭的窗戶可以瞭望四周環繞的「城市」美景，天空還布滿了太空車和太空船，而這個星球的模擬太陽正逐漸西沉。索倫托坐在他的辦公桌後面，要我坐在他對面的椅子上。

開始了，我坐下來時自忖，**你可要表現得酷一點，韋德。**

「那我們就言歸正傳吧，『創線企』要雇用你當顧問，協助我們找尋哈勒代的程式彩蛋。公司的無限資源隨你取用，不管是錢、武器、寶物、船艦、神器，你說得出來的我們一定配合。」

「那我的頭銜是什麼？」

「蛋學研究總監。你負責掌管整個部門，直接隸屬於我，我手下有五千個受過嚴密訓練、隨時待命的分身可供差遣，這些人全都直接聽命於你。」

「聽起來是不錯。」我努力讓語氣顯得滿不在乎。

「當然很棒，還不止這樣。為了感謝你的效命，我們還願意每年支付你兩百萬美元，另有簽約金一百萬。如果你幫我們找到程式彩蛋，還可以得到兩千五百萬美元的紅利。」

我掐指計算，刻意表現得很詫異。「哇，那我能在家工作嗎？」

索倫托好像分辨不出我是在開玩笑。「不行，恐怕沒辦法，你必須搬來哥倫布市。不過我們會提供你很舒適的居住環境，當然還有私人辦公室。另外，還有專屬於你最先進的情境體驗設備……」

「等等。」我舉起手制止他繼續說下去，「你的意思是，我必須住在『創線企』的摩天高樓裡？跟你住在一起？還有那些阿六仔——我是說蛋學研究員？」

他點點頭，「住到你幫我們找到程式彩蛋為止。」

我克制自己，才沒作嘔。「還有什麼福利？有健康保險嗎？牙醫保險？生涯展望？主管級的廁所？這一類的狗屁東西？」

「當然有，」他顯得不耐煩了，「如何？你覺得呢？」

「我可以考慮幾天嗎？」

「恐怕不行。尋寶競賽很可能幾天內就結束，你必須立刻答覆。」

我把身子往後傾，盯著天花板看，假裝在考慮他的條件。索倫托在一旁等待，熱切地望著我，我正想說出我早已準備好的答案時，他舉起手了。

「在你回答前先聽我說，我知道大部分獵蛋客認為『創線企』很邪惡，六數人是一群無情無義的企業寄生蟲，沒有榮譽感，也不尊重這個競賽的『真正精神』，對吧？」

我點點頭，忍不住告訴他：「這樣說還算客氣。」

「唉，這太扯了。」他露出叔伯長輩般的慈祥笑容，我懷疑這表情是他練習過某種外交談判軟體後所裝出來的。「六數人其實跟獵蛋客幫派沒兩樣，只不過我們的經費比較充裕。大家都跟其他獵蛋客一樣投入，跟他們有相同的目標。」

你們的目標是什麼？永遠摧毀「綠洲」嗎？把這個讓我們的日子稍堪忍受的唯一東西加以濫用玷污嗎？我真想大吼。

索倫托似乎把我的沉默視為他該繼續說下去的提示。「你知道嗎？其實『創線企』接管『綠洲』後絕不會像一般人以為的，徹底把它改頭換面。對，我們一定會開始收取月費，提高這個虛擬世界的廣告收益，不過我們也會進行很多改善，比如分身的內容過濾機制，更嚴格的建構準則等。總之，我們會讓『綠洲』更美好。」

不，你們會把它變成一個法西斯式的企業主題樂園，而少數負擔得起昂貴入園費的人也將失去完全的自由。我心想。

我已經受夠了這混蛋的推銷說詞。

「好，算我一份，簽下我吧，隨便你們怎麼說，總之我要加入。」

索倫托滿臉訝異，看來他沒預期會聽到這種回答。他露出大笑臉，正準備伸出手跟我握手，但被我打斷。

「可是我有三個小條件。第一，我替你們找到程式彩蛋後，我要分五千五百萬美元的紅利，而不是兩千五百萬，行嗎？」

他毫不猶豫地說：「行。其他兩個條件呢？」

「我不想當老二，我要你的職位，索倫托，我要直接掌管整個部門。我要當營運長，當老大。喔，我要所有人叫我老大，這樣可以嗎？」

我的嘴巴好像不聽我的腦袋，逕自說出這些話。我就是克制不住啊。

索倫托的臉上不見笑容，「還有呢？」

「我不想跟你共事，」我舉起一根手指指向他，「見到你我就渾身起雞皮疙瘩。如果你的頂頭上司願意炒你魷魚，讓我接替你的位子，我就加入。」

一陣沉默。索倫托臉色鐵青。我猜他的臉部辨認軟體大概沒過濾掉某種情緒，例如憤怒或惱怒。

「你可以問一下你老闆嗎？看看他們是否同意我的條件。或者他們正在監看我們？我打賭他們一定正在看。」我對著隱形攝影機揮手，「嗨，各位！你們覺得如何？」

又一陣長長的沉默，索倫托不發一語，瞅著我猛看。「他們當然在監看我們。」他終於開口，「而且他們剛剛告訴我，他們願意答應你的每個條件。」他的口氣沒我想像中沮喪。

「真的嗎？太好了！我什麼時候開始工作？喔，更重要的是，你何時滾蛋？」

「馬上。公司會準備合約，寄給你的律師過目。然後，我們——他們會把你送來哥倫布市簽署一些文件，把合約敲定。」他起身，「這樣就算達成協議……」

「其實……」我舉起手，再次打斷他，「我剛剛花了幾秒鐘重新考慮了一下。我想，我要婉拒你的提議。我比較喜歡靠自己找到彩蛋。多謝了。」我起身，「帶著你的阿六仔滾吧。」

索倫托開始哈哈大笑，那持續很久的開懷笑聲惹得我心煩意亂。「哇，真有你的！真是厲害！你把我們耍得團團轉啊，小鬼！」笑聲漸歇後，他說：「這才是我預期的答案嘛。好，現在我給你第二個提議。」

「還有？」我坐下來，翹起雙腳擱在他的桌上。「好，說吧。」

「我們可以直接匯五百萬美元到你的『綠洲』戶頭，立刻就匯，只要你帶我們走一遍抵達第一道門的過程。你只要把你之前做過的步驟，一步一步詳細教我們就成了，之後的我們自己來，而你也可以自由地繼續靠自己搜尋程式彩蛋。而且，這項交易完全保密，不會有其他人知道。」

我承認，這項提議讓我心動了一下，畢竟五百萬可以讓我下半輩子不愁吃穿。就算我幫六數人闖過第一道門，也不保證他們有辦法闖過另外兩關。我都不確定自己是否辦得到。

索倫托說：「相信我，孩子，你應該把握機會，接受這項提議。」

他那種長輩式的慈愛口氣惹得我火冒三丈，讓我更下定決心，不把自己出賣給六數人。如果我答應了，萬一日後他們贏得競賽，那我就成了罪魁禍首，到時我肯定一輩子良心不安。現在我只能希望「創線企」去找艾區、雅蒂米思和其他獵蛋客時，他們也會跟我有相同的感受。

「我不接受。」我的雙腳滑下他的桌子，起身，說：「多謝你的寶貴時間。」

索倫托難過地看著我，示意我坐下來。「其實還沒完，我們還有最後一個提議，帕西法爾。我把最好的留到最後。」

「你聽不懂嗎？你收買不了我的。滾吧，莎唷娜拉，再會。」

「坐下，韋德。」

我楞住了。他剛剛叫我的真名？

「對。」索倫托厲聲說：「我們曉得你是誰，韋德．歐文．瓦茲。二〇二四年八月十二日出生，父母雙亡。我們還知道你住在哪裡。你目前跟姨媽住在奧克拉荷馬市波特蘭街七百號的拖車屋園區，精準來說是第56-K單位。根據我們的監視團隊的回報，你最後一次進入姨媽的拖車屋是三天前，之後就沒離開過，這代表你現在仍在裡面。」

他的身後出現一個影像視窗，正直播我所居住的拖車屋園區。從這種鳥瞰角度看來，應該是從飛機或衛星上拍攝。不過，他們只能監視到拖車屋的兩側出口，無法看見我每天早晚從洗衣間的窗戶進出。他們也不曉得其實我人正在我的祕密基地裡。

「看見了吧？」索倫托說。他又恢復屈尊恩寵我的愉快語氣。「你真的該多出去走走，韋德，整天悶在屋裡很不健康的。」視窗上的影像放大了幾倍，鏡頭往我姨媽的拖車屋拉近。接著，畫面變成紅外線熱像儀的模式，我看見十幾個發熱的人形輪廓，包括小孩和大人，全坐在屋內，幾乎所有人都動也不動——大概全登入「綠洲」了。

我震驚到說不出話。他們究竟是怎麼找到我的？照理說應該沒人能取得「綠洲」的帳戶資料啊。況且我的地址也不在「綠洲」帳戶裡。在「綠洲」裡創造分身並不需要提供地址，只要名字和視網膜的模式。既然這樣，他們怎麼知道我住的地方？

他們肯定想方設法取得了我留在學校的資料。

索倫托說：「現在你的第一個直覺一定是立刻登出，逃之夭夭。我勸你別犯這種錯，因為你的拖車屋正跟一堆威力可觀的炸藥連在一起。」他從口袋拿出一個類似遙控器的東西，將它舉得老高。「我的手指就放在啟動按鈕上，如果你登出聊連視訊，幾秒鐘內你就會被炸得粉身碎骨。你明白我的話吧？韋德先生。」

我緩緩地點點頭，拚命想該怎麼處理眼前的狀況。

他在虛張聲勢嚇唬我。肯定是。就算不是，他也不曉得其實我人在拖車屋園區的半公里外，在我的祕密基地裡。索倫托以為畫面裡其中一個發亮的紅外線人形是我。

如果炸彈真的炸掉我姨媽的拖車屋，那麼，我在下面這裡，在一堆報廢車的底下也會很安全。

不是嗎？況且，他們不可能為了我殺掉所有人。

「你們是如何……」我只能說出這幾個字。

「如何發現你的身分？如何知道你住在哪裡？」他咧嘴笑著說：「簡單哪，是你自己搞砸的，小鬼。我想，你在『綠洲』的公立學校註冊時留下了姓名和地址，好讓學校可以把成績單寄到你家。」

他說的沒錯，我分身的名字，真實姓名，以及家裡的地址都在我的學生資料檔案裡，但照理說這些是機密，只有校長才能看到。我是犯了愚蠢的大錯，不過我是在競賽開始前一年註冊的，那時我又還沒成為獵蛋客，當然還沒學會隱藏我的真實身分。

「你怎麼知道我在線上學校念書？」我問，其實我已知道答案，但我必須爭取時間來思考。

「這幾天獵蛋客留言板上謠言四竄，說你和你的麻吉艾區都在路得思星球上的學校念書。我們聽到這消息，就去跟『綠洲』公立學校的幾位教職員接觸，賄賂他們，你曉得學校教職員的年薪多低嗎？韋德，低到說出來丟臉哪。有個校長很好心，幫我們在學生資料庫裡尋找綽號帕西法爾的學生，結果你猜怎麼著？」

拖車屋園區的影像視窗旁邊又出現一個視窗，視窗裡是我的所有學籍資料。我的全名、分身的名字、學生代碼（韋德三號）、出生日期、社會安全號碼，以及家裡的地址。還有我的成績單，全都在畫面上，此外還有一張五年多前拍攝、刊登在學校年刊上的老照片——就是我即將轉學到「綠洲」之前拍的那張。

「我們也找到你朋友艾區的學校資料，不過這小子很聰明，懂得用假名和假地址來註冊，所以要多花點時間才能找到他。」

他打住等我回答，但我保持沉默。我的脈搏急速跳動，我得提醒自己才沒忘了呼吸。

「好，說到這兒，我可以提出我們的最後一項提議了。」索倫托雀躍地搓搓手，彷彿小孩準備拆禮物。「現在，告訴我們該怎麼到達第一道門，立刻說，不然我們立刻要你的小命。」

「你在唬人。」我聽見自己這麼說，但我不認為如此。他是認真的。

「不，韋德，我不是在唬你。你想想看，這世界已經夠多混亂，誰會在乎奧克拉荷馬市的某處貧民窟發生爆炸案？大家一定會認為這是有人在家自製毒品所發生的意外，或者某個本土的恐怖分子在研發土製炸彈。不管怎樣，那裡有的只是幾百個會收集食物券、耗損珍貴氧氣的人渣，不會有人在乎的，政府機關連眼也不會眨一下。」

他說的對，我清楚知道這一點。我試圖拖延時間以便思索下一步。「你要殺了我？就為了贏得電玩競賽？」

「別裝得這麼天真，韋德。這場競賽的輸贏可是天價欸，而且也攸關是否能掌控全世界最具利益的企業，也就是『綠洲』。這不止是電玩比賽，從頭到尾就不是。」他將身子往前傾，「不過你在這裡照樣可以當贏家，孩子，如果你幫我們，我們仍會給你五百萬美元，你可以十八歲就退休，享受榮華富貴的生活。或者，你可以選擇幾秒內魂歸西天，全由你決定。不過做決定前先問問自己——如果你媽在世，她會希望你怎麼做？」

若非之前太害怕，這問題真的會惹毛我。「你要怎麼保證我照你說的做之後，你們不會殺了我？」

「隨你怎麼想，總之我們不會隨便殺人，除非不得已。再說，還有兩道門要闖，不是嗎？」他聳聳肩，說：「或許我們還會需要你，我個人是不這麼認為啦，但我的長官有不同看法。總之，走到這一步你也別無選擇了，不是嗎？」他壓低聲音，好似要跟我分享什麼祕密。「所以，這樣吧，你現在就一步步告訴我該怎麼取得銅鑰，闖過第一道門，而且要繼續待在這個聊連視訊，直到我們確認你說的正確。我說ＯＫ之前你不能登出，否則你的世界就會整個轟掉。懂嗎？好，快說。」

我考慮把他們要的告訴他們，我真的這麼考慮過，但仔細想想後，我實在想不出他們有什麼理由讓我活著，即使我幫助他們闖過第一道門。對他們來說，唯一合理的作法就是殺了我，將我徹底踢出比賽。想也知道他們絕不會給我五百萬，也不會留我活口，好讓我通報媒體「創線企」勒索我，尤其若我的拖車屋真的有遙控炸彈當證據。

不。依我看只有兩種可能：他們要不是在嚇唬我，就是真的要殺掉我，不管我幫不幫他們。

我下定決心，鼓起勇氣。

「索倫托，」我努力不讓聲音流露恐懼，「我要你和你的老闆知道一件事：你們永遠不可能找到哈勒代的程式彩蛋。你知道為什麼嗎？因為他比你們所有人加起來都還要聰明。不管你們多有錢，或者試圖勒索誰，你們輸定了。」

我點入登出的圖示，我的分身逐漸消失在他面前。他似乎不驚訝，只是一臉惆悵地看著我，搖搖頭，說：「孩子，這一招真蠢。」接著我的視像罩一片漆黑。

我坐在陰暗的祕密基地裡，畏縮著等待炸彈引爆。整整一分鐘過去，啥事都沒發生。

我顫抖著手拿下視像罩，脫下手套，雙眼適應黑暗，怯怯地吁出一口氣。終究只是嚇唬我。索倫托在跟我玩細膩的心理戰，而且果然奏效。

我拿起一瓶水咕嚕咕嚕大口灌下，想到我應該重新登入去警告艾區和雅蒂米思。六數人接下來一定會去找他們。

就在我重新戴上手套時，我聽見爆炸聲響。

一聽見炸彈引爆，我整個人跌坐在地，本能地雙手抱頭。遠處傳來堆疊的拖車屋崩塌脫離鷹架，一個個像巨大骨牌跌撞在一起的金屬斷裂聲。這可怕的聲音持續了好久，接著一片靜默。

我終於克服驚嚇後的呆滯，前去打開貨車後門。在宛如噩夢的恍惚中，我走到廢車場的邊緣，從那兒看見拖車屋園區的另一頭冒出巨大濃煙和火焰。

我跟著人潮沿著拖車屋園區的北側跑向那裡。我姨媽的拖車屋所在的那一落貨櫃已經崩塌成濃煙直竄的廢墟，而旁邊幾落貨櫃也遭受池魚之殃。那兒空了，只剩一堆扭曲燃燒的廢鐵。

我站在遠處看著，但有一大群人已湧至我面前，他們在自己膽量可及的範圍內盡可能靠近火焰。沒人費工夫進去殘骸裡搜尋倖存者，因為看來不可能有人生還。

一落坍塌的拖車屋旁有個老舊的瓦斯筒爆炸開來，嚇得眾人四散，低頭尋找掩護。小爆炸迅速連續引爆更多瓦斯筒。此後旁觀者就往後退得更遠，保持距離。

住在附近的居民知道若火勢蔓延，勢必遭到波及，所以很多人開始倉皇滅火，利用水管、桶子、空的飲料杯，以及能找到的任何東西。沒多久，火焰控制住，火勢慢慢減弱。

我沉默地看著，聽見四周的人喃喃地說這大概又是誰在製造毒品，或是哪個白痴想做土製炸彈。果然如索倫托所料。

這念頭讓我霎時清醒過來。我在想什麼啊？那些六數人剛剛試圖殺掉我，搞不好他們還派了間諜潛伏在拖車屋園區裡，想確認我真的死了，而我卻像個白痴大剌剌地站在這裡。

我離開人群，迅速回到祕密基地，但小心翼翼，不敢奔跑，還不停回頭確定沒被人跟蹤。一進到貨車我立刻關門上鎖，然後在角落縮成一團，不停顫抖。我就這樣縮了好一會兒。

最後，驚嚇的感覺慢慢退去，我開始意識到剛剛發生的事情。我的姨媽愛莉絲和她的男友瑞克，以及住在我們拖車屋裡的所有人，連同下方和四周的鄰居，所有人都死了，包括最貼心的吉爾摩老太太。如果我在家，現在也死了。

我的腎上腺素急升，但不曉得該怎麼辦，整個人因恐懼和憤怒交織的情緒而無法思考。我想登入「綠洲」報案，但隨即想到他們聽到我的故事時會有的反應，他們一定會認為我腦袋不清楚，胡說八道。若通知媒體，他們一定也會這麼想。不可能會有人相信我說的事，除非我表明我就是帕西法爾，就算這樣，他們也可能會不相信。我沒有一絲證據能把索倫托和六數人繩之以法，因為他們放置炸彈的所有蛛絲馬跡大概早就融成鐵渣。

為了要控訴全球勢力最龐大的集團涉嫌勒索和謀殺，而曝露我的身分，似乎不是最明智的舉動。不會有人相信我的，連我自己幾乎都無法相信「創線企」會為了阻止我贏得電玩競賽謀殺我。真是太扯了。

躲在祕密基地似乎可以安全一陣子，但我知道我不能在拖車屋園區待太久。六數人一發現我仍活著，一定會回來找我。我得閃人。但我得有錢才走得了，而我的第一筆代言費用還要一、兩天才會存入戶頭。在那之前，我就低調一點好了。不過，現在，我必須找到艾區，警告他接下來六數人會找上他。

我好想見到熟悉的和善面孔啊。

15

我抓起「綠洲」主機系統，打開電源，戴上視像罩和手套。登入後，我的分身出現在路得思星球，就在我進入聊連視訊跟索倫托交談之前所坐的那個丘頂上。聲音一接通，我就聽見上方傳來震耳欲聾的引擎轟隆聲。我從樹下往外走，抬頭一望，看見一群六數人的武裝直升機成列隊盤旋，以低空方式逼近南方，感應器掃描過其行經的每處星球表面。

我準備躲到樹下，不讓他們看見，這時想起整個路得思星球都是零衝突區。六數人在這裡無法傷害我，但我還是緊繃神經。我繼續環視天空，沒多久就見到東方地平線又出現兩隊六數人的武裝直升機，沒多久，北方和西方的天體軌道上也冒出好幾隊，看起來就像外星人入侵。

我的顯示器上有個圖示不停閃爍，通知我艾區送了一則訊息給我：**你到底在哪裡？媽的，快打給我！**

我進入通訊錄，在他的名字上點了一下，才響第一聲，他就接起電話，而我的影像視窗也出現他分身的臉。他一臉凝重。

「你聽到報導了嗎？」他問。

「什麼報導？」

「好幾千個六數人出現在路得思星球，而且每過一分鐘就有更多人抵達。他們來這裡尋找墳墓。」

「知道，我人就在路得思星球，到處都可以看見六數人的武裝直升機。」

艾區繃著臉，說：「我找到『我最屌』後一定要殺了他。慢慢把他凌遲到死。就算他創造新的分身，我也要追查出來，再宰掉他一次。如果這白痴能閉緊嘴巴，六數人就不會想到搜尋這裡。」

「對，就是他在留言板上的訊息給了他們線索。索倫托自己就是這麼說的。」

「索倫托。你是說那個諾藍・索倫托？」

我把之前幾小時所發生的事情，一五一十告訴他。

「他們炸掉你家？」

「其實那是一個在拖車屋園區裡的拖車屋。他們害死了很多人，艾區，搞不好新聞已經報導了。」我深吸一口氣，「我嚇死了，我好怕。」

「這不能怪你。幸好你那時不在家……」

我點點頭，「我從不在家上網，還好六數人不曉得這件事。」

「那你的家人呢？」

「那是我姨媽家。我想她死了吧。我們……我們不怎麼親。」這樣說根本就是輕描淡寫，事實上姨媽愛莉絲根本沒給過我好臉色，不過她還是不應這樣死去。最讓我內疚的是吉爾摩太太，一想到是我害死她，我就好難過。她是我所認識最好的人。

我發現自己哭了，趕緊把音效關閉，不讓艾區聽見，然後做了幾次深呼吸，直到恢復冷靜。

「我真不敢相信！」艾區吼著說：「那些邪惡的王八蛋。他們會付出代價的，Z，等著看吧，我們要讓他們付出代價。」

我看不出來我們有何能耐讓他們付出代價，但我沒辯白，我知道他只是想安慰我。

「你人在哪裡？」艾區問：「需要幫忙嗎？比如找地方住之類的？如果有需要，我可以先匯一些錢給你。」

「不用，我沒事。不過還是謝謝你，老兄，我真的很感激你這麼說。」

「沒什麼啦。麻吉。」

「我問你，六數人有沒有寄信給你，就是他們寄給我的那種信？」

「有啊，好幾千封，不過我想最好的方式就是視而不見。」

我皺起眉，「真希望當初我夠聰明，也對它們視而不見。」

「老兄，你不可能知道他們要殺你啊！況且，他們已經有你家的地址，如果你不理會他們的e-mail，他們大概也會炸掉你家。」

「聽著，艾區……索倫托說你留在學校的是假地址，所以他們還不知道去哪裡找你，不過他很可能撒謊，我看你還是離開家，找到安全的地方躲著，愈快愈好。」

「別擔心我，Z，我居無定所，那些混蛋永遠都不可能找到我。」

「既然你都這麼說了。」我回答，但心裡納悶他這話是什麼意思。「不過我也得警告雅蒂米思，還有大刀和小刀，如果我找得到他們的話。六數人大概也會不擇手段弄到他們的真實身分。」

「說到這，我有個主意。今晚我們應該把他們三個找來我的『地下室』，大概午夜十二點？我打開私人聊天室，就我們五個人。」

一想到又能見到雅蒂米思，我的心情就開朗一些。「你想他們願意來嗎？」

「會的，如果我們讓他們知道這攸關他們的生死。」他嘻嘻笑，說：「而且全世界最頂尖的五個獵蛋客將聚集在這個聊天室，誰會錯過啊？」

★

我發了一則短訊給雅蒂米思，邀請她參加艾區私人聊天室的午夜聚會，幾分鐘後她回覆說她會到。艾區告訴我，他已經聯絡大刀和小刀，他們兩個也都會參加。會議就這麼敲定。

我不想孤單一人，所以提早一小時登入「地下室」，艾區已經在那裡，不停轉著那臺ＲＣＡ牌的復古電視看新聞。見到我來，他不發一語，起身給我一個大擁抱。雖然我沒真正被人擁抱，但那舉動出奇地讓我備感安慰。我們兩人坐下，一起看新聞，等著其他人到來。

每一臺新聞都在播送「綠洲」的鏡頭，畫面上還出現一批批已抵達路得思星球的六數人太空船艦和部隊。隨便想也知道他們為何來這裡，所以現在每個獵蛋客也都蜂擁前往路得思星球。星球上各地的運輸站擠滿了入境的分身。

「墳墓的地點還真是祕密啊。」我搖搖頭。

「遲早會洩漏出去，」艾區關掉電視機，「我只是沒想到會這麼快。」

我和艾區同時聽見入口的鈴聲響起，發現雅蒂米思現身在樓梯頂。她穿的正是那晚我們認識時所穿的衣服。她走下樓梯，對我揮手，我也跟她揮手，然後介紹他們認識。

「艾區，這是雅蒂米思，雅蒂米思，這是我最要好的朋友，艾區。」

「很榮幸認識你。」雅蒂米思說著伸出右手。

艾區跟她握手，「我也很榮幸見到你。」他露出柴郡貓式的笑臉，「謝謝妳來這裡。」

「你在開玩笑嗎？我怎麼可能錯過？這可是超技五將的首次聚會欸。」

「超技五將？」我說。

「對呀，」艾區說：「現在各大留言板都這麼稱呼我們。我們五個占據了計分板的前五大排名，所以大家都叫我們超技五將。」

「對，」我說：「至少目前如此。」

雅蒂米思聽了咧嘴微笑，然後轉身開始環顧「地下室」，欣賞這裡八〇年代的裝潢布置。「艾區，這是我看過最酷的房間。」

「謝謝，」他鞠躬，說：「妳客氣了。」

她的視線停駐在一排角色扮演遊戲的參考書刊上。「你鉅細靡遺地複製了莫洛的地下室。任何細節都不放過！哇，我真想住在這裡。」

「訪客名單上永遠會有妳的名字，歡迎妳隨時登入，來這裡晃晃。」

「真的嗎？」她說，一臉雀躍。「謝謝你！我會來玩的，你真屌，艾區。」

「對啊，」他笑著說，「的確如此，我本來就有屌。」

他們兩人似乎很投緣，看得我嫉妒得要死。我不要雅蒂米思喜歡艾區，也不要他喜歡她，我要她完全屬於我。

沒多久大刀和小刀也登入，他們同時出現在「地下室」樓梯的頂端。大刀比較高，大約十八、九歲，小刀比大刀矮上三十公分左右，看起來年輕得多，大概十三歲。他們兩人的分身是日本人模樣，而且長得非常像，就像同一個年輕人五年前後的照片。他們穿著傳統的武士盔甲，兩人的腰際都配帶著短的武士刀和長刀。

「各位好，」較高的武士說：「我是大刀，這是我弟弟，小刀。多謝你們的邀請，我們很榮幸跟三位見面。」

兄弟整齊一致地鞠躬，艾區和雅蒂米思也鞠躬回禮，我趕緊跟著彎腰。大家都自我介紹完畢後，大刀和小刀再次對我們鞠躬，我們又再次鞠躬回禮。

「好啦，」大家鞠完躬後艾區說：「開始談正事吧。我相信你們都看過新聞了，六數人正大批趕來路得思星球，數量約有好幾千人，他們井然有序地搜尋這個星球的表面，即使他們不確定自己要找什麼。我看，沒多久他們就會發現墳墓的入口……」

「其實，」雅蒂米思打岔，「他們已經發現了，大概三十分鐘前。」

我們全轉向她。

大刀說：「新聞還沒播報，妳確定嗎？」

她點點頭，說：「恐怕很確定。今早我一聽說六數人的事，就決定在墳墓入口附近的樹木裝上監視攝影機。」她在她前方的空中打開影像視窗，然後把它翻轉一下讓我們其他人看。視窗上出現一座丘頂平坦的山丘以及附近的環境，角度是從樹上往下拍攝。從該角度很容易看見丘頂上的黑色大岩石排列得像人的顱骨，我們也能看到整個區域布滿了六數人，每秒鐘都湧入更多。

不過影像視窗裡最令我們不安的畫面，是整座山丘被一個透明的巨大能量罩所覆蓋。

艾區說：「可惡，這真的是我想的那東西嗎？」

雅蒂米思點點頭，「對，是力場。第一個六數人抵達那裡後，他們就設下力場，所以……」

大刀說：「所以從現在開始，任何找到墳墓的獵蛋客都無法進去裡面，除非有辦法通過力場。」

「其實他們設置了兩道力場。」雅蒂米思說：「小圈的力場外面還有一圈大的。每次要讓六數人通過時，他們就會依序撤下。」她指著視窗，說：「瞧，他們正在這麼做。」

墳墓附近停了一架武裝直升機，一隊六數人大步邁下舷梯，個個身負裝備箱。他們靠近外層力場時，它立刻消失，露出裡頭的小力場。那隊六數人一抵達內層力場，外面那層又出現，一秒之後，內層力場撤下，讓六數人進入墳墓。

我們五人沉默良久，各自思索著這新局勢。

「我想，其實狀況有可能更糟的，」艾區終於開口，「如果墳墓是自由區，這些混蛋肯定會在每個地方架設雷射砲和機器人哨兵，殲滅任何靠近這區域的人。」

他說的對，所幸路得思星球是安全區域，否則六數人一定會傷害接近墳墓的獵蛋客。然而，架設力場阻止他人進入這種事，誰都莫可奈何。而他們確實這麼做了。

「六數人顯然計畫這一刻已有一段時間。」雅蒂米思說著關閉她的影像視窗。

艾區說：「他們沒辦法擋太久的。等到獵蛋客幫派發現這事，一定會全力反擊，好幾千個獵蛋客會不計一切攻擊力場。火箭推進式榴彈、火球、集束炸彈、核武。到時情況一定會很慘烈，他們會把森林搞成荒地。」

「對，可是在此之前，六數人的分身早就拿到銅鑰，排成一排跳著康康舞進入第一道門。」

「他們怎麼可以這樣？」小刀說，稚嫩的聲音流露出憤怒。他看著哥哥，說：「這樣不公平。他們作弊。」

大刀說：「他們不必跟大家公平競賽，因為在『綠洲』裡沒有規則可言，小弟。六數人可以為所欲為，除非有人成功阻止他們。」

「六數人一點榮譽感都沒有。」小刀繃著一張臉。

艾區說：「你們不曉得情況有多糟，所以帕西法爾和我才請你們來這裡。」他轉向我，「Z，你要不要把事情經過告訴他們？」

我點點頭，面向大家，先告訴他們我收到「創線企」的e-mail。他們也收到同樣的邀請，但大家都聰明地視而不見。接著我一五一十地說出我和索倫托在聊天室見面的事，鉅細靡遺，不漏掉任何細節。最後，我告訴他們我們的交談如何結束——緊接著一枚炸彈在我家引爆。我說完時，他們的分身都露出不敢置信的震驚表情。

「天哪，」雅蒂米思低聲驚呼，「不是開玩笑吧？他們真的打算殺了你？」

「對，如果我在家的話，他們就得逞了。我真是走運。」

艾區說：「現在你們都知道了，六數人為了阻止其他人早一步拿到程式彩蛋，簡直無所不用其極。如果他們找到我們，我們大概死定了。」

我點點頭，「所以你們必須提高警覺，保護自己，不要洩漏真實身分。如果還沒洩漏的話。」

大夥兒點點頭，然後又陷入長長的沉默。

「有件事我還是不明白。」半晌後雅蒂米思說：「六數人怎麼會知道要在路得思星球尋找墳墓？是不是有人提供他們線索？」她環視我們所有人，但語氣沒有指責的意思。

「他們一定是看到了獵蛋客留言板上關於帕西法爾和艾區的謠言。」小刀說：「我們就是這樣才曉得要去哪裡找墳墓。」

大刀一聽，縮了一下，隨即一拳往弟弟的肩膀打下去。「我不是要你別說嗎？大嘴巴。」他氣呼呼地說，小刀一臉怯畏，不敢多言。

「什麼謠言？」雅蒂米思問，瞅著我直看。「他在說什麼？我最近沒時間看留言板。」

「上面有幾個獵蛋客宣稱他們認識帕西法爾和艾區，還說他們兩人都是路得思星球的學生。」他轉向艾區和我，「我和我弟找可怖之墓找了兩年，我們搜索了幾十個模擬世界，但從沒想到路得思星球，直到我們聽說你們在這裡念書。」

我說：「我從沒想過在路得思星球念書是祕密，所以我沒隱瞞過這事。」

「對，幸好你沒隱瞞，我們才能這麼好運。」艾區說，然後轉向其他人，「帕西法爾無意間跟我透露墳墓的位置。在他的名字出現在計分板上前，我也沒想過要在路得思星球上找。」

大刀輕輕推了弟弟一下，兩人面向我，深深一鞠躬，「你是第一個找到墳墓的人，所以我們要感謝你。」

我鞠躬回禮，「謝謝啦，兩位，其實雅蒂米思才是第一個找到的，而且完全是靠自己。她比我早一個月找到墳墓。」

雅蒂米思說：「對，這麼快找到也沒用啊。我在『鳥騎士』那一關贏不了巫妖。在這小子出現、第一次嘗試之前，我已經試了好幾個禮拜。」她跟大家說明我們如何認識，以及她如何在隔天，也就是午夜伺服器重新設定之後打敗國王。

我說：「我的『鳥騎士』功力都要感謝艾區，我們之前經常在『地下室』裡玩這款電玩。我第一次就能打敗那個國王，是因為之前常練習。」

「我也是。」艾區說，他伸出手跟我拳碰拳。

大刀和小刀不約而同笑了出來。大刀說：「我們也是欸，因為《安納瑞克年鑑》裡提到這款遊戲，所以我和我弟對打『鳥騎士』好幾年。」

「太棒啦，」雅蒂米思說，攤開雙手，「你們真好運，都事先充分練習過。我真替你們高興。讚哪。」她故意以諷刺的姿態鼓掌叫好，惹得大家哈哈笑。「現在，『相互恭維社』可以暫時休會，回到正題了嗎？」

「當然可以，」艾區笑著說：「正題是什麼？」

「六數人吧？」雅蒂米思說。

「對！當然是！」艾區搓搓後頸，咬著下唇。他想整理思緒時就會這麼做。「妳說，他們剛發現墳墓不到一小時，對吧？所以，他們隨時會抵達有寶座的房間，跟巫妖面對面。妳想，好幾個分身同時進入那個密室，會發生什麼事？」

我轉向大刀和小刀，「你們兩個的名字在同一天出現在計分板上，只差幾分鐘，所以你們是一起進入有寶座的房間，對不對？」

大刀點點頭，「對，我們一踏上高臺，就出現兩個國王，分別對付我們兩人。」

雅蒂米思說：「太棒了，所以的確可能有好幾百個，甚至上千個六數人同時爭奪銅鑰。」

小刀說：「對，可是要得到鑰匙必須在『鳥騎士』遊戲中擊敗巫妖。大家都知道這可不容易。」

我說：「六數人使用的情境體驗設備超厲害的，索倫托跟我吹噓過，他們把這些設備串連在一起，所以不同的使用者可以控制每個分身的行動。這樣一來，他們在跟阿瑟瑞拉克對抗時，就能派出『鳥騎士』高手來控制每個六數人的分身。一個又一個控制。」

「作弊的王八蛋。」艾區說。

「六數人一點榮譽心都沒有。」大刀不屑地搖搖頭。

我說：「更扯的是，每個六數人都有一個支援團隊，團隊成員包括專門研究哈勒代的學者、電玩遊戲專家，以及密碼學家，他們隨時可以幫助六數人克服任何挑戰，解決每個難題。《戰爭遊戲》的模擬角色對他們來說易如反掌，因為有人會提示臺詞給他們。」

「真不可思議，這樣我們怎麼比得過他們呀？」艾區喃喃說道。

雅蒂米思說：「比不過。他們一旦拿到銅鑰，很可能跟我們一樣很快就找出第一道門，沒多久他們就會趕上我們。得到關於玉鑰的謎題後，他們還有一堆蛋頭學者不眠不休地幫他們解開謎底。」

我說：「如果他們比我們先找到藏匿玉鑰的地點，他們一定也會封鎖那裡，到時候我們五個就跟這時的其他獵蛋客一樣了。」

雅蒂米思點點頭，艾區氣得踢茶几。「這實在太不公平了。六數人比我們更占優勢，他們有源源不絕的金錢、武器、運輸工具和分身，人數高達好幾千人，而且還相互合作。」

我說：「對，而我們每個人都只能靠自己，喔，除了你們兩個。」我對著大刀和小刀點點頭，

「你們應該知道我的意思。他們的人數勝過我們，武器贏過我們，而這種情勢短期內不會改變。」

「你有何建議？」大刀問，語氣忽然很不安。

我說：「我沒什麼建議，我只是在陳述我看到的事實。」

「很好。我還以為你打算建議我們五個聯手。」大刀回答。

艾區細細打量他，「怎麼？這主意不好嗎？」

「對，很不好。」大刀直截了當回答，「我弟和我要自己去尋寶，我們不想也不需要你們的幫助。」

艾區說：「喔，真的嗎？你們剛剛才承認是帕西法爾幫你們找到可怖之墓。」

大刀瞇起眼，說：「我們靠自己最後也找得到。」

艾區說：「對，大概再花五年就找到了。」

「算了啦，艾區，」我跨步擋在他們之間，「說這些無濟於事。」

艾區和大刀不發一語，互瞪著對方，小刀在一旁惴惴地抬眼望著哥哥。雅蒂米思往後退一步，露出看好戲的神情。

「我們不是來這裡接受羞辱的。」大刀終於說話，「我們要走了。」

我說：「等等，大刀，等一下好嗎？我們來把話談開。我們不應該對立為敵，我們應該站在同一陣線上。」

大刀說：「不，我們不跟你們站在同一陣線，我們又不認識你們，搞不好你們當中有六數人派來的間諜。」

雅蒂米思一聽，哈哈大笑，隨即摀住嘴巴。大刀不理她，「搞這套沒意義，因為最終只有一個人會成為第一個找到程式彩蛋、贏得獎賞的人。而那人不是我，就是我弟。」語畢，大刀和小刀雙雙乍然登出。

「聊得還真愉快啊。」他們的分身一消失，雅蒂米思譏諷地說。

我點點頭，「是啊，真愉快，艾區，你還真懂得打造溝通的橋梁啊。」

「我又沒怎樣。」他辯白道：「是大刀太欠扁！再說，我們又沒要他跟我們組成一隊。我已經公開宣示要單打獨鬥，你也是，還有雅蒂米思看起來也像一匹孤狼。」

「在下的確是孤狼。」她咧嘴笑著說：「不過，就算如此，聯手對抗六數人一事還是有討論空間。」

「或許，」艾區說：「不過妳想想看，如果妳比我們兩個早一步發現玉鑰，妳會大方告訴我們它的下落嗎？」

雅蒂米思噗哧笑了一聲，「當然不會。」

「我也不會。」艾區說：「所以，不用討論聯手的事了。」

雅蒂米思聳聳肩，說：「嗯，看來會議結束了，我也該走了。」她對我眨眨眼，說：「分秒必爭啊，對吧，小夥子？」

「滴答滴答。」我說。

「祝好運囉。」她跟我們兩個揮揮手，「再會。」

「再見。」我們兩人異口同聲回應。

我看著她的分身漸漸消失，一轉身發現艾區對著我猛笑。「你在笑什麼？」我問。

「你暗戀她，對不對？」

「什麼？暗戀雅蒂米思？才沒有。」

「別否認，Z，她在這裡時，你簡直目不轉睛。」他故意捧著自己的臉頰，不停眨動眼睫毛。「我把整個談話過程錄下來了。要不要我播出來，好讓你看看你那模樣有多蠢啊？」

「別鬧了。」

「我可以了解的，老兄，畢竟這小妞超可愛的。」

「關於新謎題，你有沒有什麼進展？」我故意轉移話題，「就是關於玉鑰那首四行詩？」

「四行詩？」

「就是有四行句子，而且每行韻腳不一樣的詩或詩節。」我詳細說明，「這就叫做四行詩。」

艾區賞我一個白眼，「你想太多了，老兄。」

「哪有？這個名詞超合適的，呆瓜！」

「那只是一個謎題，大哥。喔，對了，我還沒好運到解出這個謎題。」

「我也是。所以我們實在不該站在這裡交相指責，時間正一分一秒流逝啊。」

「我同意，可是……」

就在這時，房間另一頭那張茶几上的一疊漫畫書忽然滑下來，砸在地上，彷彿有人把它們撞倒。艾區和我嚇了一大跳，困惑地相覷一眼。

「怎麼一回事？」我說。

「哪知啊。」艾區走過去看看散落的漫畫。「可能是軟體故障之類的吧？」

「我沒見過聊天室發生這樣的故障，」我說，環視空蕩的房間，「會不會有其他人在場？隱形的分身，在這裡偷聽我們說話？」

艾區翻翻白眼，「不可能啦，Z。你太疑神疑鬼了，這個私人聊天室有經過加密，沒有我的允許沒人進得來，你應該知道。」

「是這樣沒錯。」我還是很驚慌。

「放輕鬆，只是程式出了點小問題。」他把手按在我肩上，「聽著，如果你改變心意，需要我借錢給你，或者幫你找地方窩，儘管告訴我，好吧？」

「我沒事的，不過還是很謝謝你，麻吉。」

我們再次拳碰拳，就像漫畫裡那對神奇雙胞胎要啟動力量時一樣。

「改天見，祝好運，Z。」

「你也是，艾區。」

16

幾個小時後，計分板剩下的空欄迅速逐一填滿。但出現的不是分身的名字，而是「創線企」的員工編號。一開始每個人都有五千分（看來獲得銅鑰的人都得到了這些分數），幾小時後，闖過第一道門的六數人就增加十萬分，那天結束前，計分板出現這樣的結果：

最高得分：

1.	帕西法爾	110000
2.	雅蒂米思	109000
3.	艾區	108000
4.	大刀	107000
5.	小刀	106000
6.	「創線企」-655321	105000
7.	「創線企」-643187	105000
8.	「創線企」-621671	105000
9.	「創線企」-678324	105000
10.	「創線企」-637330	105000

我認得第一個出現的六數人員工編號，因為我在索倫托的制服上看見過這個號碼，他大概硬要當第一個獲得銅鑰、闖過第一道門的分身吧。不過我壓根兒不相信他是靠自己達成的，他絕不可能擅長「鳥騎士」，也不可能牢記《戰爭遊戲》的臺詞。不過我知道他不必有這些本領，因為只要遇到難關，比如必須贏得「鳥騎士」比賽時，他只要讓部屬來控制他的分身就行了。在模擬《戰爭遊戲》裡的角色時，一定有人透過超厲害的情境體驗設備提示臺詞給他。

十個欄位都填滿後，計分板開始變長，顯示十名以後的名次。不一會兒工夫，計分板上已有二十個分身，接著三十個，之後二十四小時內共有六十幾人闖過第一道門。

在這段期間，路得思星球成了「綠洲」最受歡迎的目的地。星球各地的運輸站不停湧出獵蛋客，他們在星球上走來走去，製造混亂，干擾上課。「綠洲」公立學校委員會發現情況不妙，立刻決定疏散路得思星球，將所有學校重新安置到新地點。他們在同一個區塊創造出跟路得思星球一模一樣的複製星球——路得思星球二號，距離原來的星球不過咫尺。路得思星球的原始碼複製到新地點（唯獨去除了哈勒代偷偷加入的可怖之墓程式碼）的那一天，全體學生停課。隔天所有學校在路得思星球二號重新復課，原來的路得思星球就留給六數人和獵蛋客去爭奪。

遙遠森林中央那座山丘的扁平丘頂被六數人占領的消息迅速散播開來，當天晚上墳墓的確切位置就出現在各大留言板，隨附的照片中可見到六數人用來阻止別人進入的力場。這些照片清楚顯示出丘頂上的顱骨形狀。幾小時內，每個獵蛋客留言板都出現了《可怖之墓》和「龍與地下城」模組有關係的訊息，接著新聞開始報導這項消息。

規模較大的獵蛋客幫派立刻集結起來，宣布對六數人設下的力場展開全面攻擊。他們試圖以想像得到的任何方式來拆除或者繞過力場。六數人設置了心電移動干擾器，不讓任何人藉由科技以心電移動的方式進入力場裡，他們還在墳墓四周部署了一群法力高強的巫師，二十四小時施念咒語，讓整個地區暫時變成魔法無用的區域，以阻止他人利用魔法繞過力場，進入墳墓。

幫派開始利用火箭、飛彈、核武和惡言惡語來攻擊力場，他們徹夜包圍墳墓，但隔天一早兩道力場依舊完整無損。

情急之下，幫派決定以猛烈砲火來攻擊，他們集資在eBay拍賣網上購買兩具售價昂貴、火力更勝於氫彈的反物質炸彈。他們依序點燃兩枚炸彈，時間只隔幾秒鐘。第一枚破壞了最外層力場，第二枚將兩道力場完全摧毀。當第二道力場瓦解時，數千名獵蛋客（他們都沒受到炸彈的爆炸威力波及，因為這裡是零衝突區）湧入墳墓，擠在地下城的甬道上。沒多久，數千名獵蛋客（和六數人）擠爆了密室，他們全都準備好要來接受巫妖的挑戰，在「鳥騎士」中一決勝負。一個分身踏上高臺，上面就出現一個專門對付他的國王。百分之九十五的獵蛋客挑戰失敗，慘遭殺害，但有幾個獵蛋客挑戰成功，他們分身的名字出現在計分板上，名列在超技五將和幾十個「創線企」員工編號之後。幾天之內，計分板上的分身名單已超過上百人。

由於這區域已布滿獵蛋客，所以六數人不可能重新啟動力場。獵蛋客搶奪六數人，破壞他們的船隻和眼前所見的任何設施。六數人不再設立障礙物阻擋其他獵蛋客，但他們持續派出更多分身進入可怖之墓來取得銅鑰，行徑囂張如入無人之地。

★

拖車屋園區爆炸後隔天，當地新聞簡單報導了一下，還播放有人志願在殘破廢墟裡找尋遺體的畫面。他們找到的屍塊根本難以辨認。

六數人不止放炸彈，還在現場棄置了很多製毒的設備和化學物品，好讓整起事件看起來就像拖車屋園區典型的製毒意外。這招奏效了。警方根本懶得進一步調查。倒塌焦黑的拖車屋殘骸旁邊就是密集的貨櫃屋，所以要用老舊的怪手清除廢墟極為危險，因此大家就讓殘骸這麼留著，等著它慢慢鏽入泥土裡。

第一筆代言費一匯入我的戶頭，我就買了一張前往哥倫布市的單程巴士票，準備隔早八點離開。我多付一些錢訂頭等座位，除了椅子更舒適外，裡頭的插座頻寬也更高。我打算登入「綠洲」來打發這趟東行的長途車程。

訂好車票後，我收拾祕密基地裡的東西，將我想帶走的物品一一放入一只老舊行囊裡。學校發的「綠洲」主機系統、視像罩和觸覺手套，還有那本列印出來、被我翻得破爛的《安納瑞克年鑑》。我的聖杯日誌、幾件衣物、手提電腦。其他的全拋在腦後。

天黑之後，我爬出貨車，鎖上它，將鑰匙猛力扔進廢車堆裡，然後背起行囊，最後一次走出拖車屋園區，完全不回頭望。

我一直沿著繁忙的街道行走，前往巴士站，沿途小心翼翼，避免被搶。巴士站門內有一座破爛的旅客自助服務亭，它快速掃描我的視網膜後，吐出我的車票。我坐在門邊，讀著我的《安納瑞克年鑑》，直到上車。

這是一輛雙層巴士，車身鍍著防護鋼板，窗戶防彈，車頂上是太陽能板。一座可以滾動的要塞堡壘。我的座位在司機後兩排，靠窗。司機坐在防彈的樹脂玻璃箱裡。六名荷槍實彈的保全人員登上巴士的上層，他們要保護車子和乘客免於被攔路搶劫——一離開安全的大城市，冒險進入目無法紀的不毛地區，就很有這個可能性。

巴士客滿，多數乘客一坐定就戴上視像罩，但我把視像罩擱在旁邊一會兒，以便看著我出生的這個城市隨著車身四周的風力發電機將巴士往前推動而慢慢退向後方。

巴士的電動馬達時速最高可達四十哩，但由於州際公路殘破，加上沿途得經常停下來充電，使得我花了好幾天才抵達目的地。整段車程中，我都登入「綠洲」裡，準備展開新的人生。

首要之務就是創造新的身分。我現在有錢了，所以這事並不難。在「綠洲」裡，如果你懂門路，而且不在乎犯法，幾乎什麼都能用錢買到。政府機構（以及大企業）裡有很多走投無路或者貪腐的人，這些人經常在「綠洲」的黑市裡兜售資訊。

身為赫赫有名的獵蛋客，我在地下社會裡說話頗有份量，所以可以進入極少數人才能接觸到的非法資料拍賣網站「菁英駭客貨棧」。在這裡，我用不可思議的小錢就買到登入美國民政局資料庫的程序和密碼。我利用這些資訊登入資料庫，取得我在學校註冊時所登記的公民資料，然後刪除我的指紋和視網膜樣式，改成某個死掉的人（亦即我爸）的指紋和視網膜。然後我把我的指紋和視網膜樣式複製到我創造出來的全新身分上，這個新身分的名字是布萊斯・林區。我把布萊斯設定為二十二歲，給他一個全新的社會安全號碼以及完美無瑕的信用紀錄，並讓他擁有電腦的學士學位。如果我又想變成原來的我，我只要刪除林區的身分，將我的指紋和視網膜樣式重新貼回原來的檔案就成了。

創造好新的身分後，我開始瀏覽哥倫布市的分類廣告，尋找合適的房子，結果我發現一家老舊的高樓旅館有一間挺便宜的出租房間，這旅館是往昔人們的本尊往來出差或遊玩時下榻的住處，只是現在荒廢了。旅館房間被改裝成一應俱全的套房公寓，每一間都符合全職獵蛋客的特殊需求。而此處正好能滿足我的所有需求：低廉租金、嚴密的安全管理、穩定可靠的電力。更重要的是，這裡可以直接透過光纖連接到幾公里外的「綠洲」伺服器機房。這種連接方式最迅速，最安全，而且由於這些光纖網路不是由「創線企」或其附屬單位提供，所以我不必疑神疑鬼，擔心他們會監控我的連線，進而找出我的行蹤。我很安全。

我在聊天室裡跟仲介交涉租屋事宜，他讓我觀看那間房的虛擬實景。這地方看起來棒透了。我用新名字承租下來，並預付六個月租金，這樣一來仲介就不會問東問西。

★

有時，深夜時分，巴士緩緩轟隆駛過顛簸的公路，我會拿開視像罩，望向車窗外。我從未離開過奧克拉荷馬市，我很想看看這國家的其他地方是什麼樣子。但放眼望去，永遠是淒涼乏味的景致。我們駛經的每座城市永遠都像上一座一樣殘破擁擠。

彷彿在公路上爬行了幾個月之後，哥倫布市的天際線終於出現在地平線上，閃閃爍爍，宛如《綠野仙蹤》裡黃色石磚路尾端的奧茲王國。我們大約在黃昏時分抵達，這城市亮起的燈火多到我前所未見。我曾在哪裡讀到，這座城市遍布著巨大的太陽電池板，郊區還有兩座利用定日鏡來產生電力的發電廠。它們鎮日吸收太陽光，加以儲存，晚上釋放出來發電。

我們駛入哥倫布市巴士總站，我的「綠洲」連線被切斷。我脫下視像罩，跟著其他乘客下車，終於再次真實感受到我的處境。現在，我是亡命之徒，必須以假名活著。一群勢力龐大的人到處尋找我，不想留我活口。

下了巴士後，我忽然感覺一股巨大力量重壓在我的胸口，讓我難以呼吸。搞不好這是恐慌症發作。我強迫自己深呼吸，努力讓自己冷靜。現在我只要到新住處，安頓妥當，重新登入「綠洲」，一切就會沒事，我又能回到熟悉的環境，我會平安無事。

我招了一輛自動駕駛的計程車，在觸控式顯示器輸入我的新地址。計程車電腦的合成聲音告訴我，以目前的交通狀況來看，預估車程約三十二分鐘。車子行駛期間，我望向車窗外，看著漆黑的街道。我頭暈目眩，焦慮不安，頻頻看著計費器，想知道走多遠了。終於，車子在我承租的那棟大樓前停住。這幢青灰色的巍峨高樓位於塞歐托河河畔，就在雙子河貧民窟旁。我留意到大樓牆面有「希爾頓飯店」的褪色標誌，這地方想必曾是一間高級飯店。

我付了車資後下車，環視周遭最後一眼，吸入最後一口新鮮空氣，拎起行囊走入正門，進入大廳。我走入安全檢查哨的閘門，掃描指紋和視網膜樣式後，監視器上出現我的名字。綠燈亮起，閘門開啟，讓我進入電梯裡。

我的房間位於四十二樓，房號四二一一。門外還有一道安全鎖，掃描視網膜後，這道鎖才能開啟。門打開後，室內燈光乍亮。我走進去，鎖上門。然後我默默發了個誓，在完成任務之前絕不踏出門外一步。我要徹底拋開真實世界，直到找著程式彩蛋。

第二關

我不迷戀真實世界，

不過那是唯一仍可以好好吃一餐的地方。

——美國喜劇演員葛洛丘・馬克斯（Groucho Marx）

17

雅蒂米思：你在嗎？

帕西法爾：在啊！嗨！我真不敢相信妳終於回應我的聊天邀請。

雅蒂米思：我只是進來叫你別再這麼做。我們最好別交談。

帕西法爾：為什麼？我以為我們是朋友。

雅蒂米思：你是個好人，但我們是對手，相互競爭的獵蛋客，誓不兩立的敵人，你應該很清楚。

帕西法爾：我們不必聊到跟尋寶競賽有關的事……

雅蒂米思：任何事都跟尋寶競賽有關。

帕西法爾：拜託，至少試試看嘛。我們從頭開始。嗨，雅蒂米思！妳好嗎？

雅蒂米思：很好，謝謝你關心，你呢？

帕西法爾：好得不得了。欸，我們幹麼用這種古老的文字聊天介面啊？我可以開個聊天室。

雅蒂米思：我寧可維持現狀。

帕西法爾：為什麼？

雅蒂米思：你應該還記得，我在真實世界裡很聒噪，如果用打字溝通，我就不會那麼饒舌。

帕西法爾：我不覺得妳饒舌。妳很迷人。

雅蒂米思：你剛剛說我「迷人」？
帕西法爾：我打的字不就在妳眼前？
雅蒂米思：你很好心，不過滿嘴胡說八道。
帕西法爾：我是非常認真的。
雅蒂米思：好。位居計分板第一名的感覺如何啊？尋寶高手厭倦名氣了沒啊？
帕西法爾：我不覺得自己有名。
雅蒂米思：你在開玩笑吧？全世界拚命想挖出你的真實身分，你現在是搖滾巨星欸，老兄。
帕西法爾：妳跟我一樣有名啊，如果我是搖滾巨星，那為什麼媒體老是把我描繪成那種整天足不出戶、不洗澡的邋遢宅男。
雅蒂米思：想必你也看了綜藝節目《週六夜生活》那段關於我們的短劇。
帕西法爾：對，為什麼大家都認為我是反社會的怪咖？
雅蒂米思：你不是嗎？
帕西法爾：不！或許吧，好，我是反社會，可是我的個人衛生習慣好得很。
雅蒂米思：至少他們把你的性別搞對了，可是大家都認為真實的我是男性。
帕西法爾：那是因為多數的獵蛋客都是男的，他們不能接受有個女人打敗他們，而且／或者比他們更聰明。
雅蒂米思：我知道。一群未開化的穴居人。
帕西法爾：所以，妳的意思是，妳在真實世界中真的是女的？

雅蒂米思：你應該已經靠自己發現了吧，克魯梭探員⑰。
帕西法爾：我的確發現了，早就發現了。
雅蒂米思：是嗎？
帕西法爾：對，把既有的資料加以分析研判後，我確定妳是女的。
雅蒂米思：為什麼我一定是女的？
帕西法爾：因為我不想發現我暗戀的對象是個體重一百三十公斤，住在底特律郊區，窩在媽媽家的地下室，名叫恰克的大胖子。
雅蒂米思：你暗戀我？
帕西法爾：妳應該已經發現了吧，克魯梭探員。
雅蒂米思：如果我是個體重一百三十公斤，住在底特律郊區，窩在媽媽家的地下室，名叫夏琳的恐龍妹呢？你還會暗戀我嗎？
帕西法爾：不曉得欸。妳真的住在妳媽家的地下室嗎？
雅蒂米思：沒有。
帕西法爾：喔，那我大概會繼續暗戀妳吧。
雅蒂米思：所以我應該相信你是那種只在乎個性、不在乎外表的絕種男人？
帕西法爾：妳怎麼確定我是男的？
雅蒂米思：拜託，太明顯了吧，你別的沒有，渾身就是男孩子味。
帕西法爾：男孩子味？怎麼說？我說話用的是比較陽剛的句法結構之類的嗎？

雅蒂米思：別岔開話題，你剛剛說你暗戀我？

帕西法爾：我們還沒見面之前，我就已經暗戀妳很久了，打從我看妳的部落格，看到妳在「綠洲」裡的個人影像頻道開始。這幾年來，我一直在網路上追蹤妳的動態。

雅蒂米思：不過你還是沒真的認識我，也不了解我的真正個性。

帕西法爾：這是「綠洲」，我們在這裡表現出的就只有赤裸的個性。

雅蒂米思：我不這麼認為，我們在網路上表現出來的樣子，是經過我們的分身篩選過的，透過分身，我們可以控制我們在別人眼中和耳中的模樣。「綠洲」能讓你成為任何人，就是因為這樣，大家才沉迷其中。

帕西法爾：所以，在真實生活中，妳跟我那晚在墳墓見到的完全不一樣？

雅蒂米思：那只是我的其中一面，我選擇讓你看到的一面。

帕西法爾：嗯，我喜歡那一面。如果妳把其他面給我看，我相信我也會喜歡。

雅蒂米思：現在你這麼說，可是我很清楚這種事的，你遲早會要求看我本人的照片。

帕西法爾：我不會提出這種要求的，再說，我自己也絕不會把我本人的照片給妳看。

雅蒂米思：為什麼？難不成你醜得要命？

帕西法爾：妳嘴巴還真甜唷！

雅蒂米思：那又怎樣？回答我的問題啊，風趣開朗的克萊兒，你是不是很醜？

編譯註

⑰ 克魯梭探員（Insp. Jacques Clouseau）是電影《粉紅豹》（*The Pink Panther*）中的糊塗警探。

帕西法爾：我應該很醜吧。
雅蒂米思：怎麼說？
帕西法爾：因為女生通常討厭我。
雅蒂米思：我不覺得你討厭啊。
帕西法爾：妳當然不討厭我，因為妳是個名叫恰克的大胖子，喜歡在網路上跟年輕男子搭訕。
雅蒂米思：所以，你是年輕男子？
帕西法爾：還算年輕啦。
雅蒂米思：跟什麼相比？
帕西法爾：跟像你這樣五十三歲的大叔相比。恰克，你媽是免費讓你住在她的地下室嗎？或者有跟你收房租？
雅蒂米思：你想像中的我真的是這樣？
帕西法爾：如果是，我現在就不會跟妳說話了。
雅蒂米思：那麼，你想像中的我長什麼樣？
帕西法爾：就跟妳的分身一樣吧。除了，妳知道的，沒有盔甲、槍或光劍。
雅蒂米思：你在開玩笑嗎？老兄，網路戀情的第一條常規就是沒人長得跟分身一樣。
帕西法爾：我們要發展網路戀情啊？（期待）
雅蒂米思：屁啦，不可能。抱歉。
帕西法爾：為什麼不可能？

雅蒂米思：哪有時間談戀愛啊，我大部分時間都沉迷在網路色情片，剩下的時間還要找玉鑰欸。說到這個，我現在應該去找的。

帕西法爾：對，我也是，不過跟妳聊天更好玩。

雅蒂米思：那你呢？

帕西法爾：我什麼？

雅蒂米思：你有時間談網戀嗎？

帕西法爾：為了妳，我有時間。

雅蒂米思：真會耍嘴皮子。

帕西法爾：我還沒發揮真正的功力呢。

雅蒂米思：你有工作嗎？或者還是高中生？

帕西法爾：高中生，下個禮拜畢業。

雅蒂米思：你不該告訴我的！我很可能是六數人的間諜，要來追查你的身分。

帕西法爾：六數人早就追查出我的身分，記得嗎？他們炸掉我家，嗯，雖然那只是拖車屋，但他們還是炸了它。

雅蒂米思：我曉得。想到這件事我就很害怕。真難想像你的感受。

帕西法爾：報復是一道要「冷冷」吃的菜。

雅蒂米思：祝用餐愉快。你沒在尋寶時都做些什麼？

帕西法爾：除非妳也回答我的問題，否則我不會再回答妳的問題。

雅蒂米思：好，一問換一問，萊克特博士⑱。我們輪流問問題，你先吧。
帕西法爾：妳在上班，或者在念書？
雅蒂米思：念大學。
帕西法爾：讀什麼？
雅蒂米思：換我了。你沒在尋寶時都做些什麼？
帕西法爾：沒做什麼，我把所有時間都用來尋寶，其實我現在也在尋寶，在一個天殺的好地方一心多用。
雅蒂米思：我也是。
帕西法爾：真的嗎？我一邊跟妳說話，一邊盯著計分板，以防萬一。
雅蒂米思：真有你的，厲害。
帕西法爾：妳念什麼？在大學裡。
雅蒂米思：詩和創意寫作。
帕西法爾：難怪妳的文筆那麼好。
雅蒂米思：多謝。你幾歲？
帕西法爾：上個月剛滿十八。妳呢？
雅蒂米思：你不覺得我們聊的話題太涉及隱私？
帕西法爾：一點都不會。
雅蒂米思：十九歲。

帕西法爾：喔，姊姊。辣喔。
雅蒂米思：前提是我真的是女的……
帕西法爾：那妳是女的嗎？
雅蒂米思：還沒輪到你發問。
帕西法爾：好吧。
雅蒂米思：你跟艾區很熟嗎？
帕西法爾：這五年來他是我最要好的朋友。現在，說，妳是女的嗎？喔，我的意思是，妳是沒經過任何變性手術的雌性人類嗎？
雅蒂米思：你描述得很具體。
帕西法爾：回答我，克萊兒。
雅蒂米思：我是女的，一直都是，雌性人類。你在真實世界中見過艾區嗎？
帕西法爾：沒見過。妳有兄弟姊妹嗎？
雅蒂米思：沒有。你呢？
帕西法爾：沒有。妳的父母健在嗎？
雅蒂米思：他們都死了，死於流感，所以我是祖父母帶大的。那你呢？

編譯註
⑱ 萊克特博士（Dr. Lecter）是指電影《沉默的羔羊》中犯下多起殺人案的精神科醫生。女警探克麗絲（Clarice）前去請他幫忙辦棄屍剝皮案時，他說要跟她一物換一物，要她說出她的童年際遇，他才要幫她。

帕西法爾：我爸媽也死了。

雅蒂米思：很可憐，對吧？沒有父母在身邊。

帕西法爾：是啊，可是有很多人比我更悲慘。

雅蒂米思：我也經常這樣告訴自己。那……你和艾區是搭檔嗎？

帕西法爾：噢，我們這樣會談到……

雅蒂米思：是嗎？你們一起的嗎？

帕西法爾：沒有。妳知道嗎？他也問妳跟我是不是搭檔，因為在我闖過第一道門之後幾小時就換妳闖過。

雅蒂米思：說到這個──你為什麼要給我那個提示？就是玩「鳥騎士」時跟國王交換位置。

帕西法爾：我想幫妳。

雅蒂米思：嗯，你不該再犯這種錯，因為到頭來贏的人會是我。你明白吧？

帕西法爾：對，對，我們等著看。

雅蒂米思：你該提問時沒問，笨蛋。你落後大概五個問題囉。

帕西法爾：好，妳的頭髮是什麼顏色？我是說在真實生活中。

雅蒂米思：深褐色。

帕西法爾：眼珠子呢？

雅蒂米思：藍色。

帕西法爾：就跟妳的分身一樣？那臉蛋和身材也一樣嗎？

雅蒂米思：隨你想像。

帕西法爾：好，妳最喜歡哪部電影？我是說一直以來。

雅蒂米思：我喜歡的電影會變欸，現在的話嗎？大概是《時空英豪》系列吧。

帕西法爾：小姐，妳的品味還真讚。

雅蒂米思：我知道，我就對邪惡的禿頭壞男人有感覺。這電影裡的大魔頭柯根超性感。

帕西法爾：那我要去理光頭，開始穿皮衣。

雅蒂米思：記得寄照片來給我瞧瞧啊。聽著，羅密歐，我再幾分鐘就要走了，你可以問我最後一個問題。我要準備去睡覺了。

帕西法爾：什麼時候可以再跟我聊天？

雅蒂米思：等我們其中一人找到程式彩蛋後。

帕西法爾：那搞不好要好幾年。

雅蒂米思：那就好幾年啊。

帕西法爾：至少我可以跟妳通e-mail吧？

雅蒂米思：這不是好主意。

帕西法爾：妳不能阻止我寄e-mail給妳。

雅蒂米思：我可以，只要封鎖你就行了。

帕西法爾：可是妳不會這麼做，對不對？

雅蒂米思：除非你逼我。

帕西法爾：真嚴厲，沒必要這麼嚴厲吧。
雅蒂米思：晚安，帕西法爾。
帕西法爾：再會，雅蒂米思，祝妳有個好夢。
交談結束。二〇四五年二月二十七日，綠洲標準時間凌晨兩點五十一分三十八秒。

★

我開始寄 e-mail 給她。起初我挺克制，一週只寄一封。出乎我意料，她每一封都回，雖然通常只有寥寥一句，說她忙到無法回信。後來她的回信內容愈來愈長，我們開始魚雁往返。一開始每週數次，然後，隨著 e-mail 愈來愈長，內容愈來愈涉及私人事物，頻率變成一天至少一封。有時還更多。每次她來信，我就會放下手邊所有的事，立刻開啟郵件。

沒多久，我們每天至少會在私人聊天室見一次面。一起玩復古的桌上遊戲，看電影、聽音樂。一聊就是好幾小時，談天說地，無所不聊。跟她在一起，我就心情飛揚。我們有好多共通點，興趣相同，有同樣的目標，她懂我的所有笑話，她會讓我笑，也讓我思考。她改變了我看世界的角度。我以前從沒跟任何人類有過這麼強烈親密的聯繫。就連跟艾區都沒有。

我不再在乎我們應該是競爭對手，而她似乎也無所謂。我們開始分享我們研究的種種心得，跟對方說我們正在看的電影，正在讀的書籍。我們甚至交換對《安納瑞克年鑑》裡某些章節的看法，並相互討論。跟她在一起，我就是沒辦法提高警覺，謹慎行事。我的腦袋裡有個細微聲音試圖告訴我，她說的每個字很有可能都在誤導我，她很可能把我當傻子耍。但我沒辦法相信這種話。我信任她，即使我有充分理由不該信任她。

六月初我高中畢業，但沒參加畢業典禮。自從逃出拖車屋園區後我就完全沒去上課。就我所知，六數人認為我死了，所以我可不想最後幾週出現在學校，讓他們知道其實我沒死。那幾週沒上課也沒什麼大不了的，反正我的學分已經可以讓我拿到畢業證書。學校 e-mail 了一份畢業證書給我，還把紙本證書投遞到我位於拖車屋園區的地址，不過那兒已經不存在了，所以不曉得那份證書的下落。

原本我打算畢業後把所有時間都投入在尋寶競賽，但現在，我唯一想做的就是跟雅蒂米思在一起。

★

若沒跟我在網路上的虛擬女友在一起，我就把時間全拿來練功，提升我的分身級數。獵蛋客說這是「爬到九十九層」，因為分身的最大級數是九十九級。雅蒂米思和艾區最近雙雙提升到這一級，所以我非得努力追趕不可。其實沒多久時間我就趕上了，畢竟現在我別的沒有，時間最多，而且還有錢和資源來充分探索「綠洲」。我開始完成各種遊戲的任務，有時一天之內就往上跳了五、六級。我成了跨階級的戰士／法師。在我的級數持續提升同時，我也鍛鍊分身的戰鬥和施咒能力，同時廣泛收集各種厲害的武器、寶物和車輛工具。

雅蒂米思和我有時甚至組隊一起闖關。我們造訪「七寶奇謀」星球，一天內就完成裡頭所有的尋寶任務。雅蒂米思扮演瑪莎．普林頓（Martha Plimpton）在這齣電影裡的角色，而我則扮演西恩・艾斯汀（Sean Astin）所飾演的麥基。整個過程好有趣。

我沒虛度光陰，沒忘記要專注在尋寶競賽上。真的。我每天至少會拿出那首四行詩一次，試著解讀它的意思。

船長隱藏玉鑰
於久被忽略的居所
你的哨子只能在此時吹起
當集滿獎盃之時

有陣子，我認為第三行的哨子是指六〇年代末日本電視劇裡的東西。這齣劇的日本片名叫《熔岩大使》（*Maguma Taishi*），七〇和八〇年代時配上英文字幕，在美國重播，改名叫《太空巨人》（*The Space Giants*），內容是描寫一個變形機器人家族住在火山裡，他們要對抗邪惡的外星人羅達克。哈勒代在《安納瑞克年鑑》裡提到這部影片好幾次，說這是他童年最愛看的影片之一。這部電視劇其中一個主角叫神子，他會吹某種哨子召喚機器人來幫他的忙。我配著玉米片把這部超俗爛的影集從頭到尾看過五十二遍，還一邊做筆記。但馬拉松式地看完之後，我仍然對四行詩的意思毫無頭緒。又遇到死胡同了。最後我做出結論，哈勒代指的一定是別種哨子。

接著，一個週六早晨，我終於有了小小突破。那時我正在看我蒐集的八〇年代早餐穀片廣告，看到一半我停下來，想著為什麼穀片製造商不繼續在盒子裡放入玩具贈品。在我看來，這實在很可惜。又一個文明象徵就這麼消失無蹤。我還在思索時，螢幕上出現嘎啦脆船長（Captain Crunch）

這個品牌的穀片廣告，就在這時，我想起四行詩的第一句和第三句：船長隱藏玉鑰／你的哨子只能在此時吹起。

哈勒代指的會是七〇年代著名的駭客約翰．德拉普（John Draper）嗎？他的化名就是嘎啦脆船長。他是有史以來第一個盜撥電話的人，手法就是利用嘎啦脆船長穀片裡附贈的塑膠哨子，因為這些玩具哨子吹出來的聲音是2600赫茲，這種音頻剛好可以啟動老式類比電話系統，讓人免費撥接。

船長隱藏玉鑰

一定是。「船長」指的就是嘎啦脆船長，而「哨子」就是那個盜撥電話用的塑膠玩具哨子。

或許玉鑰被偽裝成塑膠玩具哨子，藏在嘎啦脆船長穀片的盒子裡……那麼，這個盒子又藏在哪裡呢？

於久被忽略的居所

我還是不懂「久被忽略的居所」指的是什麼，或者在哪裡。我造訪了每一個我認為可能的地方，電影《阿達一族》（*Addams Family*）裡那間房子的複製版、《鬼玩人》三部曲（*Evil Dead*）裡那處廢棄的破棚子，電影《鬥陣俱樂部》（*Fight Club*）主角泰勒．德頓（Tyler Durden）窩的那間廉價旅社，以及電影《星際大戰》中塔圖因星球上拉斯家族所定居的莊園。但在這些地方都沒找到玉鑰。又是死胡同。

你的哨子只能在此時吹起

當集滿獎盃之時

我也沒解讀出最後一句。到底我要收集什麼獎盃？或者這是什麼愚蠢的隱喻？我一定沒抓到某種簡單的關連。或許我不夠聰明，或者懂得不夠多，不足以抓住這種微妙難解的意涵。

從此之後，我的尋寶成果就苦無進展。每次一拿起四行詩，我對雅蒂米思的滿腔思念就讓我無法專心，不用多久我會闔上聖杯日誌，打電話給她看她有沒有空跟我出來玩。她通常會答應我。

我告訴自己，偶爾放鬆一下無所謂，反正大家對玉鑰也沒進展。計分板上的排名依舊，其他人都跟我一樣遇到瓶頸。

★

一週一週過去，雅蒂米思和我愈來愈常在一起。即使分身正在忙別的事，我們也會互寄 e-mail 和即時訊息。潺潺話語串起我們兩個。

我好想跟她在真實世界見面，本尊對本尊，但我沒告訴她。我相信她對我很有感覺，但她總是刻意跟我保持距離。不管我對她多麼坦誠以對——搞到最後我什麼都說了，包括我的真實名字——她還是堅決不透露她的生活細節。我只知道她十九歲，住在北美西北區域那一帶。她告訴我的就只有這些。

關於她，我最清楚的恐怕是我心目中那個她吧。我把她的分身想像成有血有肉的真實形體，我想像她有一張跟分身相同的臉蛋、明眸、秀髮和身軀。即使她跟我說過好多次，真實的她長得跟分身南轅北轍，而且一點都不迷人。

我花更多時間和雅蒂米思在一起，就在這時艾區與我逐漸疏遠。我們不再像以前總膩在一起，現在我們一個月只聊個幾次。艾區曉得我為雅蒂米思痴迷，但他從沒讓我太為難，即使我為了跟雅蒂米思在一起而丟下他不管。他通常只是聳聳肩，叫我小心一點。「我希望你知道自己在做什麼，Z。」他會這麼說。

我當然不知道自己在做什麼。我跟雅蒂米思的關係根本違背所有常理，但我就是無法克制。而且，我對尋找哈勒代程式彩蛋的熱情，在不知不覺中已經逐漸被我對雅蒂米思的迷戀所取代。

終於，我們開始「約會」，到「綠洲」裡充滿異國風情的地點或少數人才能進入的夜店玩。一開始雅蒂米思不願意，她認為我應該保持低調，否則我的分身一出現在公共場合，六數人就會知道他們沒成功殺死我，到時我又會被納入他們的獵殺名單。但我告訴她，我不在乎。在真實世界裡我已經躲著六數人，我不想連在「綠洲」也要躲著他們，況且，我的分身級數已達九十九級，我感覺自己幾乎所向無敵。

或許我只是想讓雅蒂米思驚豔，所以表現得天不怕地不怕。若是如此，那這招成功了。

我們出去之前還是會偽裝分身，因為我們知道如果雅蒂米思和帕西法爾經常成雙成對出現在公共場合，肯定會成為狗仔報的聳動頭條。不過有一次例外。那晚，她帶我去變性人星球一間大如體育場的電影院觀賞《洛基恐怖秀》⑲。這個星球每週會放映最多人觀賞、檔期最長的影片。每一場

編譯註

⑲《洛基恐怖秀》（*Rocky Horror Picture Show*）原本是百老匯舞臺劇，融合愛情、恐怖、搖滾等元素，一九七五年改編成電影，其前衛怪異的題材使得這部英國影片備受抨擊，而且乏人問津，直到一九七七年在紐約小劇院的午夜場播放，獲得觀眾熱烈參與，爾後該片上映時觀眾經常會跟著念臺詞，唱歌，逐漸奠定該片的經典地位。

演出都會吸引數千名分身，大家坐在席位上，陶醉在觀眾熱情參與的高昂情緒中。通常只有「洛基恐怖粉絲俱樂部」的資深會員可以上臺，在大型銀幕前演出電影裡的角色，而且上臺前必須通過嚴格試鏡。但雅蒂米思利用她的名氣暗中安排，讓她和我可以上臺演出。這整個星球都是零衝突區，所以我不擔心上臺會受到埋伏的六數人攻擊，不過演出開始時我還是出現嚴重的舞臺恐慌症。

雅蒂米思飾演音準無瑕的哥倫比亞，而我很榮幸飾演她那死了又復活的愛人艾迪。上臺時我改變分身，好讓外表看起來就跟米特．羅夫所飾演的這個角色一樣，但我的演技和對嘴工夫還是很遜。幸好，觀眾對我很寬容，因為我是赫赫有名的獵蛋客帕西法爾，而我也樂在其中。

那晚是我生平第一次玩得那麼快樂。我把這感覺告訴雅蒂米思，她聽了之後傾身吻我，這是我們的第一次接吻。我楞在那裡，心跳加速。

我聽過所有陳腔濫調，說跟網路上認識的人談戀愛有多危險，但我將這些話當成耳邊風。我決定了，不管雅蒂米思的真實身分或面貌如何，我都要愛她愛到底。我感覺得到愛情，它就在我那柔軟Q黏宛如焦糖蜜的一顆心裡。

於是，那晚，我傻傻地對她傾訴我的情衷。

18

那天是週五晚上，我又關起門來獨自做研究，觀賞每一集的《精明小子》（*Whiz Kids*）。這是八〇年代初期的電視劇，描述一個少年駭客利用電腦技術解決神祕問題。我剛看完「致命接觸」

（這一集的演員也出現在偵探片《賽蒙和賽蒙》〔*Simon & Simon*〕中），就收到一封e-mail。信件來自歐格頓．莫洛，標題寫著：如果願意，我們可以跳舞。

信件沒有內文，只有標題，以及附檔——一封邀請函，邀請收件人參加「綠洲」裡最尊榮的聚會之一：歐格頓．莫洛的生日派對。在真實世界中，莫洛從未出現在公眾場合，不過在「綠洲」裡，他偶爾會出來舉辦活動。

這封邀請函附上莫洛的照片，照片上是他赫赫有名的分身——「偉大又厲害的歐格巫師」。這位灰鬍的巫師踞伏在先進的DJ混音臺上，一隻耳朵戴著耳機，咬著下唇，渾然忘我地陶醉在音樂裡，手指刷著銀色轉盤上的復古唱片。唱片箱上貼著一個「別慌」的貼紙以及「反六數人」的標誌——紅色圓圈裡的黃色數字六被一條斜線劈過。照片的下方寫著：

歐格頓．莫洛的八〇年代舞會
歡慶莫洛七十三歲生日！
今晚——「綠洲」標準時間十點在擾動球
憑券限一人入場

我不敢置信，歐格頓．莫洛竟然願意邀請我參加他的生日派對，這真是我有生以來最大的榮幸。

我打電話給雅蒂米思，她也收到了e-mail。她告訴我，說什麼她都不會拒絕歐格本人發出的邀請，即使去那裡有風險。所以，我很自然地告訴她，那就跟她約在俱樂部碰頭。為了不要顯得懦弱，我只能這樣說。

歐格既然邀請了我們兩個，想必也邀請了超技五將的其他人。不過艾區大概不會去，因為每個週五晚上他都要參加全球轉播的「生死決鬥競技賽」。而小刀和大刀除非必要，通常不會進入自由區。

擾動球是第六區塊「新黑星球」上一間赫赫有名的無重力夜店。數十年前歐格頓．莫洛親自設計撰寫這間夜店的程式，迄今他仍獨自擁有這間夜店。我從未去過那裡。我的舞技遠不如人，又不會跟那些經常流連該場所、鎮日想當角色扮演遊戲裡的角色、一心成為獵蛋客的超級呆瓜寒暄往來，不過歐格的生日派對是隆重盛會，所以平日的舞客大概不准進入。今晚整間俱樂部應該只屬於名人——電影明星、音樂家，以及超技五將中至少兩名獵蛋客。

我花了一個多小時梳理我分身的頭髮，還試著換上各種不同的外貌，看哪種合適去夜店。最後敲定八〇年代的典型打扮：淺灰色西裝，就像彼得．威勒（Peter Weller）在科幻喜劇電影《反暴戰士盟》（*Buckaroo Banzai*）裡的那套西裝，此外還搭配紅色的領結，及一雙復古的白色愛迪達高筒運動鞋。我在隨身物品清單中裝入那套最好的盔甲及許多武器。擾動球之所以成為最時髦、最尊榮的夜店，原因之一就在於它位於自由區，在那裡能施展魔法和科技。因此那裡也變得非常危險，尤其對我這種有名氣的獵蛋客來說。

「綠洲」裡散布著好幾百個以電腦叛客為主題的世界，但新黑星球無疑是規模最大、歷史最悠久的一個。從太空軌道上來看，這個星球就像一個熠熠閃耀的瑪瑙彈珠，上面布滿層層疊疊、密如蜘蛛網的躍動亮光。整個新黑星球永遠是黑夜，它的表面有著一個接一個交錯串連的城市，這些城市構成不中斷的網格狀，城市裡還布滿不可思議的巨大摩天高樓。天空中一架架飛行工具川流不息，垂直地呼嘯穿梭在城市景致中，而下方的街道可見一個個穿著皮衣的非玩家角色，以及具有防反光鍍層的分身，他們都配備高科技武器，皮下還植有晶片，嘴巴說著出自小說《神經喚術士》（*Neuromancer*）裡的「城市語言」[20]。

擾動球位於大道和大街在西半球的交叉口。這兩條燈火熠熠的馬路，沿著星球的赤道和本初子午線繞行整個星球。夜店本身是一個直徑三公里的深藍色大球體，離地飄浮約三十公尺。夜店的唯一入口是環形，位於該球體底部，有道懸浮的水晶樓梯通上去。

我乘著我的飛天跑車「德羅寧」勢如破竹地抵達。這輛車是我去辛密克斯星球（這星球是以電影《回到未來》的導演命名），完成「回到未來」遊戲的任務而贏來的。這輛「德羅寧」配備有（無法運轉的）通量電容器，不過我還是替這輛車額外添加了幾項儀器，也把外觀改裝一下。首先，我在儀表板裝上一臺稱為**KIT T**的人工智慧車用電腦（在拍賣網上買的），並在「德羅寧」引擎蓋的鐵格網上方裝了一個《霹靂遊俠》裡那輛車的紅色掃描機。然後再加上震盪超速器，以便可以穿越實體物質。最後，為了讓這輛車更有八〇年代超級跑車的風格，我還在「德羅寧」那兩扇往上開啟如鷗翼的車門貼上「魔鬼剋星」的標誌，接著放上專屬我私人的客製化車牌**ECTO-88**。

我擁有「德羅寧」才不過幾個禮拜，可是這輛具備時光旅行、魔鬼剋星、霹靂車，以及穿透物質等功能的車，已經變成我分身的註冊商標。

編譯註

⑳「城市語言」（City Speak）是電影《銀翼殺手》中所虛構的一種語言。在二〇一九年的洛杉磯，擁擠街道上的人使用的是一種混雜著日語、西班牙語、德語等多國語言的城市語言。

我知道把這輛心愛的車停在玩家衝突區，等於公開邀請某些白痴來偷它，不過「德羅寧」安裝了幾種防盜裝置，而且點火系統有電影《衝鋒飛車隊》（*Mad Max*）裡主角麥克斯．洛肯塔斯基式的捉捕傻蛋裝置，所以如果有哪個分身試圖啟動「德羅寧」，車子就會出現小小的熱核爆炸，使得整輛車變成一間充滿放射性元素鈽的密室。更何況，新黑星球也是魔法可行的區域，所以我下車後就施了縮小咒，將車子縮成火柴盒大小，然後將它放進口袋裡。魔法區還是有好處的。

好幾千名分身推擠著由紅絨繩圍繞起來、不讓未受邀請的閒雜人進入的力場。我走向門口，群眾以各種方式辱罵我，威脅讓我死，不過也有人搶著要我簽名，或者淚眼汪汪地訴說對我至死不渝的愛。我啟動身體保護罩，不過出乎我意料之外，沒人真的出手攻擊我。我對著機器人門房亮出邀請函，然後登上長長的水晶樓梯，走上夜店。

一進入擾動球，我就變得暈頭轉向，分不清東南西北。巨大球體內部是空的，環狀內層作為吧臺和休息區。一通過入口，地心引力就變得不一樣。不管走到哪裡，你的分身永遠都緊附著球體的內層，所以你可以走直線到夜店最上方，然後從另一邊走下來回到原點。球體中央的偌大開放空間就是無重力的「舞池」。只要蹬腿一跳，你就能像超人要起飛時那樣滑過半空，進入無重力的「快活搖擺區」。

我踏進夜店門之後抬起頭，望向我「上方」的方向，然後慢慢環顧四方。裡頭滿滿都是人，好幾百名分身在巨大球體裡緩緩移動，密密麻麻如蟻。有的人已經在舞池裡迴旋、飛躍、轉身，配合著懸在夜店各處的球體喇叭所放送出來的音樂扭腰擺臀。

就在夜店的正中央，舞客中間有一顆巨大的透明泡泡飄浮在半空，這就是ＤＪ所在的播音亭。播音亭擺滿了唱盤、混音器、轉盤和調節器，而站在這些設備當中的就是開場ＤＪ，R2-D2，他正忙著用好幾隻機械手臂操作唱盤。我聽出他正播放的是一九八八年「新秩序」樂團（New Order）的「藍色星期一」（Blue Monday）的混音版，裡頭摻混了很多《星際大戰》裡的配樂利用安卓系統做出來的聲音取樣。

我穿越人群，走到最近的吧臺，途中經過的分身紛紛停下來看我，對我指指點點。我不理會他們，因為我正忙著環視夜店，尋找雅蒂米思。

走到吧臺後，我向《星艦迷航記》裡克林貢人模樣的女酒保點了小說《銀河便車指南》裡提到全宇宙最棒的酒「泛銀河勁爆漱口液」，一口氣灌下半杯。這時聽見ＤＪ開始播放八〇年代的經典暢銷曲「蛇盟」（Union of the Snake），我咧出笑臉，出於習慣地背出這首歌的資訊：「杜蘭杜蘭樂團，一九八三年的曲子。」

「不賴嘛。」一個熟悉的聲音說，音量剛好大到壓過音樂，讓我可以聽見。我轉身，看見雅蒂米思站在我身後。她穿著銅灰色的藍色晚禮服，輕薄貼身，看起來就像噴繪上去。一頭及肩黑髮往內微鬈，完美地烘托出她的秀緻臉蛋。美呆了啊。

她大聲對酒保說：「格蘭傑威士忌，加冰塊。」

我自顧自地笑了出來。這是《時空英豪》裡的主角最愛喝的酒。天哪，我真要愛死這個女孩了。

她拿到酒後對我眨眼，跟我碰杯後一飲而盡。四周逐漸響起旁觀分身的竊竊私語。「帕西法爾和雅蒂米思在這裡欸，兩人還在吧臺攀談」的耳語已經傳遍整間舞廳。

雅蒂米思抬頭覷了一眼舞池，然後回望我，說：「如何啊？波西？想尬舞嗎？」

我沉下臉，「只要妳不叫我波西[21]。」

她哈哈笑，這時，音樂結束，整間夜店陷入寂靜，所有人的眼睛往上瞟，看著DJ亭，見到R2-D2消失在一陣光束中，就像《星艦迷航記》第一集裡有人被「光束吸走」一樣。接著，一個熟悉的灰髮分身現身於光束裡，站在轉盤後方，眾人歡聲雷動。是歐格。

空中出現數百個影音視窗，飄浮在夜店上方，每個視窗裡都是歐格在DJ亭上的特寫鏡頭，所以大家都能清楚看見他的分身。這位老巫師穿著寬垮的牛仔褲，腳趿涼鞋，身穿《星艦迷航記：銀河飛龍》（*Star Trek: The Next Generation*）圖案的褪色T恤。他跟賓客揮手致意，開始播放第一首曲子，比利．艾鐸（Billy Idol）的「反抗世代」（Rebel Yell）舞曲混音版。

舞池傳出一陣陣歡呼。

「我愛這首曲子！」雅蒂米思扯開嗓門說，雙眼往上瞄向舞池。我看著她，猶豫不決。「怎麼？」她以帶著同情的嘲笑口吻，說：「小夥子不會跳舞啊？」

語畢，她突然抓住節拍，擺頭扭臀起來。接著雙腳一蹬，飛離地面，往前飄向勁舞區。我仰頭望著她，霎時楞了一下，隨即鼓起勇氣。

「好，」我喃喃自語，「豁出去了。」

我屈膝蹬離地面，我的分身立刻往前飄，滑翔在雅蒂米思身邊。舞池裡的分身紛紛退開，讓出一條路給我們，我們順著這條路飄到舞池正中央。我看見歐格在懸浮的泡泡裡頭，就在我們上方不遠處。他像個伊斯蘭教的苦行僧不停旋轉，以飛騰的姿勢來混音，同時調整舞池的重力漩渦，把整間夜店當成老式黑膠唱片般旋轉。

雅蒂米思對我眨眨眼，然後雙腿交纏變成美人魚的尾巴。她拍動尾鰭，衝到我前方，身體呈波浪起伏，隨著機關槍般的有力節奏梭游在半空中。接著她迴身面向我，繼續飄懸著，對我微笑，還伸出手要我跟她一起共舞。她的秀髮在臉龐散成一圈，好似身處水底世界。

我一靠近，她就抓住我的手，這時她的美人魚尾巴消失，雙腿再現，隨著音樂節拍旋轉交叉。

我不再相信我的直覺，決定上傳一款稱為「屈伏塔」[22]的高階分身跳舞軟體，今晚稍早我就事先下載並測試過這款軟體。接下來帕西法爾的舞姿全由這套程式控制，它讓我變成舞王。

雅蒂米思驚訝地睜亮雙眼，開始模仿起我的動作，我們兩人就像加速的電子彼此互繞。接著，雅蒂米思開始改變分身的形狀。

她的分身失去人形，變成不定形的一團顫抖物體，隨著音樂改變形狀和顏色。我在跳舞軟體中挑選了模仿舞伴的模式，好跟她一樣。我分身的四肢和軀幹變得如軟糖般開始延伸旋轉，並圍繞著雅蒂米思，這時各種奇怪的顏色模式蔓延在我的肌膚上，倏忽變幻。我看起來就像漫畫書裡的橡皮人服了迷幻藥而恍惚失神。舞池裡的其他人也開始改變形貌，交融成多采多姿的一團團光。沒多久，夜店中央就成了某種超凡出塵的熔岩燈。

編譯註

㉑ 奇幻小說《波西傑克森》（*Percy Jackson & the Olympians*）系列裡的主角。他是個有過動症和閱讀障礙的十二歲男孩，在校飽受欺凌。

㉒ 美國男星約翰・屈伏塔（John Travolta）。他在一九七七年的電影《週末夜狂熱》（*Saturday Night Fever*）中的熱舞表現深植人心，也讓他一舞成名。

歌曲結束，歐格鞠躬，接著放了一首慢歌。辛蒂・羅波（Cyndi Lauper）的「一次又一次」（Time After Time）。我們四周的分身紛紛成雙成對起舞。

我優雅地對雅蒂米思一鞠躬，伸出手，她微笑握住我的手。我將她拉到我懷裡，我們開始一起飄浮。歐格把舞池的重力設定成反時鐘方向旋轉，所以每個分身緩緩繞著夜店中央的隱形軸心旋轉，就像雪花水晶球裡飄浮的點點雪花。

接著，我來不及阻止自己，這些話語就衝口而出。

「我愛上妳了，雅蒂。」

一開始她沒回應，只是驚愕地看著我，而我們的分身繼續彼此圍繞，自發地移動。然後，她啟動私人語音頻道，不讓別人聽見我們交談。

「你沒愛上我，Z，因為你甚至不知道我是誰。」

「我知道。我對妳的了解，遠甚於我這輩子認識的任何人。」我不死心。

「你只知道我要你知道的那部分，你只看見我要你看見的那個我。」她一手按在自己胸口，「這不是我真正的身體，韋德，不是我的真實面孔。」

「我不在乎！我愛妳的內在——愛妳這個人，我一點都不在乎妳的外表。」

「你只是嘴巴說說，」她顫抖著聲音說：「相信我，如果我讓你見到我本人，你就會退縮。」

「妳幹麼老是這麼說？」

「因為我畸形，或者我是小兒痲痹，或者我其實是六十三歲，隨你怎麼想。」

「就算這三種狀況妳全都有，我也不在乎。告訴我可以在哪裡見到真實的妳，我來證明給妳看。我立刻搭飛機，飛到妳身邊，妳知道我會這麼做的。」

她搖搖頭，「你沒活在真實世界中，Z，從你對我說過的話，我認為你不曾活在真實世界裡。你就跟我一樣，活在這個虛幻世界中。」她指指我們四周。「你不可能知道真正的愛是什麼。」

「別這麼說！」我懶得遮掩，大剌剌地哭了起來。「是不是因為我告訴過妳，我從未交過女朋友？還有我是個處男？或者因為……」

「當然不是。重點不是這個，根本不是。」

「那是什麼？告訴我呀，拜託。」

「尋寶競賽，你知道的。我們為了在一起，已經怠忽了尋寶任務。我們應該專心尋找玉鑰。你可以想見現在索倫托和六數人正一心一意這麼做，其他人也是。」

「去他媽的競賽！還有程式彩蛋！妳沒聽到我剛剛說的話嗎？我愛妳！我要跟妳在一起！遠甚於任何事情！」我大吼。

她茫然地望著我，或者該說她的分身望著我，然後她說：「對不起，Z，這都是我的錯。我讓情況失控，現在該打住了。」

「什麼意思？該打住什麼？」

「我認為我們應該暫停，別那麼常在一起。」

我覺得自己的喉嚨好像被人打了一拳。「妳要跟我分手？」

「不，Z，」她堅定地說：「我沒要跟你分手，這種事不可能發生，因為我們從沒在一起過。」

她的語氣忽然變狠，「我們甚至從沒見過面！」

「那麼……妳真的……打算不再跟我說話？」
「對，我想這樣最好。」
「持續多久？」
「持續到尋寶競賽結束。」
「可是，雅蒂……這可能要好幾年。」
「我知道，抱歉，非得如此不可。」
「所以，對妳來說贏得獎金這件事比我更重要？」
「重點不是錢，而是我能用錢做什麼。」
「對，用錢去拯救世界。妳還他媽的真高尚啊。」
「有風度一點。過去五年來我一直在找程式彩蛋，你也是，現在我們就快找到了，我不能讓機會溜走。」
「我沒要求妳不繼續找。」
「有，你正這麼要求我，雖然你自己不曉得。」
辛蒂．羅波的慢歌結束，歐格接著又放了舞曲——洛杉磯風格（L. A. Style）的「詹姆士．布朗死了」（James Brown Is Dead）。整間夜店掌聲如雷。
我覺得胸膛像是被人刺入一把木樁。
雅蒂米思原本要再說些什麼——說再會吧，我想——就在這時，我們聽見上方傳來轟天巨響。
一開始我以為是歐格要放新舞曲時出了差錯。但當我抬起頭，卻看見偌大的碎石瓦礫快速掉落，分身舞客紛紛走避。靠近星球頂端的夜店屋頂被炸出一個大洞，一小群背著火箭噴射包的六數人從洞口俯衝入舞廳，還拿著激光槍掃射。

現場一片混亂。夜店裡一半的分身奔逃到出口，另一半則抽出武器，或者開始施咒、發射雷射槍、子彈、火球，回擊入侵的六數人。這群六數人約有一百多人，個個全副武裝。

我真不敢相信六數人這麼囂張。他們怎麼會蠢到侵入別人地盤，攻打一間滿是高階分身的夜店？他們或許可以殺掉幾個人，但在廝殺的過程中肯定會折兵損將不少。他們為何這麼做？

後來我發現多數的六數人把火力全對準我和雅蒂米思。原來他們是衝著我們兩個而來，想要除掉我們。

雅蒂米思和我在這裡的消息想必上了新聞媒體。索倫托一發現計分板上前兩名獵蛋客出現在沒有防護的自由區，肯定認為不能錯過。這是六數人可以一箭雙雕、一次解決兩個最大競爭對手的大好機會，就算因此犧牲上百個高階分身也在所不惜。

我知道我的魯莽害慘了我們兩個，我咒罵自己太蠢。我趕緊拔出激光槍，對著最靠近我的一群六數人發射，同時努力閃躲朝我而來的砲火。我望向雅蒂米思，剛好看見她從手掌擲出藍色的電漿球，在五秒內燒毀了十來個六數人，同時她把身體變透明，形成一個防護罩，無懼於不停朝她發射的激光槍和魔法子彈。我也遭受猛烈砲火攻擊，雖然到目前為止我的身體防護罩仍挺得住，但恐怕持續不了太久。我的顯示器上閃爍著防護罩即將失效的警告，而且我的生命值開始驟降。

幾秒鐘內，戰況激烈到我前所未見。看來我和雅蒂米思鐵定會居於下風。

我發現在這過程當中音樂都沒停。

於是我抬頭望向DJ亭，剛好看見亭子打開，「偉大又厲害的歐格」從裡頭走出來。他看起來非常、非常不高興。

「你們這些混蛋自以為可以毀掉我的生日派對？」他咆哮。由於仍戴著麥克風，所以他的聲音透過廣播器傳遍整個夜店，巨大回音彷彿上帝出聲了。眾人抬眼望著飄浮在舞池正中央的歐格，混亂停歇了幾秒鐘。他伸長雙手，轉身面向又展開攻擊的六數人。

歐格的指尖冒出十道尖銳的紅光，射向四面八方。一道道光芒繞過旁邊的舞客，不傷到他們，直直穿透一個個六數人的胸口。

霎時，夜店裡的所有六數人一一消失。被紅光射中後，他們的分身凝止不動，接著發出通紅亮光，然後就這麼消失無蹤。

我驚愕得呆若木雞。我從未見過哪個分身這麼厲害，擁有這種不可思議的功力。

「我不允許有人不請自來！」歐格咆哮，聲音迴盪在闃寂的夜店裡。剩下的分身（沒有嚇得逃出夜店，也沒在短暫戰火中被殺死的那些）爆出勝利歡呼。歐格飛回DJ亭，讓它像一個透明的繭包覆著他。「我們繼續派對吧？」他說，將唱針放在「金髮美女樂團」（Blondie）那首被混音成電子舞曲曲風的「原子」（Atomic）上。過了片刻，大家才恢復鎮定，開始跳舞。

我左右張望尋找雅蒂米思，但她好像消失了一般。隨後，我見到她的分身從六數人破頂而入的洞口飛出去，然後在洞口外停駐盤旋了一下，回頭看了我一眼。

19

我的電腦在日落前把我喚醒，我開始一天的作息。

「我起床了！」我在黑暗中吼道。被雅蒂米思甩掉之後幾個禮拜，我早上都沒辦法起床，所以我乾脆關閉鬧鐘，讓電腦以「轟樂團」（Wham!）的「在你走之前先叫醒我」（Wake Me Up Before You Go-Go）來轟醒我。我實在恨透了這首歌，然而只有起床才能讓它閉嘴。以這種方式展開一天其實很不愉快，不過這樣至少讓我可以開始活動。

歌曲停了，我的虛擬觸覺椅再次從床變回椅子形狀，並重新歸位，把我舉到平常的座位高度。電腦讓房內的燈光慢慢亮起，好讓我的雙眼能適應光線。外頭任何光線都透不進我的住處。這裡唯一的一扇窗可以看見哥倫布市的天際線，但我搬進來沒幾天就把它噴成全黑。我已決定不讓外頭的任何事物干擾我的尋寶過程，所以我不要把時間浪費在憑窗眺望。我也不想聽見外頭的世界，但目前還無法改善房子既有的隔音效果，所以我只得忍受屋外隱約傳來的風聲、雨聲，以及街道和空中交通的噪音，而這些都可能讓我分心。不過有時，我會出神地閉起眼睛，聆聽門外世界的聲音，渾然不覺時間流逝。

我把住處改裝了一下，讓它變得更安全、更方便。首先，我把原來輕薄的門板拆掉，換成一個鋪著防護鋼板，且密不透氣、真空密封的戰禦門。每次需要東西——比如食物、衛生紙、新設備——我就在網路上訂，讓廠商直接送到我的房門口。遞送過程是這樣的：首先，走廊上的掃描器會確認送貨員的身分，電腦則確認他們所遞送的東西真的是我訂購的。然後外層門自動解鎖，往兩側滑開，露出一個約淋浴隔間大小、強化鋼板製成的氣閘室。送貨員將包裹、披薩等東西放進氣閘室後，往後退開。最外層的門關閉後重新上鎖，接著以X光掃描包裹，仔仔細細檢查過，分析並證實內容物後才送出可收受該包裹的確認訊息。這時我會打開內層門，拿起貨物。就算不跟其他人類面對面互動，資本主義還是一步步侵入我的生活。不過，多謝關心，我還是比較喜歡這種方式。

屋內沒什麼好看的，這也無所謂，反正我很少去看它。房子基本上格局方正，長寬各約三公尺。牆的一邊是標準規格的淋浴間和廁所，對面那面牆則是一個符合人體工學的小廚房。我不曾真正下廚過，我的食物多半是冷凍食品或請人外送。勉強可說是下廚料理的東西，大概是把布朗尼拿去微波。

除了衛浴和廚房，屋內其他地方都被我的「綠洲」情境體驗設備占滿了。我把每分錢投資在這些設備上。業者一天到晚推出更新、更快速、更多功能的組件，所以我微薄的積蓄經常用在設備升級上。

在我的設備當中，最珍貴的要屬我那臺客製化的「綠洲」主機系統。這臺電腦讓我的世界得以運轉。這是我自己組裝的，一個零件一個零件親手放入由電腦零件製造商Odinware所製造，黑亮到會反射的球體底盤裡。這臺電腦配備性能超凡的處理器，速度快到週期時間幾乎難被預知，而內部的硬碟空間大到能容納現存既有一切資料的百倍份數。

我幾乎一整天都坐在那張可全角度調整，由觸覺形塑科技公司所出產的HC5000型虛擬觸覺專用椅上。這張椅子由兩根固定在牆壁和天花板的機械手臂支撐，這些手臂有關節，可以從各個軸心來旋轉椅子。我坐上去繫好安全帶後，可以讓整張椅子翻滾、旋轉，晃動我的身體，製造出我正在墜落、飛翔，或者駕駛著一艘核能動力的火箭滑車，以二馬赫的高速衝撞《星艦迷航記》裡那顆牽牛星（Altair VI）的第四個衛星上的峽谷的感覺。

這張椅子跟我的「虛擬觸覺形塑服」——這是一種全身性的虛擬觸覺回饋裝置——連結在一起。我脖子以下的每吋肌膚都罩在這種全身套裝裡，不過開襠處有個不起眼的小開口，讓我如廁時毋需脫下整身裝備。全身套裝的外頭覆蓋著先進靈敏的外骼，上面的人工肌腱和關節可以察覺並控制我的動作。內部有蜘蛛網般的迷你驅動器連接著我的每一吋肌膚。這些驅動器可以一小群或一大群啟動，以便模擬觸覺，來讓我的肌膚感受到並不存在的狀況。換句話說，它們可以栩栩如生地模擬被人拍肩、被踢到脛骨，或者胸部中槍的感覺。（內建的安全軟體可以防止我的設備真的對我造成身體傷害，所以模擬的中槍感覺對我來說就像被人輕輕打了一拳。）除了身上這一套，我還有一套備用的吊在房間角落的「磨洗好洗清潔櫃」裡。這兩套虛擬觸覺形塑服就是我的全部衣物。至於以前那些普通外出服，則被埋在衣櫃角落積灰塵。

我的手上帶著一雙「岡實神掌」出產的最先進虛擬觸覺數據手套。這雙數據手套的掌心上布滿特殊的觸覺回饋襯墊，讓我在碰觸實際不存在的物體或表面時，也有摸到該物體的感覺。

至於我眼睛上戴的是「迪納多」最新出產的RLR-7800「駭思視像罩」，上面有最頂極的虛擬網膜顯示器。這款視像罩以人類眼睛所能接收的最高畫面更新頻率和解析度，把「綠洲」直接投射到我的視網膜。跟這種規格相比，真實世界相較之下看起來色彩單調，畫面模糊。RLR-7800目前只是產品原型，泛泛大眾可沒機會取得，不過由於我是迪納多公司的代言人，所以他們免費將這款視像罩借給我用（透過好幾層轉寄才送到我手中，因為我通常不讓人家知道我的真實身分）。

在視聽系統方面，我的「沛音系統」是一組嵌裝在牆壁、地板、天花板上的超薄擴音器，它能提供三百六十度的極致細膩音感，就連針掉落地上的聲音都能完美複製出來。而高級品牌馬喬納的重低音音箱，足以把我震得臼齒打顫。

房間角落的「歐發翠斯氣味塔」能製造出兩千多種不同的氣味。有玫瑰花園味、海風鹹味、火藥燃燒味——不管什麼氣味，氣味塔都能複製得一模一樣，此外它還具有專業級的空調和清淨機功能，而這就是我最常使用的功能。「綠洲」裡很多跳梁小丑喜歡在他們的模擬世界中搞些很噁的氣味，就為了捉弄擁有氣味塔的人，所以我通常關閉氣味製造功能，除非我認為聞得到我所在地方四周的氣味很有用。

懸浮的虛擬觸覺椅的正下方地上，有一個岡實出產的多方向性循環跑步臺。（「不管去哪裡，你就能在那裡」正是他們的標語。）這個跑步臺大約六十公分寬，六公分厚，啟動後我可以用最快速度跑向任何方向，都不會超出跑步臺邊緣。如果我改變方向，跑步臺會察覺到，它的滾動踏面就會改變方向配合我，讓我的身體永遠保持在跑步臺正中央。此外，它還內建不同的高度和多樣道路，所以可以模擬上坡和階梯。

另外，若你想在「綠洲」裡體驗更「親密」的接觸，還能購買「觸覺娃娃」（全名是「構造正確的虛擬觸覺用娃娃」）。觸覺娃娃有男有女，還有雙性的，各種規格樣式都有。栩栩如生的乳膠肌膚。以輔助電動機驅動的外骼。模擬的肌肉組織。還有各種你可以想見的附屬器官和洞口。

雅蒂米思不再理我之後的幾個禮拜，在寂寞、好奇和旺盛的少年荷爾蒙驅使下，我在觸覺形塑科技公司買了一個叫超級貝蒂的中等身材觸覺娃娃。有幾天我鎮日泡在一間名叫「歡樂宮」、不隸屬於「綠洲」的獨立妓院，之後出於羞愧和自我保護的本能，我決定扔掉娃娃。在我痛心頓悟出虛擬性愛——不管有多逼真——終究不過是有電腦輔助的美化手淫時，我已經浪費了好幾千元，一整個禮拜沒工作，還差點完全放棄尋找程式彩蛋。一天結束，我仍是處男，孤單地身處暗室，伏在一個有潤滑油的機器上。所以我扔掉觸覺娃娃，回去繼續以傳統的老方法自慰。

我對手淫一點都不覺得羞恥。拜《安納瑞克年鑑》之賜，現在我認為這是很正常的身體功能，就跟睡覺和進食一樣自然。

《安納瑞克年鑑》第兩百四十一章第八十七節

我認為手淫是人類這種生物最重要的適應演化。這是人類技術文明的基石。我們的手演化成可以抓取物體——這物體當然包括我們自己。你知道的，思想家、發明家和科學家通常是宅男，而宅男多半很難有機會跟人翻雲覆雨。若沒有透過手淫來宣洩性慾，我懷疑早期人類如何有辦法知道怎麼取火，怎麼製造出輪子。你也可以想見伽利略、牛頓和愛因斯坦不可能有偉大的發現，如果他們沒有先摑打搓揉他們的香腸（或者讓老氫彈甩掉一些質子）來讓腦袋清晰。居禮夫人也一樣，你可以肯定的是，在她發現鐳之前，一定先找到了獨木舟裡的小男人㉓。

編譯註——

㉓ 意指女性的陰蒂。

這不是哈勒代最著名的見解，不過我很喜歡他這種觀點。

我拖著腳步走到廁所，牆上一個巨大的平面螢幕開啟，出現我的系統代理人麥克斯的臉。我把麥克斯設定成開燈之後幾分鐘出現，免得他在我清醒前就開始以連珠炮轟炸我。

「早、早～～安，韋德！」麥克斯興高采烈地結巴說：「起床囉。」

擁有系統代理人，有點像擁有一位虛擬的私人助理，此外他也可以作為介面，透過語音讓你跟電腦溝通。系統代理人的軟體具有很高的配置彈性，有上百種事先預設好的個性讓你挑選。我把我的系統代理人設定成麥克斯．海德倫（Max Headroom）的模樣，不管是聲音、長相或者行為舉止。麥克斯．海德倫是八〇年代末由電腦製造出來的明星，出現在談話性節目、描述電腦叛客的晝時代影集，以及許多可口可樂的廣告中。

「早安，麥克斯。」我懶洋洋地回答。

「我想你的意思是晚安，小鬼，現在是綠洲標、標準時間晚上七點十八分，十二月三十日星期三。」麥克斯被設定成以有點結巴的電子語音方式說話。一九八〇年代中，創造麥克斯．海德倫這個角色時，電腦還沒厲害到可以製造出栩栩如生的人形，所以麥克斯是由一位演員——才華洋溢的馬特．弗瑞沃（Matt Frewer）——戴上橡膠面具，以便看起來像由電腦製造出來的。不過這個在顯示器中對我微笑的麥克斯純粹只是軟體，配合著金錢所能買到的最頂尖模擬人工智慧和語音辨認次程式製造出來。

原本這套軟體是以女演員艾文．葛雷（Erin Gray）作為模型（她因演出電視影集《巴克．羅傑斯》〔*Buck Rogers*〕裡的薇瑪．迪林〔Wilma Deering〕及《銀匙》〔*Silver Spoons*〕而變得有名），可是她太讓我分心，所以我改用麥克斯，雖然有時他很惱人，不過也會惹我發笑，而且還很成功地紓解我的寂寞。

我蹣跚走到浴廁間，清空膀胱，麥克斯繼續從鏡子上方的小顯示器裡對我說個不停：「喔！解、解放完了唷。」

「換個新笑話吧。有什麼我該知道的新聞嗎？」

「跟平常差不多，戰爭、暴亂、饑荒。沒什麼是你有興趣的。」

「有人留言給我嗎？」

他翻翻白眼，「有幾通。不過我來回答你的真正問題。沒有，雅蒂米思還沒回電或回信給你，小情人。」

「我警告過你，別叫我小情人，否則你就等著被我刪除。」

「愛生氣喔，小氣鬼。說真的，韋德，你什麼時候變得那麼敏、敏感啊？」

「我要刪掉你，麥克斯，我是認真的。你再這樣的話，我就要換回薇瑪．迪林，或者把你的聲音換成女生的聲音。」

麥克斯嘟嘴皺臉，轉身面向他身後那片不停變化圖案的數位壁紙——現在出現的是五彩繽紛的向量線。麥克斯每次都這樣，因為找我麻煩是他預設的性格。老實說我還滿喜歡他，他讓我想起跟艾區在一起的時光，而我真的好懷念那段時光。非常懷念。

我的目光落在浴室鏡子上，但我實在不喜歡鏡中影像，所以我閉上眼，直到尿完。我納悶（這並非第一次），當初在刷黑窗戶時怎麼沒把鏡子一併塗黑。

每天剛起床後的一小時是一天當中我最討厭的時間，因為我必須活在真實世界裡，處理一些煩人的雜事，比如梳洗和運動。我厭惡這段時間，因為這段時間裡發生的一切，都跟我的另一種生活相互牴觸。活在「綠洲」裡的生活才是我的真正生活。這個小房間、我的情境體驗設備，以及我在鏡中的倒影，在在殘酷地提醒我，我每天生活的這個世界並非真正的世界。

「收椅子。」我踏出浴室時說道。這張觸覺椅立刻變扁平，緊貼著牆壁，騰出房間中央的一大片空地。我拿出視像罩，上傳獨立於「綠洲」的模擬健身房。

現在，我站在一間偌大的現代化健身房當中，裡頭有成排的運動器具和重量訓練設備，這些都是透過我的虛擬觸覺形塑服所模擬出來的。我開始每天的固定運動。仰臥起坐、腹肌訓練、伏地挺身、有氧、重量訓練。在一旁的麥克斯偶爾會出聲激勵，「把腿抬高，你這個娘、娘砲！」

通常登入「綠洲」後我會做一點運動，比如肢體搏擊，或者在跑步臺上繞著虛擬景物跑上一圈。不過多半時間我還是坐在虛擬觸覺椅上，整天沒運動。而我只要心情不好或沮喪——慘的是我多半都這樣——就有暴飲暴食的習慣，所以體重逐漸上升。我原本的噸位就不小，很快地整個人膨脹到無法舒服坐在虛擬觸覺椅上，也幾乎穿不下那件XL尺寸的虛擬觸覺形塑服。照這樣下去，我很快就得添購新設備，還得從哈世奇網站買零件。

我知道我如果不控制體重，很可能在找到程式彩蛋之前死於肥懶症。我絕不能讓這種事情發生。所以，我下定決心，啟動「綠洲」自動健身的停工軟體。但我啟動後隨即後悔。

從現在開始，我的電腦會監控我的生命跡象，記錄我每天消化的卡路里。如果我沒達到該有的運動量，系統就不讓我登入「綠洲」帳戶。這代表我不能工作，不能完成任務，不能好好過我的日子。一旦停工系統啟動，兩個月內都無法解除，而這個系統又跟我的「綠洲」帳戶連結，所以就算我買臺新電腦，或者去「綠洲」的咖啡廳租一間上網房也沒有用。如果我想登入，非得先運動不可。事實證明，這是唯一能激勵我運動的方式。

停工軟體也會監控我的每日飲食。我每天只能從它提供的健康低卡菜單中挑選食物。該軟體會替我從網路上訂購這些食物，直接送到我的門口。由於我足不出戶，所以該程式可以追蹤我吃進去的每一樣東西。如果我自己訂購了其他食物，它會提高我每天該做的運動量，以便消耗額外攝取的卡路里。這套軟體真是以虐人為樂啊。

不過奏效了。我的體重一磅磅減少，幾個月後，我的身材和健康幾近完美。我這輩子第一次小腹平坦，肌肉結實，體力提升兩倍，還沒那麼常生病。兩個月結束，我終於可以自由選擇是否要解除健身停工程式。我決定繼續啟動它，反正，現在運動已成為我每日的固定作息。

重量訓練完畢，我踏上跑步臺。「晨跑開始，」我告訴麥克斯：「彩虹橋跑道。」

虛擬健身房消失，我站在一條半透明的跑道上。這是一條彎曲環狀的彩虹，飄浮在星斗遍布的星雲中。四周的太空裡懸掛著帶環的巨大星球及色彩斑斕的衛星。跑道從我的前方延伸出去，有高低，有起伏，有時還變成螺旋狀。兩旁有隱形的欄障防止我不小心跑出邊緣，摔入滿布星斗的無垠深淵。彩虹橋跑道是另一個獨立於「綠洲」的模擬世界，而我的主機系統硬碟裡還儲存著數百種不同設計的跑道。

我開始跑步，麥克斯啟動八〇年代音樂播放清單。第一首歌開始，我迅速背誦出它的曲名、演唱藝人、專輯名稱，以及發行年分。「『百萬里之外』（A Million Miles Away），『膨脹靈魂樂團』（The Plimsouls），一九八三年發行的《即刻遍處》（*Everywhere at Once*）。」我開始跟著哼唱，背出歌詞。搞不好哪一天，正確說出八〇年代的歌詞能救我的分身一命。

跑完步後我拿下視像罩，開始脫掉虛擬觸覺形塑服。這得慢慢來，免得損壞衣服的零件。我小心翼翼脫下，貼片剝離肌膚時發出細碎的霹啪聲，在我身上留下小小的環形印記。我脫掉這身套裝後將它放進清潔櫃裡，並將乾淨備用的那套放在地上。

麥克斯已經替我打開熱水，並調整好我喜歡的水溫。我跳入蒸氣騰騰的淋浴間，麥克斯將音樂切換成我淋浴時要聽的音樂。我聽出這個音樂正是「改變」（Change）的副歌旋律，這首歌是約翰．魏特（John Waite）為一九八五年電影《奪標二十七秒》（*Vision Quest*）所做的配樂，由格芬唱片發行。

淋浴間有點像老式的自動洗車區。我只要站著，其他全由機器代勞。它會從各個角度對我噴出肥皂水，然後幫我沖乾淨。我也不需要清洗毛髮，因為它會噴出無毒的除毛劑，我只要把它們抹在臉上和身體上，就不用刮或剃毛髮，而這兩件事正是我不需要的煩人瑣事。肌膚光滑可以讓我穿起虛擬觸覺形塑服更貼身。雖然沒有眉毛看起來有點怪，不過我已經習慣。

清洗噴槍停止後就開始烘乾，我肌膚上的水分不到幾秒全都消失。我走到廚房，拿出泥飲，這是一種高蛋白質、富含維他命D的早餐飲品（可以減輕我缺乏日曬的後遺症）。我大口灌下，這時電腦的感應器開始靜靜地記錄，掃描瓶罐的條碼，將卡路里加到我今天的攝取量當中。吃完早餐後，我拿出乾淨的虛擬觸覺形塑服，穿上這套服裝比脫下簡單多了，不過還是需要一點時間才能穿得好。

我穿上後，命令虛擬觸覺椅往外延伸。我發楞了一下，凝視我的情境體驗設備。剛買這些高科技硬體時，我感到好驕傲，但幾個月後，我逐漸覺得它們是用來欺騙我感官的新玩意兒，讓我活在壓根兒不存在的世界裡。這些設備的每一個零件都是一間牢房，讓我自願受到囚禁。

站在這裡，在單調乏味的燈管下，想躲也躲不掉這赤裸的事實。真實世界裡的我一無是處，只是一個反社會的隱士，一個孤寂的遁世者，一個肌膚蒼白、迷戀流行文化的宅男。恐懼陌生環境，自我封閉，沒有真正的朋友、家人，也不與人接觸。我只是一個悲哀、迷惘、寂寞的靈魂，在絢爛的電玩世界裡虛擲生命。

然而在「綠洲」裡，情況截然不同。在「綠洲」裡，我是偉大的帕西法爾，全世界知名的獵蛋客。大家爭相找我簽名，我有粉絲俱樂部，而且不止一個。不管走到哪裡都有人認得我（當我想被認出時），有人捧著錢來找我代言，大家欣賞仰慕我。我受邀去參加只限特定人士進入的派對，我造訪最夯的夜店，從來不用排隊。我是流行文化的偶像，虛擬的搖滾明星。在獵蛋客圈子裡，我甚至是傳奇人物，不，是偉大的神。

我坐下，戴上手套和視像罩。身分確認後「群聚擬仿」的商標出現在眼前，接著是登入提詞。

歡迎登入，帕西法爾

請說出通關密語

我清清嗓子，背出我的通關密語。每說一個字它就出現在顯示器上。「世上沒人能得到想要的東西，漂亮！」[24]

我停頓一下，看見「綠洲」慢慢在我的四周出現，不由自主鬆了一大口氣。

20

我的分身慢慢出現在我的堡壘指揮所的控制臺前方。昨晚我就是坐在這裡，如同往常呆望著四行詩，直到睡意襲來，被系統登出。我已經看著這該死的東西將近六個月，卻仍無法解讀它。沒人有辦法。當然大家各有見解，但依舊沒人找到玉鑰，而計分板上的排名也文風不動。

我的指揮所位於一個以防護鋼板保護的圓頂建築底下，而這個建築是蓋在我專屬的小行星的岩質表面上。我從指揮所可以三百六十度環視坑洞遍布的景致，視野能往四面八方無限延伸出去。我的堡壘的其他部分位於地底下，偌大的基地一路延伸到小行星的核心。這些程式都是我搬到哥倫布市後不久自己撰寫出來的。我的分身需要堡壘，加上我不想要有鄰居，所以我就買了我所能找到最便宜的小行星——這個荒涼不毛的蕞爾行星位於第十四區塊，編號是S14A316，我以奧地利饒舌歌手的名字把它取名為法爾可。（我不是法爾可的死忠歌迷，只是覺得這名字聽起來很酷。）

法爾可星球的表面積只有幾平方公里，不過還是花了我不少銀兩，但我認為很值得。若擁有自己的世界，你就可以在上面隨心所欲地建造你要的東西，而且除非經我允許，沒人可以踏上這裡，而我從沒讓任何人來過。我的堡壘是我在「綠洲」裡的家，是我的分身的避風港。在虛擬世界裡，只有在這裡我才能真正安全無虞。

登入程序完成後，顯示器上跳出一個視窗，提醒我今天是投票日。我已經十八歲，具有「綠洲」和美國政府機關所舉辦的投票權。後者我懶得理，因為我看不出投這種票有何意義。偉哉美國現在只剩下名字是偉哉，不論誰當家都一樣，那些人只不過是把鐵達尼號的甲板椅子重新排列過，這點眾所周知。況且，現在所有人都能透過「綠洲」在家裡投票，所以當選的多半是電影明星、實境秀的主角，或者激進的電視福音傳道人。

不過「綠洲」的選舉我還真的花時間去投票，因為選舉結果真的會影響到我。幾分鐘內我就投完票，因為我已經了解這次「群聚擬仿」放入公投的幾項重大議題。這次也要票選「綠洲用戶委員會」的主委和副主委，不過毋需花腦筋就知道要選誰。就跟多數獵蛋客一樣，我也會（再次）投給科瑞・達克托羅和威爾・灰頓。這些職位沒有任期限制，而這兩個怪咖在過去十幾年來又幹得很不錯，認真努力，確實保護了用戶的權益。

投完票後，我稍微調整了虛擬觸覺椅，端詳我面前的指揮操控臺。上面有密密麻麻的開關、按鈕、鍵盤、操縱桿和顯示器。我的左手邊有一排監視器螢幕連接著遍布於堡壘內外的虛擬攝影機。我的右手邊也有一排螢幕，但這些螢幕播放的是我最喜歡的新聞和娛樂節目。其中有一個是我個人專屬的頻道：帕西法爾電視頻道——一年三百六十五天，一週七天，一天二十四小時，各種冷僻古

編譯註

㉔ No one in the world ever gets what they want and that is beautiful。出自樂團 They Might Be Giants（TMBG）一九八六年的歌曲 Don't Let's Start。

怪的事物，全天候無所不播。

今年稍早前，「群聚擬仿」增加了新功能，讓每個「綠洲」用戶都能擁有「個人影像頻道」（也就是個人化的「綠洲」影像頻道）。只要付月費，用戶就能二十四小時擁有個人專屬的電視頻道。任何登入「綠洲」的人都能轉到你的個人影像頻道，不管他在世界哪個角落。想在該頻道中播放什麼，或者允許誰收看，全由你決定。多數的用戶選擇「窺淫頻道」，也就是讓自己變成二十四小時實境秀裡的主角。不管你的分身走到哪裡，空中虛擬攝影機就跟到哪裡，記錄你每天的所有活動。你可以設定觀賞權限，只讓朋友收看，或者你也可以叫觀眾付費。許多B咖名人或春宮作家會這麼做，以分鐘計費的方式來販賣他們的虛擬生活。

有些人利用個人影像頻道來直播他們的真實自我，或者他們的狗和小孩。有些則只播放舊卡通。各種可能性都有，而且每天還有不同的花招一一出籠。東歐出現迷戀腳的影片，美國明尼蘇達州出現中產階級變態人母的業餘色情片。反正你想得到的都有。各種稀奇古怪、荒誕不經的人類心理都能被拿出來拍攝播放。電視製作的廣袤荒漠終於達到巔峰，任何凡夫俗子的成名時間不限於十五分鐘，現在所有人都可以隨時上電視，不管有沒有人收看。

「帕西法爾電視頻道」不是窺淫頻道，事實上我的分身從未在上面露臉過。我播放的多半是八〇年代的經典電視影集、老的廣告片、卡通、音樂帶以及電影。我播了很多電影。週末時我會播日本的怪物老片，以及一些復古的卡通影片。我的分身依舊穩居超技五將之列，所以不管播放什麼，我的頻道每天都吸引上百萬人，也因此我可以把廣告時間賣給贊助商。

多數固定收看帕西法爾電視頻道的觀眾都是獵蛋客，他們希望我會不小心在上面透露玉鑰或程式彩蛋的重要訊息。當然，我從未這麼做過。目前帕西法爾電視頻道連續兩天播放的是一集接一集的《人造人基凱達》（*Kikaider*）。《人造人基凱達》是七〇年代末期的卡通，描述一個紅藍色的機械人把穿著橡皮衣的怪物打得落花流水。我對怪獸和以超級英雄為主角、充滿特效的特攝影片就是難以抗拒，比如《萬能俠》（*Spectreman*）、《太空巨人》，以及《蜘蛛俠》（*Supaidaman*）。

我拉出節目製作的圖示，把晚上的節目表改變一下。我清除偵探片《激流》和《超人特攻隊》，放入幾部連續播放的影片，這些影片裡的主角都是卡美拉，我最愛的飛天大龜。我心想，大家應該都會喜歡這些影片。最後我加入幾集《銀匙》作為當天的結尾。

雅蒂米思也有自己的頻道，「雅蒂米視頻」，我經常讓我的其中一個螢幕播放她的頻道。此刻是星期一晚上，她照例播放影集《戇夫成龍》（*Square Pegs*），這齣播完後接著是《動力女勇士》（*ElectraWoman and DynaGirl*），再接下去是韓劇《特務情人》（*Iris*）和《神力女超人》（*Wonder Woman*）。她的節目表幾乎不曾換過，但無所謂，反正她的收視率依舊超高。最近她還設計了一系列專給豐滿女分身的服裝品牌，名稱是「雅蒂小姐」，推出後大受好評。看來她過得挺不賴。

那晚在擾動球之後，雅蒂米思就切斷跟我的所有聯繫。她封鎖我的e-mail、電話和聊天室邀請，也不在部落格上發表文章了。

我用盡各種方法聯絡她。送花給她的分身，還多次造訪她的堡壘。她的堡壘是一間有防護裝甲的宮殿，位於她所購買的小衛星「班納塔」上。我從空中丟了幾卷我彙編的歌曲和紙條到她的宮殿裡，就像飛鴿傳書以解相思之情。有一次，在極度思慕之下，我站在她的宮殿門外整整兩小時，頭上懸置一個大音箱，以最大音量放送著彼得．蓋布瑞爾（Peter Gabriel）的情歌「在你的眼中」（In

Your Eyes）。

她沒出現，我甚至不曉得她是否在裡面。

我住在哥倫布市已五個多月，而雅蒂米思不跟我說話的折磨日子也過了漫長的八個星期，但我沒把時間浪費在愁眉苦臉、自艾自憐。嗯，至少不是全部的時間啦。即使我的分身級數已達最高級，我仍盡可能挑戰各種遊戲，讓我藏在堡壘內部深處金庫裡那些已夠驚人的武器、寶物和運輸工具更加豐富。挑戰遊戲任務讓我保持忙碌，也轉移我日益加深的寂寞和孤立感。

被雅蒂米思甩了之後，我試圖重新跟艾區聯絡感情，但人事已非了。我們漸行漸遠，我知道這都是我的錯。現在我們的談話矯揉做作，有所保留，彷彿彼此都怕說溜了會讓對方派上用場的資訊。我看得出來他不再信任我。之前我迷戀雅蒂米思時，艾區一心想當第一個找到玉鑰的獵蛋客，但距離我們闖過第一道門已經一年，玉鑰的下落依舊成謎。

我幾乎一個月沒和艾區說話，上次兩人談到互吼對罵，我撂下「若非我提示，你永遠不可能找到銅鑰」後，他沉默地瞪了我幾秒鐘，然後不發一語地登出聊天室。頑固的驕傲感讓我沒立刻打電話向他道歉，而現在要說對不起似乎已經太遲了。

對，我接二連三地敗事，不到六個月，搞砸了兩段最親近的情誼。

我打開艾區的頻道，他把它稱為「H影頻」，現在正播放八〇年代末的世界摔角大賽，參賽者是霍克．霍肯（Hulk Hogan）和安德烈巨人（Andre the Giant）。至於大刀和小刀的頻道——「雙刀秀」——我根本懶得去看，想也知道播放的肯定是老舊武士片。這對兄弟只會播這種東西。

在艾區的「地下室」第一次見面就發生衝突之後幾個月，我設法跟大刀和小刀建立友誼。我邀他們倆跟我組隊完成在第二十二區塊的超級闖關任務。這是我的主意。第一次見面就不歡而散，讓我覺得很難過，所以我一直在找機會跟這兩個武士言歸於好。當我發現在特攝星球上有個叫「初代超人力霸王」的祕密高階任務時，我知道機會來了。根據這款遊戲的版權頁，它的發行日期是在哈勒代去世後數年，所以這款遊戲跟尋寶競賽應該沒有任何關係。此外，它是日本語，由「群聚擬仿」的北海道分部所製作。我是可以利用建置在所有「綠洲」帳戶裡的曼達拉斯即時翻譯軟體試著獨自完成這項任務，不過這麼做的風險頗高。因為曼達拉斯翻譯軟體很容易會對遊戲說明和線索做出斷章取義的錯誤詮釋，而這很可能造成致命的錯誤。

大刀和小刀住在日本（他們已成為當地的英雄），我知道他們兩人的日語說得跟英語一樣流利，所以我與他們聯絡，問他們是否有興趣單就這個遊戲跟我組成一隊。起初他們對這項提議抱懷疑態度，但經過我描述這項任務的獨特性，以及我相信闖關之後的好處，他們終於答應。我們三人約在特攝星球的遊戲入口，準備一起進入。

這個電玩遊戲是複製一九六六至一九六七年日本電視臺所播放的三十九集影片《超人力霸王》㉕。故事描述一個名為早田的人類是科學特搜隊隊員，這個組織專門打擊一群不斷攻擊地球、威脅人類文明、類似酷斯拉之類的巨大怪獸。每次科學特搜隊面臨無法處理的危險，早田就會利用神光棒讓自己變身成擁有超級神力的「超人力霸王」，然後利用各種武術功夫和光束波來將怪獸打得落花流水。

編譯註

㉕ Ultraman，舊名為鹹蛋超人。

如果我獨自一人進入這個遊戲，自然每一集都得扮演早田，不過由於小刀、大刀和我同時進入，所以我們可以選擇扮演科學特搜隊的其他成員。每到下一「集」或下一關時，我們就會交換或改變角色。我們三個人輪流當主角早田和他的隊友星野和嵐。這款遊戲就跟「綠洲」裡的其他遊戲一樣，組隊會比單打獨鬥更容易打敗各式敵人，完成每一關任務。

我們一天花十六小時以上，整整一個星期才闖過三十九關，完成任務。踏出遊戲之門時，我們的分身都獲得了很多經驗值，戶頭裡也累積了上千元。但完成這項任務真正的獎賞是一件不可思議的罕見神器：早田的神光棒。擁有這根鐵製小圓柱物的分身每天可以變成超人力霸王一次，時間持續約三分鐘。

神光棒只有一根，我們有三個人，勢必得決定誰該擁有這個神器。「應該給帕西法爾。」小刀對哥哥說：「是他發現這個遊戲的，如果不是他，我們甚至不曉得有這個遊戲。」

大刀當然不同意。「如果沒有我們幫忙，他也不可能完成任務！」他還說，最公平的方式就是把神光棒拿去拍賣，錢三人均分。可是我絕對不可能同意。這個神器太珍貴，若拿去拍賣最後一定會落入六數人的手裡。他們幾乎搜刮了所有被拿出來拍賣的重要神器。最後，我想到這是個籠絡大刀的好機會。

我說：「神光棒就給你們兩個吧。超人力霸王是日本最厲害的超人，他的神力應該由日本人持有。」

他們兩個大感意外，被我的慷慨感動得不好意思起來。尤其是大刀，他對我深深一鞠躬，說：「謝謝你，帕西法爾桑，你是個君子。」

之後我們三個成了朋友，雖然不必然會結隊同盟，但我想，我的努力有這種結果已經很足夠。

我的耳內響起噹聲，我看了一下時間，將近八點，該幹活兒賺錢了。

★

我的經濟通常很拮据，不管多麼省吃儉用。在真實世界或「綠洲」裡，每個月都有好幾筆大帳單要付。我在真實世界裡的開銷很簡單，房租、水電費、伙食費，以及硬體修繕和升級費用。至於我的分身可就是敗家子一個，各種奇怪的費用都有，太空船艦修理費、心電移動費、電池燃料費、彈藥軍火費。我通常大批購買彈藥，但大宗購買也不便宜，至於每個月的心電移動費用經常創天價。為了尋找程式彩蛋我得經常跑來跑去，而「群聚擬仿」又不斷調高心電移動的費用。

我已花光了產品代言費，這些錢多半用在設備和購買我的個人行星上。我的個人影像頻道上的廣告時段為我帶來不錯的收入，此外我還賣掉不需要的寶物、盔甲，以及我到處征戰所獲得的武器。不過，我最主要的收入來源還是在「綠洲」擔任技術支援的全職差事。

我創造我的新身分布萊斯・林區時，給了他大學文憑、各種技術證照，以及在「綠洲」擔任過工程師和應用程式開發的優秀經歷。然而，即使這份造假的履歷那麼精采，我還是只能在「效率幫手」公司找到初階的技術支援客服工作。這是「群聚擬仿」的外包公司，負責處理「綠洲」的客戶服務和技術支援。現在，我一週要工作四十小時，幫助白痴客戶重新啟動「綠洲」主機系統，升級觸覺手套的驅動程式。這份工作讓人吃不消，不過可以讓我賺到房租。

我登出「綠洲」帳號，登入另一個專門用於工作的「綠洲」帳號。登入程序完成，我開始控制那個叫「快樂幫手」的分身。我用芭比男友肯尼千篇一律的造型當分身，來接聽客戶電話。這個分身出現在偌大的虛擬電話中心，坐在虛擬隔間的虛擬辦公桌前，面對著虛擬電腦，戴上虛擬耳機。

我想，這裡應該是我的私人虛擬地獄。

「效率幫手」公司一天要接幾百萬通來自世界各地的電話。全年無休，一週七天，一天二十四小時。一個又一個憤怒迷惘的客戶，一通一通接不停的電話。不管何時，線上永遠有好幾百個白痴在排隊，他們願意花上幾小時等待，就為了讓技術支援的客服接手處理他們的問題。何必在網路尋找解決方案？既然有人可以替你思考，何必為了搞定問題而操勞自己？

照例，我當班的十小時漫長難捱。幫手分身不可能離開小隔間，不過我找到其他方法來熬過這段時間。我的工作帳號受到公司控制，所以不能瀏覽外頭的網頁，不過我駭入程式，讓我可以在接聽電話的同時利用視像罩聽音樂，或者從我的硬碟下載電影。

終於下班了。登出工作帳號後，我立刻登入原來的「綠洲」帳號。幾千封新的e-mail等著我，光從標題我就明白在我工作時發生了什麼事。

雅蒂米思找到玉鑰了。

21

就跟全球其他獵蛋客一樣，我一直很擔心接下來計分板會出現變化，因為我知道這會讓六數人取得不公平的競爭優勢。

我們幾個人闖過第一道門之後幾個月，有個匿名的分身在網路上拍賣一個超厲害的神器。這個神器叫做「芬多洛尋蹤之石」，它的獨特力量可以讓擁有者有找到哈勒代程式彩蛋的絕佳優勢。

「綠洲」裡的多數虛擬戰利品都是由系統隨機製造出來，每殺死一個非玩家角色或完成任務，這些物品就會掉下來。戰利品當中最珍貴的就是神器，這種超級厲害的寶物可以讓人擁有不可思議的力量。全部的神器數量只有幾百個，而且多半是「綠洲」最初創立時期所製造出來，那時「綠洲」仍只是個大型多人線上遊戲。每個神器都很獨特，換句話說，整個模擬世界裡一種神器只會有一個。通常取得神器的方式是在最高等級的關卡擊敗某些厲害如神的壞蛋，如果夠幸運，壞蛋被你殺死時，身上會掉出神器。或者，如果某個分身的物品清單裡有神器，你也可以藉由殺死他來取得，或者直接在拍賣網上購買。

由於神器非常稀罕，所以有人拿出來拍賣就會造成轟動。有些神器可以賣上好幾十萬元，視其法力而定。三年前一個稱為「超爆彈」的神器賣出史上最高價。根據拍賣物說明，超爆彈是一種神奇炸彈，只能使用一次。引爆後會殺死在該區塊的每一個分身和非玩家角色，包括持有人自己。遇上它，任何人都沒有對抗餘地。若它引爆時，你不幸地在同一個區塊，你就必死無疑，不管你的功力多強，或者保護措施多麼周到。

超爆彈被無名氏以上百萬標走。這項神器迄今還未引爆，仍被新主人藏在某處，等著適當時機才使用。而這情況就被人拿來開玩笑。每次有獵蛋客被不喜歡的分身包圍，就會宣稱他的物品清單裡有超爆彈，並威脅要引爆。多數人懷疑這個東西連同其他厲害的神器，已落入六數人的手裡。

芬多洛尋蹤之石賣出的價格比超爆彈還高。根據拍賣網站上描述，這是一塊黑得發亮的扁平石圈，它的神奇之處很簡單：擁有它的人只要在石圈寫上某個分身的名字，這個石圈就會出現該分身當下所在的位置。一天可以使用一次。然而，這神奇之石有搜尋範圍的限制，如果你所在的區塊跟你想尋找的分身所在的區塊不同，這塊石圈只會告訴你目標物所在的區塊，如果你們已經在相同區塊，石圈就會告訴你目標物所在的星球（或者最靠近的星球，如果他們正在太空漫遊）。如果你跟目標物已經處於相同的星球，它才會告訴你目標物在地圖上的座標位置。

如同這項神器的賣家所述，如果你把這塊石圈的力量跟計分板相互搭配，它無疑就能變成全「綠洲」最有價值的神器。你只要看看計分板上的排名，等著看誰增加分數，在分數一增加的同時，立刻把那個分身的名字寫在石圈上，它就會告訴你那個分身當下人在何處，如此一來，你就能知道他們找到鑰匙的位置，或者剛剛闖關的門在哪裡。由於這個神器有搜尋範圍的限制，所以可能要試個兩、三次才能縮小鑰匙或門的準確位置，不過即使如此，它所能提供的資訊還是讓很多人拚死也想取得。

芬多洛尋蹤之石被拿出來拍賣時，幾個勢力龐大的獵蛋客幫派展開搶石大戰。最後拍賣結束，這塊石圈以將近兩百萬元的金額落入六數人手裡。索倫托以他的「創線企」帳號參與競標，他等到拍賣最後幾分鐘才出手，一舉搶下標的物。他大可以匿名投標，但他顯然想讓全世界知道，也藉此讓我們超技五將明白，從現在開始，不管誰找到鑰匙或成功闖關，六數人都能追蹤我們，而我們完全束手無策。

一開始，我擔心六數人也會利用石圈追蹤我們的分身，一一殺掉我們，不過除非我們剛好在自由區，而且愚蠢地待在原地等待六數人追殺，否則找出我們的分身也沒有用。由於這塊石圈一天只能用一次，所以倘若計分板一天變化一次以上，他們使用石圈來追蹤我們的位置時，就得冒著失去最正確時機的風險。而他們不會冒這種險，所以他們仍留著這個神器，等待最適當的使用時機。

★

雅蒂米思的分數增加後不到半小時，整個六數人艦隊就蜂擁聚集到第七區塊。看來六數人在計分板改變的瞬間，使用了芬多洛尋蹤之石來追蹤雅蒂米思的精確位置。幸好使用那塊石圈的六數人分身（大概是索倫托本人）恰好不在雅蒂米思所在的區塊上，所以這個石圈沒有顯示出她所在的星球，它只告訴六數人，她目前位於哪個區塊。然後六數人的全體艦隊即刻出動，第一時間奔到第七區塊。

拜他們行動不夠細膩之賜，現在全世界都知道玉鑰應該藏在第七區塊某處，所以，成千上萬的獵蛋客自然也開始往這兒聚集。六數人替大家縮小了搜索區域。還好第七區塊的星球、衛星和其他世界高達數百個，而玉鑰可能隱藏在其中一個。

我一整天都處在震驚狀態，頭暈目眩地反覆咀嚼我被篡位的新聞。新聞標題確實就是這麼寫的：**帕西法爾慘遭篡位！雅蒂米思，最新出爐的冠軍獵蛋客！六數人緊追在後！**

我終於冷靜下來後拉出計分板，一邊在心裡責備自己，一邊呆望著計分板達三十分鐘之久。

最高得分：

1.	雅蒂米思	129000
2.	帕西法爾	110000
3.	艾區	108000
4.	大刀	107000
5.	小刀	106000
6.	「創線企」-655321	105000
7.	「創線企」-643187	105000
8.	「創線企」-621671	105000
9.	「創線企」-678324	105000
10.	「創線企」-637330	105000

我對自己說，都怪你，你讓成功從身邊溜走。你偷懶沒認真研究。什麼？你以為閃電會打中你兩次？你以為你終究會靈光一閃，想出線索，找到玉鑰？穩居第一名這段期間讓你有了虛假的安全感，不過，放心，這會兒你沒這個問題了，對吧？混蛋，的確沒有了，因為你沒做到該做的，沒全力以赴，專注在任務上。你浪費了之前的線索，你虛度了將近半年的光陰，沉淪墮落，迷戀從未見過面的女孩。而這女孩甩了你，最後還把你踹下寶座。

現在……把心思放回尋寶任務上吧，白痴，快想辦法找鑰匙。

忽然，我比之前更想贏得競賽，不止為了錢，我還想證明給雅蒂米思看。而且我希望尋寶競賽快點結束，這樣她就會跟我說話，我就能見到她本人，就能看見她的真實臉孔，讓我對她的感情變得更有意義。

我把計分板從顯示器上撤下，打開我的聖杯日誌，裡頭有打從競賽開始我就收集的各種資訊，數量堆積如山。這一堆資料視窗如瀑布般在我面前傾瀉而下，裡頭有文字、地圖、照片、聲音和影音資料，編上索引，相互參照，彷彿有生命般在我面前砰然躍動。

我繼續開著四行詩的視窗，放在顯示器最上方。短短四行，數十個字，數十個音節。我太常凝視這首詩，凝視的時間也太久，久到它們幾乎失去意義。如今再看著這首詩，我得克制自己，才沒憤怒沮喪地大吼大叫。

船長隱藏玉鑰
於久被忽略的居所
你的哨子只能在此時吹起
當集滿獎盃之時

我知道答案就在眼前，因為雅蒂米思已經發現。

我讀著與駭客約翰·德拉普——化名嘎啦脆船長——有關的筆記，還有讓他在駭客圈裡一夕成名的那個塑膠玩具哨。我依舊相信它們就是哈勒代所說的「船長」和「哨子」，但四行詩的其他部分依舊是謎。

不過，現在我有了新的線索——玉鑰就在第七區塊某處，所以我拉出「綠洲」地圖，開始搜尋我認為跟四行詩有關的星球名字。我發現有幾個星球是以著名的駭客來命名，比如渥茲涅克和米特尼克星球，但就是沒有約翰．德拉普星球。第七區塊也有幾百個世界是以舊有的Usenet新聞群組來命名，其中一個星球，「alt.網釣」上有德拉普的雕像，他一手拿著古老的轉盤式電話，另一手拿著嘎啦脆船長的哨子。不過這雕像是在哈勒代死後三年才豎立，所以我知道這條線索沒有用。

我再次詳讀四行詩，這次最後兩句跳了出來。

你的哨子只能在此時吹起
當集滿獎盃之時

獎盃。在第七區塊的某處，我必須在第七區塊找到一堆獎盃。

我快速搜尋了一下與哈勒代有關的資料，就我所見，他唯一得過的獎盃是他在這世紀初的年度遊戲設計大賽中所贏的五座獎盃。現在這些獎盃放在哥倫布市的「群聚擬仿」博物館內展示，不過在「綠洲」裡也有獎盃複製品，放在名為「阿凱德」的星球。

而「阿凱德」就位於第七區塊。

這種關係似乎有點牽強，不過我還是想去那裡看看。這至少可以讓我覺得接下來幾小時我在做些有生產力的事。

我望向麥克斯，他正在我的指揮所的其中一個螢幕上跳森巴舞。「麥克斯，如果你不忙的話，請準備讓『馮內果號』起飛。」

麥克斯停下舞步，對我嘻嘻笑，說：「沒問題，指揮官！」

我起身，走到堡壘的電梯，這個電梯是仿《星艦迷航記》影集裡的渦輪電梯改裝而成。我往下移動四層樓到我的軍械庫，這個巨大的地窖裡擺滿存放架、展示櫃和武器架，我拉出物品清單的螢幕，出現了我的分身的圖示——老式的「紙娃娃」——我把各種裝備和器具拖到那個紙娃娃上，完成了著裝程序。

「阿凱德」星球屬於自由衝突區，所以我決定把用具升級，並且穿上最精良的戰鬥服。我放上那件閃閃發亮、加權值為十的機動盔甲，並且繫上我最愛的那組激光槍，肩上背著手槍式槍靶的壓動式霰彈槍，以及一把加權值為五的斬首變形劍。我還拿了其他幾樣必備物品，多帶了一雙反重力的靴子、抗魔戒指、護身符及巨力臂鎧。我很討厭需要用到什麼卻沒帶在身邊的感覺，所以我通常攜帶的器具會多到足夠三個分身用。我把軍械庫裡的東西都放在分身身上後，又在承載背包裡多放入一套用具。

我著裝完畢後跳入電梯，幾秒鐘內就抵達位於堡壘最底層的停機棚口。藍色燈光在跑道兩側閃閃爍爍，從停機棚中央延伸出去的跑道另一端，是兩扇偌大的防護裝甲門。打開門就是發射坑道，而坑道另一端的那扇裝甲門就通往行星表面。

位於跑道左方的是我那臺沒電池的X翼戰機，停在右方的是我那輛能穿梭時空的跑車德羅寧，至於我最常使用的太空船「馮內果」就停在跑道上。已被麥克斯發動的引擎正發出低沉穩定的轟隆聲，迴盪在停機棚內。「馮內果」是參考電視科幻影集《螢火蟲》（*Firefly*）裡那艘寧靜號太空船並加以大幅改裝的交通工具。起初取得這艘太空船時，我將它命名為「凱莉」，不過隨即以我最愛的二十世紀作家的名字幫它重新命名。現在，「馮內果」這幾個字就印在老舊灰色機身的側邊。

「馮內果」是我從「竊蛋龍」幫派的一群核心幹部手中搶來的戰利品。那次我在第七十一區塊最大的世界「灰豆宇宙」馳騁時，他們愚蠢地試圖劫持我的X翼戰機。自負的「竊蛋龍」渾帳完全搞不清楚他們惹到的是哪號人物。若不是我本來就心情不好，我大概會以光速飛走，避開他們的砲火，不過那天我把他們的舉動視為針對我而來的挑釁。

在「綠洲」裡，太空船就跟其他物品一樣，各有其特殊的屬性、武器和速度性能。我的X翼戰機遠比「竊蛋龍」的大型運輸船更敏捷，所以我毫不費力地就躲開他們那些來自次級市場的密集砲彈，同時以雷射光和質子魚雷來轟炸他們。摧毀他們的引擎後，我登上他們的船，準備屠殺每個分身，船長發現我是誰之後試圖求饒，但我那天不打算放過他們。我一一除掉船員後將我的X翼戰機停在貨艙，然後開著新的太空船回家。

我走向「馮內果」，舷梯已垂到停機棚地面。我還沒坐進駕駛艙，太空船就自動起飛。我坐上控制臺後聽見舷梯收回發出的砰然巨響。

「麥克斯，把屋子鎖好，設定前往『阿凱德』的航道。」

「是的，艦、艦長。」麥克斯在駕駛艙裡的其中一個螢幕上說道。停機棚的門滑開，「馮內果」衝出發射坑道，奔向滿布星子的浩瀚天空。太空船衝破星球表面後，裝甲坑道的門就在我們身後重重關上。

我看見我的星球「法爾可」遙遠上方的軌道停了幾艘太空船。尋常的嫌疑犯：瘋狂粉絲、想成為獵蛋客的信徒，以及一心追尋獎賞的獵蛋客。他們其中一些人開始當跟屁蟲，緊跟在我的身後，這些人將多數時間耗在尾隨出色的獵蛋客，追蹤他們的動向，希望這些獵蛋客稍後會販賣程式彩蛋的資訊給他們。通常我只要以光速飛行就能甩掉他們，對他們來說，能被我甩掉算是幸運。否則，若我甩不掉，通常會乾脆停下來殲滅他們。

「馮內果」以光速往前衝，顯示器上的星球逐一變成條條光絲。「光、光速已啟動，艦長。」麥克斯跟我報告，「預估抵達『阿凱德』所需時間是五十三分鐘，如果你利用最近的星門，大約十五分鐘。」

從戰略位置來看，每個區塊裡都有星門，它們是體積如太空船般的巨大心電移動站，不過由於收費方式是以你的太空船大小和所要移動的距離來算，所以通常只有企業或者錢多到可以隨便燒的富有分身才會使用。我既非企業也非有錢人，不過在這種情況下我還是願意稍微揮霍一下。

「就利用星門吧，麥克斯，我們趕時間。」

22

「馮內果」以光速推進，阿凱德星球乍現在駕駛艙的螢幕上。它跟這區域的其他星球不一樣，因為它並不是被編碼成具備星球的樣貌。附近的星球被製作得很完美，有雲朵、陸地或者覆蓋著星球起伏表面的隕石撞擊坑，但「阿凱德」完全沒有這些地表特徵。由於這裡有「綠洲」最大的經典電玩博物館，所以它的外表設計是為了向七〇年代末和八〇年代初向量圖形的電玩遊戲致敬。阿凱德星球表面的唯一特徵是一大片網狀的閃爍綠燈，類似飛機場跑道的地面燈光。這些燈等距排列在該星球的表面上，形成完美的格狀圖形，從軌道看下去，整個阿凱德就像雅達利一九八三年向量圖形的「星際大戰」遊樂場電玩裡那顆「死星」。

麥克斯將「馮內果」降落在星球表面，我則趁這個時候啟動盔甲裝置，並以一些魔藥和奈米充能來提升分身的戰鬥力，為即將出現的衝突場面做準備。阿凱德是混亂的自由衝突區，這代表魔法和科技都能在這裡使用，所以我一定得上傳我的戰鬥應變巨集。

「馮內果」那道製作精良的鋼製舷梯垂到地面，跟阿凱德漆黑的數位化星球表面成截然對比。我步下舷梯，按按右手腕的袖珍鍵盤，舷梯收起，太空船的安全系統啟動，發出銳利嗡鳴。「馮內果」的整個機身籠罩在一片透明的藍色防護罩裡。

我環視地平線，其實那不過是綠色的參差向量線所構成的山巒。阿凱德星球表面看起來就像一九八一年的電玩遊戲「終極戰區」（Battlezone）裡的環境，而這款以向量圖形製作的經典電玩也出自雅達利。遠方，三角形的火山噴射出由畫素構成的綠色熔岩。就算你朝火山連續奔跑數天，也永遠到不了那裡，它永遠都位在地平線的盡頭。阿凱德星球的景致就跟老式電玩一樣，永遠不會改變，即使你繞行星球一圈，看到的景致永遠相同。

麥克斯已經根據我的指示，將「馮內果」停在東半球靠近赤道的停駐場。這停駐場空蕩蕩，放眼望去一片荒涼。我走向最靠近的綠色燈點，近距離一瞧，才發現那個直徑三公尺的綠色霓虹圈其實是隧道入口，通往地底下。阿凱德是一個中空的星球，博物館的展示品全放在地表底下。

我走向最近的隧道入口，聽見下方傳出響亮音樂。我認出這首歌是「威豹」樂團的「倒些糖在我身上」，出自專輯《歇斯底里》（*Hysteria*）（一九八七年史詩唱片〔Epic Records〕發行）。我走到發光綠環邊，然後跳進坑口，我的分身筆直落到博物館裡。綠色的向量圖形消失，我發現自己身處高解析度的全彩環境中。四周的一切看起來又栩栩如生了。

阿凱德的星球表面底下，有好幾千個老式電玩遊樂場，這些可愛的遊樂場都是根據真實世界中曾經存在的遊樂場複製出來。「綠洲」剛創始時，數千位年長的用戶來這裡，辛苦地以程式語言寫出兒時記憶中家鄉的電玩遊樂場，複製出來後放在博物館保存。這些經典電玩遊樂場裡都有遊戲間、保齡球館，以及披薩店，而且每種投幣式遊戲機都至少有一臺。原始遊戲的ROM檔㉖都被儲存在星球的程式碼裡，而其木製的遊戲機臺也編碼得跟古董機臺的模樣相似。此外，博物館各處還散置著殿祠，以紀念並展示遊戲設計師和出版商的相關物品。

博物館的不同樓層是由巨大的穴室組成，這些穴室透過地底街道、坑道、樓梯、電梯、手扶梯、階梯、滑梯、活板門和祕密通道連結在一起，構成一個跨樓層的巨大地底迷宮。這種地形讓人很容易迷路，所以我把三D立體全像地圖放到視像罩的顯示器上，螢幕上的閃爍藍點代表我所在的位置。我已進入博物館，旁邊是一個古老的電玩遊樂場，叫「阿拉丁城堡」，這裡很靠近星球表面。我碰觸地圖上位於星球核心的一個點，標示出我的目的地，軟體開始幫我規畫出最快抵達的路

編譯註

㉖以前電視遊樂器裡的遊戲是以卡帶存放，而大型電玩的遊戲是燒在機臺內的電路板上，所以無法在電腦上播放，後來玩家以各種方法將這些遊戲轉換成ROM檔案，就可以儲存在硬碟裡，或者放到網路上供人下載。

線。我循著該路線往前奔跑。

博物館分成好幾層。在這裡，靠近星球表面的地方，有二十一世紀最初十年所製造的最後一批投幣式電玩機臺。這些機臺多半都有第一代的虛擬觸覺模擬箱——裡頭有會震動的椅子和傾斜的液壓平臺。許多由普通車改裝成的模擬賽車讓玩家可以馳騁較勁。這些遊戲是同款當中的最後一代，因為那時家用電玩主機系統已經取代多數的投幣式電玩。「綠洲」上線後，廠商便不再生產大型電玩機臺。

愈深入博物館，遊戲的類型就愈久遠，愈古色古香。世紀交替時的投幣電動玩具，還有許多拳擊肉搏戰的遊戲，平面螢幕上粗勇結實的拳擊手把對方打得鼻青臉腫。以粗糙虛擬觸覺的輕型槍枝進行的射擊遊戲。跳舞機。往這層底下走，所有的遊戲機臺變得一模一樣。每個遊戲都裝在長方形的大木箱裡，木箱上則有陰極射線管及一組粗糙的電玩操控器。玩家必須用雙手及雙眼（有時還得用到腳）來玩這些遊戲。當時沒有虛擬觸覺設備，所以這些遊戲不會提供任何感官感受，愈往底下走，陳列的遊戲畫質就愈粗糙。

博物館的最底層位於星球的核心深處，那裡的球體房間有一座殿祠，以紀念史上第一個電玩遊戲。這個遊戲是一九五八年由威廉·希金波森（William Higinbotham）所發明的「雙人網球」。這個遊戲是在古老的類比電腦上運作，而且顯示在直徑約七·五公分的示波器螢幕上。旁邊則是一臺用來運作「宇宙戰爭！」（Spacewar）的古老PDP-1電腦，這款遊戲是史上第二個電玩，一九六二年由麻省理工學院的一群學生創造。

就跟多數獵蛋客一樣，我之前也造訪過阿凱德好幾次。我曾到過核心，反覆玩過「雙人網球」和「宇宙戰爭！」，直到熟練為止。我還遊蕩過博物館的許多樓層，在那裡打電玩，尋找哈勒代可能留下的線索，但都一無所獲。

我繼續往下走，走到星球核心上方幾層的「群聚擬仿」博物館。我以前來過這裡，所以還算熟門熟路。這裡的展示品全都是「群聚擬仿」最暢銷的遊戲，包括原本用於家庭電腦和主機系統，後來變成遊樂場機臺的幾款電玩。沒多久，我找到哈勒代那五座「年度遊戲設計師」獎盃所擺放的地方，就在他的銅像旁邊。

我幾分鐘內就明白來這裡根本是浪費時間。「群聚擬仿」博物館的所有陳列都是以程式碼寫出來的，所以你無法移走任何展示品，因此也不可能「收集」這些獎盃。不過我還是花了幾分鐘試圖以雷射焊接槍將其中一個獎盃切離底座，但徒勞無功。

又是一個死胡同。這趟旅程完全是白忙一場。我最後一次環視現場，走向出口，努力不讓沮喪感打擊得我意志消沉。

我決定走別的路回到星球地面，因此穿越了我前幾次沒去逛的區域。我沿著幾個隧道往前走，最後走到一個洞穴狀的大房間。裡頭就像一個地底城市，樣樣具備，有披薩店、保齡球館、便利商店，當然還有電子遊樂場。我漫遊在錯綜複雜的空蕩街道上，拐入一條蜿蜒的小巷，巷底是一家小小的披薩屋。

看見招牌時我整個人楞住。

「快樂時光」披薩屋，這是一九八〇年代中哈勒代家鄉那間家庭式的小披薩店。哈勒代顯然複製了模擬世界米德爾敦那家「快樂時光」披薩屋的程式碼，在阿凱德博物館裡藏了另一個複製的「快樂時光」。

把它放在這裡做什麼？我從沒見過哪個獵蛋客的留言板或攻略指南提到這間披薩屋。難道之前沒人見過它？

哈勒代在《安納瑞克年鑑》裡提過這間披薩店幾次，所以我知道他在這裡有美好回憶。他放學後不想回家，經常在這裡流連。

披薩屋內部溫馨地重現了八〇年代經典披薩店和電子遊樂場的各種細節及氛圍。幾個非玩家角色員工站在櫃臺後方，或拋麵糰，或切披薩。（我打開歐發翠斯氣味塔，這才發現我真的聞得到番茄醬的氣味呢。）店鋪分成兩區塊，一塊是遊戲區，另一塊是用餐區。用餐區裡也有電玩遊戲——那一張張玻璃桌面的桌子其實就是坐著玩的電玩機臺，俗稱「吧檯」。你可以坐下來一邊大啖披薩，一邊玩桌面上的「大金剛」。

倘若我現在肚子餓，可以直接在這裡的櫃臺點披薩，訂單會轉到我住處附近的披薩店，也就是我在「綠洲」帳號裡所設定的其中一間店家。接著，他們在幾分鐘內就會送一片到我家門口，而費用（包括小費）就直接從我的「綠洲」戶頭裡扣款。

我走進遊戲區，聽見鋪毯牆面上那幾個擴音器轟隆播放布萊恩．亞當斯（Bryan Adams）的歌曲。布萊恩正高聲唱著：**不管走到哪裡，少年都想搖滾。**我把拇指貼在兌幣機的薄板上，買了一枚二十五分代幣。我從不鏽鋼的碟子裡掏出代幣後走到遊戲區後方，瀏覽這個模擬世界的所有細部裝飾，發現在「防禦者」遊戲機臺的天篷上貼著一張手寫字條，上面寫著：**拿到比店主還高的分數，就能贏得大批薩一個！**

「機器人」遊戲機臺的顯示器上出現最高分者的清單，這款遊戲讓最厲害的玩家不止可以在分數旁輸入自己的名字縮寫，還能寫上一行句子，而這個機臺的領先者在贏家的珍貴空間寫上：副校長倫德柏格是大王八蛋。

我往擺滿遊戲機臺的陰暗穴室內部深處走去，在房間最後面看見「小精靈」機臺，就擠在「大蜜蜂」和「打空氣」機臺之間。這臺「小精靈」的黑黃色檯子斑駁破損，側身的裝飾圖案也剝落了。「小精靈」的顯示器全黑，上面貼著一張告示寫著「故障」。哈勒代為什麼要把一臺壞掉的遊戲機臺放在這個模擬環境中？只是為了增添懷舊氛圍？好奇的我決定探個究竟。

我把機臺從牆邊往外拉，果真發現電源線沒插上，我把它插進牆壁上的插座，等著機器開機。好像有用。

我把機臺推回原位時發現在機臺上層，就在夾住玻璃天篷的鐵夾子上方，有一枚二十五分硬幣。鑄造日期是一九八一年——也就是「小精靈」發行的那一年。

我知道在八〇年代，將一枚代幣放在機臺的天篷上方代表你還要玩這一臺。我想拿走代幣卻拿不起來，它彷彿被焊接在機臺上。

真怪。

我把寫著故障的紙張貼到旁邊那臺「大蜜蜂」上，然後看著「小精靈」的螢幕，上面列出那四隻鬼的名字：印奇、布林奇、娉琪和克萊德。顯示器上顯示的最高分是三百三十三萬三千三百五十分，只比「小精靈」有史以來的最高分低了十分。

看來非得打得很完美才有可能打敗最高分。

我感覺脈搏加速跳動，我在這裡有了新發現。另一個程式彩蛋，就隱藏在這臺老舊的投幣式電玩機臺裡。這不是我想取得的那個彩蛋，但也是個程式彩蛋。某種挑戰或謎題。我幾乎敢百分之百確定這是哈勒代所創造出來並藏在這裡的。這個挑戰或謎題很可能跟那個程式彩蛋完全沒關係，但只有一個方法可以得知。

我必須打出一場很完美的「小精靈」遊戲。

這可不容易。你必須順利闖過兩百五十六關，一路直抵最後的分割畫面。你必須吃掉沿路遇到的每一顆小豆子、水果和鬼魂，而且一次都不能死。在這款遊戲六十年的歷史當中，總共有過二十場完美的紀錄，其中一場，也是過關速度最快的一場，就是由詹姆士·哈勒代本人以不到四小時的時間完成。他在「群聚遊戲」公司休息室裡的那臺「小精靈」機臺上，締造出這項破紀錄的成績。

我曉得哈勒代很愛這款遊戲，所以早已對它做了不少研究，不過我不曾締造出零失誤的完美佳績。我那時當然沒認真玩，不過現在我有理由全心投入這款遊戲了。

我打開我的聖杯日誌，拉出與「小精靈」相關的所有資料。原始的程式碼、設計者岩谷徹完整的生平紀事，以及我所能找到的每一本「小精靈」攻略。每一集的《小精靈》卡通、「小精靈」早餐穀片裡的成分，當然，還有這款遊戲的模式。我有一大堆「小精靈」的模式圖解，以及史上「小精靈」最強玩家的影片資料，放映出來長達數百小時。我已經研究過許多資料，但這會兒我還是重新瀏覽一次，以喚回記憶。複習完畢我闔上聖杯日誌，端詳眼前的「小精靈」機臺，彷彿槍手在打量敵人。

我伸展手臂、轉轉頭頸，把指關節折得喀喀作響。

接著，將一枚代幣放入左邊的投幣孔，機臺發出熟悉的電子嗶嗚聲。我按下「單人遊戲」鈕，螢幕上出現第一個迷宮。

我用右手握住操控桿，引導那披薩狀的主角走過一個又一個迷宮。哇卡哇卡─哇卡哇卡。

我專注在遊戲上，沉浸在古老的二D實境中，四周的合成景物逐漸消失。就跟玩「戴格拉斯地下城」一樣，我在模擬世界中玩模擬。遊戲中的遊戲。

★

一開始我有幾次失誤，頂多只能玩一、兩小時，後來我又犯了一個小錯，只得重新開機，從頭開始。不過，現在是第十八次嘗試，而這一次已經連續打了六小時。我整個人激動搖擺得就像重金屬搖滾樂團「多肯」（Dokken）。到目前為止，我打得無懈可擊，兩百五十五個畫面出現過了，代表我毫無失誤地闖過了兩百五十五關。每次吃下大力丸後，我就會成功吃掉那四個鬼（一直到第十八個迷宮，他們不再同時變藍色），而且我也順利地吃掉冒出來的水果、鳥和鈴，一次都沒死。

這是我這輩子打過最精采的電玩。就是這樣，我感覺到了，一切就是那麼完美契合，我發出光芒了。

每個迷宮都有個地方可以讓小精靈「躲藏」十五分鐘，就在起始點的上面。躲在這裡，那四隻鬼就找不到小精靈，利用這一招，我才能在六個小時內抽空迅速填飽肚子兩次並上廁所。

就在我哇卡哇卡走完第兩百五十五個畫面時，遊戲區的音響轟隆傳出「小精靈狂熱」的歌曲，我臉上泛起微笑，因為我知道這一定是哈勒代在向我致意。

最後一回合，我謹守著經過試驗證明最正確的攻略方式，將操控桿往右偏，溜進祕門，然後從另一邊出來，直接往下吃掉剩下的幾顆豆子，掃清整個畫面。我深吸一口氣，看著藍色的迷宮變成跳動的白色，接著，我看見了傳說中的分割畫面，遊戲的最後一關，就出現在我眼前。

就在我開始玩最後一關的幾秒鐘後，計分板的通知訊息選在最不對的時機出現，在我的視像罩顯示器上不停閃爍。

前十名排行榜重疊在我的「小精靈」螢幕上，我快速一瞥，見到艾區也找到玉鑰，他的分數跳成一萬九千分，位居第二，把我往下擠到第三名。

奇蹟似地，我居然沒有火冒三丈，而是冷靜地繼續專注在我的「小精靈」上。

我握緊操控桿，不讓這件事使我分心，我就快闖關成功了！只要把最後這個被擾亂的迷宮所能給我的六千七百六十分統統吃下來，我就能打出史上最高分。

我毫無瑕疵地闖過迷宮的左半邊，音樂響起，我的心臟也隨著樂聲怦怦作響。接著，我冒險前進蜿蜒扭曲的右半邊，引導小精靈通過螢幕上那些會消耗記憶體、以畫素圖形來呈現的一個個垃圾。在這些討厭的鬼魂和亂七八糟的圖形底下有九顆豆子，每顆值十分。我看不見它們，但早就記住它們的位置，所以我迅速吃掉它們，獲得九十分，接著我衝向最靠近我的那個鬼——克萊德——來個玉石俱焚，就這樣，我的小精靈死了第一次。小精靈一動也不動，隨著延長的嗶嗚聲音消失。

小精靈若在最後這局迷宮裡死掉，那九個隱藏的豆子就會重新出現在扭曲的螢幕右半邊，所以為了獲得遊戲的最高分，我必須再利用我剩下的五條命找到並吃掉這些豆子，連續進行五次。

我努力不去想此刻正拿著玉鑰的艾區。這會兒，他大概正在讀蝕刻於玉鑰上的線索吧。

我把操控桿往右偏，最後一次迂迴通過數位的破瓦殘礫，現在，就算矇著眼我都辦得到。我在娉琪四周誘捕豆子上鉤，藉此抓到靠近下方的兩顆豆子，接著又吃掉畫面中央的三顆，最後是上方的四顆。

我辦到了，我以三百三十三萬三千三百六十分締造了史上最高分。一場完美的電玩遊戲。

我雙手離開控制臺，看著四個鬼跟小精靈會合，接著迷宮中央閃爍著「遊戲結束」。

我等待著，什麼都沒發生。幾秒鐘後，螢幕再次出現遊戲最吸引人的畫面：四個鬼和它們的名字以及綽號。

我的視線落在機臺天篷邊緣的那個代幣，它原本彷彿被嵌在那裡，無法移動，但現在它往前滾，直接落入我分身的掌心，然後忽然消失。這時我的顯示器上閃爍著一則訊息，通知我那枚代幣已經自動加到我的物品清單當中。我想把它拿出來看，卻拿不出來。代幣仍在我的物品清單裡，但怎樣就是拿不出來，也丟不掉。

如果這枚代幣真有什麼神奇的地方，那麼物品描述可完全沒寫。若想了解這枚代幣，我必須對它施展一連串高深的占卜法術。這得花上好幾天，也會耗掉許多昂貴的法術要件，但就算如此也無法保證這些法術能提供什麼訊息。

更何況，現在我可沒閒工夫關心這枚丟不掉的硬幣有何神祕之處，此刻我滿腦子想的都是艾區和雅蒂米思雙雙擊敗我，取得玉鑰了。加上在阿凱德星球打出「小精靈」最高分顯然也沒讓我找到玉鑰，我把寶貴時間浪費在這裡了。

我回到阿凱德星球的地面，就在我坐入「馮內果」的駕駛艙時，我的收件匣出現艾區寄來的e-mail。我看到標題，**我來還人情債**，脈搏怦怦劇烈跳動。

我屏息，打開信件閱讀。

親愛的帕西法爾：

正式說來，你和我現在勢均力敵了，對吧？我想，現在該是我把欠你的人情債一次還清的時候。

你得加快腳步，六數人一定在路上了。

祝好運

艾區

他署名下方有個附加的影像檔，內容是文字冒險遊戲「魔域」（Zork）攻略指南的封面，以高解析度的方式加以掃描。這款遊戲是一九八〇年由「個人軟體公司」（Personal Software）替家用電腦 TRS-80 第三型所創作的。

很久以前，大約是尋寶競賽開始的第一年，我玩過一次「魔域」，並成功闖關，不過話說回來，那年我玩過好幾百種經典的文字冒險遊戲，包括魔域的所有續集。現在，這款遊戲的很多細節我都記不太清楚了。文字冒險遊戲多半一玩就懂，毋需說明，所以我根本懶得去讀「魔域」的手冊，而現在我知道，我犯了天大的錯誤。

手冊封面上畫的是遊戲裡的場景，一個神氣活現的冒險者穿戴盔甲和有翅翼的頭盔，手中一把發光藍劍高舉過頭，準備收拾面前的巨人。冒險者另一手抓著幾件寶物，腳邊還散落著更多寶藏，其中有人骨。一隻深黝的獠牙怪物偷偷摸摸躲在這位英雄身後，兇狠怒視前方。

這些景物都位在圖畫前景，而我的目光立刻鎖住的是背景：一間白色大房子，前門和前窗全被木條釘上。

久被忽略的居所。

我又凝視這景象數秒，同時咒罵自己幾個月前沒能聯想到這個。然後我發動「馮內果」的引擎，設定航程，準備前往不遠處，位於第七區塊的另一個星球。我要前往的小世界稱為「富羅布茲」，那兒有鉅細靡遺的「魔域」複製品。

而且，我現在知道，那兒就是玉鑰藏匿的地方。

23

「富羅布茲」位於一群稱為XYZZY的星群中，這個星群包含數百個世界，鮮少有人造訪。這些星球都是「綠洲」創立早期所創造出來的，每一個都複製了某些經典文字冒險遊戲或者連線遊戲「多人地下城」裡的環境。這些世界個個都是殿祠——以互動的方式對「綠洲」的早期先祖致意。

文字冒險遊戲（當代學者稱之為「互動式小說」）是利用文字創造出玩家所在的虛擬環境。遊戲程式以簡單的文字敘述你所在的環境，然後詢問你接下來想做什麼。你必須輸入簡單的指令來移動或者跟虛擬環境互動，告訴電腦你希望你的分身做什麼。這些指令必須很簡單，通常只有兩個字或三個字，比如「往南」、「拿劍」。如果指令太過複雜，電腦的語法引擎會無法了解。透過閱讀文字、輸入文字，你就能悠遊在虛擬的世界，蒐集寶物、打怪，避開陷阱，解決難題，直到闖關成功。

我玩過的第一款文字冒險遊戲稱為「洞窟冒險」（Colossal Cave），在我看來，它只有文字的介面實在簡單粗糙到不可思議，不過玩了幾分鐘後，我立刻沉迷在螢幕上那些文字所構築的實境中。不知何故，簡簡單單的兩行描述就能讓我的心靈之眼見到生動歷歷的影像。

「魔域」是最早期也是最著名的文字冒險遊戲之一，根據我在聖杯日誌裡的資料，四年多前我在一天之內就玩到這遊戲的最後一關。沒想到我無知到難以饒恕，竟然完全忘記這個遊戲有兩個重要的細節：

一、「魔域」這遊戲一開始，主角就是站在一幢關上百葉窗的白色屋子前。

二、在白屋的客廳裡，有一個獎盃櫃。

要完成這個遊戲，你必須把蒐集到的寶藏一一放回客廳的獎盃櫃裡。

終於，四行詩的意思豁然開朗了。

船長隱藏玉鑰
於久被忽略的居所
你的哨子只能在此時吹起
當集滿獎盃之時

數十年前，「綠洲」申請了「魔域」和其續集的專利，重製成令人驚歎的三D體驗式模擬遊戲，放置在富羅布茲星球上。而富羅布茲這個星球的名字就是以「魔域」宇宙裡的一個角色命名。

因此，*久被忽略的居所*——過去半年內我不停尋找的地方——這段期間就一直位於富羅布茲，清楚明顯地藏在那裡。

★

我查看太空船的導航電腦，若以光速前進，大約至少十五分鐘才能抵達富羅布茲，這樣一來六數人很有可能比我早抵達。萬一真是如此，等我以光速降落時，這個星球的軌道上大概已有一小隊的武裝直升機等著我。到時我必須突破重圍才有機會碰觸到星球，緊接著還必須設法甩掉他們，或者跟他們比賽找玉鑰。不管怎樣，這種場面都不怎麼妙。

幸好，我有備案。心電移動指環。它是我的物品清單中最有價值的寶物，這是我在賈蓋斯星球上屠殺一隻紅龍後從它的寶藏當中搶來的。這個指環可以讓我的分身瞬間移動到「綠洲」上的任何地方，但每個月只能使用一次。我只有在緊急關頭時將它當成逃命工具，或者必須趕去某個地方時才會使用，比如此時此刻。

我迅速把「馮內果」的機載電腦設定成開往富羅布茲的自動駕駛模式，同時命令它在我彈出超空間時立刻啟動遮蔽裝置，然後找出我在富羅布茲星球上的位置，並且降落在附近。如果我夠幸運，六數人將無法偵測到我的太空船，不會在它來找我之前將它轟上空中。然而，萬一他們偵測到它，我就會被困在富羅布茲，坐以待斃地等著六數人的大軍逼近。

我打開「馮內果」的自動駕駛系統，接著唸出指令「布倫戴爾」，啟動心電移動指環。指環發出亮光，我說出要去的星球名字，顯示器上出現富羅布茲的地圖。這個偌大的天體就跟「米德爾敦」星球一樣，星球表面散布著數百個一模一樣的模擬景物——以這個星球來說，就是複製的魔域遊樂場。說得精準一點，這裡共有五百一十二個魔域，也就是說，共有五百一十二間白屋平均分散在星球表面。我在其中一間裡應該可以找到玉鑰，所以就隨機在地圖上挑選一間作為目的地。我的指環發出刺眼的亮光，不到一眨眼工夫，我的分身就已經抵達那裡，站在富羅布茲星球上。

我打開聖杯日誌，找出有關魔域闖關的筆記，然後拉出魔域遊樂場的地圖，將它放在我的顯示器一角。

我抬頭查看天空，不見六數人蹤影，但這不表示他們還沒抵達。索倫托和他屬下很可能是心電移動到別的遊樂場。眾所周知六數人早就部署在第七區塊，等的就是這一刻。他們一看見艾區的分數增加，肯定立刻使用芬多洛尋蹤之石，追查出他當下位在富羅布茲星球。這代表整個六數人艦隊已經在路上。我必須盡早拿到鑰匙，然後離開這個地方。

我環顧四周，放眼所及熟悉得好詭異。

「魔域」這款遊戲的開頭文字如下：

房子西側

你站在白屋西側的一片空地上，這間白屋的大門被木條封住。這裡有個小郵箱。

我的分身就站在白屋西側的空地上。這幢維多利亞式老屋的前門果然被木條封住，而離我幾碼遠的地方有個郵箱，就在通往屋子那條小徑的盡頭。屋子被濃密的樹林圍繞，遠方有起伏的山巒。我瞥向左邊，看見一條路通往北方，我知道那是什麼地方。

我跑到屋後，看見那裡有個微啟的小窗，我用力推開窗，爬進屋內。如我所料，這裡是廚房。正中央擺了一張木桌，桌上有個長長的褐色布袋和一瓶水。旁邊有煙囪，還有一個通往閣樓的階梯。我左手邊是通往客廳的甬道。果然跟遊戲裡一樣。

但廚房裡還有遊戲裡的文字描述所沒提到的其他東西：爐子、冰箱、幾張木椅、水槽、幾排櫥櫃。我打開冰箱，裡頭裝滿垃圾食物。變成化石的披薩、布丁、火腿，以及一大排調味料。我打開櫥櫃，裡頭都是罐頭和乾貨。米、麵條和湯罐。

還有穀片。

一整個櫃子塞滿了一盒盒的復古早餐穀片，多數在我出生之前就不再出產。水果圈、蜂巢片、幸運餅、巧古拉公爵穀片、脆香片、糖霜玉米片。在這些早餐穀片後方有一包「嘎啦脆船長」，盒子正面就寫著：附贈玩具哨！

船長隱藏玉鑰

我將盒子裡的東西全倒在流理臺上，金黃色的穀片散落一桌。我看見了——小小的塑膠哨子就包在透明的玻璃紙裡。我拆掉玻璃紙，拿出哨子。黃色的哨子一面是嘎啦脆船長的卡通臉孔，另一面是一隻小狗。兩邊都印有這句話：「嘎啦脆船長的水手長哨子」。

我把哨子舉到我分身的嘴邊，用力吹。但哨子沒發出任何聲音，什麼都沒出現。

你的哨子只能在此時吹起

當集滿獎盃之時

我將哨子放入口袋，打開木桌上那個褐色麻袋，裡頭有一瓣蒜頭，我將它放入我的物品清單中。接著我往西邊跑進客廳，地上鋪著一張來自東方世界的毯子。環繞著客廳所擺設的家具非常古老，我只在一九四〇年代的電影中看過。西側的牆壁上有一道木門，門板上刻著一些奇怪的人。對側牆面前有一個美麗的玻璃獎盃櫃。裡頭空蕩蕩。櫃子上頭有個靠電池發電的燈籠，燈籠上方的牆上掛著一把閃亮的劍。

我拿下劍和燈籠，捲起東方地毯，地毯捲起後露出地上的活板門，我知道門底下藏著什麼。我打開門，裡頭的樓梯通往陰暗的地窖。

我打開燈籠，走下樓梯，那把劍開始發亮。

★

我繼續參考聖杯日誌裡關於魔域的筆記，所以很清楚該如何穿越如迷宮的房間和通道，如何解開謎題。我一邊走一邊收集遊戲裡提到的十九項物品，並不停回客廳將這些物品放進獎盃櫃中，一次放一些。沿途我還必須跟幾個非玩家角色打鬥：巨人、獨目龍，以及一個很煩人的小偷。至於傳說中的危險怪物格魯正躲在暗處，等著吃我的肉——但我只是避開它。

除了藏在廚房裡的嘎啦脆船長哨子，我發現這裡跟原始遊戲沒什麼不同，所以我只要依照魔域原版文字冒險遊戲的方式來進行，就能成功闖過這個體驗式的三D版本。我以最快速度奔跑，沒停下來張望或者懷疑自己，順利在二十二分鐘內完成這個遊戲。

就在我拿到十九項物品的最後一項——一個銅製的小玩意兒——我的顯示器上閃爍著一則訊息，通知我「馮內果」已抵達外頭。自動駕駛讓它登陸在白屋西側的空地上，遮蔽罩仍在。如果六數人真的已來到這裡，正在這個星球的軌道上，那我真希望他們不會發現我的太空船。

我最後一次跑回客廳，將最後一個物品放在獎盃櫃裡。就跟原始遊戲一樣，櫃子裡也出現一張地圖，指引我去找一臺藏起來的手推車，找到之後代表遊戲結束。但我不去管地圖，也不在乎遊戲是否結束。現在，所有「獎盃」都「收集」在櫃子裡了，所以我拿出嘎啦脆船長的哨子。哨子上面有三個洞，我蓋住第三個洞，以吹出二千六百赫茲的哨音，就是這個聲音讓這個哨子在駭客史上一吹成名。我吹出響亮尖銳的哨音。

霎時，哨子變成一把鑰匙，而我在計分板上的分數也增加了一萬八千分。

我又回到第二名，只比艾區多一千分。

一秒鐘後整個魔域重新設定。獎盃櫃裡的十九樣物品消失，回到原來的地方，而屋子和遊戲的遊樂場也變回我剛發現時的狀態。

我凝視掌中的鑰匙，整個人驚慌了一下。這把鑰匙是銀的，不是綠色，也不是翠玉做的。不過我翻轉鑰匙，仔細查看後，發現它其實是被一層銀箔裹住，就像包住片裝口香糖或巧克力塊的那種銀箔紙。我小心翼翼地拆開銀箔紙，果真見到裡頭是一把由光滑閃亮的翠石所打造的鑰匙。

玉鑰。

就跟銅鑰一樣，它上面也刻有線索：

接受測驗你才能繼續追尋

我反覆讀了幾次，還是無法立刻了解意思，所以決定先將鑰匙放入物品清單，再看看包裝紙。

包裝紙其實只有一面是銀箔，另一面是白紙，但兩面都沒有任何記號或標誌。

就在這時，我聽見外頭隱約傳來太空船接近的聲音，知道一定是六數人。聽起來他們正大舉入侵。

我將包裝紙放入口袋，奔出屋子。頭頂上果然有數千架武裝直升機盤旋，密密麻麻布滿天空，彷彿成群憤怒的鐵黃蜂。太空船成群往不同方向降落，看來他們想占據整個星球。

我不認為六數人會蠢到試圖封鎖五百一十二間白屋。這種策略在路得思星球行得通，不過也只奏效幾小時，逼得最後他們只能封鎖一個地方。富羅布茲整個星球都是自由衝突區，魔法和科技都能發揮作用，這代表不管他們怎麼封鎖都沒用。很快會有獵蛋客一批批湧入，他們必定會全副武裝，若六數人想阻擋他們，肯定會爆發「綠洲」有史以來最激烈的戰爭。

我繼續跑過空地，奔上我太空船的舷梯，這時看見一大群武裝直升機，大約一百多架，正從天空直接往我的方向降落。顯然是衝著我來。

麥克斯已經發動「馮內果」的引擎，我大吼要他在我一登上太空船就立刻起飛。我坐到駕駛艙的控制臺，立刻將馬力開到最大，這時正降落的那群武裝直升機來個急轉彎，以便跟上起飛的我。我的太空船衝向天空，承受著來自四面八方的槍林彈雨。不過我運氣好，太空船的速度夠快，加上遮蔽罩性能卓越，所以有辦法撐到星球軌道，但一抵達那裡，遮蔽罩就失靈，「馮內果」的機身在幾秒內受到重創，使得我必須以光速逃離。

★

就那麼千鈞一髮，我差點被那些王八蛋擊落。

我的太空船受損嚴重，所以我沒直接回堡壘，而是去「阿喬修車廠」，這個位於星體軌道上的太空船修理廠在第十區塊。「阿喬」是由非玩家角色所經營的修車廠，誠信經營，費用合理，而且服務速度超快。每次「馮內果」需要修理或升級，我就會去找他們。

趁著阿喬和他的助手幫我修太空船的空檔，我寫了一封簡短的e-mail跟艾區道謝。我告訴他，不論他覺得自己欠了我什麼，現在都還清了。我也把自己貶成一個神經超級大條、以自我為中心的混蛋，請求他原諒。

太空船修理好，我立刻返回堡壘，接下來的時間全黏在新聞報導上。富羅布茲的消息已經傳出，所有有辦法的獵蛋客都已心電移動到那裡，每分鐘有數千名獵蛋客乘著太空船抵達，和六數人展開激烈廝殺，以便奪得玉鑰。

新聞報導現場直播在富羅布茲爆發的大規模衝突，幾乎每個「久被忽略的居所」附近都可見打鬥場面。幾個大的獵蛋客幫派再次團結起來攻打六數人。這次衝突後來演變成所謂的「富羅布茲戰爭」，雙方死傷慘重。

我也密切關注計分板的動態，等著看六數人以武力阻擋對手後接連取得玉鑰。我害怕的狀況果然發生了，下一個增加的分數就出現在索倫托的「創線企」員工編號旁邊。索倫托多了一萬七千分，變成第四名。

既然六數人已知道玉鑰藏在哪裡，也曉得如何取得，我猜想索倫托的屬下應該會接在他後面取得玉鑰，增加分數。不過出乎我意料之外，下一個奪得玉鑰的人是小刀。索倫托完成後不到二十分鐘就換他取得。

不知小刀怎麼辦到的，總之他成功躲過占據星球的一群群六數人，進入白屋，收集到十九項物品，取得鑰匙。

我繼續看著計分板，等著看他的哥哥大刀也增加分數，不過一直沒見到。

就在小刀獲得鑰匙之後沒幾分鐘，大刀的名字從計分板上徹底消失。這情況只有一種可能性：大刀被殺死了。

24

接下來十二小時，隨著「綠洲」裡的每個獵蛋客倉促抵達富羅布茲，加入衝突，整個富羅布茲陷入一片混戰。

六數人派出最強大的兵力，試圖把魔域的五百一十二個遊樂場全封鎖起來，但儘管六數人武力強大、設備精良，他們在這片廣袤的星球上分布起來還是過於稀疏。當天後來，只有七個分身取得玉鑰。獵蛋客幫派聯合起來攻打六數人的部隊，六數人那一群群「穿藍衣的笨蛋」傷亡慘重，被迫撤退。

幾小時後，六數人的最高指揮官決定重擬策略。他們很快發現無法封鎖五百多個地點，或者阻止一波波湧入的獵蛋客，所以決定重新集結兵力，只部署在富羅布茲南極附近十個毗連的遊樂場。他們在每個遊樂場裝設強大的力盾，並且在盾牆的外圍部署荷槍實彈的軍隊。

縮小規模的策略奏效，現在六數人的兵力足以防守十個地方，阻止獵蛋客進入（而其他獵蛋客也沒理由硬闖這十個地方，畢竟還有其他五百個地點沒人阻擋，大可長驅直入）。現在六數人可以不受干擾地進行下一步，他們在每幢白屋外頭排成十行，一個接一個魚貫進去找玉鑰。所有人都能一目了然看到他們的行徑，因為計分板上每個「創線企」員工編號旁的數字逐一增加了一萬五千分。

這時，數百名獵蛋客的分數也增加了。由於玉鑰的藏匿位置眾所周知，因此四行詩的意義和取得鑰匙的方法就不難得知。對已經通過第一道門的任何人來說，鑰匙就在那裡等著被拿取。

隨著「富羅布茲戰爭」接近尾聲，計分板上的排名變成如下：

最高得分：

1. 雅蒂米思	129000	⛩
2. 帕西法爾	128000	⛩
3. 艾區	127000	⛩
4.「創線企」-655321	122000	⛩
5. 小刀	122000	⛩
6.「創線企」-643187	120000	⛩
7.「創線企」-621671	120000	⛩
8.「創線企」-678324	120000	⛩
9.「創線企」-637330	120000	⛩
10.「創線企」-699423	120000	⛩

心驚。

即使小刀跟索倫托一樣都是十二萬二千分，但一定是因為索倫托先拿到這個分數，所以他才會排名在前。雅蒂米思、艾區和小刀及我因為率先取得銅鑰和玉鑰而依舊保有「超技五將」的神聖地位。但現在索倫托也在前五名，尤其看見他的「創線企」員工編號排在小刀的名字前，更讓我膽顫心驚。

我把計分板往下捲，發現列在上面的名字已經超過五千個，每小時都有新的分身在「鳥騎士」遊戲中擊敗阿瑟瑞拉克，拿到銅鑰。

留言板上沒人知道大刀發生什麼事，不過大家一致認為他一定在「富羅布茲戰爭」爆發前幾分鐘就被六數人殺害。關於他的死法謠言四起，卻沒人現場親眼目睹。或許小刀看到了，但他如今行蹤成謎。我發了幾次邀請找他進聊天室，但全無回音。我猜，他大概跟我一樣正全心全意趕在六數人之前找到第二道門。

★

我坐在我的堡壘裡，凝視著玉鑰，彷彿走火入魔地誦念經文般，一遍又一遍覆誦著鑰匙隆起部位所蝕刻的文字：

接受測驗你才能繼續追尋

接受測驗你才能繼續追尋

接受測驗你才能繼續追尋

對，可是到底是什麼測驗？我應該參加什麼測驗？《星艦迷航記》裡星艦學院的課程考試？或者蓋住品牌讓消費者試喝可樂，判斷哪一種最好喝的挑戰呢？拜託，這線索可以再模糊一點啊。

我把手伸入視像罩，沮喪地搓揉眼睛，決定去睡個覺休息一下。我拿出分身的物品清單，將玉鑰放入裡面，這時注意到旁邊的銀箔包裝紙——就是玉鑰一開始出現在我的掌心時所包裹的那層紙。

我知道這張包裝紙有助於解開這個謎題，但我就是理不出頭緒。我在想，會不會與電影《巧克力冒險工廠》（*Wonka and the Chocolate Factory*）有關，但隨後否決這個可能，因為包裝紙裡根本沒有金票[27]。這行字一定有其他的目的或意義。

我凝視著包裝紙，不停思索，直到累得睜不開眼睛。我登出，上床睡覺。

幾個小時後，「綠洲」標準時間早上六點十二分，我被計分板發出的可怕聲音給驚醒，這聲音是通知我計分板上的排名有了更動。

我懷著愈來愈驚懼的心情登入「綠洲」，拉出計分板，不曉得將會看到什麼。會不會是雅蒂米思闖過第二道門？還是艾區或小刀達成這項任務？

但他們的分數都沒變。我驚恐地發現是索倫托的分數增加了二十萬點，而且分數旁邊還出現兩扇門的標誌。

編譯註

㉗在電影中，巧克力工廠所生產的一箱箱巧克力中，有五條巧克力藏有金票，幸運得到金票的小朋友將能參觀巧克力工廠。

索倫托剛剛成為第一個闖過第二道門的人，所以他的分身成了第一名，高踞計分板榜首。

我楞坐在椅子上，呆望著索倫托的員工編號，默默思量這件事的後續影響。

索倫托肯定一走出第二道門便獲得水晶鑰匙藏放位置的線索，而這把水晶鑰匙將能打開第三道，也就是最後一道門。換句話說，現在六數人是唯一擁有這個線索的人，這代表他們比我們任何人都更有機會找到哈勒代的程式彩蛋。

我忽然覺得好難受，呼吸困難。我知道我一定是恐慌症發作了。全然徹底的驚恐。極度巨大的崩潰。不管你怎麼稱呼這種感覺，總之，我開始有點兒失常。

我打電話給艾區，但他沒接。他要不是仍對我不爽，就是有更緊急的事要做。我準備打給小刀，但隨即想起他哥哥的分身才剛被殺死，大概沒心情接電話。

我想飛到「班納塔」找雅蒂米思聊聊，但我隨即清醒過來。她拿到玉鑰好幾天了，卻還無法闖過第二道門，現在知道六數人在不到二十四小時內就完成這項任務，肯定氣瘋了。搞不好還瘋到整個人痴呆。此刻她大概不想跟任何人說話，尤其是我。

不過我還是打了，她照例不接我的電話。

走投無路的我好想聽到熟悉的聲音，所以只好跟麥克斯說話。依我現在這種狀態，就算是電腦製造出來的油腔滑調都能帶給我慰藉。當然，沒多久麥克斯就說盡了事先寫在程式裡的所有句子，當他開始重複說話內容時，我以為自己在跟真人說話的幻想就破滅了，內心變得更寂寞。當你的世界一團糟，而唯一能跟你說話的只有你的系統代理人軟體時，你就知道你搞砸了。

我無法繼續睡，所以乾脆收看新聞，瀏覽獵蛋客的留言板。六數人的艦隊仍在富羅布茲，一個個分身繼續取得玉鑰。

索倫托顯然從上次錯誤中學到教訓。到目前為止，只有六數人知道第二道門的下落，但這次他們沒派大批艦隊封鎖那個地方，因而愚蠢地洩漏出第二道門的所在位置。他們充分利用競爭優勢，一天當中又有更多六數人的分身闖過第二道門。索倫托通過這道門之後，二十四小時內共有十個六數人通過，每個六數人的分數都增加了二十萬分。雅蒂米思、艾區、小刀和我的排名愈來愈往下掉，最後被擠出十名外。這時出現在主頁上的計分板，全都是「創線企」的員工編號。

六數人稱霸了計分板。

接著，就在我以為最糟也不過如此時，在索倫托闖過第二道門的兩天後，他的分數又增加了三萬分，這代表他已拿到水晶鑰匙。

我坐在我的堡壘內，望著顯示器，驚愕地看著眼前的一切。否認不了，遊戲就要結束了，而這個結果跟我一直以來所想像的截然不同。最後拿到程式彩蛋、贏得獎賞的並不是哪個值得抱獎歸的正直獵蛋客。過去這五年半以來，我一直在欺騙自己，我們全都在自欺欺人，故事並沒有圓滿結局。壞人贏了。

接下來二十四小時，我處於驚恐的畏縮狀態，發了瘋似地每五秒鐘就看一次計分板，猜想遊戲隨時都會結束。

索倫托，或者他那些眾多「哈勒代專家」之一，顯然已解開謎題，找出第二道門的位置。但即便證據就清楚寫在計分板上，我還是很難相信。之前六數人都是透過追查雅蒂米思、艾區和我的行蹤才有進度，那麼，現在這些搞不清楚狀況的王八蛋到底是怎麼靠自己找到第二道門？難道他們只是走運？或者，他們發現什麼新方法來作弊？雅蒂米思比他們領先幾天都沒辦法解開謎題，他們為什麼有辦法在這麼短的時間內辦到？

我的腦袋像一團被捶扁的黏土，完全搞不懂刻在玉鑰上的線索。我一點想法都沒有，甚至連個駑腳的臆測都猜不到。我根本不知道接下來該怎麼做，或者該去哪裡找。

隨著夜幕降臨，六數人陸續取得水晶鑰匙。他們的分數一上升，我的心就像被一把刀刺中。但我就是沒辦法不看計分板。我整個人嚇傻了，完全不知所措。

我覺得自己一步步走向絕望的深淵。我過去五年來的努力已落得一場空，我太蠢了，竟然低估索倫托和六數人，而現在，我就要為自己的傲慢付出終極代價。此時此刻，那些沒心沒肺的企業走狗就快拿到程式彩蛋了，我可以感覺到，每條神經都能感受到。

我已經失去雅蒂米思，而現在又要輸掉這場競賽。

我已決定在我確定輸掉競賽時要怎麼做。首先，我會在我的官方粉絲俱樂部裡挑選一個孩子，一個身無分文的最低階新手，把我所有物品都給他。然後我要啟動我的堡壘的自我摧毀程序，坐在我的指揮中心裡，等著這整個地方被巨大的熱核爆炸給摧毀。我的分身死掉後，顯示器正中央會出現「遊戲結束」，然後我會脫掉視像罩，離開六個月來我足不出戶的房間。我會搭乘電梯到頂樓，或者可能會爬樓梯，稍微運動一下。

我住的那棟大樓的屋頂有片林園，我不曾親自造訪過，但我曾透過照片和網路攝影機欣賞它的景色。女兒牆四周都築起透明的樹脂玻璃，防止有人跳樓，不過這玩意兒根本是笑話。我住進來這半年內，至少有三個死意堅決的人翻過玻璃牆，成功往下跳。

我會坐在屋頂一會兒，大口呼吸未經過濾的城市空氣，感受風拂過臉龐的感覺，然後我會爬上玻璃牆，縱身翻到牆的另一邊。

這是我目前的計畫。

我正在思考跳樓時要哼哪首曲子時，我的電話響起。是小刀打來的。我沒心情跟任何人說話，所以讓他的來電轉入影音信箱，並在一旁看著小刀錄製留言。他的留言很簡單，只說他必須到我的堡壘，把一些東西交給我。大刀遺願說要給我的東西。

我回他電話敲定見面時間。我聽得出來小刀的狀況很不好，他那安靜的聲音充滿痛苦，而且他的分身臉上流露出深沉的絕望。他沮喪到了極點，甚至比我還要慘。

我問小刀，他哥哥何必大費周章替他的分身弄什麼「遺願」，何不直接把東西交給小刀。大刀大可以創造新的分身，再從弟弟那裡拿回遺物。但小刀告訴我，他的哥哥不會創造新分身，現在不會，永遠都不會。我追問原因，他說見面之後一定會告訴我。

25

一個多小時後，麥克斯通知我小刀已抵達。我允許他的太空船進入法爾可星球領空，要他將船艦停在我的停機棚。

小刀的船艦是一艘巨大的星際拖網船，名為「黑澤」。這艘船是根據經典卡通《星際牛仔》（*Cowboy Bebop*）中那艘名為「畢波號」的太空船所設計。打從我認識大刀和小刀起，他們就利用它作為移動基地。這艘太空船大到差點擠不進我停機棚的門。

小刀從黑澤號走出來，我站在跑道上歡迎他。他穿著全身黑的守喪服，面容跟我在視訊電話上見到的一樣傷心欲絕。

「帕西法爾桑。」他對我深深一鞠躬。

「小刀桑。」我恭敬地鞠躬回禮，然後伸出手，攤開掌心。這是我們一起參加尋寶競賽之後共通的友好手勢。他認出來了，咧嘴一笑，也伸出手，拍了我的掌心一下，但隨即恢復憂鬱的面容。打從上次我和他們兄弟倆一起進特攝影片完成任務後，我就沒見過他（除了在他和他哥哥所拍攝的「鑾刀」提神飲料廣告以外）。他的分身似乎比我印象中更高了幾公分。

我領他到堡壘中那間鮮少使用的「接待室」，這個房間仿自影集《天才家庭》中的客廳。小刀認出這些裝潢擺設，贊同地點點頭，然後無視於沙發家具的存在，逕自坐在地板中央。他以「正坐」方式，屈膝將小腿壓在大腿下跪坐著。我也以相同方式跪坐在他面前，好讓我們的分身面對面。我們相對無言地坐了片刻後，小刀才終於開口，但說話時他看著地面。

「昨晚六數人殺了我哥哥。」他以幾乎像低語的音量告訴我。

一開始，我震驚到無法回應。「你是說，他們殺了他的分身吧？」我問道，即使我已聽出他真正的意思。

小刀搖搖頭。「不，他們闖入他家，將他從觸覺椅上拉下來，丟出陽臺。他住在四十三樓。」

小刀在我們旁邊的半空打開瀏覽視窗，裡頭出現一篇日文的新聞報導。我用食指點進去，曼達拉斯即時翻譯軟體立刻將它譯成英文。標題是「又一個宅男自殺」。簡短的報導敘述一個獨居的年輕人——二十二歲的義昭敏郎——從位於東京新宿區一幢飯店改建的大樓住處跳樓身亡。文章旁邊有一張敏郎就學時的照片，看起來跟他的「綠洲」分身一點都不像。

小刀見我讀完報導，就關上視窗，我躊躇了一下後開口問道：「你確定他不是自殺？因為分身被殺死，所以難過得自殺？」

「不，大刀不會自殺，這一點我很確定。六數人趁著我們在富羅布茲上跟他們搏鬥時闖入他的住處，唯有在真實世界中除掉他，他們才能打敗他的分身。」

「小刀，聽到這件事，我很難過。」我不曉得該說些什麼。我知道他說的句句屬實。

「我的真實名字是明秀，我要你知道我的本名。」

我微笑，然後深深一鞠躬，以額頭碰觸地板。「感謝你信任我，把本名告訴我。我的真名是韋德。」我想不出繼續隱藏身分有何意義。

「謝謝你，韋德。」小刀鞠躬回禮。

「不客氣，明秀。」

他沉默半晌後才清清喉嚨，談起大刀的事。滔滔不絕地說。看來他很需要把發生的一切說給人聽，讓人知道他失去了什麼。

「大刀的真名是義昭敏郎。直到昨晚看了新聞，我才知道。」

「可是……我以為你是他的弟弟。」我一直以為大刀和小刀住在一起，合租一間公寓或什麼的。

「我跟大刀的關係很難解釋，」他停頓，再次清清喉嚨，然後說：「我們不是親兄弟，在真實世界中不是，只有在『綠洲』才是，我這樣說你明白嗎？我們是在網路上認識的，我不曾見過他本人。」他緩緩抬眼，迎視我的目光，想看看我是否在論斷他。

我伸出手按住他的肩，「相信我，小刀，我能了解你的意思。艾區和雅蒂米思是我最要好的朋友，但我也沒在真實世界中見過他們。事實上，你也是我最親近的朋友。」

他頷首，說：「謝謝你。」我從他的聲音聽出他正在哭泣。

「我們是獵蛋客，」我說，試圖緩和尷尬的沉默，「我們住在『綠洲』，活在『綠洲』裡。對我們來說，這裡是唯一有意義的實境。」

明秀點點頭，一會兒後他開口繼續說下去。

他告訴我他六年前和敏郎認識的經過，那時他們兩人都在「綠洲」的互助團體「繭居一族」中註冊，這個辭彙的意思是指年輕人脫離社會，選擇徹底孤立的生活。繭居族把自己關在房間看漫畫，成天掛在「綠洲」裡，仰賴家人把食物送到房門口。日本從這世紀初開始就出現繭居族，不過一直要到哈勒代的尋蛋活動開始，數量才大幅成長。全日本各地有好幾百萬的男男女女把自己關在房間，遠離真實世界，這些人有時也被稱為「失蹤的百萬人」。

明秀和敏郎變成好朋友，幾乎每天都一起耗在「綠洲」裡。哈勒代的尋蛋活動開始後，兩人立刻決定組隊，一起尋找程式彩蛋。兩人的組合無懈可擊，因為敏郎在電玩方面可說是天才，而較年輕的明秀則浸淫在美國流行文化裡。明秀的祖母在美國念書，而他的父母都在美國出生，所以明秀可說是看美國電影和電視長大的，因此他說得一口流利的日語和英語。

明秀和敏郎對武士電影的熱愛給了他們靈感，兩人決定讓分身具有武士的名字和外表。小刀和大刀如膠似漆，宛如親兄弟，所以在創造新的獵蛋客身分時，他們決定要在「綠洲」世界裡結為兄弟。

自從小刀和大刀闖過第一道門變得赫赫有名後，兩人開始接受媒體訪問。他們繼續隱藏真實身分，但曾透露兩人都是日本人，這使得他們在日本瞬間爆紅。他們開始替日本產品代言，電視上還出現描述他們豐功偉業的卡通和真人版的電視影集。兩人聲望如日中天時，小刀曾向大刀提議或許該見個面，大刀大發雷霆，好幾天不跟小刀說話，從此之後小刀就沒再提過見面的事。

終於，小刀跟我說大刀的分身被殺害的經過。那時他們兩個正搭乘黑澤號航行於第七區塊各星球間，這時從計分板上得知艾區拿到玉鑰。他們知道六數人一定會利用芬多洛尋蹤之石找出艾區的正確位置，而且他們的船艦會在第一時間聚集於該地。

大刀和小刀早有準備，並且在幾個禮拜前就在每一艘他們能找到的六數人武裝直升機上安裝了顯微追蹤器。拜這些設備之賜，他們才能在武裝直升機突然改變方向飛往富羅布茲時跟過去。

小刀和大刀一發現六數人的目的地是富羅布茲，便隨即解開了四行詩的意思。幾分鐘後他們抵達富羅布茲時，已經知道怎麼做可以拿到玉鑰。

他們把「黑澤號」降落在仍無人搭理的其中一間白屋旁。小刀進屋收集十九項物品，取得鑰匙，這時大刀先留在外面防守。小刀動作迅速，但就在還剩最後兩項物品時，大刀透過手持無線電通知他，有十架武裝直升機正接近他們。他要弟弟加快腳步，並承諾會設法擋住敵人，直到小刀拿到玉鑰。他們兩人都不曉得錯過這次，是否還有下次。

小刀倉促地拿取最後兩樣物品，並將它們放到獎盃櫃，然後以遙控方式啟動「黑澤號」機身外的其中一架攝影機，利用它錄下大刀跟六數人交鋒的經過。小刀打開視窗，將這段影片放給我看。

但直到影片結束，他的視線都瞥向別處，顯然很不想再看一次。

從影音畫面中，我看見大刀一人站在白屋旁的空地上，一群武裝直升機正從天空降下，一進入射程，就開始發射雷射光。紅色光束猛烈傾瀉，落在大刀四周。在他身後遠處，有更多武裝直升機降落，每一架都卸下一批批荷槍實彈的地面部隊。大刀被重重包圍。

六數人降落時一定看到了「黑澤號」，所以決定先幹掉這兩個武士。

大刀毫不猶豫地亮出王牌。他用右手拿出神光棒，高高舉向天空，並加以啟動，他的分身立刻變身成「超人力霸王」，雙眼發出亮光，身上是紅銀兩色，變成四千七百公分高的超級英雄。

原本節節逼近他的六數人地面部隊頓時楞住，驚恐地抬頭望著他，這時超人力霸王大刀抓起空中的兩架武裝直升機，將它們互砸，彷彿一個大孩子正在把玩兩架玩具直升機。他將起火燃燒的直升機殘骸扔到地上，開始像拍打惱人蒼蠅般撲打空中其他的直升機。成功逃離他致命魔掌的直升機傾斜急轉彎，開始以雷射光束和機關槍掃射他，但這兩樣武器一碰到他重重防護的盔甲肌膚立刻彈開，他毫髮無傷。大刀狂笑的聲音轟隆迴盪。接著，他雙手交叉，將手腕重疊，比畫出十字，雙手立刻發出炙亮的斯卑修姆能量光束，將五、六架正好倒楣飛過該區域的武裝直升機給毀屍滅跡。大刀轉身，把光束瞄向四周的地面部隊，將他們像放大鏡底下驚恐的螞蟻一樣燒毀。

大刀顯然陶醉其中，以致沒留意到他胸口中央的警告燈不停閃紅光。這是警告他變身成超人力霸王的三分鐘時限快要到了，威力即將耗盡。這個時限正是超人力霸王的主要弱點，如果大刀在三分鐘到了之前沒收回神光棒，重新變回人類，他的分身就會死。不過想也知道，若他變回人類，在大批六數人的激烈砲火下，他也一樣會死。這樣一來，小刀就永遠無法返回太空船。

我看見大刀四周的六數人部隊慌張地拿起手持無線電喊叫，尋求支援，這時天空仍有更多的武裝直升機成群陸續抵達。大刀以斯卑修姆光束精準地瞄準它們，一次擊中一架。隨著每發射一次光束，他胸口的警告燈就閃得愈快速。

接著，小刀從白屋裡跑出來，透過無線電告訴哥哥他拿到玉鑰。就在這時，六數人的地面部隊發現小刀，知道他更容易攻擊，於是開始將砲火移向小刀的分身。

小刀火速衝往「黑澤號」。他啟動腳下那雙加速之靴，分身立刻以極速奔過空地，速度之快，只見一團糊影閃過。這時，大刀的巨大身形調整位置掩護弟弟，他繼續發出能量光束，逼退六數人。

接著，無線電傳出大刀的聲音。「小刀！有人闖進來！有人進到屋裡……」

聲音戛然而止，就在這時，他的分身凍住，彷彿變成石頭，而頭頂上方出現登出的圖示。

在打鬥過程中登出「綠洲」帳戶非常危險，不啻自殺之舉。在登出的過程中，你的分身會凍結在原處六十秒，在這六十秒內，你會毫無防備地遭受攻擊。登出程序如此設計是為了防止分身在打鬥過程中拔腿開溜。在登出之前，你必須先抵抗攻擊，或者撤退到安全的地方。

大刀在最壞的時機登出。他的分身一凍結，四面八方的雷射砲和武裝直升機立刻猛烈攻擊他。他胸口的紅色警告燈愈閃愈快，最後變成實心的紅燈。這時，大刀的巨人身軀整個倒下，還差點壓垮小刀和「黑澤號」。就在他撞擊地面時，分身的身體變回平常的體積和模樣，接著開始慢慢消失。大刀的分身徹底消失後，一小堆物品出現在地上旋轉——這些都是他物品清單裡的東西，包括神光棒。他死了。

我看見螢幕閃過一團糊影，那是小刀衝回來收拾大刀的物品。接著他迅速迴身，奔向「黑澤號」，船艦升空，衝往軌道，沿路飽受猛烈砲火攻擊。這景象讓我想起自己之前狼狽逃離富羅布茲的情景。幸好，大刀已替小刀解決掉該區域的多數武裝直升機，而支援的部隊又還沒來到。

小刀順利抵達軌道，啟動光速，在千鈞一髮之際成功逃走。

★

影片結束，小刀關掉視窗。

「你想，六數人怎麼會找到他住的地方？」我問。

「不曉得。大刀一向很謹慎的，他會隱藏所有的蹤跡。」

「如果他們找得到他，那也能找到你。」我說。

「我知道，我已經做了預防措施。」

「那就好。」

小刀從物品清單中拿出神光棒，將它交給我，「大刀一定會希望你擁有這個。」

我舉起一手婉拒。「不，我認為你應該留著，你可能會需要它。」

小刀搖搖頭，「我已經繼承他其他所有東西了，我不需要這個，也不想要。」他把神光棒遞給我，意志堅決。

我接過來仔細端詳，這是一根小小的金屬圓棒，棒身銀中帶黑，側邊有個紅色的啟動鍵，大小和形狀讓我想起我擁有的光劍，不過，光劍是大量生產的廉價物品，我就有五十多把，而神光棒只有一個，而且威力大得多。

我以雙手舉起神光棒，對小刀一鞠躬，說：「謝謝你，小刀桑。」

「謝謝你，帕西法爾桑，」他也鞠躬回禮，「謝謝你聽我說話。」他緩緩起身，他的每個身體語言都透露出濃濃的挫敗感。

「你還沒放棄，對吧？」我問。

「當然沒有。」他挺直身體，對我露出苦笑。「不過我的目標不再是找到程式彩蛋。現在我有新任務，一個更重要的任務。」

「是什麼？」

「報仇。」

我點點頭，走去將掛在牆上的其中一把武士刀拿下來遞給小刀。「請接受這份禮物，希望這可以幫助你完成任務。」

小刀接過武士刀，將精雕細琢的刀身抽離刀鞘數公分。「正宗刀[28]？」他問，驚歎地望著刀身。

我點點頭，「對，而且這也是一把加權值為五的斬首刀。」

小刀再次鞠躬表示感激。「阿哩嘎多。」

我們兩人沉默地搭乘電梯到停機棚。就在要登上太空船之前，小刀轉身對我說：「你想，六數人多久會闖過第三道門？」他問。

編譯註

㉘ 正宗刀（Masamune）是電玩遊戲和奇幻作品中常見到的武器，為正劍之代表，相對於邪劍村正刀。正宗刀後來也成為授與權力的印信。

「不知道。希望我們有足夠的時間趕上他們。」

「獎落誰家還不知道，一切言之過早。對吧？」

我點點頭，「除非比賽結束，否則就沒有定論。」

26

那天稍晚，就在小刀離開我的堡壘之後幾小時，我想出來了。

那時我坐在我的指揮中心裡，手拿玉鑰，不停覆誦上面的線索：「接受測驗你才能繼續追尋。」另一手拿著銀箔包裝紙。我的視線在包裝紙和鑰匙之間來回游移，拚命想找出兩者的關連。過了好幾個小時，卻毫無所獲。

我嘆了一口氣，將鑰匙放到一邊，將包裝紙攤平，放在我眼前的控制臺上，小心翼翼地撫平上面的摺痕和皺紋。這張包裝紙呈正方形，每邊約有十五公分長，一邊是銀箔，另一邊是純粹的白色。

我拉出影像分析軟體，對包裝紙的兩面進行高解析度掃描，接著將兩個影像放到我的顯示器上，一微米一微米地研究。我在包裝紙的兩面都找不到任何文字或記號。

那時我正在吃玉米片，所以透過語音來操作影音分析軟體。我要它縮小包裝紙的掃描圖，將影像放到我的顯示器中央。就在這時，我想起電影《銀翼殺手》裡哈里遜．福特所扮演的角色戴克使用類似的語音掃描器來分析一張照片的情景。

我舉高包裝紙，再看它一眼。虛擬光線反射在銀箔上，我忽然想要把它摺成紙飛機，射到房間另一頭。這時，我想起了摺紙藝術，而這又讓我想起《銀翼殺手》裡最後一個場景。

就在這時，我豁然開朗。

「獨角獸。」我喃喃地說。

在說出「獨角獸」時，我掌心中的包裝紙自己摺了起來。正方形的銀箔紙往對角摺成一半，形成一個銀色的三角形。它繼續摺，摺成更小的三角形，接著變成更小的鑽石形狀，最後，變成一隻有尾巴、有頭顱，頭上長角，還有四隻腳的生物。

包裝紙把自己摺成一隻獨角獸。而這正是《銀翼殺手》裡最具代表意義的圖案。

這時我已飛奔到電梯，下到停機棚，並喊著要麥克斯準備讓「馮內果」起飛。

接受測驗你才能繼續追尋。

現在，我知道「測驗」是指什麼了，也明白要去哪裡接受測驗。紙摺的獨角獸讓我恍然大悟了。

★

《安納瑞克年鑑》裡提到《銀翼殺手》不下十四次，它是哈勒代一直以來最喜歡的電影之一。這部電影是根據菲利浦．迪克（Philip K. Dick）的小說改編，而他正是哈勒代最愛的作家。基於這些理由，我觀賞《銀翼殺手》超過四十次，早已牢記每個場景和每句臺詞。

「馮內果」如閃電般穿越超空間，我在顯示器上拉出導演原創版的《銀翼殺手》，快轉去看兩個片段。

這部一九八二年發行的影片將時空背景設定在二〇一九年的洛杉磯，一個未曾出現過、鋪天蓋地盡是超科技的未來。故事主角是哈里遜・福特所扮演的瑞克・戴克。戴克是一個「銀翼殺手」，這種特殊警察的主要任務是追殺人造人，一種經由基因工程所製造出來的生物，跟真實人類幾乎不分軒輊。事實上，他們的外表和行為舉止就跟真正的人類沒兩樣，銀翼殺手只能利用一種類似測謊器的「人性測驗」機器才能分辨。

接受測驗你才能繼續追尋。

人性測驗的機器只在電影中出現過兩次，兩次都出現在泰瑞大樓裡。這幢雙金字塔型大樓是泰瑞公司的總部，而人造人就是由這間公司製造出來。

在「綠洲」裡最常見的建物之一，就是泰瑞大樓。二十七個區塊的數百個星球上都可以見到它，因為它是「綠洲」的星球建造軟體裡內建的免費樣板（除了這幢大樓，軟體裡的樣板還包括好幾百種取自科幻電影和電視影集的建築物）。在過去二十五年裡，任何想利用星球建造軟體在「綠洲」裡創造新星球的人，都可以從下拉式的目錄中挑選泰瑞大樓，輕鬆地複製該大樓，並放入新創造的模擬世界中，讓充滿未來感的城市或地景天際線出現泰瑞大樓的輪廓。因此，有些星球的表面上就散落著十幾座泰瑞大樓。我正以光速奔向最靠近的一個星球，這個星球位於二十二區塊，以電腦叛客為主題，稱為艾薩瑞諾司。

如果我猜的沒錯，只要通過艾薩瑞諾司星球上每一座泰瑞大樓裡的人性測驗機器，就能抵達第二道門的入口。我不擔心遇到六數人，因為他們不可能把第二道門全都堵起來，不可能堵住上百個星球當中的數千棟泰瑞大樓。

抵達艾薩瑞諾司星球後幾分鐘內，我就找到一座泰瑞大樓。想不找到都難，畢竟這個金字塔形的巍峨巨樓光是基座面積就有幾平方公里，而高度更足以睥睨四周建築物。

我將注意力放在看到的第一棟泰瑞大樓，並立刻前往該處。我的太空船有遮蔽罩設備，一降落在泰瑞大樓的其中一座降落臺上，我就立刻啟動遮蔽罩，並鎖上太空船，啟動所有安全系統，希望它能撐到我回來，不被人偷走。在這裡魔法不管用，所以我不能直接將太空船縮小，放進口袋裡。把太空船大剌剌地停在艾薩瑞諾司這種以電腦叛客為主題的星球上，不啻昭告天下，請來偷走它。穿皮衣的科技流氓一看到「馮內果」，一定會下手。

我拉出泰瑞大樓樣板的平面圖，發現在降落臺不遠處就有一座電梯。我走到電梯，按下預設值的密碼，希望這組密碼正確。我很幸運，電梯門嘶的一聲打開，看來創造這區域的人偷懶，沒把樣板的預設密碼重新設定過。我把這視為好徵兆。這代表依照樣板所建造出來的其他部分，應該都維持在預設值。

我乘著電梯來到第四百四十樓，並且啟動盔甲，荷槍實彈。從電梯走到我要去的那個房間共會經過五個檢查哨，如果樣板沒改變，我預期將會遇到五十個非玩家角色的人造人警衛。

電梯門一打開，他們就開始掃射。我得先殺死七個披著人皮的複製人才能離開電梯，進入走廊。

接下來十分鐘，場面就跟吳宇森電影中的高潮一樣，比如周潤發主演的《鎗神》（*Hard Boiled*）或《喋血雙雄》（*The Killer*）。我把兩支槍設定成自動擊發，移動到另一個房間時扣著扳機不放，一路掃射我遇到的每個非玩家角色。警衛開槍還擊，但他們的子彈從我的盔甲上砰砰彈開，而我毫髮無傷。我的子彈源源不絕，因為每發射一枚，就會有新的一枚裝入彈匣底部。

不過這個月我的子彈費可能要破表了。

我終於抵達目的地，按下另一組密碼，進入後把門鎖上。我知道我的時間不多。震天價響的警報聲傳遍整棟建築物，底下樓層那數千名非玩家角色警衛或許已經上來這裡找我。

我走入房間，腳步聲悠悠迴盪。這個房間冷清空蕩，只有一隻大貓頭鷹坐在金色棲木上。牠默默地眨眨眼，看著我走過教堂似的偌大房間，這裡就跟電影裡泰瑞公司創辦人艾爾頓．泰瑞的辦公室一模一樣，連細節都仿得唯妙唯肖。光可鑑人的石板地，雄偉高聳的大理石柱。西側牆面則是一座從天花板延伸到地板的大落地窗，憑窗可俯瞰令人屏息的城市風景。

窗戶旁有一張長方形會議桌，上面有一臺人性測驗機，約手提箱大小，正面那三個小數據顯示器旁有一排未標示用途的按鈕。

我走過去，坐在機器前，它自行啟動，細長的機械手臂往外延伸，遞出一個看似視網膜掃描器的環形儀器，直接定在我右眼瞳孔前。機器側邊那個小小的風箱一開一闔，讓人覺得這機器彷彿在呼吸。

我環顧四周，心想會不會出現哈里遜．福特的非玩家角色，詢問我他在電影中問西恩．楊的問題。為了以防萬一，我早牢記答案。但我等了幾秒鐘，什麼都沒出現。機器的風箱繼續開闔，遠方的警報器繼續鈴聲大作。

就在我拿出玉鑰時，人性測驗機上的一小塊面板往旁邊滑開，露出裡頭的鑰匙孔。我趕緊將玉鑰插進去，然後轉動。機器和鑰匙雙雙消失，機器所在的地方出現第二道門。閃亮的會議桌上出現一個像門的入口。入口邊緣亮閃閃的顏色就跟鑰匙的玉綠色相同。這道門就跟第一道門一樣，門外都是浩瀚的星空。

我躍上桌面，跳入門內。

★

我發現自己站在一間破爛的保齡球館，裡頭的裝潢布置顯然出自迪斯可時代。地毯是俗麗的綠色和褐色漩渦圖案，幾張橘色塑膠椅則已褪色。保齡球道空蕩蕩，連燈都沒點上，這地方毫無人煙，就連服務臺或點心吧後方都沒有任何非玩家角色。我不曉得該做些什麼，直到瞧見球道上方牆壁那幾個字：米德爾敦球道。

一開始，我只聽見頭頂日光燈管的低沉嗡嗚聲，但隨即注意到左邊不停傳來隱約的電器嘎吱聲。我瞥往那個方向，看到點心吧旁邊有個陰暗的壁龕，龕口上方有個牌子，上面鮮亮的霓虹字體寫著：遊戲室。

一股勁風呼嘯，那聲音就像龍捲風橫掃過保齡球道。我的雙腿開始滑過地毯，我的分身被吸入遊戲室，彷彿要被黑洞吞噬了。

真空吸力將我拉過遊戲室門口，我看見裡頭有十幾臺遊戲機，都是八〇年代中期到末期的機臺，如「街頭鬥士」（又名城市英雄，Crime Fighters）、「重裝戰士」（Heavy Barrel）、「功夫小子」（Vigilante）、「電視鬥士」（Smash TV）。我看見我的分身被吸入遊戲室最後面那臺孤零零的機臺裡。

「黑虎」（Black Tiger），日本Capcom公司所開發，一九八七年出產。

機臺的螢幕中央出現一道漩渦，將所有東西——任何沒有釘牢的東西——吸進去，包括垃圾、紙杯，甚至保齡球鞋。也包括我。我的分身靠近漩渦時，我出於本能地伸手抓住「時空戰機」

（Time Pilot）機臺的操控桿。但漩渦繼續無情地把我的分身拉進去，我的雙腳被舉離地面。

這時，已料到是怎麼一回事的我泛起微笑。現在，我得要好好恭賀自己，因為許久之前，在尋寶競賽開始的第一年，我就把「黑虎」練得滾瓜爛熟。

哈勒代過世前幾年離群索居的那段期間，只在他的網路上循環播放一個畫面，就是他的分身安納瑞克坐在城堡書房裡摻混藥劑，並研讀蒙塵的魔法書。這個畫面連續播放了十年，直到哈勒代去世那天早上才被計分板的畫面所取代。在畫面中，安納瑞克身後的牆上有一幅黑龍的巨大圖畫。

留言板裡出現數不盡的討論，大家對於那幅畫的意義爭論不休，到底這隻黑龍代表什麼意義，或者是否具有特殊意義。而我，打從一開始，就知道這幅畫的意義。

在《安納瑞克年鑑》裡，哈勒代早期所寫的一篇日記提到，每次他爸媽開始相互咆哮，他就會溜出家門，騎單車到當地一間保齡球館玩「黑虎」，因為他可以用二十五分美元就打敗這臺電玩遊戲機。《安納瑞克年鑑》第二十三章第兩百三十四節：「只要二十五分錢，黑虎就能讓我逃離惡劣的現實，讓我擁有精采的三個小時。真是划算。」

「黑虎」在日本發行時用的遊戲名稱是「黑龍」，在美國發行時改了名字。根據安納瑞克書房牆上那幅黑龍的圖畫，我推論「黑龍」這款電玩遊戲在尋寶競賽中占有重要分量，所以，我跟哈勒代一樣專注研究這款遊戲，直到能以一個銅板打到最後一關。此後，每幾月我都會玩一次，免得生疏。

現在看來，我的先見和勤勉要值回票價了。

我只抓住「時空戰機」的操控桿幾秒就鬆了手，讓我的分身直接被吸入「黑虎」機臺的螢幕裡。我的眼前頓時一片漆黑。接著，我發現自己身處超現實的環境中。

我站在狹窄的地窖走廊裡，左邊有一道以鵝卵石砌成的灰色高牆，牆上有一副巨大的恐龍顱骨。這道牆一直往上延伸，消失在不見盡頭的陰暗處。我看不見任何天花板。地窖的地面是由浮動的圓形平臺構成，一塊一塊頭尾相連，延伸到前方的陰暗處。我右手邊的平臺邊緣外，什麼都沒有——只有無盡空洞的闃黑。

我轉身，發現身後又是一道往上無盡延伸的鵝卵石高牆，不見任何出口。

我低頭看著自己的身體，現在，我變得跟「黑虎」遊戲裡的主角一模一樣——肌肉結實、上身赤裸的野蠻粗人，穿著鋼甲丁字褲，頭戴長角的盔帽，右手臂的位置變成奇怪的鐵臂鎧，上面懸吊著一條可收回的長鏈，鏈子尾端是一個布滿鋼釘的鐵球。我熟練地用右手掌心耍著三把飛刀，將它們擲向右邊的闃黑深處，掌心頓時又出現三把一模一樣的刀。我往上跳跳看，發現自己能躍高三十呎，落地時雙腳就跟貓咪一樣優雅輕巧。

我明白了，我得扮演「黑虎」。但這遊戲不是那個我所熟稔，有五十年歷史，角色從螢幕旁邊出現的傳統二D遊戲，而是哈勒代所創造的三D情境體驗式遊戲。

我對原版遊戲的運作機制、各關的任務，以及會出現的敵人瞭若指掌，這些當然派得上用場，不過置身其中，變成裡頭的主角又是另外一回事，這需要另一套完全不同的技術。

第一道門讓我置身在哈勒代最愛的電影中，而如今第二道門把我放進他最愛的電玩中。就在我深思這模式所代表的意義時，我的顯示器閃爍著一則訊息：開始！

我左右張望，石牆上刻著一把箭，箭頭指向前方。我伸展手腳，把指關節壓得嘎吱響，深吸一口氣。然後備妥武器，往前奔去，越過一個又一個平臺，正面迎戰我的第一個敵人。

★

哈勒代忠實地複製了「黑虎」裡八個關卡的地窖。

一開始我有點生疏，還沒除掉第一個頭目就死了一次。但我隨即適應這種三D情境（以及第一人稱的身分），最後，我找到節奏，打得很順手。

我節節近逼，從一個平臺跳過另一個，在半空中出手攻擊，成功躲開來自各種生物的無情攻擊，包括團狀怪物、骷髏、蛇、木乃伊、牛頭人，對了，還有忍者。被我打敗的每個敵人身上都會掉出一堆神幣，我可以拿這些神幣跟每一關裡的白鬍智者購買盔甲、武器，以及藥水（看來這些「智者」認為在怪物充斥的地窖裡開小商店是個好主意）。

這個遊戲沒有休息時間，我不可能暫停。一旦進入遊戲之門，系統就不容許你停下來登出。就算你脫下視像罩，依舊處在登入狀態，唯一離開遊戲的方式就是闖關成功，或者死掉。

我設法以不到三小時的時間成功闖過八關，不過我在跟最後一個頭目打鬥時差點死掉。這個頭目就是黑龍，牠長得果然跟安納瑞克書房裡的那幅畫一樣。遇上牠時我用盡所有的性命，害我的活力值差點降到零，不過我還是成功地往前逼近，躲過這條龍的劇烈呼吸，同時不斷以飛刀攻擊，重挫牠的生命值。最後我使出致命的一擊，黑龍在我面前粉碎成點點數字。

我筋疲力竭地吐出長長一口氣。

接著，在毫無過渡的情況下，我乍然返回保齡球館的遊戲室，站在「黑虎」遊戲機前。在我的前方，機臺的螢幕上，我披著盔甲的分身擺出英雄般的姿勢，下方還有幾行字：

你把寧靜和繁榮帶回我們的國度。

謝謝你，黑虎！

恭喜你智勇雙全。

接著，奇怪的事發生了——我之前玩原始版的「黑虎」，成功闖關時所並未發生這樣的事。地窖裡其中一名「智者」出現在螢幕上，頭旁邊有個說話框，裡頭寫著：「謝謝你，我欠你一份恩情，請拿取一個大機器人作為贈禮。」

智者下方出現一長排機器人的圖示，從螢幕左緣延伸到右緣。我發現若把操控桿左右移動，就能一一展開幾百個不同的「大機器人」。若停在某個機器人上，旁邊就會詳細列出該機器人的各種數值以及其所擁有的武器。

除了少數幾個機器人，當中的機器人我都認得。裡頭有鐵人二十八號、無敵鐵金剛、鐵巨人、噴射美洲虎、以及電視卡通《飛天機器人》裡那個頭顱是埃及獅身人面像的鐵甲人、整組幕府將軍的玩具，以及電視卡通《超時空要塞》和《機動戰士》裡的諸多機器人。所有機器人當中，有十一個圖示呈現灰色，上面還有個紅色的X，我看不出它們是哪些機器人，也無法挑選。我想，一定是索倫托和其他比我先闖關成功的六數人拿走了這些機器人。

我感覺我將得到的機器人好像真能發揮作用，所以挑選時小心翼翼，試著找出我認為最具威力、武器裝備最齊全的機器人。但我一見到獅豹號，整個人楞住。它是日本於一九七〇年末改編自美國版《蜘蛛人》的真人卡通劇裡的變形大機器人。我在研究尋寶競賽的過程中發現這部影片，立刻著迷，所以不在乎獅豹號是否是最威猛有力的機器人，總之，我要定它了。

我將游標移動到那個圖示，點擊「開火」的按鈕，一個十二吋高的獅豹號立刻出現在「黑虎」機臺上方。我拿下它，放入我的物品清單。沒有關於這款機器人的說明，描述欄位上一片空白。我暗自記下，待會兒回到我的堡壘之後要來查一查。

「黑虎」螢幕上跑出遊戲結束後會出現的工作人員名單，襯底背景是這款遊戲裡的野蠻人英雄坐在寶座上，旁邊有位身材苗條的公主。我恭敬地唸出程式人員的名字，全是日本人，除了最後一行寫著：「綠洲」版，詹姆士・哈勒代。

工作人員名單播放結束，螢幕變黑，半晌後正中央緩緩出現一個符號：一個發光的紅色圈圈，裡頭有五星標誌，星星的尖角往外突出。一秒鐘後，發亮的紅色星星正中央，出現一把緩緩旋轉的水晶鑰匙。

我的腎上腺素急升，因為我認出那個紅色的星星標誌，知道它會指引我到何處。

我趕緊側拍了幾張這個影像，以防萬一。一會兒後，螢幕又變黑，「黑虎」的機臺消失，變成門形狀的出入口，框邊還鑲著閃閃發亮的玉。是出口。

我爆出勝利的歡呼聲，跳入那個出口。

27

我出現在第二道門口，分身又來到泰瑞大樓裡。人性測驗機也在原來的地方，就在我旁邊的桌子上。我看了一下時間，打從我入門到現在已過了三小時。除了貓頭鷹外，房間裡沒半個人，而警報器也不再嗚嗚大鳴。我待在第二道門裡的這段時間，非玩家角色的警衛肯定曾衝進來搜索過這區域，因為現在好像沒人在找我。海岸淨空了。

我登上電梯，回到降落臺，一路都沒出現意外。感謝克隆神[29]，「馮內果」仍停在我離開時它所停放的地方，而且遮蔽罩還在。我奔上船，離開艾薩瑞諾司，一衝上軌道就以光速奔馳。

「馮內果」畫破超空間，駛向最近的星門。我拿出紅星星標誌的側拍相片，再打開聖杯日誌，翻到專門記載加拿大傳奇搖滾樂團「匆促」的那個資料夾。

「匆促」樂團是哈勒代從少年起就鍾愛的樂團，他受訪時曾提到，他的每個電玩（包括「綠洲」）都是一邊聽「匆促」樂團的專輯（而且只聽他們，不聽別的），一邊寫出來的。他經常以「三聖一體」或「北方之神」來稱呼「匆促」樂團的三位成員——尼爾．佩爾特、艾力克斯．萊弗森，以及蓋迪．李。

我的聖杯日誌裡有「匆促」樂團的每一首歌曲、專輯、未發行的作品，以及音樂錄影帶。我還以高解析度的方式掃描了他們每一張唱片封面的說明以及專輯的圖案。此外還有每一場音樂會的影片，每一次廣播電臺或電視臺的訪問。每位成員的完整個人經歷，以及他們的每一個分支作品以及單飛作品。我拉出這個樂團的曲目，挑出我在找的專輯：《二一一二》，這是「匆促」樂團以科幻

編譯註

[29] 克隆神（Crom）是小說和電影裡虛構的神。一開始出現在Robert E. Howard的小說中，後來一九八二年的電影《王者之劍》裡也曾提到這個神。

為主題的經典概念專輯。

我的顯示器上出現高解析度掃描的專輯封面，樂團的名字和專輯名稱就印在一片星空上。而下方那片宛如漣漪蕩漾的湖面反射處，就有我在「黑虎」遊戲機臺的螢幕上所見到的標誌：圓圈裡一顆紅色的五芒星。

我把專輯封面跟我側拍的照片並列排放，兩個標誌完全吻合。

《二一一二》專輯的主打歌是一首分成七部的史詩歌曲，總長度超過二十分鐘。這首歌訴說一位匿名的叛徒住在二一一二年，而創意和自我表達在那個時代都是違法的。專輯封面上的紅星星象徵著「太陽聯盟」，在故事裡這個聯盟是受壓迫的星際社會。「太陽聯盟」被一群「祭司」控制，後者在這首史詩歌曲的第二部「西凌聖殿」中有所描述。從這段歌詞就可清楚知道水晶鑰匙藏在哪裡：

我們是西凌聖殿的祭司
神聖的大殿裝滿了大電腦
我們是西凌聖殿的祭司
生命賜禮都在牆壁裡

在第二十一區塊有個星球叫「西凌」，我就是要前往那裡。

根據「綠洲」的地圖看來，西凌是「一個地貌嶙峋、沒有非玩家角色居住的荒蕪世界」。我翻看星球的版權頁，發現作者是「無名氏」。但我知道這星球一定是哈勒代親自撰寫的，因為它的設計就跟《二一一二》專輯封面說明裡描述的世界一樣。

首張《二一一二》發行於一九七六年，當時多數的音樂都是以十二吋的唱片形式來販賣。這張專輯將黑膠唱片裝在硬紙板的封套裡，封套外有圖案和歌曲名稱。打開某些專輯的封套時就像打開書本，裡頭還有一頁頁的美術圖案及說明文字，以及歌詞和樂團介紹。我拉出《二一一二》唱片封套中的插頁掃描檔，看見裡面又有一個紅星標誌。有個裸男在這個標誌前方瑟縮發抖，驚恐地舉起雙手。

在唱片封套的另一面，印著整張專輯七部歌曲的歌詞，每部的歌詞前都附上一段短文，以補充歌詞的意境。這些簡短的敘述，是從《二一一二》專輯裡的無名氏主角的觀點訴說。

第一部歌詞前的短文如下：

我清醒地躺著，望向外頭淒涼的麥卡東城。城市與天空交融，匯聚成一片，一片廣袤綿延的灰海。雙子月慢慢通過灰鐵色的天空，只是兩團蒼白的星球。

我的太空船抵達西凌，我果然見到雙子月——稗托和雪狗，這兩個名稱取自「匆促」樂團另一首經典歌曲——正繞行在西凌的星球軌道上。軌道下方，就在星球蒼涼的灰色表面上，正好有一千零二十四個麥卡東城——它是專輯封套上所描述的穹狀城市。這個數目是富羅布茲星球上魔域城數目的兩倍，所以我知道六數人不可能將它圍起來。

我挑選最靠近的一個，然後啟動「馮內果」的遮蔽罩，把它降落在穹狀城市的城牆邊，同時透過望遠鏡搜尋其他太空船。

麥卡東城蓋在嶙峋的高原上，就在一大片峭壁邊緣。城市儼然成了廢墟，廣袤的透明穹頂斑駁龜裂，看起來就像隨時會坍塌。我從穹頂底部的一處大裂縫鑽入。

麥卡東城讓我想起一九五〇年代科幻平裝書上的圖案：昔日鼎盛的科技文明化成崩垮廢墟的情景。我在城市的正中央，發現一座方尖塔狀的聖殿，聖殿牆壁被強風颳得灰駁。殿門上方就裝飾著太陽聯盟的巨大紅色星星。

我站在西淩聖殿前。

它沒被力場遮蓋，也沒被六數人艦隊給包圍。放眼望去，空無一人。

我掏出槍，穿越殿門。

裡頭宛如教堂的偌大聖殿裡，擺滿好幾長排方尖塔狀的超級電腦。我踱過一排排電腦，聆聽機器發出的低沉嗡鳴，一直走到聖殿正中央。

我在那裡發現一個隆起的石砌聖壇，上面刻有一顆紅色的五芒星。我步上聖壇，電腦的嗡嗡聲戛然而止，室內闃寂無聲。

我感覺我應該在聖壇上放個東西，作為西淩聖殿的祭品，但該用什麼呢？

我闖過第二道門之後得到的十二吋獅豹號機器人似乎不合適，不過我還是放上去，果然什麼都沒發生。我把機器人放回物品清單，站在那兒片刻，專心思索。後來，我想起《二一一二》專輯說明裡的其他文字，趕緊將它們叫出來，再次瀏覽一遍。答案就在那裡，第三部之前的導言——「發現」：

我找到它了，就在我喜愛的水瀑後方，就在洞穴底下的那個小房間裡。我拂去多年的塵埃，拾起它，虔敬地以雙手捧著。我不曉得它是什麼，但它好美。我發現可以將手指拂過鋼弦，而且轉動鑰匙會讓聲音聽起來不同。就在我用另一手撥弄鋼弦時，我製造出我的第一個和諧樂音，旋即創作出我的音樂！

我在城市南方邊緣找到水瀑，就在那個很有氣氛的圓頂房間的弧牆裡。我一發現它，立刻啟動我的噴射靴，飛越水瀑底下那條浪沫點點的河流，然後穿越水瀑。我的觸覺形塑服努力模擬奔流水柱沖刷身體的感覺，但我只覺得好像有人拿一束枝條不停敲打我的頭、肩膀和背部。我穿越水瀑到達另一邊，發現那兒有個洞穴，於是進到裡面。洞穴縮窄成一條狹長坑道，尾端是一個窟穴狀的小房間。

我巡了一下房間，發現地上冒出一個尾端有點破損的石筍。我抓住石筍，將它拉向我，但它一動也不動。我改用推的，它動了，像是以藏在裡頭的鉸鏈為軸心，宛如槓桿般彎曲。我聽見身後傳來石磨的隆隆聲，轉身看見地上有道正在開啟的活板門。洞穴頂也開了一個洞，燦亮光束就從這裡傾瀉而下，穿透敞開的活板門，灌入底下的密室中。

我從物品清單中拿出一根魔杖，好偵測隱形的陷阱、魔法或其他東西。我利用它確定這區域很安全後，跳入活板門裡，落在密室的塵土地面上。一塊粗略劈鑿的大石頭倚在這個立方體小房間的北側牆壁上，石頭裡嵌著一把電吉他，琴頭朝上。我認出這把吉他，因為我在來這裡途中看了《二一一二》專輯演唱會的影片。這是一九七四年的Gibson Les Paul（吉他型號），正是艾力克斯・萊弗森在《二一一二》專輯的巡迴演唱會中使用的那一把。

我咧嘴笑看嵌在石塊裡的吉他，因為它讓我聯想到亞瑟王傳奇的意象㉚。我就跟其他獵蛋客一樣，曾多次觀賞導演約翰．保曼（John Boorman）的電影《神劍》（*Excalibur*，又譯《黑暗時代》），所以我太清楚接下來該怎麼做。我伸出右手，抓住吉他的琴頸用力往外拉。吉他脫離石塊，發出綿延的金屬聲，鏘——！

我把吉他高舉過頭時，金屬的清脆響聲融入穴室裡迴盪的有力吉他弦聲。我低頭凝視吉他，準備啟動噴射靴，穿越活板門飛出洞穴。這時我想到一件事，整個人楞住。

詹姆士．哈勒代中學時曾學了幾年吉他。我之所以想學吉他就是受到這件事的啟發。雖然我沒摸過真正的吉他，但我飆虛擬吉他的功夫可是一流。

我在物品清單裡找到吉他彈片，然後打開我的聖杯日誌，找出《二一一二》專輯樂譜，以及「發現」這首歌曲的吉他譜。這首歌曲就是描述一個英雄在水瀑後方的小房間裡找到一把吉他。我開始彈奏，吉他聲洪亮地迴盪在牆壁間，繚繞整個穴窟，儘管我沒插電，也沒用擴音器。

我彈完「發現」的第一小節時，剛剛拉出吉他的那塊石頭上短暫閃過一則訊息：

第一個圈在紅色金屬裡
第二個在綠色寶石裡
第三個是澄澈的水晶
不能單獨開啟

這些字不到幾秒便隨著吉他的最後一個音符緩緩消失在石頭裡。我趕緊把這個謎題拍攝下來，並且開始思索它的意思。當然，這線索一定跟第三道門有關，可是它怎麼可能「不能單獨開啟」。

六數人彈奏這首曲子、發現這個訊息了嗎？我很懷疑。他們肯定在拉出石頭中的吉他後就立刻返回聖殿。

若是如此，他們大概不曉得要打開第三道門必須靠某種訣竅，難怪他們迄今仍未找到程式彩蛋。

★

我返回聖殿，將吉他放在聖壇上。這時，四周高聳的電腦發出雜音，彷彿一個盛大的交響樂團正在試音。這些雜音逐漸增強，大到震耳欲聾，然後戛然而止。接著，聖壇上閃過一道光，吉他變成水晶鑰匙。

我伸手拿起鑰匙時聽到噹的一聲，原來是我在計分板上的分數增加了兩萬五千分。加上我闖過第二道門所獲得的二十萬分，我的總分達到三十五萬三千分，比索倫托多一千分。我又回到第一名的寶座。

但我知道沒時間慶祝。我趕緊查看水晶鑰匙，拿起它斜放，就著光線研究它閃爍熠熠、有著刻面的鑰匙表面。我沒在上面發現任何文字，但看到鑰匙的水晶握把中央刻著一個小小的字母圖案，我立刻認出那是草寫的「A」。

編譯註

㉚ 據傳年少時的亞瑟王在拔出別人拔不出來的「石中劍」後才成為亞瑟王。

這個「A」字圖案不僅曾出現在詹姆士．哈勒代第一個「龍與地下城」人物卡的人物象徵盒裡，他在「綠洲」裡的著名分身安納瑞克所穿的深色袍子上也有這個字圖。我還知道這個具代表性的字圖也出現在他那座堅不可摧的堡壘──安納瑞克城堡──的大門上。

在尋寶競賽開始的前幾年，獵蛋客像飢餓的昆蟲，成群蜂擁到任何可能藏有三把鑰匙的地方，尤其是哈勒代親自打造的星球。其中最主要的一個星球是「雀索尼亞」，這是他煞費苦心打造出來的奇幻世界，用來重現他中學時所沉迷的「龍與地下城」。此外，這個世界還是他早期設計的電玩遊戲的場景。「雀索尼亞」成了獵蛋客的朝聖地，而我也跟其他獵蛋客一樣，覺得必須去那裡朝聖，造訪安納瑞克城堡，但這個城堡向來堅不可摧，除了安納瑞克本人，沒人有辦法通過大門。

不過，現在我知道一定有方法能進入安納瑞克城堡，因為第三道門就藏在裡頭某處。

★

我回到太空船後立刻起飛，以高速航向位於第十區塊的「雀索尼亞」。接著我開始瀏覽新聞，想看看媒體是如何瘋狂報導我又重返第一名寶座。沒想到，我的分數居然不是頭條。當天下午的頭條是哈勒代藏匿程式彩蛋的地方已經被發現，經過這麼多年，這地方終於現身在全世界面前。新聞主播說，這地方就位於「雀索尼亞」星球上，安納瑞克城堡內某處。他們之所以知道，是因為整個六數人軍隊已經在城堡四周紮營駐守了。

當天，他們在我闖過第二道門後沒多久就抵達城堡。

我知道這時間點不是巧合。我的進度一定讓六數人決定不偷偷闖過第三道門，而要在我或其他人抵達城堡之前封鎖那裡，並藉此公布地點。

幾分鐘後我抵達「雀索尼亞」。我把太空船遮蔽隱形後低空飛過城堡，想探查可以降落的地點，結果情況比我想的更糟。

六數人以某種魔法屏障將安納瑞克城堡團團圍住，這個半透明的圓狀物徹底封鎖了城堡及四周腹地。整批六數人軍隊就在屏障內紮營，龐大的部隊、坦克、武器和機動車輛從四面八方圍住城堡。

幾個獵蛋客幫派已到達現場，一開始他們發射高爆力的核彈，想破壞屏障。每次爆炸聲響過後出現短暫的原子燈光秀，接著爆炸威力消失，屏障毫無缺損。

接下來幾小時，獵蛋客繼續攻擊屏障，這段期間新聞報導說有愈來愈多的獵蛋客陸續抵達「雀索尼亞」。幫派對著屏障發射他們所能想到的各種武器，但都撼動不了它。核彈沒辦法，火球辦不到，就連魔法飛彈也毫無用武之地。最後，一群獵蛋客試圖挖地道穿越屏障，這時他們才發現原來屏障是完整的球形，從上到下徹底包覆了城堡。

那晚稍後，幾個高階級數的獵蛋客巫師對城堡施以一連串的咒語，事後他們在留言板上說，包圍城堡的屏障是由一種法力高強的神器所製造出來的，這神器叫「歐蘇沃克斯球」，只有級數達九十九的巫師才能使用。根據這個神器的使用說明，它可以以自己為中心往外製造出圓體狀的屏障，圓周可達半公里。這個屏障牢不可破，堅不可摧，任何碰觸到它的東西都會蒸發消失。此外，只要巫師讓「歐蘇沃克斯球」保持不動，並始終把雙手放在這個神器上，這個屏障就可以無限期存在。

接下來幾天，獵蛋客竭盡所能，試圖穿越屏障。魔法、科技、心電移動、魔法破解術、其他神器。統統行不通。無論如何就是進不去。

絕望的氛圍迅速在獵蛋客圈瀰漫開來。不論是單打獨鬥或成群結隊的獵蛋客，大家都準備好要認輸，畢竟六數人握有水晶鑰匙，還取得了進入第三道門的獨占權。所有人都同意，結局就快出現，尋寶競賽「就要結束了，只能哭泣。」[31]

儘管情況不妙，我還是保持冷靜。六數人有可能還想不出怎麼開啟第三道門。當然，他們現在有很多時間可以慢慢想，有系統地嘗試，遲早會瞎貓碰上死耗子，給他們想出來。

但我拒絕放棄，除非真的有人找到哈勒代的程式彩蛋。沒走到最後一步，凡事都有可能。尋寶競賽就跟所有經典遊戲一樣，現在只是走到了更困難的一關。新的關卡本來就需要全新的策略。

我開始擬定計畫。一個大膽無畏、需要足夠的運氣才能成功的計畫。計畫的第一步就是寄**e-mail**給雅蒂米思、艾區和小刀，告訴他們要去哪裡找第三道門，以及如何得到水晶鑰匙。確定他們三人都收到我的信件後，我開始進行下一步。這部分最叫我害怕，因為我知道我很可能會死在這一階段。不過，走到這一步，我豁出去了。

我就要抵達第三道門，或者，因嘗試不成而死去。

編譯註

㉛ It is all over but the crying，「垃圾樂團」（Garbage）的著名歌曲。

第三關

「出門」一事實在被過譽了。

——《安納瑞克年鑑》第十七章第三十二節

28

「創線企」的企業保安前來抓我時，我正身處電影《探索》（*Explorer*）裡——一九八五年的片子，喬·丹迪（Joe Dante）執導。這部片描寫三個小孩在自家後院建造太空船，飛上天空跟外星人見面的故事。這絕對是有史以來最棒的兒童電影。我已養成習慣，每個月至少看一次。這部片可以讓我專注。

在我的顯示器邊緣有個很小的視窗，顯示的是我住家外的監視攝影機所拍到的影像，所以他們一來，我即刻看見「創線企」的契約佣工追捕運輸車停在大樓外，鳴笛呼嘯，警示燈閃爍。四個腳穿噴射靴、頭戴鎮暴部隊頭盔的保安跳出車外，奔入大樓，後面跟著一個穿西裝的男人。我透過大廳的攝影機看見他們亮出「創線企」的徽章，然後匆匆走過檢查哨，進入電梯。

現在，他們就要上來我這一層樓。

「麥克斯，」我的語氣流露出恐懼。「啟動第一號安全巨集：『克隆神，在祂的山巔屹立不搖』[32]」

這個語音命令是要指揮我的電腦執行一長串預先編寫好的行動，執行的地點包括網路和真實世界。

「收、收到，老闆！」麥克斯雀躍回應。我住處的安全系統立刻進入上鎖模式。一道強化的鈦金戰備門從天花板落下，發出轟然巨響，鎖在原本就有的安全門外側。

透過屋外走廊的監視攝影機，我看見四個保安出了電梯，沿著走廊奔向我的門。跑在前面的那兩人拿著電漿焊接機，另外兩個手持工業用「震懾伏特」電擊槍。走在最後面身穿西裝的保安帶著數位平板電腦。

我看見他們並不驚訝，我曉得他們為何來這裡。他們是要來破門而入將我拖出去，就像把一塊火腿肉弄出罐頭。

他們走到門口，我的掃描器粗略地掃描過他們。他們的身分資料在我的顯示器上閃爍。這五個是「創線企」的信用帳戶人員，持有合法的逮捕令，要來抓住在這間屋子裡的布萊斯．林區。所以，在合乎當地、州政府和聯邦法律的情況下，這棟大樓的安全系統立刻開啟我的安全門讓他們進入，但戰備門牢牢地把他們擋在屋外。

當然，保安認為我會做額外的安全措施，所以才會帶電漿焊接機。

穿西裝那人擠過那幾個保安，小心翼翼地用拇指按住門上的對講機。他的名字和職稱出現在我的顯示器上：麥可．威爾森，「創線企」信用帳款部門，員工編號481231。

威爾森抬頭看著走廊攝影機鏡頭，露出愉快的微笑。他說：「林區先生，我叫麥可．威爾森，隸屬於『創新線上企業』的信用帳款部門。」他查看了一下平板電腦後，說：「我來這裡是因為你在『創線企』申請的信用威士卡已有三個月沒繳款，欠款金額超過兩萬美元。而且根據我們的紀錄，你目前失業中，因此被歸類為貧民。根據聯邦政府法律，你有義務擔任我們的契約佣工，除非你繳清所有積欠的款項，包括全額的信用卡債、利息、滯納金及處理費，以及任何從今以後因你而

編譯註

㉜ 這句話出自電影《王者之劍》（*Conan the Barbarian*）裡的臺詞。

衍生的費用或罰金。」威爾森指著那些保安，說：「這幾位先生是來這裡協助我拘押你，並護送你到新的工作地點。還有，我們有權利取走你府上的私人物品，這些物品拍賣後的錢自然會折抵你欠繳的款項。」

在我聽來，威爾森複誦這些話時連個氣都不喘一下，那種平板單調的語氣真像出自整天反覆說這種話的人。

沉默了一會兒後，我透過對講機回應。「當然，各位，請給我五分鐘穿褲子，我隨即出去。」

威爾森蹙起眉頭，「林區先生，如果你不在十秒鐘內讓我們進去，我們有權強行進入，到時候我們硬闖所造成的任何損害，包括財產硬體和修繕工資，都會加到你還沒繳清的帳單上。感謝你。」

威爾森從對講機前退開，朝其他人點點頭。其中一名保安立刻啟動焊接機。尖頭發出炙亮橘紅色後，他開始用它切割戰備門的鈦金鍍層。另一個焊接工往旁邊退幾步，開始把我的牆壁鑽出一個洞。這些傢伙有這棟大樓的安全規格表，所以知道每一間牆壁的鐵板和水泥分布位置，而鑽開水泥顯然比切開鈦金戰備門快得多。

當然，我早做了預防措施，親手在牆壁、地板和天花板裝上一片片強化的鈦金板「睿籠」。就算把牆壁鑽洞，他們還得切斷籠子，不過即使這樣，我頂多也只能拖個五或六分鐘，到時他們一樣會進來。

我聽見保安把這種程序——將銅牆鐵壁的強化屋子鋸出齒狀，進去逮人——取了一個暱稱：**進行帝王切開術**。

我乾吞了兩顆抗焦慮藥丸，這是我事先為了今天準備好的。其實一早我就吞了兩顆，不過那兩顆顯然沒什麼用。

在「綠洲」裡的我關掉顯示器上的所有視窗，把帳號安全等級提到最高，然後拉出計分板，看最後一眼，確定上頭沒出現什麼變化，確定六數人還沒贏得競賽。這幾天來前十名的排名一動也不動。

最高得分：

1. 雅蒂米思	354000	⛩ ⛩
2. 帕西法爾	353000	⛩ ⛩
3.「創線企」-655321	352000	⛩ ⛩
4. 艾區	352000	⛩ ⛩
5.「創線企」-643187	349000	⛩ ⛩
6.「創線企」-621671	348000	⛩ ⛩
7.「創線企」-678324	347000	⛩ ⛩
8. 小刀	347000	⛩ ⛩
9.「創線企」-637330	346000	⛩ ⛩
10.「創線企」-699423	346000	⛩ ⛩

雅蒂米思、艾區和小刀在收到我的e-mail之後四十八小時內，陸續闖過第二道門，獲得水晶鑰匙。雅蒂米思取得水晶鑰匙之後得到兩萬五千分，重返第一名寶座，因為她是第一個找到玉鑰、第二個找到銅鑰的人，所以獲贈額外的分數。

收到我的e-mail之後，他們三個一直想聯絡我，但我不接他們的電話，不回e-mail，也不理會他們的聊天室邀請。我想不出有什麼理由讓他們知道我想做的事，反正他們幫不了我，或許還會說服我別這麼做。

總之，沒有回頭路了。

我關上計分板，慢慢地環視我的堡壘一眼，不曉得這是不是最後一眼。接著，我快速深呼吸數次，就像深海潛水伕準備沒入水中，接著點入顯示器上的「登出」圖示。「綠洲」消失，我的分身重新出現在我的虛擬辦公室內。這個獨立於「綠洲」的模擬世界存在於我的主機系統硬碟裡。我打開主機系統的視窗，輸入命令詞啟動電腦自我摧毀程序，這個詞就是：屎風暴。

顯示器上出現程序進行的階段，上面顯示我的硬碟正在清空歸零。

「再會了，麥克斯。」我低喃。

「莎唷娜拉，韋德。」麥克斯說完後幾秒鐘就被刪除。

我坐在觸覺椅上，已經感受到隔牆傳來的熱氣。脫下視像罩，我還看見門和牆上被鑿開的洞冒出一陣陣濃煙，濃到房子的空氣淨化機無法處理，我開始咳嗽。

處理屋門的那個保安鑿出洞了，一塊冒煙的圓鐵片掉落地上，發出沉重響亮的金屬撞擊聲，嚇得我從椅子上跳起來。

焊接工退開，另一名保安上前，拿一個小金屬罐在洞緣噴冷凍泡沫，降低金屬的溫度，免得在他們緩緩進入屋內時——他們正打算這麼做——門會燒起來。

「安全！」在走廊的其中一人喊道，「沒有明顯的武器！」

持有電擊槍的其中一名保安率先爬過洞口。才一眨眼工夫他就忽然現身，手持武器站在我面前。

「別動！不然就等著見血，明白嗎？」他咆哮。

我點點頭，表示我明白。這時我忽然想到這個保安是我住進這裡之後的第一個訪客。

第二個爬進來的保安也很不客氣，他不發一語，走過來直接往我嘴裡塞一顆球，不讓我開口，這是標準程序，因為他們可不想聽到我對電腦下任何命令。其實他們不必這麼麻煩的，因為就在第一個保安進屋時，我電腦的燃燒裝置已經爆炸，裡頭早就熔成渣。

保安把塞進我嘴裡的球綁好後，抓住我觸覺服的外甲，把我像布娃娃一樣拽下觸覺椅，扔在地板上。另一個保安按下緊急關閉鍵，打開戰備門。剩下的兩名保安衝進來，後面跟著穿西裝的威爾森。

我縮成一團，蜷曲在地板上，閉上眼睛，不自主地顫抖。我作好心理準備，去面對我知道待會兒會發生的事。

他們會把我拖到屋外。

「林區先生，」威爾森說，還露出笑容。「我在此要以企業的名義逮捕你。」他轉向保安，對他們說：「叫回收拍賣組的人來把這地方收拾一下。」他環視屋內，注意到我的電腦正冒出縷縷細煙。他看著我，搖搖頭，說：「真蠢哪，賣掉這臺電腦可以替你還一些債的。」

我嘴裡塞著球，無法回應，只好聳聳肩，對他比中指。

他們脫掉我的觸覺服，把它留給回收拍賣組處理，接著給渾身赤裸的我一套拋棄式的青灰色連身服，以及一雙成套的塑膠鞋。這身衣服活像砂紙，一穿上就搔得我好癢，但我的雙手被他們銬住，所以很難抓癢。

他們把我拖到走廊。刺眼的日光燈吸乾了一切色彩，使得景象宛若老舊的黑白影片。我們搭乘電梯到樓下大廳，我盡可能隨著電梯裡的背景音樂大聲哼唱，表示我一點兒都不害怕，直到有個保安舉起電擊槍指著我，我才住嘴。

在大廳時，他們替我披上一件連帽外套。他們不希望我感冒染上肺炎，因為我現在是他們公司的財產。人力資源。他們把我帶到外頭，這是半年多來第一次有陽光曬在我的臉龐。天空飄著雪，一層灰色薄冰和雪濘覆蓋了所有景物。我不曉得現在的溫度，只知道不曾這麼冷過。寒風直接刺入我的骨頭。

他們把我趕上他們的運輸卡車。兩個契約工已經被綁在後座塑膠椅上，兩人都戴著視像罩。今天早晨他們稍早前逮的人。保安就像收垃圾的，每日沿著路線逮人。

我右邊那個契約工是個高瘦的傢伙，可能比我大個幾歲，一副營養不良的模樣。另一個胖得很病態，而且讓人分辨不出性別，不過我決定把他想成男的。他的臉被一團髒亂的金髮蓋住，口鼻上還罩著一個類似防毒面罩的東西。一條粗厚的黑色管子從面罩延伸出來，往下接到車內地板上的管嘴。我不曉得這是做什麼用，直到他踉蹌往前傾——捆綁他的索帶因此勒得更緊——嘔吐在面罩裡。我聽見真空機器啟動，將這契約工反芻出來的奧利奧餅乾吸入管子。我心想，不曉得他們會把那東西儲放在桶子裡，或者直接排放到馬路上。應該是桶子吧。「創線企」大概會拿他的嘔吐物去做分析，並把分析結果放到他的檔案資料裡。

「你不舒服嗎？」保安問我，同時移開塞在我嘴中的那顆球。「是的話就說，我拿個面罩給你。」

「我感覺好極了。」我回答，但說得很沒說服力。

「很好，不過若搞到我得清你的嘔吐物，我肯定會讓你後悔。」

他們將我推進車內，把我綁在那個瘦皮猴的正對面。兩名保安也爬進後座，然後將電漿焊接槍放進鎖櫃裡。另外兩個用力關上後門，上了前座。

我們駛出我住的大樓車道，我引頸從墨色的後擋風玻璃仰望我住了大半年的高樓，一眼就能看見我位於四十二樓的窗戶，因為它的玻璃被噴上黑色。回收拍賣組的人大概已經上去了。我的所有設備會被拆解、記錄成一份清單、貼上標籤、裝箱，準備拍賣。他們清完我的屋子後，大樓的機器人管理員會打掃屋子並消毒。之後維修人員會把外牆補好，把門修好，然後將帳單寄給「創線企」，而這筆修繕費用就會加到我欠他們的款項中。

到了下午三、四點，大樓房客候補名單上的某個幸運獵蛋客就會收到通知，告訴他有個房間空出來。或許到了傍晚，新房客就已遷入。太陽下山之前，我在這裡住過的所有痕跡就會被抹得一乾二淨。

車子轉上大馬路，我聽見輪胎摩擦冰凍柏油路面上的鹽巴顆粒[33]所發出的刺耳聲音。有個保安伸手將一個視像罩甩在我臉上。戴上視像罩的我發現自己坐在白色沙灘上看夕陽，眼前的海浪一波

編譯註

㉝冬天道路積雪結冰時，撒鹽可以幫助雪融化，提高用路人的安全。

波拍湧。他們一定是利用這方式讓契約工在進城途中保持冷靜。

我舉起被銬住的手，將視像罩推上額頭。保安似乎不在意，或者該說壓根兒沒注意我。我再次引頸望向窗外。我已經好久沒身處真實世界，現在我想看看它有何改變。

29

放眼所見，一切仍籠罩著濃濃的遺棄氛圍。街道、建築物、人。就連雪都顯得髒兮兮。灰色雪片緩緩飄落，宛如火山爆發後的火山灰。

流浪漢似乎人數遽增。馬路上排放著帳篷和硬紙板拼湊的棲身所，公園也變成難民營。運輸車駛入摩天大樓區的核心，街角和每個空地都聚集了一群群的人，他們蜷縮在燃燒的桶子或者以燃料電池來提供電力的移動暖爐旁。免費的太陽能充電站排著長龍，隊伍裡的人戴著過時的笨重視像罩和觸覺手套，透過「群聚擬仿」提供的免費無限上網點與更美好的「綠洲」世界交流，雙手如幽魂似地做出細微的動作。

終於，我們抵達「創線企」的廣場，就在市中心的核心位置。

我默默憂慮地望著窗外，「創新線上企業」的企業總部映入眼簾。兩幢矩形的摩天大樓中間夾著一幢圓形大樓，構成該企業名稱縮寫的IOI標誌。「創線企」這三幢是全市最高的大樓，雄偉的鋼骨結構和反射玻璃窗透過幾十個互連的走道和高架電車相互連結。高樓樓頂隱沒在被蒸發鹽分所浸溼的雲層中。這三幢高樓就跟「綠洲」裡IOI-1星球上的「創線企」總部一模一樣，只差在真實世界裡更令人歎為觀止。

運輸車駛入圓形大樓底部的停車場，順著水泥坡道往下開，抵達一處類似裝卸貨碼頭的空地。在一排頗寬敞的凹形門上方有一個牌子，寫著：「創線企」欠款員工就職中心。

其他契約工和我被趕下車，旁邊有一隊拿著電擊槍的保安正準備看管我們。他們解開我們的手銬，一名保安拿著手持式的視網膜掃描器來掃描我們。他的掃描器靠近我的眼睛時，我屏住呼吸，一秒鐘後這機器發出嗶聲，他讀出顯示器上的資料。「布萊斯．林區，二十二歲，具有本土公民身分，無犯罪紀錄，有信用卡欠款紀錄。」他逕自點點頭，在平板電腦上點入一連串圖示，接著我被帶進一個溫暖明亮的房間，裡頭已有好幾百個契約工。他們拖著腳步沿著導繩所組成的迷宮往前慢慢走，彷彿一群發育過度的小孩窮極無聊地待在某個噩夢般的可怕遊樂園中。這群人似乎男女各半，不過很難確定，因為幾乎所有人都跟我一樣膚色蒼白，沒有體毛，而且都穿著相同的灰色連身衣和灰色塑膠鞋。大家看起來就像電影《五百年後》（*THX 1138*）的臨時演員。

隊伍進入一連串的安全檢查哨。在第一個檢查哨中，每個契約工都要通過最新的超級偵測器，來確認我們沒在身上或身體裡藏任何電子產品。我排隊等候時看見有幾個人被拖出隊伍外，因為偵測器在他們身上發現皮下微電腦，或者由語音控制的電話做成的假牙。這些人被帶到另一個房間移除這些設備。我前面的傢伙甚至把最先進的「綠洲」辛納屈型號的迷你主機藏在假睪丸裡。還真是帶種啊。

我通過幾個安全檢查哨後，被帶入測驗區，這個大房間裡有好幾百個隔音的小隔間。我坐在其中一個隔間裡，他們給我一個便宜的視像罩和一雙可能更廉價的觸覺手套。他們給我的設備不能連上「綠洲」，但戴起來還是滿舒服的。

他們給我一連串難度愈來愈高的測驗，要測試我在各領域的知識和能力，因為這些很可能可以為雇主所用。當然，測驗結果會和我替布萊斯．林區這個假身分所捏造的假學歷和假工作經歷來作交叉比對。

我相信我一定可以通過與「綠洲」的軟體、硬體及網路系統有關的所有測驗，但我故意在某些測驗項目失敗，不讓他們知道我了解詹姆士．哈勒代和程式彩蛋的事。我當然不想進入「創線企」的蛋學部，而且一旦進入這部門，我很可能會遇到索倫托。我不認為他認得出我來——畢竟我們從未真正見過面，而且我現在的長相跟學校那張舊照片幾乎完全不像——不過我不想冒險。我已經比心智正常的任何人更勇於向命運挑戰了。

數小時後，我做完測驗，他們把我登入一個虛擬的聊天室，要我跟契約工顧問見面。她的名字是南西，她以具催眠效力的單調語氣告訴我，由於我的測驗成績優異，堪稱楷模，加上我有亮眼的工作資歷，所以公司給我一個「綠洲技術支援資深客服」的職位做為「獎勵」。年薪兩萬八千五百美元，至於房租、伙食、所得稅、醫療保險、牙齒保險、眼睛保險，以及休閒娛樂費，這些費用會從我的薪水直接扣除。剩下的收入（如果還有剩的話）則用來償還我欠公司的卡債。債務還清後我就不再是契約工。如果工作表現良好，我有可能在「創線企」取得永久的職位。

當然，這是不折不扣的大笑話。契約工永遠不可能還清所有的債務，重獲自由。一旦他們把扣除額、遲繳的滯納金，以及利息罰款加進去，你每個月只會欠他們更多，不會更少。只要走錯一步，讓自己成了契約工，你就終身是他們的長工，永遠不得翻身。不過很多人似乎不在意，他們覺得這樣就有穩定的工作，也代表他們不會在街頭挨餓受凍。

我的顯示器出現「契約工合同」的視窗，裡頭冗長地詳述身為契約工的免責聲明，並提醒我具備（或者不具備）的權利。南西要我看完後簽名，然後進行「契約工處理程序」，說完後她就登出聊天室。我將畫面捲到合約最下面，壓根兒懶得讀那六百頁。我簽上布萊斯・林區這個名字後，他們以視網膜的掃描結果來確認我的簽名是否正確。

我用的是假名，所以不曉得是否具法律效力，不過我不在乎。因為我有計畫，而這正是計畫的一部分。

他們帶我走過另一條走廊，進入「契約工處理區」。我被放在輸送帶上，運往一長串的處理站。首先，他們脫掉我的連身衣和鞋子，把它們焚毀，然後要我通過專給人類用的自動洗車棚——一整排機器，有的塗肥皂，有的刷洗，接著消毒、沖水、烘乾，還有除蝨。然後，他們給我一套新的灰色連身衣，以及新的塑膠拖鞋。

到了下一站，一排機器對我進行身體檢查，包括一系列的抽血檢驗（幸好「基因隱私法案」禁止「創線企」對我進行DNA檢驗）。接著，一排自動化的針筒同時打在我的肩膀和屁股，給我進行各項預防接種。

在輸送帶上的我往前推進幾公分，頭上的平面螢幕一遍又一遍地播放十分鐘的訓練影片，無止境地循環下去。「契約勞役：從負債到成功的捷徑！」這部影片裡的演員都是D咖的電視明星，他們興高采烈，滔滔不絕地說著「創線企」的宣傳教條，同時帶出契約工政策的相關細節。看了五遍後，我已經記住這段該死影片的每一句臺詞，到了第十遍，我甚至能跟著演員一起說出臺詞。

「我完成初階工作，取得永久職位後，有什麼展望呢？」訓練影片裡的主角強尼問道。

強尼，你可以預期你這輩子都將成為公司的奴隸，我心想，但我還是繼續觀看著提供協助的人資專員愉快地告訴強尼，所有跟契約工日常生活有關的種種。

終於到了最後一站，這裡的機器把我銬上腳環——這是一個有襯墊的鐵環，銬在我踝關節上方。根據訓練影片，這東西是要監視我的所在位置，以及決定我能否進入「創線企」辦公園區。如果我想逃跑、拿掉腳環，或者想惹麻煩，這東西還能放電，對我電擊，讓我動彈不得，若有必要，它也會把高劑量的鎮定劑直接注入我的血管裡。

腳環套上後，另一臺機器在我右耳垂的部位打上兩個洞，穿入一個小小的電子儀器，我痛得畏縮，還罵出一連串髒話。我從訓練影片中得知，我剛被裝上了OCT。OCT是「觀察與溝通標籤」的縮寫，不過多數契約工把它稱為「耳標」。這東西讓我想起環保人士為了追蹤瀕臨絕種生物在大自然中的動態，而在牠們身上裝入的電子標籤。耳標裡有迷你無線電，「創線企」人力資源部的主電腦可以透過它直接在我的耳裡發布訊息或者下命令。裡頭還有鏡頭朝前的微照相機，讓「創線企」的主管可以看見我正前方的任何東西。「創線企」園區的每個房間已有監視攝影機，但這樣顯然還不夠，他們還要在每個契約工的頭顱側邊裝上攝影機。

耳標裝好並啟動後幾秒鐘，我開始聽見人資處電腦主機的和緩單調聲音，它以一成不變的語調傳達指示和其他訊息。一開始這聲音搞得我快瘋了，不過後來就逐漸習慣，反正我別無選擇。

我步下輸送帶，人資處的電腦指示我到旁邊的員工自助餐廳。那裡看起來就像監獄老片裡的情景。我被遞上一個萊姆綠的餐盤，裡頭已裝了食物，有索然無味的豆製品漢堡，一坨水水的馬鈴薯泥，以及一些我認不出口味的脆皮水果派甜點。我在幾分鐘內將這些食物吞下去。人資處的電腦稱讚我胃口很好，然後告訴我，我有五分鐘可以去洗手間。我走出廁所後，它要我去搭一座沒有按鈕及樓面指示鍵的電梯。電梯門打開，我看見裡頭的牆面上有一段文字：**契約工寢室／第五區／技術支援客服**。

我拖著腳步走出電梯，進入一條鋪著地毯、寂靜陰暗的走廊。這裡唯一的照明來自嵌在地面的小燈。我迷失在時間裡，彷彿被拖出住家已經好幾天。我好疲累。

「七小時後你將首次值班，提供客戶技術支援。」人資處的電腦在我耳邊以單調的語音說：「在此之前你先睡覺。前方的交叉口左轉，直接走到你被分派的寢室，號碼４２Ｇ。」

我繼續依照指示行動。我想，我已經很擅長這麼做。

寢區讓我想起陵墓。裡頭有一排排網狀交叉的穹狀走廊，每排走廊兩側是棺材形狀的寢艙，一個個往上疊到天花板，共有十層。每一欄都標上號碼，而每一個寢艙的門口都有英文字母，從最底下開始依序由A排到J。

我終於抵達我的寢區，就在四十二欄，靠近上層的地方。我一靠近寢艙，如虹膜狀的圓門嘶的一聲打開，裡頭閃爍著柔和的藍光。我爬上架在兩排相鄰寢艙之間的狹窄階梯，然後踏上我的寢艙艙口底下的小平臺。爬進寢艙後，平臺收起，寢艙的圓門在我的腳下閉合起來。

我的寢艙內部就像一個顏色是蛋殼白的射出成型塑膠棺材，高和寬約一米，長度約兩米，寢艙的地面鋪著膠體泡沫塑料的床墊和枕頭，兩者聞起來都像燒過的橡膠，所以我想一定是全新的。

除了我頭顱側邊的那個攝影機，寢艙門的上方也有一架。「創線企」懶得把它隱藏起來，反正他們就是要契約工知道自己隨時被監看。

寢艙裡的唯一設備是娛樂主機系統——這是安裝在牆上的大型平面觸控螢幕。旁邊的托座嵌了一個無線的視像罩。我拍一下螢幕啟動它。螢幕最上方出現我的員工編號以及職位：布萊斯．林區／「綠洲」技術支援資深客服／「創線企」員工編號338645。

螢幕下方出現目錄清單，列出我目前能觀賞的娛樂節目。我花了幾秒鐘就瀏覽完很有限的選項。我只能觀賞一個頻道：IO-N——「創線企」的二十四小時新聞頻道。該頻道全天候提供跟「創線企」有關的新聞和教條宣傳。除此之外，我也能從訓練影片和相關的影片庫中挑選我想看的，不過這些影片多半跟我身為「綠洲」技術支援客服的新職位有關。

我想選取另一個娛樂資料庫——經典電影——但系統說我還沒被准許挑選範圍更廣的娛樂內容，除非我連續三年的工作考核績效達到中上。接著，系統問我是否想看看與「契約工娛樂獎勵計畫」有關的更多資訊。我當然不想。

我唯一能收看的電視節目是「創線企」所製作的情境喜劇《湯米的接聽人生》。節目簡介說這是：「瘋狂的情境喜劇，描述湯米所經歷的連連厄運。湯米是個新進的契約工，擔任的職位也是技術客服，但他努力達成人生目標：財務獨立，工作表現優異！」

我挑選了第一集，拿下嵌在牆上的視像罩戴上。如我所料，這部影集不過是有罐頭笑聲的訓練影片。我當然一點興趣都沒有。我現在只想睡覺，但我知道有人監視我，我的一舉一動都被監看並記錄下來，所以我盡可能保持清醒，不理會一集又一集讓我昏昏欲睡的《湯米的接聽人生》。

儘管很努力，我的思緒還是飄到了雅蒂米思身上。就算我用各種理由來說服自己，但我心裡明白，我之所以要進行這個瘋狂的計畫全都是為了她。我到底怎麼了？我很可能逃不出這裡啊。自我懷疑的情緒排山倒海而來，壓得我喘不過氣。難道我對程式彩蛋和雅蒂米思的迷戀真的把我逼瘋了嗎？我怎麼會冒這麼白痴的險，就為了贏得我從未謀面的人的芳心？而這個人似乎沒興趣再跟我說話。

此刻，她在哪裡？她想我嗎？

我繼續暗自折磨自己，直到沉沉睡去。

30

「創線企」的技術支援電話中心，占據了總部東側I形大樓的整整三個樓層，每一層就像由編號隔間辦公室所構成的迷宮。我的辦公隔間位於偏遠角落，離所有窗戶遠遠的。隔間裡空蕩蕩，只有一張拴在地板上、可各角度調整的辦公椅。我四周的幾個小隔間都沒人坐，正等著新的契約工。

我不被准許裝飾我的小隔間，因為我還沒取得這種優惠待遇。如果我的生產力高，客戶滿意度也高，就能獲得足夠的「技能點數」，這樣一來，我就能「花」一些點數去購買裝飾小隔間的優惠待遇，可以用小盆栽或者圖案是貓咪吊在曬衣繩上的海報來激勵自己。

我走入我的小隔間，從光禿禿的隔間板的架子上拿起公司發的視像罩和觸覺手套，一屁股坐在椅子上。我的工作用電腦內建在椅子的圓形底座裡，我一坐到椅子上，電腦就自動升起。確認我的員工編號後，它自動讓我登入「創線企」內部網路的工作帳號。我不能往外連到「綠洲」，只能讀取與工作有關的 e-mail、閱讀技術支援的文件和程序手冊，以及查看我的通話時間統計表。就這樣。我在內部網路上的一舉一動都被嚴密監視、控制以及記錄下來。

我排入接聽隊伍中，開始十二小時的輪班。我當契約工才不過八小時，感覺卻像坐了好幾年的大牢。

我的技術支援聊天室裡出現第一個來電者的分身。他的名字和資料數據也飄浮在他頭頂上。他分身的名字挺酷的，「辣屌〇〇七」。

我知道這將是難以置信的一天。

辣屌〇〇七是個大塊頭的禿頭大老粗，穿著有飾釘的黑色皮盔甲，手臂和臉上布滿各種惡魔刺青。他手持的變形劍幾乎是他分身的兩倍長。

「早安，辣屌〇〇七先生，」我以低沉單調的聲音說：「感謝您致電技術支援部，我的員工編號是338645，今晚有什麼可以為您服務的嗎？」顧客禮貌軟體會過濾我的聲音，改變語調和音質，好讓我的語氣永遠都是愉快有朝氣。

「呃，喔……」辣屌〇〇七開始說話：「我剛買了這把屌到不行的劍，竟然不能使用！我根本沒辦法用它來攻擊任何東西，這爛玩意兒到底出了什麼問題？是不是壞了？」

「先生，唯一的問題是你根本是個該死的白痴。」我說。

我聽見熟悉的警告嗡嗡聲，我的顯示器閃爍一則訊息：

違反禮貌規定——不當辭彙：該死的、白痴。

最後一句消音——違規行為已被記錄。

「創線企」這套取得專利的顧客禮貌軟體偵測到我的回應很不妥，把它消了音，所以客戶不會聽到我說的話。這套軟體也把我「違反禮貌規定」的行徑記錄下來，呈給崔沃——我這一組的組長——他會在兩週一次的績效考核中提出這次事件。

「先生，您是在拍賣網上購得這把劍的嗎？」

「對，而且還花了我一堆錢。」辣屌〇〇七回答。

「先生，我這就幫您查查看，請稍待一下。」我已經知道問題出在哪裡，但我得確認過後才能回答他，否則會被罰錢。

我用食指點了一下那把劍，有個小視窗開啟，出現這項寶物的說明。答案就在第一行。這把神劍只能給十級以上的分身使用。而辣屌〇〇七先生的分身才七級。我趕緊跟他解釋。

「什麼？這不公平！賣我劍的那個傢伙沒告訴我！」

「先生，在您購買任何物品之前，最好先確定您的分身可以使用，這樣比較保險。」

「可惡！」他咆哮：「那我現在該怎麼辦？」

「你可以將它插在你的屁眼裡，然後把自己當成熱狗，裹上玉米糊去油炸。」

違反禮貌規定——回答句子消音——違規行為已被記錄

我重新回答：「先生，您可以先把這項物品放在您的物品清單裡，等到您的分身晉級到第十級就能使用，或者您也可以放回拍賣網出售，利用賣出所得購買類似武器。不過請先確認該武器符合您的分身等級。」

「啥？」辣屌〇〇七回應，「啥意思啊？」

「我是說您可以留著它，或者賣掉它。」

「喔。」

「還有什麼需要服務的嗎？」

「沒有吧，我想……」

「那就好，感謝您致電技術支援中心，祝您有美好的一天。」

我點點顯示器上的「斷線」圖示，辣屌〇〇七消失。通話時間兩分七秒。就在下一位客戶的分身出現之前——下一位是個紅肌膚大胸脯的異國女性，名叫瓦兒達絲絲——辣屌〇〇七給我的客戶滿意分數出現在我的顯示器上。六分，最滿意是十分。接著這套系統好心地提醒我，如果我希望下次績效考核時能加薪，我的平均分數就必須達到八點五分以上。

在這裡做技術支援跟在家做完全不一樣。在這裡，我不能一邊接無止境的蠢電話，一邊看電影、打電動，或者聽音樂。在這裡唯一能分心的事情，就是盯著時鐘（或者「創線企」的股價指數。這個指數永遠會出現在每個契約工的顯示器最上方，怎樣都擺脫不掉）。

我每次值班有五分鐘的時間上廁所，三十分鐘的時間吃飯。我通常坐在我的小隔間裡吃，不去餐廳，這樣就不必聽到其他客服咒罵接到的來電，或者自誇贏得多少技能點數。我對其他契約工的藐視程度幾乎跟對客戶的藐視不相上下。

第一次值班時我睡著五次，每次系統看見我睡著，就會在我耳邊發出警告喇叭聲，把我嚇醒。接著，它會在我的員工資料中記上這筆違規。我值班的第一週，不停出現嗜睡現象，嚴重到公司每天給我兩顆紅色小藥丸，幫助我清醒。我服用了，不過，是下班後才吃。

值班時間終於結束，我扯掉耳機和視像罩，以最快速度走回我的寢艙。每天只有在這個時候，我才會步履匆忙。我走到我的小小塑膠棺，爬進去，面朝下癱在床墊上，這姿勢就跟昨晚以及前晚一模一樣。我躺了幾分鐘，從眼角餘光看著娛樂主機系統上的時鐘。一到七點零七分，我就會翻身坐起。

「燈。」我輕聲說。到這裡的這一週來，這個字已經成為我的最愛。在我心裡，它就等同於自由。

嵌在寢艙艙壁上的燈光熄滅，整個空間陷入黑暗。當監視攝影機變成夜視模式，如果有人觀看我頭側和艙門上方這兩部攝影機的任何一段影片，會看見一陣閃光，接著我又清晰地出現在顯示器上。不過，拜我之前搞的小破壞之賜，現在這兩具監視攝影機都不再執行被賦予的任務。所以，這是每天我唯一不被監看的時刻。

這代表搖滾的時間到了。

我拍拍娛樂主機系統的觸控式螢幕。螢幕亮起來後出現我第一晚在這裡所見到的選項：一堆訓練影片和模擬情境片，包括完整的《湯米的接聽人生》，一集都不缺。

如果有人查看我的娛樂使用紀錄，會看見上面記載著我每天都看《湯米的接聽人生》，看到睡著，而且若看完全部十六集，我還會從頭看一次。這份紀錄也會顯示我每天同時間就寢（不過並非分秒不差），而且一覺到天亮，直到被鬧鐘吵醒。

想當然耳，我沒真的每晚收看他們那齣扯爆的情境喜劇，也沒睡覺。過去這個禮拜，我每晚只睡兩小時，現在果然開始遭受睡眠不足之苦。

可是每次寢艙的燈一滅，我就精神百倍，清醒得不得了。我只要一開始憑記憶操作娛樂中心的目錄畫面，白天上班的疲憊就立刻消散。我的右手手指飛快地在觸控螢幕上舞動。

大概七個月前，我從「菁英駭客貨棧」買到一組「創線企」企業內部網路的密碼。這個網站就是我購買新身分所需資料的那個黑市拍賣網。我一直在注意販賣黑市資料的網路，因為你永遠不知道有人拿什麼東西上去賣。入侵「綠洲」伺服器的駭客軟體、自動提款機的駭客程式、名人的性愛錄影帶，你想得到的都有。我在瀏覽「菁英駭客貨棧」的拍賣物品時，有個東西吸引了我的目光：「創線企」內部網路的通行密碼、後門程式，以及可入侵該公司系統的駭客軟體。賣家說這些「創線企」內部網路架構的機密資料，以及一系列的主管級通行密碼和駭客軟體等，可以「讓使用者在該公司的企業網路裡如入無人之境」。

若非這些資料是放在這麼有聲望的拍賣網上兜售，我大概會認定是假的。匿名賣家說他以前是「創線企」的程式工程師，也是該公司內部網路的主要設計人。他大概變節了吧——故意在他設計的系統裡寫上後門程式和安全漏洞，以便日後可以在黑市上兜售。這樣一來做一份工作就可以拿到兩份錢，還可以減輕他替「創線企」這種邪惡跨國企業工作的罪惡感。

這些資料有個明顯的問題——雖然賣家懶得在拍賣說明中指出這一點——就是除非進入「創線企」的內部網路，否則這些程式碼根本無用武之地。「創線企」的內部網路安全性極高，而且是獨立運作的網路，無法直接連上「綠洲」。唯一進入「創線企」內部網路的方法，就是成為他們的正式員工（這很難，而且太耗時），或者加入該公司日益成長的契約工大隊。

總之，那時我決定參與競標，因為搞不好這些資料哪天派得上用場。由於這些資料的真實性無法驗證，所以競標的價格一直很低，我用幾千塊就標到了。拍賣結束後幾分鐘，這些程式碼就寄到我的信箱。我將程式碼解密之後徹底做了檢查，看起來很像真的，所以就把這些資料存起來，等著哪天派上用場，然後就忘了這件事——直到六個月後，我看見六數人把安納瑞克城堡封鎖起來，當時我第一個想到的是我有「創線企」的通行密碼，接著開始盤算讓這瘋狂的計畫具體成形。

我把布萊斯．林區這個假身分的信用財務資料加以篡改，讓我有機會變成「創線企」的契約工，一旦我滲透入該公司總部，置身在防火牆後面，就能利用內部網路的密碼駭入六數人的機密資料庫，然後設法把他們構築在安納瑞克城堡四周的屏障給撤下來。

我想沒人預料得到這一步，因為這招實在太瘋狂了。

★

我到成為契約工的第二晚才測試「創線企」的密碼。想也知道，我緊張死了，萬一測試結果發現我買的資料是假的，這些密碼全都不能用，那我等於賣掉自己，來這裡當終身奴隸。

我把頭轉正，讓耳標攝影機面向前方，不拍到娛樂主機系統的螢幕，然後拉出設定目錄。我可以透過這個目錄調整音量和影像的效果：音量和音質平衡，亮度和色彩濃淡。我把所有選項調到最高，然後按下螢幕最下方的「套用」鍵三次。接著我又把音量和亮度調到最低，再次按下「套用」鍵。螢幕中央出現小視窗，要我輸入維修技術人員的編號和密碼。我迅速輸入已經牢記在我腦中的員工編號，以及一長串由英文字母和數字構成的密碼，利用眼角餘光檢查兩次，以免輸入錯誤，然後按下「確定」鍵。系統停頓了一下，我感覺卻像過了好久，接著，出現以下的訊息，讓我鬆了一大口氣。

維修控制臺——准許進入

現在，我進入了維修服務帳號，這個帳號能讓維修人員測試娛樂中心的各個元件，並除去程式中的錯誤。我以技術人員的身分登入了，但依舊受到局限，無法進入內部網路，不過我至少仍有操作空間。利用某個程式工程師留下來的駭客軟體，我就能創造假的管理員帳號，一旦有那個帳號，我就真的可以如入無人之境。

現在，首要之務是獲得一些隱私來偷做這些事。

我迅速瀏覽過幾十個次目錄，終於找到契約工監視系統的控制臺。輸入員工編號後，我的資料就出現在螢幕上，還有一張我一開始被「清洗處理」時所拍的大頭照。這份資料列出我在這裡當契約工的帳戶餘額、薪水等級、血型，目前的績效評估等任何跟我有關的瑣碎細節。在我資料的正上方有兩個影像視窗，一個連接我的耳標攝影機，另一個連接到我的寢艙攝影機。我的耳標影像目前正對準牆壁，而寢艙攝影機的視窗顯示的是我的後腦勺。我這個姿勢可以擋住它拍攝到娛樂中心的螢幕。

我在目錄上挑選出這兩部攝影機，然後進入它們的組態設定。利用那個叛徒提供的駭客軟體，我很快就駭入系統，讓我的耳標和寢艙攝影機呈現出我在這裡第一晚的存檔畫面，而非現場轉播的畫面。現在，若有人檢查我攝影機的影像，會看見我躺在寢艙裡睡覺，而不是徹夜坐著，緊張地駭入公司的內部網路。接著，我設定攝影機，讓它們在我關上寢艙裡的燈時自動切換到之前所錄的畫面。而攝影機切換成夜視模式時所發生的影像扭曲現象，剛好可以用來遮掩訊號中斷的剎那。

我一直等著有人發現我的行徑，鎖住系統，但看來我的形跡沒敗露。密碼持續有用。我連續六晚入侵「創線企」的內部網路，愈來愈深入網路系統內部。我感覺自己就像監獄老電影裡的囚犯，每晚在牢房裡以湯匙一吋一吋鑿出牆外。

昨晚，就在我快累垮之前，我終於成功穿越內部網路裡迷宮似的防火牆，進入蛋學部的主要資料庫。母礦源。六數人的機密資料。而今晚，我終於可以好好探索一番。

我知道當我逃離這裡時，必須帶走一些跟六數人有關的資料，所以幾天前就利用我的內部網路管理員帳號提出一份假的硬碟需求單。我讓他們把容量達十個澤位元組的隨身碟遞送給一個不存在的員工山姆·洛威，而他的位置就在我的小隔間幾排外空無一人的隔間裡。為了讓我的耳標攝影機拍攝到另一個方向，我得將頭轉過去，壓低身子，拿到那個小隨身碟後放入口袋，然後偷偷帶入我的寢艙。那晚，我熄燈，癱瘓攝影機之後，打開娛樂中心的維修控制臺，把隨身碟插入用來升級韌體的擴充槽中。現在，我可以把資料從內部網路直接下載到隨身碟裡。

★

我戴上娛樂中心的視像罩和觸覺手套，然後躺平在床墊上。透過視像罩，我看見六數人資料庫的三D影像，數十個重疊的資料視窗就懸浮在我前方。我利用觸覺手套操作這些視窗，穿梭在資料庫的檔案結構中。資料庫裡最大的一區都用來儲放跟哈勒代有關的資訊，數量多到令人咋舌。相較之下，我的聖杯日誌簡直像輕薄短小的精簡摘要。資料庫裡有很多我從未見過的資訊，我甚至根本不知道有這些東西。哈勒代小學的成績單、他小時候拍的家庭錄影帶，他寫給粉絲的e-mail。我沒時間讀完，不過我將一些有趣的東西複製到隨身碟裡，（希望）改天來看看。

我專注地把跟安納瑞克城堡以及六數人在城堡裡頭和四周所部署的兵力等資料區分出來，將他們的武器、車輛、武裝直升機和部隊人數等情報加以複製。我還竊取跟神器「歐蘇沃克斯球」相關的所有資料——他們就是利用這個神器在城堡四周築起屏障——包括屏障的精確位置，以及操作這個神器的巫師人數。

接著我中了大獎——我找到的一個資料夾裡包含了數百小時simcap影像檔案，這些影像記錄了六數人一開始尋找第三道門以及找到之後試圖打開的所有過程。就如同大家目前臆測的，第三道門果然位於安納瑞克城堡裡，而且只有持有水晶鑰匙的分身才能越過城堡大門的門檻，進入裡面。讓我作嘔的是，我發現索倫托成了哈勒代過世後第一個踏上安納瑞克城堡的分身。

走進城堡入口，會見到偌大門廳，裡頭的牆面、地板和天花板全都由黃金打造而成。門廳北側的盡頭，有一道嵌在牆內的巨大水晶門。門的正中央有個小鑰匙孔。

我一見到它，就知道這是第三道門。

我快速瀏覽最近利用simcap軟體所捕捉下來的影像。我從這些影片看出六數人還沒搞懂該怎麼打開這道門。他們只是把水晶鑰匙插入鑰匙孔裡，但顯然一點用都沒有。這幾天來，他們整個團隊想盡各種辦法，但依舊毫無進展。

趁著第三道門的資料和影片複製到我隨身碟的空檔，我繼續鑽入六數人資料庫深處。最後，我發現一處禁入區，「星室」。這是我唯一不能進入的資料庫區域。我利用我的管理員身分製造一個新的「測試帳號」，然後給那個帳號超級權限，以及管理員具備的所有優惠待遇。成功了，我可以進入那一區。禁入區裡的資訊被分成兩個檔案夾：「任務進度」和「威脅評估」。我先打開「威脅評估」，一看見裡頭的資料，血液直竄腦門。裡頭共有五個次資料夾，分別標上帕西法爾、雅蒂米思、艾區、小刀和大刀。其中大刀的資料夾被畫上紅色的X。

我先打開帕西法爾資料夾，裡頭的資料密密麻麻。六數人收集了過去幾年來跟我有關的任何資料。我的出生證明、學校成績單。畫面的最下方還有simcap影像連結，點進去可以看到我跟索倫托利用聊連視訊交談的整個過程，最後一段則是我姨媽家引爆的畫面。我開始躲藏起來後，他們就失去我的下落。他們收集了好幾千張我的分身在過去一年的影像側拍照片，以及法爾可星球上我的專屬堡壘的資料，但就是無法查出我在真實世界中的位置。關於我的目前下落，被註明「未知」。

我關上視窗，深吸一口氣後打開雅蒂米思的資料夾。

最上面是一個年輕女孩的學生照，她笑容裡的憂鬱清晰可辨。讓我驚訝的是，她長得幾乎跟分身一模一樣。同樣的深色秀髮，同樣的淡褐明眸，一張我熟悉的臉龐——除了一個小差異。她的左邊臉頰幾乎被紅紫色的胎記占滿。後來我才知道，這種胎記有時也稱為「葡萄酒漬」。相片裡的她將深色秀髮垂到左眼以下，想盡量遮掩住胎記。

雅蒂米思曾讓我相信真實世界中的她長得很醜，但現在我看見了，她一點都不醜。在我眼裡，這些胎記根本無損她的美麗。照片裡的那張臉龐甚至遠比分身更漂亮，因為我知道這張臉是真實的。

照片下方的資料寫著她的本名是莎蔓莎．愛芙琳．庫克，二十一歲，加拿大人，一百六十七公分高，體重七十六公斤。資料裡還有她家的地址——卑詩省，溫哥華，綠葉路二二〇六號——以及其他許多資訊，包括她的血型、從幼稚園開始的成績單。

我發現在她的檔案最下方有個沒檔名的影音連結，點進去後我的顯示器上出現一間郊區小屋的實況影像。幾秒鐘後，我才明白我正在觀看的是雅蒂米思居住的地方。

我深入她的檔案，發現他們已經監視她五個月。他們也在她家裝上竊聽裝置，因為我找到了她登入「綠洲」數百小時的錄音資料。他們把她闖過前兩道門時所說的話一字一句謄下來。

接下來我打開小刀的檔案，他們知道他的真名是唐津明秀，也曉得他家位於日本大阪的一處公寓。他的檔案夾裡還有他的學生照，照片裡的他看起來拘謹瘦削，理個小平頭。就跟大刀一樣，他長得跟分身完全不像。

艾區似乎是他們所知最少的一人。他的檔案裡資料很少，也沒照片，只有他分身的截圖。他的真名欄寫著「亨利．史望森」，但這是電影《妖魔大鬧唐人街》（*Big Trouble in Little China*）裡那個傑克．波頓所用的別名，所以我知道這肯定是假的。他的地址欄上寫著「四處為家」，底下有個連結，檔名是「最近的上網點」。這些是艾區最近用來登入「綠洲」帳號的無線節點的所在位置。果真四處都有：波士頓、華盛頓特區、紐約市、費城，最近的一次則是在匹茲堡。

現在我明白六數人是怎麼找到雅蒂米思和小刀了。「創線企」擁有數百家區域性的通訊公司，可說是全世界最大的網際網路服務供應商。所以若要上網，很難不用到他們所擁有且實際經營的網路服務。照這樣看來，「創線企」已經非法監聽全世界多數的網際網路，就為了找出他們認為可能構成威脅的一群獵蛋客。而他們之所以不能找到我，是因為疑神疑鬼的我非常小心翼翼，租用了光纖連接服務，直接從我的住處連上「綠洲」。

我關閉艾區的檔案，接著打開大刀的檔案夾，忐忑地等著會看到的東西。就跟其他人一樣，他們也知道他的真名是義昭敏郎，以及他家的地址。檔案下方有個連結，裡頭是兩篇關於他「自殺」的新聞報導，此外有個沒檔名的影音檔，存檔時間是他死的那一天。我點進去，出現手持錄影機所拍攝的畫面。畫面中有三個魁梧的男子帶著黑色滑雪面罩（其中一人操作攝影機），安靜地在走廊等待。他們透過無線電耳機收到指令，然後用磁卡打開一間只有一房的小公寓。大刀的住處。我驚恐地看著他們衝入屋裡，將他拖下觸覺椅，從陽臺扔下去。

這些混蛋甚至拍攝了他活活摔死的畫面。大概是應索倫托的要求。

我一陣作嘔，等到這感覺終於消失後，我才把這五個檔案裡的內容複製到我的隨身碟中。接著，我打開「任務進度」的資料夾。裡頭是蛋學部進度報告的檔案資料，應該是要給六數人的高階主管看的。這些報告依照日期排列，最新的列在最上頭。我打開後，發現有一份諾藍．索倫托要給「創線企」董事會的備忘錄。索倫托在裡頭提議派遣特務去雅蒂米思和小刀的住處綁架他們，強迫他們幫「創線企」打開第三道門，等到六數人拿到程式彩蛋贏得競賽後，就把雅蒂米思和小刀「處理掉」。

我楞坐原地，然後再讀一次備忘錄，內心交織著憤怒和痛苦。

從入檔時間來看，索倫托是在八點過後，也就是不到五小時之前發出這份備忘錄。他的上司大概還沒看到，就算看到，也要開會討論索倫托建議的作法，所以大概要到明天才會派特務去抓雅蒂米思和小刀。

我還有時間警告他們。可是若要這麼做，我就必須大幅改變我的脫逃計畫。

在我被他們逮來這裡之前，我就設定好資金轉移的時間，時間一到我的「創線企」帳戶裡就會有足夠的錢來支付我的卡債，這樣一來「創線企」就不得不解除我的契約。但這筆資金得五天後才會轉移，到時候六數人很可能已經把雅蒂米思和小刀關在某處連窗戶都沒有的房間裡。

我不能依照原定計畫把這禮拜剩下的時間用來探索六數人的資料庫，我必須現在就盡可能抓取資料，並且準備逃脫。

我給自己天亮以前的時間。

31

接下來四小時我瘋狂趕工，把六數人的資料庫盡可能複製到我偷來的隨身碟中。複製完成後，我提出「蛋學部主管物品申請單」，這個線上表格是六數人的指揮官申請「綠洲」內所需武器和設備用的。我挑選了一樣很特別的物品，並把遞送時間排在兩天後的中午。

終於完成了，時間是早上六點半。再過九十分鐘我就得值班，而我隔壁那些寢艙的鄰居也快要起床了。我沒時間了。

我拉出我的契約工資料，進入我的債務檔案，把積欠款項全部歸零——事實上，我從一開始就沒有欠這些錢。接著我選了「契約工觀察與溝通標籤」的控制臺次目錄，從這裡就可以操控我的耳標和腳環。終於，我完成了這週以來一直想做的事——解除這兩樣東西的鎖定裝置。

耳標的夾子往內縮，脫離我左耳的軟骨時，我感覺到一陣劇痛。它掉在我肩膀，彈出後落在我大腿上。就在這時，我右腳踝上的腳環喀的一聲開啟，露出一圈被摩擦得發紅的勒痕。

走到這一步，我已經沒有回頭路。不只「創線企」的保安人員能取得我的耳標影像，契約工保護協會也用它來監視並記錄我的每日活動，確保我的人權受到保護。現在，我取下耳標，此後就沒有關於我的數位紀錄，如果在我帶著隨身碟——裡頭的資料很可能得以控告「創線企」——逃出這棟大樓之前，被「創線企」的保安人員抓到，我就必死無疑。六數人一定會折磨我，然後神不知鬼不覺地殺了我，永遠沒人知道這件事。

我進行了幾件跟逃亡計畫有關的事情後，最後一次登出「創線企」的內部網路。我脫下視像罩和觸覺手套，打開娛樂主機系統旁的維修面板。在娛樂組件底下，介於我寢艙的預鑄牆板和隔壁的預鑄牆板之間有個小小的空間。我從這空間裡拿出摺疊整齊後藏在裡頭的一小疊東西。這是一套真空密封的「創線企」維修技術員的制服，還有帽子和識別證。（就跟隨身碟一樣，這套衣物也是我提出需求申請單，並讓他們送到我工作樓層某一處沒人坐的辦公隔間拿到的。）我脫下契約工的連身服，拿它抹去耳朵和脖子上的血，然後從床墊底下拿出兩片OK繃，貼住耳垂上的傷口。換上維修技術員的制服後，我小心翼翼地把隨身碟從擴充槽取下，放入衣服口袋，然後拿起耳標，對著它說：「我要上廁所。」

我腳下的寢艙門打開。走廊陰暗，空無一人。我將耳標和契約工連身服藏在床墊底下，腳環則放進新制服的口袋裡。我提醒自己深呼吸，然後爬出寢艙，步下階梯。

前往電梯途中，我跟幾個契約工擦身而過，但如同往常，沒人跟我眼神接觸。我鬆了一大口氣，因為我很擔心有人認出我，並注意到我不應該穿著維修技術員的制服。我走到快速電梯門前，系統掃描我的維修技術員識別證時，我緊張得屏息。感覺像過了一輩子之久，電梯門終於打開。

「早安，塔托先生，」我踏入後，電梯語音問我：「請問要到幾樓？」

「大廳。」我以沙啞的聲音說，電梯開始下降。

「哈利．塔托」是印在我識別證上的名字。我讓這個實際上不存在的塔托先生有權進入整棟大樓的任何區域，接著重新設定我的契約工腳環，編入塔托的身分資料，讓它就像維修技術員所戴的安全手環。當各地方的門和電梯掃描我，以確定我的身家背景夠安全時，我口袋裡的腳環就會回應，對，我是安全人物。這樣一來，門和電梯就不會發射好幾千伏特的電力來攻擊我的屁股，讓我動彈不得，直到保安人員前來。

我安靜地搭乘電梯，努力不去看電梯門上的攝影機。後來，我想到這一切結束後，他們一定會調出跟我有關的所有監視錄影帶，索倫托本人一定會親自觀看，還有他的主管也會。所以我決定直接面對鏡頭，微笑，用中指搔搔鼻梁。

電梯抵達大廳，電梯門打開。我有點期待會見到一群保安在電梯門外等我，見我出來後將槍枝舉到我面前。可是，我見到的只是一群混吃等死的中階主管等著搭電梯。我茫然地望著他們一秒，步出電梯，那感覺就像跨越邊界，進入另一個國家。

攝取過多咖啡因的上班族川流不息匆忙走過大廳，進出電梯和各出入口。他們都是正職員工，而非契約工。這些人下班之後可以回家，不想幹了還能辭職。不過我想他們大概不會辭職，因為他們知道在同一棟大樓裡，就在離他們幾層樓外的地方，有好幾千個契約工奴隸住在那裡當苦力。

接待處附近有兩名保安人員，我盡可能離他們遠遠的。我穿梭在密密麻麻的人群中，穿越寬廣的大廳，走到一長排的玻璃門前，通過這些玻璃門，外頭就是自由的世界。我逆向與正抵達大樓的員工迎面擦身而過，忍住不要跑起來。各位，我只是一個在這裡上班的維修技術員，值了漫長的夜班，不停重新啟動路由器之後，現在正要回家，就這樣。我絕對不是契約工，膽大妄為地在口袋藏著偷來的十澤位元組的公司資料，企圖逃之夭夭。絕對不是。

走往門口半途，我聽見奇怪聲音，低頭看了自己的腳。我仍穿著那雙拋棄式的塑膠契約工拖鞋，每次踩在打蠟的大理石地板就發出尖銳摩擦聲，在一雙雙實用低調的上班鞋當中顯得極為格格不入。我踩出的每一步似乎都在大喊：嗨，瞧！就在那裡！有個傢伙穿著塑膠拖鞋！

但我繼續往前走。就在快抵達門口時，有人拍了我的肩。我一楞。「先生？」我聽見有人叫我，是女人的聲音。

我差點奪門而出，但女人的語氣讓我沒這麼做。我轉身，看見年約四十多歲的高䠷女人面露關切之情。她身穿深色套裝，拿著公事包。「先生，你的耳朵流血了。」她指著我的左耳，驚恐地說：「流很多血。」

我伸手摸摸耳垂，滿手染紅。我貼的OK繃不知何時掉了。

我楞了一下，不確定該怎麼做。我想跟她解釋，但想不出該說些什麼，所以只是點點頭，喃喃道謝，然後轉身，盡可能冷靜地走到外頭。

刺骨的早晨寒風強烈到幾乎把我吹倒，我站穩腳步後跳下階梯，然後停佇了一下，把腳環扔進垃圾桶裡。我聽見它撞擊底部，發出令人滿意的砰聲。

走到馬路後我朝北行，以最快的速度前進。我有點引人注目，因為我是街上唯一沒穿大衣的人。沒多久我的雙腳就凍得發麻，因為我除了穿著契約工拖鞋外，並未穿襪。

終於走到溫暖的「郵箱所」，我已經全身顫抖。這裡是郵局出租信箱的地方，就在「創線企」廣場的四個街廓外。在我被逮捕的前一週，我就透過網路承租了一個郵政信箱，並寄了一套最高級的輕便式「綠洲」連接設備到那裡。郵箱所是全自動化，裡頭沒有員工要應付，我進去時剛好連客人也沒有。我找到我的信箱，按下密碼，拿出「綠洲」連接設備，然後坐在地上，當場打開那一包東西。我搓搓凍僵的雙手，直到手指頭又有感覺，然後戴上觸覺手套和視像罩，登入「綠洲」。「群聚擬仿」的總部就位在不到半公里外，所以我可以使用他們免費提供的無線網路，不需要透過「創線企」旗下的城市網路節點。

登入後我的心臟跳得好快。我已經下線整整八天——創個人紀錄。我的分身緩緩地現身在我堡壘的瞭望臺上，我帶著欣賞的眼光低頭看看我的虛擬身體，彷彿這是一套我很喜歡的衣服，但有陣子沒穿上。我的顯示器立刻出現視窗，通知我艾區和小刀寄來幾封信。還有，出乎我意料，有一封來自雅蒂米思。他們三人都想知道我跑去哪兒，到底發生什麼事。

我先回信給雅蒂米思。我告訴她，六數人知道她是誰，住在哪裡，而且他們全天候都在監控她。我還警告她，他們打算去她家綁架她。我從隨身碟裡叫出她的檔案，附在我的信裡當證據。接著，我委婉地建議她立刻離家，遠離那裡。

別收拾行李，別跟任何人道別。現在就離開，去安全的地方，要確定妳沒被跟蹤，然後找個不是由「創線企」所控制的網路，重新連上線，我會盡速跟妳在艾區的「地下室」碰面。別擔心——

我會帶來好消息。

在信件下方，我增加了一段附注：我認為真實世界裡的妳更漂亮。

我也寄了類似的信件給小刀和艾區（附注的部分當然刪除），以及他們在六數人的檔案。然後我拉出美國民政局的資料庫，試圖登入。我鬆了一大口氣，幸好之前買的密碼仍有效，我可以取得之前捏造的布萊斯．林區的假資料。這份資料裡多了我正式就任契約工之前在「清洗處理過程」中所拍攝的照片，現在照片的臉上蓋了「通緝要犯」幾個字。「創線企」已經通報政府，林區先生是脫逃的契約工。

我快速刪除布萊斯．林區的身分資料，並且把我的指紋和視網膜模式複製回我原來的公民檔案中。幾分鐘後我登出該資料庫，這時布萊斯．林區已經完全不存在，我又成了韋德．瓦茲。

★

我在「郵箱所」外頭招自動計程車，但我得先確定這輛車屬於當地計程車公司，而不是「超級計程」的車，因為「超級計程」是「創線企」旗下的子公司。

坐進計程車後我深吸一口氣，才將拇指按在螢幕上。螢幕閃爍著綠色，系統確認我是韋德．瓦茲，不是脫逃的契約工布萊斯．林區。

「早安，瓦茲先生，」自動計程車說：「請問要到哪裡？」

我給的地址是俄亥厄州立大學校園附近最熱鬧的大街上其中一家服飾店。這家店叫做 THr3ads，專賣「高科技的都會穿著」。我跑進店裡，買了一件牛仔褲和一件毛衣。這兩件都是「雙分裝」，代表它們可以連上「綠洲」。不需要虛擬觸覺設備，這兩件衣物就可以連上我那套輕便式的情境體驗設備，讓它們知道我的軀幹和手腳正在做什麼，這樣一來，會比只有觸覺手套的介面更容易控制我的分身。我還買了幾雙襪子和內衣褲、假皮皮衣、一雙靴子，以及黑色的編織毛帽來蓋住我凍得半死的小平頭。

幾分鐘後，我走出服飾店時已穿上全新的行頭。刺骨寒風再次籠罩我，但這次我可以拉上新夾克的拉鍊，戴上毛帽。好多了。我把維修技術員那套連身裝和塑膠契約工鞋子扔進垃圾桶，然後沿著大街一邊往前走一邊瀏覽櫥窗。我把頭壓低，避免跟魚貫迎面而來、垮著臉的大學生有任何眼神接觸。

經過幾個街廓後，我走入「啥都賣」商店，裡頭是一排排的販賣機，什麼都賣。其中有一臺標示著「防身武器」，裡頭有各種防身用品：超輕的盔甲、化學噴霧，以及各式各樣的手槍。我輕觸機器正面的螢幕，捲動產品目錄。考慮一下後，我決定買防彈衣、格洛克生產的47C手槍，以及三彈匣的子彈，此外還買了一小罐辣椒噴霧劑。我把右掌按在手部掃描器上付錢。機器查驗我的身分和犯罪紀錄。

姓名：韋德．瓦茲
通緝令：無
信用等級：優良

購物限制：無
交易核准！
感謝您的惠顧！

我購買的東西滑進我膝蓋邊的鐵碟裡，我聽見金屬撞擊的沉重聲音。我把辣椒噴霧劑放入口袋，將防彈衣穿在新衣服底下，接著將格洛克手槍從透明塑料罩中取出來。這是我第一次握住真槍，不過將武器握在手中的感覺很熟悉，因為我在「綠洲」裡已射擊過好幾千發的虛擬子彈。我按下槍身的小按鈕，槍枝發出聲音。我緊緊地握住手槍幾秒鐘，先是右手，然後左手，接著，手槍發出第二聲，讓我知道它已經掃描完我的掌紋。現在，我是唯一能發射這把槍的人。這把武器還有內建的定時裝置，讓它在十二小時內無法發射（所謂的「鑑賞期」），不過有了它我還是覺得安心多了。

我走到幾個街廓外的「綠洲」網咖，這個連鎖的網咖店名叫「插頭」。燈光從後面打來的黯淡招牌上，有個微笑的擬人化光纖電纜，保證「以光速連上『綠洲』！設備租費低廉！高度隱私的情境體驗設備空間！全年全天候無休！」我在網路上看過太多「插頭」的橫幅廣告。他們素以收費昂貴、硬體老舊聞名，不過連線速度保證快速、穩定，不會延宕。對我來說，最主要的賣點在於他們是少數不是由「創線企」或其旗下子公司所經營的連鎖「綠洲」網咖。

我踏入店門時，移動偵測器發出嗶聲。我的右手邊有個小小的等候區，目前空無一人。地毯破舊髒污，整個空間瀰漫著工業等級強度的消毒劑味。站在防彈樹脂玻璃區後方的店員抬起空洞的眼睛望著我。他大約二十出頭，留著雞冠頭，臉上還穿了幾十個洞。他戴著複焦的視像罩，可以同時看見周遭的世界和半透明的「綠洲」。他開口說話，我發現他把牙齒磨成尖角狀。「歡迎光臨插頭。」他以平板單調的語氣說：「目前有幾個位置是空的，所以不用等。這裡是套裝的價目表。」他指著我正前方櫃臺上的螢幕。接著，他的眼神飄開，重新專注在視像罩裡的世界。

我瀏覽價目表上的選項。上頭有十幾種情境體驗設備可供挑選，品質和價格不一。經濟型、標準型、豪華型。每一型都詳列了設備規格。承租這些設備可以以每分鐘或者每小時來計價。租金裡包含了一個視像罩和一雙觸覺手套，但虛擬觸覺服要另外計費。租用合約裡有密密麻麻的小字，規定損壞設備所需支付的賠償費用，以及一堆法律措詞，說明「插頭」連鎖店對於租用人的任何行為，尤其是違法舉動，不負任何責任。

「我要租豪華型，十二小時。」我說。

店員拿起視像罩，「你得先付清款項，懂嗎？」

我點點頭，「我還要租寬頻網路，我要上傳很大筆的資料到我的帳號。」

「上傳費用另計。你要傳多少資料？」

「十個澤位元組。」

「哇塞，」他嘟囔，「你要上傳什麼東西啊？國會圖書館全部藏書嗎？」

我不理會他，逕自說：「我還要升級套裝版的Mondo備份軟體。」我說。

「好。」店員回答得小心翼翼，「總共是一萬一千元。把你的拇指按在這個鼓面上就搞定。」

交易確認完成後，他露出有點驚訝的表情。接著他聳聳肩，遞給我一張磁卡、一個視像罩和一雙觸覺手套。「第十四號房，右手邊最後那個門就是。廁所在走廊底，如果你在隔間裡留下什麼亂七八糟的東西，比如嘔吐、尿液、精液之類的，押金就會被沒收。到時必須清理的人是我，所以拜託幫幫忙，克制一點，行嗎？」

「知道了。」

「請用吧。」

「多謝。」

第十四號房的長寬各約三公尺，整個房間都有隔音設備，正中央擺了一套過時的虛擬觸覺設備。我進去後鎖上門，爬上那套設備。虛擬觸覺椅的塑膠坐墊老舊龜裂。我把隨身碟插入「綠洲」主機系統正面的插槽中，見它穩穩插入，忍不住泛起微笑。

「麥克斯？」我登入後對著空氣說話。這一喚就把我儲放在「綠洲」帳號裡的麥克斯備份給喚醒。麥克斯的笑臉出現在我指揮中心的每一臺螢幕上。「嗨，你、你好，朋友！」他結巴地說：「一切都順、順利嗎？」

「愈來愈順利，夥伴，現在準備幹活兒，有一堆事要做呢。」

我打開我的「綠洲」帳號管理員，準備將資料從隨身碟下載到我的帳號裡。我付月費給「群聚擬仿」，所以帳號裡可以儲存無限量的資料，現在正是測試容量極限的時候。就算使用「插頭」的高寬頻光纖連線服務，要把十澤位元組的資料下載完預估要三個多小時。我把下載順序重新調整，讓電腦先轉移我必須立刻拿取的檔案。這些資料一上傳到我的「綠洲」帳號，我就可以立刻取得，同時轉寄給別人。

首先，我寄 e-mail 給各大新聞媒體，裡頭詳述「創線企」怎樣試圖殺掉我，還有他們怎麼「真的」除掉大刀，以及如何計畫殺死雅蒂米思和小刀的所有細節。我附上從六數人資料庫中偷到的影片——就是他們除掉大刀的過程，也附上索倫托寄給「創線企」董事會的備忘錄，裡頭就建議要綁架雅蒂米思和小刀。最後，我附上我跟索倫托在聊連視訊時的影像，但我把他說出我真名的部分消音，也把我的學生照給模糊處理。我還沒準備好公開我的真實身分。我打算等剩下的計畫執行後，再來公開沒被剪輯過的完整版。到時就無所謂了。

我花了十五分鐘打最後一封e-mail，這封信是要給「綠洲」的每位用戶。寫出滿意的內容後，我先把它儲存在草稿匣裡，然後登入艾區的聊天室「地下室」。

我的分身一出現在聊天室裡，就看見艾區、雅蒂米思和小刀已經在那裡等我。

32

「Z！」我的分身一出現，艾區立刻喊了出來，「怎麼搞的啊？老兄，你到底跑去哪了？我找了你一個多禮拜！」

「我也是。」小刀接腔：「你去哪裡了？還有你是怎麼拿到六數人資料庫裡的這些東西？」

「說來話長，重要的先說吧，」我對小刀和雅蒂米思說：「你們離開家裡了吧？」

他們兩個點點頭。

「還有，你們是在安全的地方上網？」

「對。」小刀說：「我現在人在漫畫咖啡店裡。」

「我在溫哥華機場。」雅蒂米思說。這是我好幾個月來第一次聽見她的聲音。「正在布滿細菌的『綠洲』公共網路亭裡。我衝出家門時什麼都沒帶，只在背包裡放了幾件衣服，所以，你給的六數人資料最好是真的。」

「是真的，相信我。」

「你怎麼這麼確定？」小刀問。

「因為這是我親自駭入六數人的資料庫下載的。」

他們全都望著我，半句不吭。艾區揚起一眉，說：「你，究竟，是怎麼辦到的？」

「我捏造了一個假身分，冒充成契約工，滲透入『創線企』總部。我過去這八天就是待在那裡，剛剛才逃出來。」

「哇靠！」小刀說：「真的嗎？」

我點點頭。

「老兄，你也太有種了吧。」艾區說：「請受小弟一拜。」

「多謝啦。」

「就當你不是唬我們的。」雅蒂米思說：「可是，低階契約工怎麼有辦法拿到六數人的機密資料和內部備忘錄？」

我面向她，「契約工透過寢艙內的娛樂系統可以有限度地進入該公司的內部網路，我就是從那裡利用一連串的後門程式和駭客軟體，慢慢深入他們的網路，直接駭入六數人的機密資料庫。這些是最初幫『創線企』設計資料庫的工程師所留下來的。」

小刀驚愕地望著我。「真的？全靠你一個人？」

「是的，先生。」

「你沒被他們逮到殺掉，真是奇蹟。」雅蒂米思說：「你怎麼會冒這麼蠢的風險？」

「妳說呢？當然是為了穿越他們的封鎖屏障，抵達第三道門啊。」我聳聳肩，「在這種緊急狀況下，我只能想到這個計畫。」

「Z，」艾區咧嘴笑著說：「你真是瘋狂的王八蛋。」他走過來跟我擊掌，「不過就是這樣我才這麼愛你，老兄！」

雅蒂米思繃著臉，對我說：「是啊，你發現他們有我們每個人的祕密檔案，就忍不住翻閱，對吧？」

「我非看不可！我必須知道他們對我們每個人有多了解！換成是妳，妳也會這麼做。」

她伸出手指，指著我的鼻子，說：「不，我不會這麼做，我會尊重其他人的隱私！」

「雅蒂米思，冷靜一點！他很可能救了妳的命欸，妳知道的。」艾區插嘴。

她似乎聽進了他的話，「好，算了。」不過我看得出她仍在生氣。

我不曉得該說什麼，所以繼續把原本要說的話說下去。

「我把偷運出來的所有六數人資料傳一份給你們，共有十澤位元組，檔案正在上傳。你們應該要有一份。」我等著他們檢查收件匣。「裡頭與哈勒代有關的資料庫大到令人難以置信，他的一生全在裡頭，他們訪問了所有認識哈勒代的人，我看要花上好幾個月才能讀完這些訪問。」

我等了幾分鐘，看著他們瀏覽這些資料。

「哇！」小刀看著我說：「太不可思議了，你到底是怎麼帶著這些東西逃出『創線企』總部？」

「小心翼翼，偷偷摸摸啊。」

「艾區說的對，」雅蒂米思搖搖頭說：「你真是個不折不扣的瘋子。」她停頓了一下，然後補上一句：「謝謝你的警告，Z，我欠你一份人情。」

我張嘴想說「不客氣」，但就是說不出口。

「對，」小刀說：「我也欠你一次，謝謝你。」

「不客氣啦，各位。」我終於能開口說話。

「嗯？」艾區說：「你已經跟我們說過壞消息，接下來，快告訴我們，六數人是不是就要闖過第三道門？」

「聽好了，」我咧嘴笑著說：「他們甚至還沒搞懂該怎麼打開這道門。」

雅蒂米思和小刀難以置信地望著我，艾區咧出大笑臉，接著猛點頭，將雙手掌心朝向天空，彷彿正隨著我們沒人聽見的電子舞曲起舞。「喔，太好了！太好了！」他唱著。

「你在開玩笑，對吧？」小刀問。

我搖搖頭。

「你沒在開玩笑？」雅蒂米思說：「怎麼可能？索倫托已經拿到水晶鑰匙，也知道那道門在哪裡，現在他只要打開那該死的城堡，直接走進去就成了，不是嗎？」

「前兩道門的確如此，但第三道門不一樣。」我在半空中拉出一個大的影像視窗。「看看這個，這是在六數人的影音資料庫裡發現的。這是他們第一次試著打開第三道門的影像。」

我按下播放鍵。影片開啟，畫面是索倫托的分身站在安納瑞克城堡的大門外。索倫托一走近，多年來堅不可摧的城堡大門立刻像超市的自動門瞬間開啟。「任何持有水晶鑰匙的人一靠近，城堡大門就會自動打開。」我解釋，「如果沒有這把鑰匙，任何分身都無法跨越門檻進入城堡，就算門當時是開的。」

我們看著索倫托走過大門，進入金碧輝煌的門廳。索倫托的分身走在光可鑑人的地板上，靠近嵌在北牆裡的一道水晶大門。門正中央有個鑰匙孔，就在洞的上方，在閃閃發亮的門板上，刻有三個字：愛、望、信。

索倫托往前一步，舉起水晶鑰匙，將鑰匙插入鑰匙孔，轉動。什麼都沒發生。

索倫托抬眼看著刻在門上的那三個字，大聲唸出「愛、望、信」。同樣地，沒有任何動靜。

索倫托拿開鑰匙，再次覆誦那三個字，接著把鑰匙插入、轉動。還是啥都沒有。

艾區、雅蒂米思和小刀專注看著影片，我端詳他們的表情。他們臉上原本的興奮和好奇變成專注，開始試圖解開眼前的謎題。我把影片暫停。「每次索倫托登入時，都會有一群顧問和研究團隊觀看他的一舉一動，你可以在某些影片中聽見這些人的聲音，他們會透過索倫托的無線電提供他各種建議和意見。不過這次，到目前為止，他們沒有什麼用處，看……」

在影片中，索倫托再試一次。他照之前的方式做，但這次他插入水晶鑰匙後以逆時針方向旋轉，而非順時針。

「想像得到的各種蠢方法，他們都試了。」我說：「索倫托還以拉丁語、精靈語，甚至克林貢語來說那三個詞。後來，他們不停重複《聖經》〈歌林多前書〉第十三章第十三節，因為這段《聖經》

經文裡就有愛、望、信這三個字。此外，這三個字也是天主教三位受難聖者的名字。這幾天來，六數人就是一直在找這三個字所具有的意義。」

「白痴，」艾區說：「哈勒代明明就是無神論者。」

「他們是狗急跳牆了。」我說：「索倫托什麼都試了，就差沒跪下來膜拜、跳舞，或者把他的粉紅手指插進鑰匙孔裡。」

「搞不好接下來他就會這麼做。」小刀咧嘴笑著說。

「愛、望、信。」雅蒂米思緩緩覆誦這三個字，她轉向我，「我好像在哪裡聽過？」

「是啊，」艾區說：「聽起來很耳熟。」

「我也花了一些時間才想起來。」我說。

他們全都看著我，眼神充滿期待。

「把順序調過來唸。」我建議他們，「最好用相反的順序唱出來。」

雅蒂米思瞇起眼睛，說：「信、望、愛，」重複了幾次後，臉上散發出光彩，接著，她唱出：「信和望和愛……」

艾區接著唱出剩下的句子：「心和腦和身……」

「給你們三……當成神奇號碼！」小刀得意洋洋地把歌唱完。

「《上學樂翻天》！」他們異口同聲地大聲說出來。

「瞧？」我說：「我就知道你們會想出來的。你們真聰明。」

「『三是神奇數字』這首歌的作詞作曲者都是鮑伯·多洛（Bob Dorough），」雅蒂米思彷彿正唸出心裡那套百科全書裡的文字。「一九七三年的作品。」

我對她微笑。「我有個看法。我認為這可能是哈勒代要告訴我們，打開第三道門所需要的鑰匙數。」

雅蒂米思咧嘴笑，然後唱出：「要三把。」

「不多，也不少。」小刀接腔。

「你們不必猜疑。」艾區接唱下一句。

「就是三，」我把歌唱完，「三是神奇數字。」我拿出並舉高我的水晶鑰匙。其他人也照做。

「我們共有四把鑰匙，如果至少有三個人可以走到那道門前面，我們就可以打開它。」

「然後呢？」艾區問：「所有人一起進入那道門嗎？」

「萬一打開門後只有一個能進去呢？」雅蒂米思問。

「我想，哈勒代不會這樣設計。」我說。

「誰知道那個瘋狂的混蛋在想什麼？」雅蒂米思說：「他每一步都在耍我們，現在又來了。他為什麼要設定三把水晶鑰匙才能打開最後一道門？」

「或許因為他要藉此逼大家合作？」我提供意見。

「或者他只是想讓遊戲結束得轟轟烈烈。」艾區說：「想想看，如果有三個人同時進入第三道門，那一定要彼此競爭，看誰先闖過這道門，拿到程式彩蛋。」

「哈勒代真是個喜歡虐待人的瘋狂混蛋。」雅蒂米思喃喃說。

「對，」艾區說，點點頭，「妳說的沒錯。」

「我們不妨這樣來看，」小刀說：「如果哈勒代沒把第三道門設計成得三把鑰匙才能打開，六數人早就找到程式彩蛋了。」

「可是六數人裡有十幾個分身都有水晶鑰匙，」艾區說：「他們如果夠聰明，老早就打開了。」

「誰叫他們一知半解。」雅蒂米思說：「他們自己不把《上學樂翻天！》的所有歌詞牢牢記住，怪誰啊。這些蠢蛋到底是怎麼走到這一關的？」

「作弊啊。」我說：「記得嗎？」

「喔，對。我都忘了。」她對我咧嘴一笑。我的膝蓋都要癱軟了。

「雖然六數人還沒打開這道門，但這不代表他們最後不會解出謎底。」小刀說。

我點點頭。「小刀說的沒錯，他們遲早會聯想到《上學樂翻天！》，所以我們不能浪費時間。」

「那我們還等什麼？」小刀興奮地說：「我們知道第三道門在哪兒，也曉得如何打開它！我們這就行動吧！願最厲害的獵蛋客贏得勝利！」

「你忘了一件事，小刀桑。」艾區說：「帕西法爾還沒告訴我們要如何通過屏障，如何沿路打敗六數人的重重部隊，進入城堡裡。」他轉向我，「對於這件事，你有計畫吧，是不是，Z？」

「當然有。」我說：「我正要說到這個。」我大力揮動右手，空中立刻出現安納瑞克城堡的三D立體全像地圖，飄浮在我眼前。「歐蘇沃克斯球」所製造出來的透明藍色球體圍繞著城堡，把它的上方和地下部分全包圍起來。我指著它，說：「週一中午這個屏障會自動撤除，從現在開始算，大約是三十六個小時後。到時我們就能直接走入城堡大門。」

「屏障會落下？自動撤除？」雅蒂米思重複我的話。「這兩個禮拜以來各獵蛋客幫派對這個球狀屏障發射核彈，但它連個擦傷都沒有。你要怎麼讓它『自動撤除』？」

「反正我已經處理好了，你們相信我就是了。」

「我相信你，Z。」艾區說：「可是就算屏障撤除，我們還是得打贏『綠洲』裡最龐大的軍隊才能進入城堡。」他指著全像地圖上那些部署在球體屏障裡、圍繞在城堡四周的六數人軍隊。「我們該怎麼應付這些笨蛋？還有他們的坦克？以及武裝直升機？」

「所以我們顯然需要一點幫助。」我說。

「是需要很多幫助。」雅蒂米思挑明說。

「還有，我們到底要說服誰來幫我們對抗整個六數人大軍？」艾區問。

「所有人。置身其中的每個獵蛋客。」我打開另一個視窗，裡頭的畫面是我在登入「地下室」之前擬的那封簡短e-mail。「我今晚要寄出這封信，給『綠洲』的每一個用戶。」

各位獵蛋客夥伴：

這是黑暗的一天。經過多年的舞弊、剝削、耍手段之後，六數人終於透過金錢和欺騙等手段抵達第三道門。

如各位所知，「創線企」封鎖了安納瑞克城堡，試圖阻止其他人拿取程式彩蛋。我們也都知道，他們以不法手段找出他們認為足以構成威脅的獵蛋客的真實身分，試圖綁架和謀殺他們。

如果全世界各地的獵蛋客不幫助我們阻止六數人，他們就會拿到程式彩蛋，贏得競賽，到時候，「綠洲」就會落入「創線企」帝國主義式的掌控中。

該是行動的時候了。明天正中午，「綠洲」標準時間，我們將對六數人發動攻擊。

來加入我們吧！

誠摯的　艾區、雅蒂米思、帕西法爾和小刀

「舞弊？」雅蒂米思讀完信後說：「你寫這封信時還一邊查字典啊？」

「妳知道的，我希望這封信看起來有模有樣，很正式。」

「我也這麼覺得，Z。」艾區說：「看得我都熱血沸騰了。」

「多謝，艾區。」

「所以，就這樣？這就是你的計畫？」雅蒂米思說：「以垃圾郵件轟炸所有『綠洲』用戶，請大家幫忙？」

「對，大概是這樣，這就是我的計畫。」

「你真的認為大家會出現，幫助我們打六數人？就為了表現正義感？」

「對。我的確這麼認為。」

艾區點點頭，「他說的沒錯，沒人想見到六數人贏得競賽，大家肯定不希望『創線企』控制『綠洲』。我相信大家會抓住機會撂倒六數人。有哪個獵蛋客會錯過這種締造歷史、參與偉大戰爭的機會？」

「可是，難道那些幫派不會認為我們只是在利用他們？」小刀說：「好讓我們自己可以抵達第三道門？」

「當然有這個可能。」我說：「不過，多數獵蛋客都放棄了，大家知道尋寶競賽的結果即將出爐。你不認為多數人寧可見到我們其中一人贏得競賽，也不願見到索倫托和六數人勝利嗎？」

雅蒂米思考慮了一下，「你說的對，e-mail這招或許有用。」

「Z，」艾區往我的背部拍下去，「你真是個邪惡卻了不起的天才！等到e-mail發出去，媒體一定會雞飛狗跳！這消息會像野火一樣蔓延開來，到了明天這時候，『綠洲』的所有分身都會前往雀索尼亞。」

「希望如此。」我說。

「好，他們會去那裡，」雅蒂米思說：「可是見到要對抗的人馬後，還會有多少人確實參與這場戰爭？多數人大概會擺起躺椅，吃著爆米花等著看我們被痛宰吧。」

「當然有這可能。」我說：「可是獵蛋客幫派會幫我們，這是肯定的，因為對他們來說沒有損失。而且，我們不必打敗所有六數人軍隊，我們只要能打出一個洞，進去城堡裡，抵達第三道門就行了。」

「我們其中三個必須抵達那道門。」艾區說：「如果只有一個或兩個進去，一切就毀了。」

「對，」我說：「所以我們要非常努力不被他們殺掉。」

雅蒂米思和艾區兩人露出緊張的苦笑。小刀則搖搖頭，說：「就算第三道門開了，我們還是得應付這道門本身的謎題。要闖過它一定比前兩道門更困難。」

「等到我們抵達這道門再來擔心怎麼應付它吧。」我說。

「好。」小刀說：「那就這麼辦。」

「我附議。」艾區說。
「所以，你們兩個真的同意要這麼做？」雅蒂米思說。
「不然妳有更好的點子嗎？姊妹。」艾區問。
她聳聳肩，說：「沒有，不算有。」
「好，」艾區說：「那就這麼辦。」
我關閉 e-mail。「我也會把這封信寄給你們。今晚就開始轉寄，寄給你們通訊錄上的所有人。貼在你們的部落格上，利用你們的綠洲個人影像頻道來散布這個訊息。我們有三十六個小時，這時間應該夠所有人準備就緒，讓分身前往雀索尼亞。」
「六數人一聽到風聲，肯定會準備發動攻擊。」雅蒂米思說：「他們一定會無所不用其極。」
「他們也可能會一笑置之，」我說：「因為他們認為自己的屏障堅不可摧。」
「那道屏障的確堅不可摧。」雅蒂米思說：「所以我希望真的能如你所說，我們有辦法讓它倒下。」
「別擔心。」
「要我別擔心？」雅蒂米思氣沖沖地說：「或許你忘了，我現在是無家可歸的亡命之徒！現在，我是透過機場的公共終端機登入，這裡的寬頻可是以分鐘在計費。我沒辦法在這裡打仗，更別說想闖過第三道門。可是我又沒其他地方可去。」
小刀點點頭，「我想我也不能待在我目前待的地方。我在大阪一間漫畫咖啡屋裡租了上網亭，這裡很難有隱私，而且我想，如果六數人真的派特務來找我，我在這裡也不安全。」

雅蒂米思看著我，「有何建議嗎？」

「我實在不想告訴你們，其實我也無家可歸。我現在也是透過公共終端機上網。」我說：「我已經躲六數人躲了一年，記得嗎？」

「我有休旅車，」艾區說：「歡迎你們來這裡跟我擠。不過我想我沒辦法在三十六小時內開到哥倫布市、溫哥華和日本。」

「我想，我可以幫助你們。」有個低沉的聲音說。

大家全都嚇了一跳，轉身剛好看見有個灰髮的高䠷男子現身在我正後方。這個人就是「偉大又厲害的歐格」。歐格頓·莫洛的分身。他並不像一般分身登入聊天室時慢慢現身，而是忽然冒出來，彷彿他一直在那裡，只是現在決定讓自己現身。

「你們有人到過奧勒岡州嗎？」他說：「這個季節那裡很美喔。」

33

大家驚愕地望著歐格頓·莫洛，說不出半句話。

「這是私人的聊天室欸。你是怎麼進來這裡的？」艾區終於把下巴從地上撿回來，開口問道。

「對，我知道。」莫洛說，有點兒不好意思。「其實我已經偷聽你們四個說話有段時間了。我希望你們接受我誠摯的道歉，原諒我侵犯各位的隱私。不過，我這麼做全都是出於善意，我向各位保證。」

「恕我冒昧，先生，」雅蒂米思說：「你還沒回答他的問題呢。你是怎麼未受邀請而能進入這個聊天室？而且我們還沒人知道你在這裡？」

「請原諒我。我可以了解你們為何這麼緊張，不過各位毋需擔心。我的分身有各種獨特的能力，包括不請自來地出入各個私人聊天室。」莫洛一邊說話，一邊走去瀏覽艾區的書架上年代久遠的角色扮演遊戲書刊。「綠洲還沒上線之前，我和詹姆士在創造我們的分身時，就賦予自己超級權限，我們的分身除了永遠不死，所向無敵，基本上還可以無處不去，無所不能。安納瑞克走了，所以現在只剩下我有這些能力。」他轉身面向我們四人，「除了我，沒人能偷聽，六數人更辦不到。綠洲聊天室的加密協定非常牢固，我可以向你們保證。」他輕聲咯咯笑，說：「儘管我出現在這裡。」

「是他撞倒那堆漫畫書！」我告訴艾區，「就是我們第一次在這裡聚會時，記得嗎？我告訴過你，那不是軟體故障。」

歐格點點頭，愧疚地聳聳肩，說：「那是我，我有時挺笨手笨腳的。」

大家再次陷入短暫的沉默，我趁機鼓起勇氣，直接跟莫洛說話。「莫洛先生……」

「請叫我歐格就行了。」莫洛說，舉起一手。

「好。」我緊張地笑笑。即便在這種狀況下見到偶像，我還是緊張得要命。我不敢相信我真的在跟這個鼎鼎大名的歐格頓．莫洛說話。「歐格，可否告訴我們，為什麼你要偷聽我們？」

「因為我想幫助你們。而且根據我剛剛聽到的，我好像幫得上你們的忙。」大家面面相覷，歐格察覺到我們的狐疑。「拜託，別誤會，我不會給你們線索，幫助你們找到程式彩蛋。這樣會違背尋寶競賽的樂趣，對吧？」他走到我們旁邊，語氣變得嚴肅，「詹姆士臨終前，我答應過他，他不在之後，我會竭盡所能保護這場競賽的精神和公平。所以我才會在這裡。」

「可是，」我說：「你在自傳裡提到，你和詹姆士．哈勒代在他生命的最後十年根本不說話。」

莫洛對我露出逗趣的微笑，「拜託，孩子，盡信書不如無書啊。」他哈哈大笑，說：「不過，這個傳聞多半屬實，在他去世前那十年我們幾乎不說話，直到他臨終前幾個禮拜。」他停頓，彷彿在喚起回憶。「那時候我甚至不曉得他病了，他忽然打電話給我，我們在一間私人聊天室裡見面，大概就像這個聊天室。他告訴我他生病了，還提到這場競賽以及他的計畫。他擔心這三道門的程式會有錯誤，或者在他走之後會出現一些問題，使得主機系統無法依計畫進行下去。」

「你是說六數人之類的問題？」小刀問。

「沒錯。類似六數人的問題。所以詹姆士要我監督這場競賽，必要時介入。」他搔搔鬍鬚，「老實說，我真的不想擔起這個責任，可是這是一位老友的臨終遺言，所以我只好答應。過去這六年來，我一直在旁邊觀看。六數人無所不用其極要阻撓你們，但你們四個終究能堅持不懈。可是剛才聽完你們描述現在的處境，我認為該是我採取行動，維持這場遊戲的公正性的時候。」

雅蒂米思、小刀、艾區和我交換了詫異的眼神，彷彿想從彼此身上確認這一切真的發生了。

「我要提供我在奧勒岡的家給你們當避難所，你們可以在這裡執行你們的計畫，安全地完成尋寶任務，不必擔心六數人的特務會跟蹤你們，踹開你們家的大門。我可以提供你們每個人最先進的情境體驗設備、連上綠洲的光纖連接服務，以及任何你們需要的東西。」

又是驚愕的沉默。「謝謝你，先生！」我終於衝口而出，不過得克制自己才沒雙膝跪地，猛磕頭道謝。

「我至少能做到這些。」

「莫洛先生，你幫的忙真是好到不可思議，」小刀說：「可是我住在日本。」

「我知道，小刀。我已經包了一架私人噴射機給你。它現在就在大阪機場等候。如果你給我你目前的位置，我可以立刻安排私家車載你到機場跑道。」

小刀半晌說不出話來，片刻後才深深一鞠躬，說：「阿哩嘎多，莫洛桑。」

「不客氣，孩子。」他轉向雅蒂米思，「小姐，我知道妳目前在溫哥華機場，對吧？我也替妳安排好了，現在有個司機正在行李領取區等候妳，他手上拿的牌子上寫著『班納塔』，也就是妳的個人行星的名字，他會帶妳到我為妳承租的飛機上。」

這時，我以為雅蒂米思也會深深一鞠躬，沒想到她張開雙手，跑向歐格，給他一個熊抱。「謝謝你，歐格，謝謝你，謝謝你，真的謝謝你！」

「不客氣，親愛的。」他不好意思地笑著說。她終於放開他之後，他面向艾區和我。「艾區，我曉得你有休旅車，還有你人正在匹茲堡附近，對吧？」

艾區點點頭。

「如果你不介意的話，想麻煩你開車到哥倫布市去接你的朋友帕西法爾，然後我會安排噴射機去哥倫布機場接你們兩個，如果兩位帥哥不介意共乘的話？」

「不介意，這聽起來棒透了。」艾區說，斜眼瞥向我。「謝謝，歐格。」

「對，謝謝你。」我說：「你真是我們的救命恩人。」

「希望如此。」他對我苦笑了一下，然後轉向所有人說：「祝各位旅途平安。待會兒見。」語畢，他消失，速度之快就跟乍然出現一樣。

「唉，真是的，」我對艾區說：「人家雅蒂米思和小刀有私家大轎車接送，怎麼我就得跟你這個醜八怪共乘去機場？而且還是一輛爛爆的休旅車。」

「我的車可不爛。」艾區說，哈哈大笑，「歡迎你去搭計程車啊，臭小子。」

「這一定很好玩，」我說，快速地偷瞄雅蒂米思一眼。「我們四個就要見面了。」

「真是我的榮幸，」小刀說：「我好期待。」

「是啊，」雅蒂米思說，跟我四目交接，「我等不及了。」

★

小刀和雅蒂米思登出後，我把我所在的位置告訴艾區。「就在『插頭』網咖裡，你到了之後打個電話給我，我跟你在門口碰面。」

「好。」他說：「聽著，我先警告你喔，我長得跟我的分身完全不像。」

「那又怎樣？有誰像啦？其實我也沒那麼高，那麼結實，而且我的鼻子還有點大。」

「我只是先提醒你。看到我時，你可能會……有點嚇一跳。」

「好，那你何不乾脆現在就告訴我，你長得什麼樣。」

「我已經上路了，」他不理會我的問題，「大概幾小時後見，可以吧？」

「可以，開車小心，麻吉。」

雖然我的嘴巴這麼說，但想到跟他認識這麼多年後現在終於要見面，我還是很緊張，即使我不願意承認。不過跟即將見到雅蒂米思的焦慮相比，這實在不算什麼。想到一抵達奧勒岡就能見到她，我內心交雜著興奮又忐忑的恐懼。她本人如何？我在她的檔案裡見到的那張照片會不會是假的？見面之後我還有沒有機會跟她在一起？

我費盡力氣把她甩出心頭，強迫自己專注在即將到來的這場戰爭上。

我登出艾區的「地下室」後，立刻寄出「軍隊召集令」的e-mail，對全球每位「綠洲」用戶宣布我的計畫。我知道這些e-mail絕大部分會被垃圾郵件過濾器給過濾掉，所以我也把它張貼在獵蛋客的留言板上。接著我錄製一小段影片，裡頭是我的分身大聲唸出這封e-mail，然後把它放上我的個人影像頻道，反覆連續播放。

消息迅速散播開來。一小時內，我們要攻打安納瑞克城堡的計畫就躍上每家新聞媒體的頭條，標題是：**獵蛋客宣布對六數人全面開戰、計分板上的獵蛋客控訴「創線企」涉嫌綁架和謀殺。**以及：**哈勒代彩蛋的競賽終於要結束了嗎？**

有些媒體已經開始播放我寄去的大刀被謀殺的影片，以及索倫托的備忘錄內容，他們說這兩則訊息都是由匿名者提供。到目前為止，「創線企」拒絕評論這兩則消息。我想，現在索倫托應該知道我駭入了六數人的機密資料庫，真想看看他知道我如何辦到時——我的人和他的辦公室只相距幾個樓層整整一個禮拜——的那張嘴臉。

接下來幾小時，我把分身全副武裝，為接下來的事情做準備。後來眼皮實在撐不住，我決定趁艾區來接我的空檔打個盹。我關閉帳號的自動登出功能，坐在虛擬觸覺椅上，以新外套當毯子蓋在身上，一手緊握稍早前買的手槍，沉沉進入夢鄉。

★

我被艾區打來的電話鈴聲給驚醒。他說他已經在外頭。我脫下情境體驗設備，收拾物品，到櫃臺還租用的設備，步出馬路時發現夜幕已降臨。刺骨寒風像一桶冰水襲擊我。

艾區的小休旅車停在幾碼外的人行道旁。摩卡色的SunRider，大約六公尺長，車齡至少二十年。車頂和車身覆滿太陽能電板，還蒙上一層厚厚的鐵鏽。車窗玻璃是黑色，我看不見裡面。

我深吸一口氣，走過布滿濘雪的人行道，有一種既害怕又興奮的奇怪感覺。我靠近休旅車，右側的中間車門往旁邊滑開，一道短短的階梯往下延伸到人行道。我爬上階梯，進入車裡，門在我的身後自動關上。我發現自己來到了休旅車裡的小廚房，裡頭漆黑一片，除了鋪著地毯的地面亮著走道燈。我的左後方是一間嵌進凹處的小臥房，底下就是休旅車的電瓶箱。我轉身，慢慢走過陰暗的廚房，將通往駕駛座的那道門上的串珠簾子往旁邊拉開。

駕駛座上坐了一個噸位頗大的黑人女孩，她的手緊緊抓著方向盤，直視前方。她跟我年齡相仿，留著黑人風格的爆炸短髮，巧克力的膚色被儀表板上的指示燈映照得散發出柔和亮光。她穿著「匆促」樂團《二一一二》專輯演唱會的復古T恤，數字部分剛好裹住她的巨大胸脯。下半身則是褪舊的黑色牛仔褲，和一雙鑲有飾釘的戰鬥靴。她好像在發抖，即使車上舒服又暖和。

我站在原地好一會兒，靜靜地看著她，等她發現我的存在。終於，她轉身對我微笑，我立刻就認出那笑容。我見過那種柴郡貓式的笑容上千次，就在艾區分身的臉上，當我們廝混在「綠洲」裡的無數個夜晚，說著無聊的冷笑話，觀賞無聊的爛電影時。不過，讓我感覺熟悉的不只有她的笑容，還有那雙眼睛和臉上的線條。我心中沒有半絲疑惑，坐在我前方的這位小姐就是我最要好的朋友艾區。

我忽然激動難抑。背叛的感覺勝過震驚。他……她……怎麼可以欺瞞我這麼多年？想起我跟艾區在一起那種屬於少年的親暱時光，我就窘得滿臉通紅。我毫不猶疑地信任這個人，以為我充分了解他，可是他竟然是個她。

見我不說話，她垂眼看著靴子。我重重癱坐在乘客座上，依舊呆望著她，不曉得該說些什麼。她一直偷瞄我，隨即緊張地挪開視線。她還在顫抖。

我忍俊不禁，開始哈哈笑，這笑聲沒有惡意，我知道她聽得出來，因為她的肩膀放鬆了一些，爆出鬆了一口氣的長吁。接著，她也開始笑，我想，應該說是又笑又哭。

「嗨，艾區。」我們的笑聲漸歇後，我說道：「妳好嗎？」

「很好，Z。有太陽，有彩虹。」她的聲音好熟悉啊，只差不像網路上那麼低沉。這幾年來，她一直用軟體來掩飾真正的聲音。

「哎呀，看看我們，我們終於見面了。」

尷尬的沉默再次籠罩我們。我遲疑了一下，不知道該怎麼辦。接著，我順從直覺，走過我們之間的小空間，雙手環抱著她。「真高興見到妳，老朋友。謝謝妳來載我。」

她回抱我。「我也很高興見到你。」她說，我聽得出來她真的很高興。

我放開她，往後退一步，笑著說：「天哪，艾區，我知道妳有所隱瞞，但我從沒想到……」

「什麼？」她說，口氣有點防衛，「你從沒想到什麼？」

「我沒想過赫赫有名的艾區，無人不知的獵蛋客，以及整個綠洲競技場裡最勇猛無情的戰鬥員，在真實世界裡竟然是……」

「是個肥黑妞？」

「我是要說『非裔小姐』。」

她的神情黯淡下來。「我之所以從未告訴你是有理由的，你知道吧。」

「我不曉得那個理由夠不夠好，不過，那不重要。」

「不重要？」

「當然不重要。總之，妳是我最要好的朋友，艾區。我唯一的朋友，老實說。」

「嗯，不過我還是想解釋。」

「好，等到我們上飛機再說。還有一大段旅程呢。而且我總覺得我們盡速離開這個城市會比較安全。」

「我們這就上路，麻吉。」她說，把休旅車入檔。

★

艾區依照歐格的指示，駛到哥倫布機場附近的一處私人停機棚，那裡有一架豪華的小噴射客機正等著我們。歐格安排好了，要艾區把休旅車停在旁邊的機棚裡，不過對艾區來說這輛車就像她的家，我看得出來她對於要把車留在這裡有點擔心。

我們靠近噴射客機，驚歎地望著它。我當然看過飛機，但從沒這麼近距離看過。搭乘噴射客機是有錢人才負擔得起的事情，歐格有辦法包三架來載我們，連眼都不眨一下，由此可見他真的財力雄厚。

這架飛機全自動化，所以飛機上沒有機組人員。整架飛機只有我們兩個。自動駕駛的沉著聲音歡迎我們登機，然後請我們繫好安全帶，準備起飛。幾分鐘內我們就飛上天空。

我們兩個都是第一次搭飛機，所以在一萬英呎的大氣層中往西朝奧勒岡飛行的前一小時，我們幾乎都望著窗外，沉醉在景色中。終於，沒了新鮮感，我看得出來艾區準備說話。

我說：「好，艾區，把妳的故事告訴我。」

她展露柴郡貓式的笑臉，深吸一口氣，說：「一開始，整件事都是我媽的主意。」她開始簡短地交代她的故事。她的本名是海倫．哈利斯，年齡比我大幾個月，成長於亞特蘭大市，由單親母親扶養長大。她的父親在她還是襁褓嬰兒時死於阿富汗。她的母親瑪麗在家工作，任職於網路資料處理公司。瑪麗認為，對女性和有色人種來說，「綠洲」是有史以來最棒的東西。打從一開始，瑪麗就以白種男性的分身在網路上進行所有活動，因為這會讓她獲得跟身為黑人女性截然不同的機會和待遇。

艾區第一次登入「綠洲」時，她遵照母親的建議創造出白種男性的分身。打從她還是嬰孩起，母親就以小名「H」[34]喚她，所以她決定把它當成她網路分身的名字。幾年後，她開始上網路學

編譯註

[34] 音同艾區，且有男性的「他」的意思。

校，她的母親在申請書上捏造了女兒的種族和性別。需要繳交學生照時，她就以她的男性分身的臉孔所製作的假相片來充數，而她分身的五官又是根據她自己的五官特徵製作出來。

艾區告訴我，自從十八歲生日那天離家後，她就沒見過母親，也沒跟她說過話。因為那天，她終於對母親坦承她的性傾向。一開始，母親拒絕相信女兒是同性戀，不過後來海倫坦承她已經跟一位在網路上認識的女孩交往近一年。

艾區訴說時，我看得出來她在打量我的反應。我不驚訝，真的，因為這幾年來，我們無數次討論過我們共同欣賞的女性類型。其實我鬆了一大口氣，因為我知道至少在這件事情上，艾區沒有欺騙我。

「當妳母親發現妳有女友時，她有何反應？」

「唉，我發現我媽自己有根深柢固的偏見。她把我趕出家門，還說永遠都不想再見到我。有陣子我成了遊民，住過好幾個收容所，最後我靠著在綠洲打怪或比賽贏來的錢買了那輛休旅車，從此之後就住在裡頭。我通常只有在汽車電池需要充電時才會停下來。」

我們繼續聊，談一些表面上能讓彼此更加認識的話題，但其實我發現，我們早就相互了解，程度不下於任何麻吉。我們已經相識好幾年，而且熟稔又親近。我們透過心靈層次交流，我了解她，信任她，愛她如摯友。儘管她的性別、膚色或性向跟我之前以為的不一樣，我們之間的友誼完全沒變，也不會被改變。

剩下的航程似乎一眨眼就溜走。艾區和我很快就找回熟悉的感覺，沒多久我們就聊得很盡興，就像我們在她的「地下室」裡閒扯「雷神之鎚」（Quake）或「鳥騎士」時一樣。等到飛機降落在歐格家的私人跑道，我原本擔心兩人在真實世界能否繼續友誼的顧慮早已消散無蹤。

我們飛越了整個美國，此時距日出還有幾小時，所以飛機降落時天色仍是暗的。艾區和我步下飛機時凍得發抖，我們兩人驚歎地環顧四周。即使月色黯淡，景色依舊令人讚歎。灰暗巍峨的瓦盧華山脈的剪影綿延在我們四周，一排排的藍色跑道燈沿著谷地往我們身後延伸，標示出歐格頓私人土地的範圍。在我們正前方的跑道尾端，有一道陡峭的鵝卵石階梯，拾階而上是一座被泛光燈照得熠熠生輝的大宅邸。這幢豪宅就蓋在山腳附近的高原上。遠處可見幾道水瀑，從莫洛家後方的山頂奔瀉而下。

「真像瑞文戴爾[35]。」艾區說，我也正打算這麼說。

我點點頭，「的確就像電影《魔戒》中的瑞文戴爾。」我說，繼續驚歎地抬頭看著景色。「歐格的太太是《魔戒》作者托爾金的頭號書迷，記得嗎？他蓋這棟房子就是為了她。」

我們聽見身後傳來嗡嗡的電子聲響，回頭看見噴射客機的樓梯收起，艙門關閉。引擎再次啟動，渦輪轉動，準備再次起飛。我們站在那裡看著它騰空翱翔於清朗的星空中，然後轉身爬上通往屋子的階梯。終於抵達最上層，歐格頓．莫洛就站在那裡等我們。

「歡迎，我的朋友！」歐格大聲跟我們打招呼，伸長雙臂歡迎我們。他穿著彩格呢圖案的睡袍，腳踩兔子造型的拖鞋。「歡迎光臨寒舍！」

「謝謝你，先生，」艾區說：「感謝你邀請我們來這裡。」

編譯註

㉟小說《魔戒》裡的精靈據點。

「啊，妳一定是艾區。」他回答，拍了一下手。如果她的外貌讓他訝異，那麼他一點兒都沒表現出來。「我認出妳的聲音，」他對她眨眨眼，然後用力擁抱她。接著他轉身擁抱我。「你一定是韋德——我是說帕西法爾！歡迎！歡迎！能見到兩位真是榮幸！」

「是我們的榮幸。」我說：「你的協助真的讓我們感激不盡。」

「你們已經謝過很多次，所以就別再謝了！」他說，轉身領我們走過遼闊的蓊綠草坪，邁向他的豪宅。「你們不知道，家裡有客人的感覺有多好。真悲哀，自從綺拉死後我就孤單一個。」他沉默了一下，接著哈哈大笑，說：「當然啦，廚師、女傭和園丁不算的話。不過他們住在這裡，所以不能算是客人。」

我和艾區都不曉得如何回應，只好繼續微笑點頭。最後，我提起勇氣開口。「其他人到了嗎？我是說小刀和雅蒂米思？」

我說「雅蒂米思」的語氣惹得莫洛咯咯笑，笑得又久又大聲。幾秒鐘後，我發現艾區也跟著他一起笑。

「幹麼？」我說：「有什麼好笑？」

「來了，」歐格笑著說：「雅蒂米思先到，抵達幾小時了，小刀的飛機大約比你們早半小時到。」

「那我們現在要跟他們見面嗎？」我問，完全遮掩不住我的焦慮。

歐格搖搖頭。「雅蒂米思說現在跟你們兩個見面會導致不必要的分心，所以想等『大事』底定後再說，小刀也同意這麼做。」他打量了我一會兒，「或許這樣最好，你知道吧，眼前這一天可是很重要的一天。」

我點點頭，有一種摻混著失望和鬆一口氣的奇怪感覺。

「他們人在哪裡？」艾區問。

歐格舉起勝利式的拳頭，說：「他們已經登入，正等著你們對六數人發動攻擊！」他的聲音迴盪在豪宅的高聳牆面和地板之間。「跟我來！時間寶貴！」

歐格的熱情把我拉回現實，我緊張得胃部深處揪成一團。我們隨著這位穿著睡袍的恩人走過月光籠罩的豪華庭院，接近主屋時經過一座有柵門、植滿花朵的小花園。這花園的所在位置挺奇怪，我實在想不出它的用途，直到看見花園正中央有個大墓碑。我知道這一定是綺拉・莫洛的墳墓。雖然月光皎潔，光線還是太暗，我無法看清楚墓碑上的刻文。

歐格帶我們走入豪華的大門。裡頭無燈，莫洛進入後沒打開燈，而是從牆上取了一根不折不扣的火把來照路。即使燭光昏暗，這地方的豪華氣派還是震懾了我。牆上掛著一幅幅巨大繡帷和奇幻畫作，走廊上陳列著一座座石像鬼的雕像和一套套盔甲。

我們跟在歐格身後，我鼓起勇氣開口跟他說話。「我知道這或許不是時候，可是你是我的偶像，我從小就是玩你的『豪爾瑟多尼亞互動公司』的教育娛樂遊戲長大的。它們教我如何閱讀、寫字、算術、解謎題……」我們邊走，我邊喋喋不休，細數我最愛的「豪爾瑟多尼亞」的互動遊戲，在歐格面前表現出典型宅男的丟臉模樣。

艾區一定覺得我在拍馬屁，因為在我滔滔不絕時，她一直在旁邊竊笑，不過歐格的反應倒是很酷。「真高興聽你這麼說。我太太和我很以這些遊戲為榮，我非常高興它們帶給你美好回憶。」他看起來真的很高興。

我們繞過轉角，艾區和我楞在一個大房間的門口。裡頭滿滿擺著一排又一排的老電玩遊戲。我們兩人都知道這一定是詹姆士．哈勒代所收藏的機臺──他臨終遺言說這些都要送給莫洛。歐格轉身，看見我們流連在門口，疾步過來找我們。

「我保證等一切塵埃落定後帶你們好好參觀。」歐格說，呼吸有點費力。以他這種年紀和體型來說，他的手腳算俐落。他帶我們走下一道旋轉石梯，然後進入一座電梯，往下數層樓後到達地下室。這裡的裝潢比樓上現代化許多。我們隨著歐格穿越鋪著地毯、宛如迷宮的走廊，最後到達一排圓形門。這排門共有七扇，每一扇都編有號碼。

「到了！」莫洛說，拿著火把指著那排門。「這裡就是我的綠洲情境體驗室。裡頭有最先進的哈巴蕭情境體驗設備，ＯＩＲ九四〇〇。」

「ＯＩＲ九四〇〇？不是開玩笑吧？真屌。」艾區吹了一聲口哨。

「其他人呢？」我緊張地環顧四周。

「雅蒂米思和小刀已經在二號和三號房間，一號是我的，你們兩個可以挑選其他任何一間。」

我望著那些門，納悶雅蒂米思會在哪扇門後面。

歐格指著走廊底，說：「那邊的更衣室裡有各種尺寸的觸覺服。現在，去把行頭穿上吧。」

幾分鐘後，艾區和我從更衣室走出來，兩人都穿著全新的觸覺服和觸覺手套。歐格見到我們之後咧出大笑臉。

「太棒了，現在挑選一間，趕緊登入吧，時間正一分一秒流逝呢！」

艾區轉身面向我，我看得出來她想說什麼，但說不出口。一會兒後，她朝我伸出她戴著手套的手，我跟她交握。

「祝好運，艾區。」我說。

「祝好運，Z。」她回答，接著她轉向歐格：「再次謝謝你，歐格。」他還沒回應，她踮起腳尖，親吻他的臉頰，然後隱沒在四號門的後方，門在她的身後嘶一聲關上。

歐格咧嘴笑著看她的背影，轉身對我說：「全世界都在為你們四個加油打氣，可別讓大家失望。」

「我們會盡力的。」

「我知道你們會的。」他朝我伸出手，我握住他的手。

我往我的情境體驗設備室跨出一步，但隨即轉身。「歐格，我可以問你一個問題嗎？」

他揚起眉，「如果你是要問我第三號門的後面是誰，那我不曉得。就算我知道，也不會告訴你。你應該知道……」

我搖搖頭，「不，我不是要問這個。我是想問你，是什麼讓你和哈勒代的友誼畫下句點？我做了很多關於你們的研究，但都找不出答案。到底發生了什麼事？」

莫洛端詳我一會兒。在之前好幾次訪談中，他都被問到這個問題，但他總是不理會。我不曉得這次他為何決定告訴我。或許這些年來他一直等著跟人傾訴吧。

「是因為綺拉，我的太太。」他停頓一下，然後清清喉嚨，繼續說：「詹姆士跟我一樣，從中學起就愛上她。當然，他一直沒勇氣行動，所以她從來不知道他對她的感覺。我也不知道，他從沒告訴過我，直到我最後一次跟他說話，就是他臨終前。即使到了那一刻，他都還很難啟齒告訴我。詹姆士一直不擅長跟人相處，也不懂得怎麼表達感情。」

我沉默地點點頭，等著他繼續說。

「我想，綺拉和我訂婚後，詹姆士仍懷著幻想，以為可以從我身邊偷走她，但我們結婚後，他徹底死了心。他告訴我，他不再跟我說話是因為他太嫉妒我了。綺拉是他唯一愛過的女人。」莫洛的聲音哽在喉嚨。「我可以了解詹姆士的感受。綺拉是個很特別的女人，讓人很難不愛上她。」他對我微笑，說：「你知道遇到這種人的感覺，對吧？」

「我知道。」我說。不過我發現他無意繼續這個話題。「謝謝你，莫洛先生，謝謝你告訴我這些。」

「不客氣。」他說。接著他走向他的情境體驗設備室，虹膜狀的圓形門開啟，我看見裡頭的設備被改裝過，增加了幾個奇怪的東西，而「綠洲」的主機系統也被改裝成復古的Commodore 64。他回頭看著我，說：「祝好運，帕西法爾。你很需要好運。」

「那你呢？在我們打仗時，你要做什麼？」我問。

「當然坐在一旁看啊！看來這會是電玩遊戲史上最轟轟烈烈的一場戰爭。」他咧嘴給我最後一笑，然後進門，隱沒在房裡，留下我單獨站在昏暗的走廊。

我花了幾分鐘思索莫洛跟我說的所有話，然後走到我的情境體驗設備室，進入裡面。

這是一個球狀的小房間，一張閃亮的虛擬觸覺椅全靠著一個有關節的液壓手臂懸在天花板底下。椅子下方沒有全方向的踩踏車，因為房間本身就具備那種功能。登入後你可以朝任何方向走路或跑步，你腳底下的球狀房間會隨之轉動，防止你撞上牆壁，這就像身處在巨大的滾球裡。

我爬上椅子，感覺它開始自動調整，以符合我的身體輪廓。椅子上伸出一條機械手臂，將全新的Oculance名牌視像罩戴在我的臉上，而且還調整了一下，好讓它完全服貼。視像罩掃描我的視網膜，系統要我說出新的通關密語：「馴鹿艦隊賽鐵克天文學」。

我深吸一口氣，看著系統讓我登入。

34

我準備好大顯身手了。

我的分身荷槍實彈，全副武裝，盡可能把所有寶物和軍火塞入我的物品清單中。

準備就緒，蓄勢待發，這就行動。

我進入我堡壘的停機棚，壓下牆上的按鈕，打開發射艙門。兩扇門往旁邊滑開，通往法爾可星球表面的發射坑道緩緩露出來。我走向跑道盡頭，沿途經過我的X翼戰機和「馮內果」，但我今天要搭乘的不是這兩架。它們都是很棒的太空船，武器精良，防禦性超優，但性能恐怕抵擋不住「雀索尼亞」上即將爆發的史上超級猛烈砲火。幸好，我現在有新的交通工具。

我從我分身的物品清單中取出十二吋高的獅豹號機器人，輕輕地將它放在跑道上。在被「創線企」逮捕之前沒多久，我花了一些時間檢查獅豹號，確定它的威力沒問題。果然如我所猜，這個機器人的確是個很厲害的寶物。我很快就弄懂該用什麼指令來啟動它。就跟日本東映公司所拍攝的《蜘蛛人》影集裡一樣，只要喊這個機器人的名字就能啟動它。而我現在就要這麼做。我小心翼翼地退開幾步，然後喊出「獅豹號」。

我聽見宛如金屬被撕扯的刺耳尖銳聲響，一秒鐘後，原本小小的機器人瞬間變得將近三十公尺高。機器人的頭部還穿透了天花板上敞開的發射門。

我抬頭仰望這高聳的機器人，讚歎地欣賞哈勒代對細節的講究。他複製了原版日本機器人的每個特色，包括閃閃發亮的巨劍，以及浮雕蜘蛛網圖案的盾罩。機器人巨大左腳上有個小門，我一靠近，門就自動開啟，露出裡頭的小電梯。電梯把我載到有盾甲保護的機器人胸腔裡的駕駛艙，途中經過機器人的腿和軀幹內部。我在駕駛艙的椅子上坐定，看見牆上的透明盒子裡有一條銀色的控制環，我把它拿出來，掛在我分身的手腕上。這個手環可以讓我在離開機器人時用語音來控制它。

我前方的控制主機臺上有好幾排按鈕，全都以日語標示。我按下其中一個按鈕，引擎轟隆啟動。我踩下油門，機器人雙腳上的雙火箭推進器啟動，把機器人送上天空，離開我的堡壘，進入法爾可布滿星斗的天空。

我注意到哈勒代在駕駛艙的控制臺上多放了一臺八軌的老式錄音帶播放機，而我右肩上方還有一架子的八軌錄音帶。我拿下其中一捲，放進播放機裡。樂團「AC/DC」的專輯《廉價髒行徑》（*Dirty Deeds Done Dirt Cheap*）從機器人內外的擴音器震耳欲聾地傳出來，連我的椅子都震動起來。

機器人完全飛離我的停機棚後，我對著控制手環大喊「變身成『驚歎號』！」（要大聲喊出命令，它才會生效）。機器人的手腳和頭立刻往內縮，固定在新的姿勢上，整個機器人變成太空船「驚歎號」。變形完成後，我飛出法爾可軌道，設定航程，前往最近的星門。

我從第十區塊的星門出來後，雷達螢幕上彷彿聖誕樹般布滿閃爍星點。數千艘各式各樣的太空船在我四周的漆黑星空中徐徐移動，從單人座的小太空船到巨如月球的運輸機都有。我從來不曾同時見到這麼多太空船。它們一波波湧出星門，有些則從四面八方聚集到這一帶。所有的太空船逐漸匯聚，隨性地形成一長條艦隊，奔向遠方飄浮的藍褐色球體「雀索尼亞」。看來「綠洲」裡的每個人都要去安納瑞克城堡。我高興了一下，雖然我知道雅蒂米思的警告有可能成真——這些分身絕大多數很可能只是來這裡看好戲，不會冒著生命危險對抗六數人。

雅蒂米思。終於，現在她就在離我不遠的房間裡。這場仗一打完，我們立刻就能見面。照理說想到這件事我應該很害怕，但我反而平靜得不得了：不管「雀索尼亞」會發生什麼事，我所冒的一切險都值得。

我把「驚歎號」變回原來的機器人模樣，加入長長的太空船隊伍。我的太空船在各式各樣的船艦中獨樹一格，因為只有它是唯一的大機器人。一小群太空船靠攏過來，裡頭好奇的分身想好好瞧一下獅豹號。我關掉無線電通訊，免得太多人想呼叫我，問我到底是何方神聖，以及我在哪裡搭上這麼棒的玩意兒。

隨著我駕駛艙窗外的「雀索尼亞」星球變得愈來愈大，四周的太空船密度也成等比級數增加。我終於進入該星球大氣層，朝星球表面降落，那感覺就像穿越一大群鐵殼昆蟲。抵達安納瑞克城堡附近的區域後，我不敢相信眼前所見。密密麻麻、蜂擁激動的太空船和分身覆滿地面和天空，宛如太空裡的伍茲塔克音樂節[36]。磨肩擦踵的分身往四面八方綿延出去，無邊無盡。天空中還飄浮著幾

編譯註

㊱ 一九六九年由四個年輕人所發起的伍茲塔克音樂節（Woodstock）吸引了超過四十五萬人參加，堪稱史上最成功的搖滾音樂節。

千個分身，忙著閃躲不停湧入的太空船。安納瑞克城堡就矗立在這瘋狂的場面中，宛如一顆瑪瑙在六數人的透明球體屏障之下閃爍熠熠。每幾秒就有一些倒楣的分身或太空船不慎飛進或撞到屏障，隨即瞬間蒸發，宛如撞上捕蠅拍的蒼蠅。

我再靠近一點，看見城堡大門的正前方，就在屏障之外有塊空地，三個巨大的機器人肩並肩站在空地正中央。四周的人群不停往內擠，但很多分身彼此往後互推，試圖讓群眾和艾區、雅蒂米思及小刀之間隔出適當距離。他們三人就坐在各自的閃亮大機器人裡。

這是我第一次見到艾區、雅蒂米思和小刀在闖過第二道門之後所挑選的機器人，而且我花了半晌才認出雅蒂米思所駕駛的高大女機器人。它的身體是黑色和鉻黃色，頭上戴的精緻頭盔是回力鏢形狀，胸前兩個對稱的紅色護甲讓它看起來像是女版的無敵鐵金剛。接著我發現，原來它的確是女版的無敵鐵金剛，也就是卡通《無敵鐵金剛》裡的米諾娃X。

艾區則選了卡通影集《機動戰士》裡的RX-78系列的鋼彈，因為這是他一直以來最愛的卡通。（即使我現在知道艾區其實是女生，但她的分身仍是男性，所以我決定繼續用「他」來稱呼她。）

小刀的機器人比他們兩個的機器人都來得高大，他坐在「萊丁」的駕駛艙裡，這巨大的紅藍色機器人是出自七〇年代的卡通影集《勇者萊丁》。這個龐大的機器人一手抓著他招牌的金弓，另一手掛著有凸出鐵釘的大盾牌。

我低空飛過屏障，在其他人上方猛然停住，群眾爆出歡呼。我轉個方向，讓獅豹號直立，熄掉引擎，緩緩下降到地面上。我的機器人單膝跪地，衝擊力晃動大地。我站起來後，人山人海的圍觀者開始呼喚我分身的名字。

帕西法爾！帕西法爾！

歡呼聲漸歇成隱約的喧鬧聲，我轉身面向我的夥伴。

「進場儀式還真盛大啊。」雅蒂米思透過我們的私人無線電頻道，說：「你是故意遲到的吧？」

「不是我的錯，我發誓。」我說，努力低調處理，「星門外的隊伍排了好長。」

艾區機器人的巨大頭部點了點。「從昨晚起這星球的每個運輸站就不停湧出分身。」他說，以鋼彈的大手環掃我們四周。「真不可思議，我從沒在一個地方同時見到這麼多太空船和分身。」

「我也沒有。」雅蒂米思說：「我很驚訝『群聚擬仿』的伺服器能處理這麼大的容量，應付同一個區塊的這麼多活動，而且系統似乎完全沒有延遲現象。」

我仔細地看了我們四周人山人海的分身，然後把注意力轉向城堡。好幾千個分身和太空船繼續在屏障四周嗡嗡地飛來飛去，偶爾朝屏障發射子彈、雷射光、飛彈和各種推進武器，但這些對屏障的表面都毫無損傷。在球體屏障裡，數千名全副武裝的六數人分身沉默地擺出陣仗，把城堡團團圍住。一列列士兵之間穿插著一排排的旋轉坦克和武裝直升機。若換個場景來看，六數人這陣勢應該挺嚇人，甚至有銳不可當的氣勢，不過現在六數人身處一群綿延無盡的暴民當中，反而呈現出寡不敵眾的可憐模樣。

「帕西法爾，」小刀把他機器人的巨大頭部轉向我，「老友，好戲該上場了。萬一屏障沒能如你所說的掉下來，可就很難看。」

「韓一定會讓屏障落下的，」艾區引用《星際大戰》裡的臺詞，「我們得多給他一點時間！」

我笑了出來，接著以我機器人的右手拍拍左手腕，意指時間，「艾區說的對，還要六分鐘才到正午十二點。」

我的話尾淹沒在群眾的再次喧鬧聲中。就在我們正前方的球體屏障內，安納瑞克城堡的大門剛剛開啟，有個六數人的分身從裡頭走出來。

是索倫托。

索倫托微笑面對群眾不滿的噓聲，並對駐紮在城堡正前方的六數人部隊揮手。六數人部隊立刻散開，騰出一塊大空地。索倫托走入空地，隔著屏障跟我們相距幾十碼，直接面對我們。十個六數人的分身跑出城堡，站在索倫托後方，彼此之間保持充分距離。

「我有不祥之感。」雅蒂米思對著頭上戴的耳機喃喃說道。

「是啊，」艾區壓低聲音，說：「我也是。」

索倫托環顧四周，然後抬頭對我們微笑，他說話時聲音透過武裝直升機和旋轉坦克上的重量級擴音器放送出來，整個地區的人都聽得到。加上各大新聞媒體都出動了攝影機和記者，所以我知道他的話一定會播送到全世界。

「歡迎來到安納瑞克城堡，」索倫托說：「我們一直在等你們。」他用手往四周大大環掃一遍，指著這一群憤怒的群眾。「不過我必須說，我們有點詫異你們的人數會這麼多。到了這一刻，就算最無知的人都應該看得很清楚，任何人都無法通過我們的屏障。」

他的話語引發群眾咆哮、威脅、侮辱、以及各式各樣的髒話。我稍待片刻才舉起我機器人的雙手，要大家安靜。群眾安靜下來後，我打開公共頻道，這效果就跟打開公共廣播系統一樣。我把耳機的音量調小一點，以減少回音，然後說：「你錯了，索倫托，我們會進去的，一等到正午，我們所有人都會進去。」

聚集的獵蛋客爆出贊同的喧鬧聲，索倫托懶得等大家安靜下來，咧嘴笑著說「歡迎光臨」。接著他從物品清單裡拿出一樣東西，放在前方地上，我把鏡頭拉近看仔細，感覺我下巴的肌肉忽然繃緊。是一個玩具機器人。一隻兩足恐龍，這隻恐龍有著盔甲皮，肩胛骨上還架著一對大砲。我立刻認出它。這隻恐龍出自世紀交替時日本發行的好幾部電影。

是酷斯拉。

「機龍！」索倫托大喊，小機器人應聲變大，幾乎跟安納瑞克城堡一樣高，而且還是艾區、小刀、雅蒂米思和我所駕駛的「大」機器人的兩倍高。這隻機器爬蟲的盔甲頭部還差點撞到球體屏障的頂部。

群眾發出驚恐的低喃聲，所有人都知道它幾乎無法被摧毀。

索倫托從位於它巨大腳跟的門進入機器裡頭，幾秒鐘後，這頭怪獸的眼睛發出黃光。它仰頭，張開鋸齒狀的咽喉，發出刺耳的金屬叫聲。

站在索倫托身後的十個六數人分身一聽到這聲音，立刻拿出玩具機器人，並且也予以啟動。其中五人是《聖戰士》（*Voltron*）裡的獅子機器人。其他五人的機器人則是出自卡通《太空堡壘》（*Robotech*）和《新世紀福音戰士》（*Neon Genesis Evangelion*）。

「不妙。」我聽見雅蒂米思和艾區異口同聲說道。

「放馬過來啊！」索倫托大喊，挑釁的話語迴盪在擠滿人群的星球表面。

站在前線的許多獵蛋客不自主地往後退，有幾個甚至轉身逃命，但艾區、小刀、雅蒂米思和我繼續佇立原地。

我看看顯示器上的時間。不到一分鐘。我按下獅豹號控制臺上的按鈕，我的巨大機器人亮出閃爍熠熠的劍。

★

接下來的事情我沒能親眼目睹，不過我很有把握告訴你，大概是這樣的：

六數人在安納瑞克城堡的後方蓋了一個有武裝防護的地下碉堡。他們啟動屏障之前，六數人以心電移動運來的武器和打仗用具就擺放在碉堡裡。此外，裡頭還有三十個補給機器人，在碉堡的東牆邊排成一列。由於補給機器人的原始設計者缺乏想像力，所以它們看起來都跟一九八六年電影《霹靂五號》（*Short Circuit*）裡的強尼五號機器人一樣。六數人主要把這些機器人當雜役，利用它們來跑腿、替駐守在外的部隊補給配備和彈藥。

就在正午前一分鐘，有個補給機器人，代號SD-03，自行啟動，離開了充電站。它的坦克履帶往前滾動，移動到碉堡另一頭的軍械庫房內。庫房外有兩個哨兵機器人站崗，SD-03傳送軍械需求單給它們——這單子是兩天前我利用六數人的內部網路呈上去的。哨兵確認過需求單後往旁邊站開，准許SD-03進入庫房裡。它往前滾動，經過一長排武器：魔劍、盾牌、盔甲裝、電漿槍、磁軌砲，以及其他數不盡的武器。最後，SD-03停住。在它前方的架子上，有五個八面體形狀的東西，每一個約有足球大。這些東西的八個面都有一個小小的控制板，以及一連串數字。SD-03發現這些數字序號跟我需求單上的序號一樣。於是，這個小機器人遵照我設定的一組指示，利用它如爪子般的食指，在控制板上按下一連串指令。按完後，鍵盤上的小燈由綠色變成紅色。接著，SD-03以手臂拿起這個八面體的東西。當它離開軍械庫時，六數人電腦化的物品清單裡減少了一顆靠摩擦來感應引爆的反物質炸彈。

SD-03滾出碉堡，爬上一連串的斜坡和階梯。這些斜坡和階梯是六數人搭建在城堡外牆上，以便靠近城堡上方。機器人一路得通過幾個檢查哨，每一次哨兵機器人掃描它的安全等級，都會發現這個機器人能到任何它想去的地方。SD-03抵達安納瑞克城堡最上層後，滾到那兒的大瞭望臺上。

這時，SD-03很可能吸引了那對駐守在瞭望臺上的六數人分身的好奇目光，實際情況我不得而知。但就算這些守衛預期到即將發生的事，而對著這個小機器人開槍，他們也來不及阻止它了。SD-03繼續滾到屋頂正中央，那裡有個高階六數人巫師正拿著「歐蘇沃克斯球」——包圍城堡的球體屏障就是這個神器製造出來的。

接著，SD-03開始執行我兩天前設定好的最後一個命令，舉起靠摩擦來感應引爆的反物質炸彈，到自己頭上引爆。

補給機器人被炸得粉碎，駐守在平臺上的所有分身和操作「歐蘇沃克斯球」的巫師也一併蒸發。巫師一死，失效的神器掉落在空蕩蕩的平臺上。

35

緊接在爆炸聲響後是一陣刺眼亮光，讓我霎時目盲。亮光褪去後，我的視線重新聚焦在城堡上。屏障落下，現在，兵力強大的六數人和獵蛋客大軍之間毫無阻隔，只有開闊空蕩的空間。

大約五秒鐘，什麼都沒發生，時間彷彿靜止，一切歸於闃寂。接著陷入混亂場面。

我獨自坐在我機器人的駕駛艙裡，默默地歡呼了一下。不可思議，我的計畫成功了。但我沒時間慶祝，因為我正身處「綠洲」史上最大戰爭當中。

我不知該預期接下來會發生什麼事，大概以為會有十分之一的獵蛋客加入我們，一起攻打六數人吧。但就在那瞬間，情況再明顯不過，在場的每個獵蛋客都磨拳擦掌。我們四周人山人海的分身同聲一吼，從四面八方衝向六數人的軍隊。他們那種毫不遲疑、勇往直前的舉動嚇到了我，畢竟一看就知道很多人會因此送命。

我震驚地看著兩股強大勢力從地面和天空蜂擁而上。情勢混亂，令人屏息，那情景就像同時打破好幾個蜂窩和大黃蜂的巢穴，然後把它們扔在巨大的蟻丘上。

雅蒂米思、艾區、小刀和我就站在混戰場面的中央。一開始我沒移動，因為我怕我的巨腳會壓扁出現在我四周和腳上的一波波獵蛋客。然而，索倫托可沒等那些擋路的人離開。他巨大的機器腳直接踩過幾十個分身（包括幾個他部隊的人），隆隆地走向我們，每跨出一步就在岩石地面踩出小裂痕。

「哦——喔。」我聽見小刀嘟囔，這時他的機器人擺出防衛姿態。「他來了。」

六數人的機器人受到四面八方猛烈砲火的攻擊，索倫托挨砲火的次數比任何人都多，因為他的機器人是戰場上最大的目標，任何擁有遠程武器的獵蛋客都會忍不住朝他發射。推進式武器、火球、魔法飛彈，以及雷射光束的猛烈砲火，迅速摧毀或癱瘓其他六數人的機器人（他們沒機會五獅合體成聖戰士），但索倫托的機器人就是有辦法毫髮無傷。每個打到他的武器似乎都會從他的盔甲上彈開。幾十架太空船繞著他盤旋或俯衝，不停對他發射砲火，但攻擊效果非常有限。

「開戰！」艾區對著無線電大吼，「就像電影《紅潮入侵》（*Red Dawn*）一樣，全面開戰！」語畢，他用鋼彈對索倫托發射猛烈砲火，就在這時，小刀也射出萊丁的弓箭，而雅蒂米思的機器人則從米諾娃X的巨大鐵乳發射出某種紅色的能量光束。打仗不落人後，我從獅豹號的額頭上射出金色的回力鏢。

我們的砲火都直接打中索倫托，但似乎只有雅蒂米思的光束武器可以對索倫托造成傷害。她把這個鐵殼蜥蜴的肩胛骨轟掉一大塊，癱瘓了上頭的大砲。但索倫托沒停步，繼續靠近我們，機械酷斯拉的雙眼發出藍光。接著，索倫托張開嘴巴，機器人敞開的咽喉射出一波波藍色閃電。閃電擊中我們正前方的地面，犁出一道冒煙的深溝。閃電繼續往前犁過，把沿途的所有分身和船艦消滅無蹤。我們四人往天空飛去，躲開那道閃電，不過我還是差點被打到。這閃電武器關閉了一會兒，但索倫托的笨重機器人繼續往前慢慢推進。我注意到他機器人的眼睛不再發出藍光，看來他的閃電武器正在充電。

「我想，現在是迎戰頭目的時候。」艾區透過無線電開玩笑。我們四個分散開來，在索倫托的上空盤旋。

「不妙欸，各位，」我說：「我想我們摧毀不了這東西。」

「觀察敏銳啊，Z。」雅蒂米思說：「有什麼好主意嗎？」

我想了一下，「這樣吧，我來引開他，你們三個從旁邊繞過去，進入城堡裡，如何？」

「聽起來是個好主意。」小刀說，但他沒向城堡移動，反而直接飛向索倫托，幾秒內就靠近他。

「快走！」他透過無線電大吼，「這混蛋是我的了！」

艾區從索倫托的右側飛過去，雅蒂米思繞過右側，而我則直接飛過他的頭頂。我俯視下方，看見小刀跟索倫托正面交鋒，兩人的機器人體型之懸殊，看得我心驚膽跳。跟索倫托的巨大鐵龍一比，小刀的機器人簡直像小公仔。雖然如此，小刀還是熄掉他的火箭推進器，降落在機械酷斯拉前方的地面上。

「快點。」我聽見艾區大喊，「城堡的門開了！」

我從半空的俯視角度，可以看見城堡四周部署的六數人軍隊已經被數不清的敵人分身給衝潰，六數人的隊伍潰散，幾百個獵蛋客越過他們，奔向敞開的城堡大門，但他們一靠近隨即發現無法跨過門檻，因為他們沒有水晶鑰匙。

艾區在我的面前迴轉。他在離地面還有幾百公尺高的地方彈出鋼彈駕駛艙，同時喃喃對機器人說出指令。巨大的機器人縮小成原來尺寸，他在半空中抓住它，放入物品清單裡。艾區接著靠某種魔法工具在半空飛行，他的分身俯衝而下，越過一群擠在城堡門口而動彈不得的獵蛋客，隱沒在敞開的對門內。一會兒後，雅蒂米思也以同樣的方式在半空收起她的機器人，隨著艾區飛入城堡裡。

我讓獅豹號急速俯衝，準備追隨他們。

「小刀，」我對著無線電大喊，「我們要進去了！走吧！」

「你們去吧，」小刀回答：「我隨後就到。」他的聲音讓我覺得很不安，我停止俯衝，讓我的機器人迴轉。小刀正在索倫托的右上方盤旋。索倫托緩緩轉身，開始笨重地走回城堡。現在，我發現他的弱點就在於速度緩慢。機械酷斯拉緩慢的動作和攻擊速度，削弱了他的武力。

「小刀！」我大叫：「你還在等什麼？我們走啊！」

「你們先去，別等我，」小刀說：「我要這個王八蛋還大刀一條命。」

我還沒回答，小刀就朝索倫托俯衝，雙手各揮舞著一把大劍。兩把劍的劍身砍入索倫托的右側，撞擊出陣陣火花。出乎我意料，這一砍還真對索倫托的機器人造成傷害了。煙霧消散後，我看見機械酷斯拉的右手癱垂，手肘部位幾乎被砍斷。

「看來你現在只能用左手攻擊，索倫托！」小刀得意洋洋地喊道。接著他啟動萊丁的推進器，往我的方向朝著城堡飛去，但索倫托已經轉動機器人的頭部，眼睛對著小刀發射出兩道藍光。

「小刀，」我大喊：「小心！」我的聲音淹沒在鐵龍嘴巴發射出的閃電聲音中。這道閃電鎖定小刀機器人的後背正中央。小刀的機器人爆炸，變成一團橘色火球。

我聽見無線電頻道傳來靜電的刺耳干擾聲。我再次呼叫小刀，但他沒回應。接著，我的顯示器上閃爍著一則訊息，通知我小刀的名字已從計分板上消失。

他死了。

我恍悟後整個人驚楞。這反應很不妙，因為索倫托繼續發射閃電，以飛快的弧形切過地面，打到對角的城牆，朝我而來。我終於反應過來——但太遲了——索倫托鎖定我機器人的下半身，不消一秒，閃電消失。

我低頭才發現下半身已經被轟掉，駕駛艙裡的每個警示燈都在閃爍，而我的機器人開始從空中跌落，摔成兩半，還不停冒煙燃燒。

不知怎地，當下我還有一絲理智，想到要拉下座椅上方的彈出手把。駕駛艙的頂篷頓時彈開，我彈出機器人外，就在我彈出的剎那，我的機器人墜下，撞擊城堡階梯，殺死聚集在那裡的幾十個分身。

我趕在摔落地面前啟動分身的噴射靴，並且迅速調整情境體驗設備的控制設定，因為現在我控制的是我的分身而非巨大機器人。我成功地降落在城堡前，就在獅豹號燃燒的殘骸旁。降落後沒多久，我的頭上陰影籠罩，我轉身看見索倫托的機器人遮蔽天空，他舉起巨大左腳，準備踩死我。

我跑了三步後跳起來，在半空發動噴射靴。機械酷斯拉那帶爪的巨腳用力一踩，在一秒鐘前我所站立的地方踩出一個凹坑，就在這千鈞一髮之際，噴射靴的衝力把我甩離那裡。鐵獸發出刺耳的尖銳聲音，接著是空洞轟隆的笑聲。索倫托在笑。

我熄掉噴射靴的推進器，把我的分身縮成一個球，落地後往前滾動，然後起身站立，斜眼上瞟那隻鐵蜥蜴的頭。它的眼睛不再發光——還沒發光。現在，我可以再次啟動噴射靴，趕在索倫托攻擊我之前進入城堡。反正他無法跟進去——除非他離開那體型龐大的機器人。

我聽見雅蒂米思和艾區透過無線電呼叫我。他們已經在裡面，站在第三道門前方，就等著我。我現在只要飛入城堡加入他們，我們三個就可以在索倫托抓到我們之前進入第三道門。這點我很確定。

但我沒移動，反而拿出神光棒，掌心緊緊握住這根小小的鐵製圓柱物。

索倫托曾經想殺掉我，在試圖取我性命的過程中殺死了我的姨媽及幾個鄰居，包括親切和藹、不曾傷害過任何人的吉爾摩老太太。他還殺死了大刀，雖然我從沒見過大刀，但他是我的朋友。

而現在，索倫托還殺死了小刀的分身，使得他沒機會進入第三道門。索倫托這種人不值得具有這麼大的權力和地位，他值得的——當下我決定了——是被當眾羞辱。他這種人就該在全世界面前被踹得屁滾尿流。

我把神光棒高舉過頭，壓下啟動按鈕。

一陣刺眼的亮光後，天空變成深紅色，這時我的分身逐漸變大，變成一個有著紅銀兩色身體的巨大人形生物體，發亮的雙眼像雞蛋，頭上有奇怪的鰭狀物，胸口嵌著一顆發亮的物體。接下來三分鐘，我將化身超人力霸王。

酷斯拉不再吼叫搞破壞。原本它的眼睛看著我分身剛剛所在的地面，但現在它慢慢抬起頭，打量著新對手的體型，最後我們發亮的四眼終於相遇。我跟索倫托的機器人面對面，體型和高度幾乎跟它有得比。

索倫托的機器人笨拙地往後退幾步，雙眼再次發光。

我稍微弓背，採取防衛姿勢，同時注意著我顯示器角落的計時器，正從三分鐘開始倒數。

兩分五十九秒。五十八秒。五十七秒……

計時器下方有個選單，以日語列出超人力霸王的幾種能量武器。我趕緊選了斯卑修姆能量光束，然後把雙手舉在胸前，一隻垂直，一隻水平，呈十字狀。一股躍動的白色能量從我的額頭射出，正中機械酷斯拉的胸口，迫使它往後退。索倫托失去重心，巨大雙腳踉蹌絆跤，機器人側身跌在地上。

混亂戰場上的數千名分身爆出歡呼聲。

我躍上天空，往上飛了半公里高，落下時腳朝下，腳跟對準機械酷斯拉彎曲的脊椎用力一蹬。我隨即聽見鐵獸體內的某種東西被我的龐然身軀給壓得斷裂。它的嘴巴湧出一波波煙霧，雙眼的藍光頓時消失。

我來個後空翻，下來時落在這隻仰躺蜷縮的機器人後方。它那隻完好的手臂不停揮舞，尾巴和雙腿也一直拍打，顯然索倫托正努力控制這隻鐵獸，想讓它站起來。

我從武器選單上挑選超級霹靂砍。我的右手隨即出現一股劇烈旋轉的鮮藍色能量，這是發亮的圓形鋸刀。我像丟出飛盤那樣扭動手腕，將它用力擲向索倫托。它呼呼飛過半空，正中機械酷斯拉的肚子。能量刀畫入它的肌膚，將機器人劈成兩半，就像畫開豆腐般輕鬆。就在整個機器人爆炸之前，它的頭斷裂，從脖子上彈開，在頭部裡的索倫托逃出來，不過由於機器人躺著，所以頭彈出的方向跟地面平行。索倫托立刻調整姿勢，好讓火箭噴射器將機器人的頭部推向天空。趁著頭部飛遠之前，我再次交叉手臂，對準逃脫的頭部發射另一波斯卑修姆能量光束，就像瞄準陶土飛靶一樣。在令人叫好的強烈爆炸中，機器人炸成碎片。

群眾瘋狂歡呼。

我檢查計分板，確定索倫托的員工編號消失。他的分身死了。但我不能這樣就滿足，因為我知道他很可能已經把某個部屬踹下虛擬觸覺椅，開始操控另一個分身。

我顯示器上的計時器顯示只剩十五秒。我讓神光棒失效，我的分身立刻縮成原來大小，外表也恢復原貌。接著我轉身，啟動噴射靴，飛入城堡裡。

抵達偌大的門廳時，我看見艾區和雅蒂米思就在另一頭的水晶門前等著我。他們四周的地面上散布著剛剛被宰掉的六數人分身，血淋淋、冒著煙的屍體正緩緩消失。看來我剛剛錯過了一場決定性的衝突場面。

「不公平，」我說，熄掉噴射靴，降落在艾區旁邊的地面上。「你們至少該留一個給我收拾。」

雅蒂米思對我比中指。

「恭喜你宰掉索倫托，」艾區說：「這場仗的規模肯定是前所未有。不過，你還是個大白痴，你知道吧？」

「對，」我聳聳肩，說：「我知道。」

「而且你是個自私鬼！」雅蒂米思咆哮：「萬一你也被殺死呢？」

「可是我沒被殺死啊，不是嗎？」我繞過她身旁去檢查水晶門。「好，冷靜一點，我們來打開這東西吧？」

我檢查門中央的鑰匙孔，然後抬頭看看刻在門板上的三個字。愛、望、信。

我拿出我的水晶鑰匙，舉起它，艾區和雅蒂米思也跟著舉起他們的鑰匙。

啥都沒發生。

我們憂慮地相視。然後我忽然想到一件事。我清清喉嚨，說：「三是神奇的數字。」我唸出《上學樂翻天！》歌曲的第一句歌詞。一說出口，水晶門立刻發亮，第一個鑰匙孔的兩側又多出兩個鑰匙孔。

「成功了！」艾區喃喃地說：「哇靠，我真不敢相信，我們真的到了這裡，站在第三道門前。」

雅蒂米思點點頭，說：「終於。」

我把鑰匙插入中央的鑰匙孔，艾區把他的插入左邊的孔，雅蒂米思的鑰匙則插入右邊的孔。

「順時針？」雅蒂米思說：「數到三？」

艾區和我點點頭。雅蒂米思數到三，我們一起轉動鑰匙。在一陣短暫的藍光中，我們三人的鑰匙和水晶門都消失不見，接著第三道門在我們面前開啟，水晶門外是一片旋轉的星斗。

「哇。」我聽見身旁的雅蒂米思低聲驚呼，「我們走吧。」

就在我們三個往前跨步，準備進入門裡時，我聽見震耳欲聾的爆炸聲。那聲音聽起來就像整個宇宙裂成兩半。

接著，我們都死了。

36

你的分身死掉時，顯示器不會立刻變成一片黑。相反地，你的視覺角度會自動變成第三人的角度，從身體外觀賞分身的最後一條命重新播放一遍。

就在我們聽見霹靂轟雷的爆炸聲響時，我的視覺角度改變，我發現自己正看著我們三人楞在敞開的門前。接著整個世界變成炙燒白光，伴隨著震耳欲聾、厚實如牆的聲音。就是我平常想像身處核爆裡的感覺。

有那麼片刻，我看見我們分身的骨骸懸浮在我們動也不動的透明軀殼裡。接著，我分身的生命值降到了零。

轟然爆炸隨即而來，毀滅了路徑上的所有東西——我們的分身、地板、牆面、城堡本身，以及聚集在城堡四周的幾千個分身。所有東西化為細碎的塵埃，在半空中飄浮了一下，然後緩緩落地。

整個星球表面被夷平，安納瑞克城堡四周的區域原本擠滿了交戰的分身，但一眨眼工夫，成了杳無人煙、寸草不生的荒地。所有人與物品全都被摧毀。只剩下第三道門猶存，一道水晶門扉飄浮在一個大坑洞之上，而這個坑洞正是方寸城堡原本矗立的地方。

我明白剛剛所發生的事情後，震驚的情緒變成驚懼。

六數人引爆了超爆彈。

這是唯一的解釋，只有這個威力無邊的神器能造成這種狀況。它不止殺死了這個區塊裡的所有分身，還摧毀了直到剛才都還堅不可摧的安納瑞克城堡。

我望著敞開的水晶門飄浮在空蕩蕩的半空中，等著我的顯示器正中央出現那則必然的最終訊息：遊戲結束。我知道在這區塊的所有分身這時一定都看見這幾個字了。

但終於出現在我的顯示器上的是完全不同的訊息：恭喜！你多了一條命！

就在我驚訝地看著這則訊息時，我的分身再次出現，緩緩現身在幾秒鐘前我死去的地方。我又站在敞開的門前，但這道門現在飄浮在半空，離星球表面約幾十公尺，就在城堡被摧毀後所留下的坑洞上方。我的分身完全現身之後，我低頭一看，發現我之前站立的地面也消失，就連我的噴射靴和我攜帶的東西也全不見了。

我就這麼飄浮在半空好一會兒，就像在懷舊卡通《土狼威利與嗶嗶鳥》（*Wile E. Coyote and Roadrunner*）裡那隻老是追著鴕鳥的野狼一樣。接著，我垂直重重落下，情急之下我試圖抓住前方的門，但根本搆不著它。

我狠狠跌落地上，衝擊力道讓我損失了三分之一的生命值。我慢慢起身，左右張望，發現自己站在一個立方體狀的大坑洞裡——這個空間正是安納瑞克城堡之前的地基和地下室。裡頭荒蕪一片，闃寂得很詭異。被摧毀的城堡沒留下半片殘瓦碎礫，幾分鐘前布滿天空的幾千艘太空船和飛艦也沒殘遺任何骸體。事實上，這裡完全沒有剛剛發生的大戰跡象。超爆彈把一切蒸發得消失無影。

我低頭看著我的分身，發現我穿著黑色T恤和藍色牛仔褲，這是每個分身剛被創造出來時的預設服。接著，我拉出關於我的各項統計數值和物品清單。我的分身同樣具有我之前的等級和各種能力分數，可是我的物品清單空了，只剩下一個東西——我在「阿凱德」星球上完美打了一回「小精靈」電玩之後所獲得的二十五分硬幣。我把硬幣放入物品清單後就無法拿出來，所以我一直無法對它施展任何預測或確認咒語，因此我從不曉得這個硬幣的真正目的或用途。在之前那幾個月的紛擾混亂當中，我甚至忘了我有這個鬼東西。

現在，我知道了，這枚硬幣是只能使用一次的神器，它能讓我多一條命。在此之前，我完全不曉得有這種東西。在「綠洲」的歷史裡，不曾有哪個分身多出一條命的紀錄。

我在物品清單裡選定這枚硬幣，試圖取出它。這次，我能夠把它拿出來，握在掌心。這個神器的單一魔力已經用完，所以不再具有任何魔力。現在，它只是一枚普通的硬幣。

我抬頭望著飄浮在我上方二十公尺的水晶門，它依舊敞開地立在那兒。我實在不知道該怎麼上去，好進入這道門。我沒有噴射靴，沒有船艦，也沒有寶物或已經牢記的咒語。沒東西可以幫助我飛高或者飄浮起來，放眼望去也不見任何梯子。

我就站在那裡，距離第三道門只有一步之遙，卻怎樣都搆不著。

「嗨，Z？」我聽見有人叫我。「你聽得見嗎？」

是艾區，但她不再是「綠洲」裡的男性聲音。我清清楚楚聽見她，彷彿她正透過無線電跟我說話。可是這沒道理啊，我的分身根本沒有無線電了。況且艾區的分身也死了。

「你在哪裡？」我對著半空說話。

「我死了，跟其他人一樣。」艾區說：「除了你以外，所有人都死了。」

「既然這樣，我怎麼聽得見你說話？」

「歐格把我們所有人放入你的聲音和影像訊號裡，所以我們可以看見你所看見和所聽到的東西。」

「噢。」我說。

「你還好嗎？帕西法爾，」我聽見歐格問我，「如果不舒服，就說一聲喔。」

我想了一下，「沒事，我很好。小刀和雅蒂米思也在聽嗎？」

「對，」小刀說：「我在這裡。」

「對，我們在這裡，沒事。」雅蒂米思說，我可以從她的聲音聽出她幾乎沒怒氣了。「我們都死了，問題是，你怎麼沒死？」

「是啊，Z，」艾區說：「我們都有點好奇欸。這是怎麼一回事？」

我拿出硬幣，高舉到眼前。「幾個月前我在『阿凱德』星球上獲贈這枚硬幣，因為我打出完美的『小精靈』。這是一種神器，但我直到現在才知道它的用途。原來它可以讓我多一條命。」

一陣沉默，半晌後艾區哈哈大笑。「你這個走運的王八蛋！新聞報導說在這個區塊的每個分身都死了，人數占『綠洲』總人數的一半以上。」

「是超爆彈造成的？」我問。

「一定是。」雅蒂米思說：「幾年前它被拿出來拍賣時，肯定被六數人買走了。這幾年來他們一直備而不用，就等適當機會到來。」

「不過這樣一來，他們也殺死了自己的所有部隊，」小刀說：「他們幹麼這麼做？」

「我想，他們多數人的確已經死了。」雅蒂米思說。

「六數人別無選擇。」我說：「只有這樣，他們才能阻止我們。我們已經打開第三道門，正準備跨進去，他們就是在這個時候引爆這東西。」我停頓，因為我驀然明白一件事。「他們怎麼知道我們打開門？除非……」

「他們在監視我們。」艾區說：「六數人大概在門的四周裝了遙控監視器。」

「所以他們看見我們打開門，」雅蒂米思說：「這代表他們現在也知道怎麼開。」

「誰在乎啊？」小刀打岔，「反正索倫托的分身死了，其他六數人也死了。」

「錯。」雅蒂米思說：「看看計分板，上面還有二十個六數人的分身，就在帕西法爾下面。而且從分數來看，他們每個人都取得了水晶鑰匙。」

「可惡！」艾區和小刀異口同聲說。

「六數人知道他們很可能必須引爆超爆彈，」我說：「所以他們一定做了預防措施，把一些分身送到第十區塊外。他們現在大概在武裝直升機裡等著，就在這個區塊的邊界外，那裡很安全。」

「你說的對，」艾區說：「這代表此刻有二十個六數人正要追上你。Z，你必須加快腳步，趕緊進入門裡，這很可能是你唯一闖關的機會。」我聽見她發出挫敗的嘆息，「我們都沒機會了，所以我們會為你加油打氣。朋友，祝你好運。」

「謝謝，艾區。」

「祝好運。」小刀說：「盡力而為。」

「我會的。」我說，然後等著雅蒂米思給我祝福。

「祝你好運，帕西法爾。」好一會兒後她才說道。「艾區說的對，你知道吧，錯過這一次你永遠都沒機會，其他獵蛋客也沒機會。」我聽見她的聲音哽咽，彷彿正努力嚥下淚水。接著，她深吸一口氣，說：「別搞砸了。」

「不會的。」我說：「不要有壓力，對吧？」

我抬頭看著敞開的門，它仍懸浮在我的上方，伸手不可及。我把視線往下移，搜尋這區域，拚命想辦法上到門那裡。有個東西吸引了我的注意——就在坑洞的另一邊，有幾個畫素在遠方閃爍。我奔過去。

「喔，我不是要在一旁指揮你或什麼的，」艾區說：「不過你要去哪裡呀？」

「我分身的所有物品都被超爆彈摧毀了，」我說：「現在我沒辦法往上飛，我無法搆到那扇門。」

「你在開玩笑啊！」艾區嘆了一口氣說：「拜託，對手就緊追在後欸。」

我靠近遠方的物體，那東西的輪廓逐漸清晰。是神光棒，就飄浮在離地面幾公分的半空，以順時針方向不停旋轉。超爆彈破壞了這個區塊的所有東西，但神器是無法被摧毀的。就跟門一樣。

「是神光棒！」小刀大喊，「一定是被爆炸的威力甩到這裡。你可以利用它變成超人力霸王，飛到門那裡！」

我點點頭，將神光棒高舉過頭，然後按下棒身的按鈕。什麼都沒發生。「該死！」我喃喃咒罵，知道是怎麼回事。「沒有用。這東西一天只能用一次。」我把神光棒收起來，開始環視四周。「這附近一定還散落著其他神器。」我說，開始沿著城堡基地邊緣奔跑，繼續掃視地上。「你們之前有沒有攜帶神器？任何能讓我飛起來或飄浮，或者心電移動的東西？」

「沒有欸。」小刀回答，「我沒有神器。」

「我的巴希爾之劍就是神器，」艾區說：「不過它沒辦法讓你搆到門。」

「可是我的查克辦得到。」雅蒂米思說。

「妳的『查克』？」我說。

「就是我的鞋子。那款由籃球選手查克．泰勒所設計並代言的Converse經典黑色帆布鞋。穿上這雙鞋的人會同時擁有絕佳的速度和飛躍能力。」

「太棒了！太好了！」我說：「現在，我只需要找到它們。」我繼續往前跑，雙眼在地面上掃視。一分鐘後我發現艾區的劍，把它放進我的物品清單裡，大約五分鐘後我在坑洞北側找到雅蒂米思那雙神奇的運動鞋。我穿上鞋子，它們完全合我分身的腳。「我會還妳的，雅蒂。」我綁好鞋帶後告訴她：「我保證。」

「你最好記得還我。」她說：「這雙鞋可是我的最愛。」

我助跑三步後躍上半空，接著飛了起來。我俯衝後繞圈，接著掉頭，瞄準第三道門，往它飛去。但就在入門的最後一刻，我轉向右邊，來個弧形迴轉，盤旋在敞開的門前。水晶門就在我正前方幾碼處。看著它，我想起了電影《陰陽魔界》（*Twilight Zone*）開場播放工作人員名單時那道懸浮的門。

「你還在等什麼？」艾區大喊：「六數人隨時就會出現！」

「我知道。」我說：「可是在進去第三道門之前，我有些話必須對你們大家說。」

「蛤？」雅蒂米思說：「那就快點說！時間分秒流逝，呆瓜！」

「好，好！我只是想說，我知道你們三個此刻的感受。事情演變成這樣並不公平，我們應該三個人一起進入那道門的。所以，在我進去之前，我要你們知道一件事。如果我拿到程式彩蛋，我要把獎金均分成四份，給我們四個人。」

他們驚訝得說不出話。

「哈囉？」幾秒鐘後我說：「你們幾個聽到了嗎？」

「你瘋了啊？」艾區問：「你幹麼這麼做？」

「因為這樣做才對。因為只靠我自己絕不可能走到現在這一步。因為我們四個都值得見到門裡的東西，值得目睹競賽結束。還有，因為我需要你們的協助。」

「你可以重複最後一句嗎？」雅蒂米思說。

「我需要你們的協助。你們大家說的沒錯，這是我闖過第三道門的唯一機會。對任何人來說，這種機會絕無僅有。六數人很快就會到，他們一抵達就會進入那道門。所以，我必須趕在他們之前進去，第一次就成功達陣。如果有你們三個在後面幫我，我成功的機會就會大大提高。所以……你們覺得呢？」

「算我一份，」小刀說：「反正我也沒什麼好損失的。」

「我先把話說清楚喔，」雅蒂米思說：「我們幫助你闖過那道門，你答應把獎金跟我們平分？」

「錯。」我說：「不管你們有沒有幫我，只要我贏了，我就會跟你們平分獎金。所以，幫我贏得獎金應該符合你們最大的利益。」

「我想，我們沒時間把這個承諾寫成白紙黑字喔？」雅蒂米思說。

我想了一下，然後打開個人影像頻道的控制選單。我啟動現場轉播，讓所有正在收看我頻道的觀眾（根據收視計數器，目前有兩百多萬人正在收看）都能聽見我接下來要說的話。「大家好，我是韋德．瓦茲，也就是帕西法爾。我要在此公告全世界，如果我找到哈勒代的程式彩蛋，我發誓會把獎金跟雅蒂米思、艾區和小刀均分。我發誓，以獵蛋客的榮譽打勾勾，或用不管什麼方式來約定，如果我說謊，我就永遠被人當成窩囊廢，只會吸六數人的大老二，沒種沒膽的無賴。」

我廣播完後聽見雅蒂米思說：「老兄，你瘋了啊？我是開玩笑的。」

「噢，」我說：「對，我知道。」

我壓壓指關節，然後飛入門內，我的分身隱沒在一片星斗漩渦裡。

37

我發現自己站在一個偌大、黑暗、空蕩的空間，見不到牆壁或天花板，但顯然有地板，因為我就站在什麼東西之上。我等了幾秒鐘，不確定該怎麼做。接著，空無中迴盪著隆隆的電子聲音，聽起來像是某種原始的語音合成器所發出來的，比如在電玩「Q伯特」（Q*Bert）和「銀河軌道機器人戰力」（Gorf）裡的聲音。「打敗最高分，否則就被摧毀！」這電子聲音說。一道光從上方某處傾瀉而下，就在我的前方，在這道長長的光柱底下，立著一個古老的投幣式電玩機臺。我立刻認出它那充滿特色，有稜有角的機身。「暴風射擊」（Tempest）。一九八〇年，雅達利出品。

我閉上眼，一顆心往下墜，喃喃地說：「毀了。這不是我擅長的遊戲，各位。」

「拜託，」我聽見雅蒂米思壓低聲音告訴我，「你早該知道要闖過第三道門，『暴風射擊』很重要。兩者的關係這麼明顯！」

「是嗎？怎麼說？」

「因為《安納瑞克年鑑》最後一頁就有一句話，『我必須給點阻礙，太容易到手會讓獎賞變得不值得。』」

「我知道這句話，」我不爽地說：「這是出自莎士比亞，不過我的理解是，這只是哈勒代想告訴我們，他會讓尋寶競賽變得很困難。」

「的確是，」雅蒂米思說：「可是這也是一條線索。這句話是出自莎士比亞最後一齣劇《暴風雨》。」

「靠！」我惱怒地說：「我怎麼會忘了這一點？」

「我也沒聯想到這個。」艾區坦承。「真有你的，雅蒂米思。」

「這款遊戲『暴風射擊』也曾短暫出現在『匆促』樂團那首『分支』（Subdivisions）的音樂錄影帶裡。」她補充說道：「這是哈勒代的最愛，要錯過這首可不容易。」

「哇，」小刀說：「她真不是蓋的。」

「好！」我咆哮：「是很明顯，不必一提再提！」

「看來你沒充分練習這款遊戲，Z？」艾區說。

「很久以前，我做過一點練習。」我說：「不過絕對不夠。看看最高分。」我指著顯示器。「最高分是七十二萬八千三百二十九分，旁邊的名字縮寫是JDH——詹姆士・多諾凡・哈勒代。而且，就跟我害怕的一樣，螢幕下方顯示的局數前面有個數字一。」

「啊，」艾區說：「就跟『黑虎』一樣，一局定勝負。」

我想起我的物品清單裡，有個之前讓我多一條命、但現在已沒用處的硬幣。我將它拿出來，丟入投幣孔裡，但它直接從退幣孔掉出來。我彎腰去拿硬幣，看見機器上有一張貼紙：只限代幣。

「甭提這點子了，」我說：「這附近連個代幣兌換機都沒有。」

「看來你只能玩一次，」艾區說：「不是贏就是輸。」

「各位，我已經好幾年沒玩『暴風射擊』，我的技術爛透了，而且我不可能試第一次就打敗哈勒代的最高分。」

「你不必第一次就打敗他。」雅蒂米思說：「看看版權年份。」

我看看顯示器最底下。©MCMLXXX雅達利。

「一九八〇年？」艾區說，「這對他有什麼幫助？」

「是啊，」我說：「這對我有何幫助？」

「這代表這是第一版的『暴風射擊』。」雅蒂米思說：「這一版的遊戲程式裡有錯誤。『暴風射擊』一出現在電子遊樂場，小孩子就發現若在某個分數死掉，機器會額外給很多免費的局。」

「喔，」我說，有點不好意思。「我不曉得這件事。」

「你應該要知道的，」雅蒂米思說：「如果你跟我一樣多研究這款遊戲。」

「該死，小姐，」艾區說：「妳懂的還真多。」

「多謝，」她說：「當個有強迫症的技客，沒有真正生活的宅女，就是有這點好處。」除了我，大家都在笑。我實在太緊張了。

「好，雅蒂，」我說：「我要怎樣才能免費一直玩這個遊戲？」

「我正在查我的電玩筆記。」她說，我聽見紙張翻閱的沙沙聲。聽來她好像在翻閱一本真正的書。

「妳手邊該不會真的有一本紙本筆記吧？」我問。

「我通常以手寫方式來做筆記，寫在蛇圈活頁筆記本裡。這樣也好，不然我的『綠洲』帳號和裡頭的所有東西都被炸掉了。」更多翻頁的沙沙聲。「找到了！首先，你必須先達到十八萬分以上，然後，要確定你的分數尾數末兩碼是，喔，六、十一或十二。這樣一來，你就可以免費得到四十局。」

「妳確定？」

「非常確定。」

「好，那就這麼辦。」

我開始進行每次打電玩前的儀式。伸展筋骨、壓壓指關節，轉轉頭，脖子左右動一動。

「天哪，你可不可以快一點？」艾區說：「真快把我急死了！」

「安靜！」小刀說：「給這小夥子一點喘息的空間，好吧？」

大家保持沉默，等著我做好心理準備。「好，現在就硬著頭皮上場了。」我說，然後按下正在閃爍的單人遊戲鍵。

「暴風射擊」使用的是老式的向量圖形，所以遊戲的影像是透過在漆黑的顯示器上圖繪發亮的霓虹線條製造出來。在這款遊戲中，你以俯瞰的角度看著一個三D立體坑道，然後利用一個可以輪轉的控制鈕來控制在坑道邊緣移動的「槍手」。這個遊戲的目標是射殺從坑道爬出來的敵人，同時躲開他們的砲火，避開其他障礙物。從一關晉級到另一關後，坑道會變成愈來愈複雜的幾何圖形，而且敵人的數量和徐徐迎面而來的障礙物會急遽增加。

哈勒代把「暴風射擊」這個機臺設定成單次的比賽形式，所以每次都得從頭開始，不能從第九級以上接下去打。我花了十五分鐘才打到十八萬分，在過程中還死了兩次。我比自己預期得還要菜。分數到達十八萬九千四百一十二分時，我故意射偏，打中大釘，耗光我剩下的命。機器要我輸入我的名字縮寫，我緊張地打出ＷＯＷ。

輸入後，遊戲的局數從零跳到四十。

我耳邊忽然冒出瘋狂的歡呼聲，嚇得我差點心臟病發作。「雅蒂米思，妳真是天才。」歡呼聲漸歇後我說。

「我知道。」

我再次按下單人遊戲鍵，開始打第二次，現在專注地設法超越哈勒代的最高分。我還是很緊張，不過比剛才好多了。如果這次沒有一舉拿下最高分，我還有三十九次機會。

雅蒂米思在兩回合之間的空檔說：「所以，你的名字縮寫是ＷＯＷ？O代表哪個字？」

「愚鈍（Obtuse）。」我說。

她笑了出來。「別鬧了，我是說真的。」

「歐文（Owen）。」

「歐文。」她重複。「韋德．歐文．瓦茲。不錯。」說完後她沉默，等著下一回合開始。幾分鐘後我打完第二局，分數是二十一萬九千五百八十四分。不算太爛，但離我的目標還差得遠。

「不賴。」艾區說。

「對，但還不夠好。」小刀說，接著他想起我聽得到他說話。「我的意思是——好多了，帕西法爾，你打得很好。」

「謝謝你對我有信心，小刀。」

「嗨，看看這個。」雅蒂米思唸出筆記本上的資訊：「『暴風射擊』的創始者戴夫．休爾（Dave Theurer）的創作靈感來自他做的噩夢。在夢中有怪物從地洞爬出來追他。」她發出銀鈴般的笑聲，我好久沒聽到這種聲音了啊。「是不是很酷？」她問。

「是很酷。」不知何故，聽到她的聲音我整個人就放輕鬆。我想她也知道這一點，所以才一直跟我說話。我感覺精神百倍，再次按下單人遊戲鍵，開始打第三局。

他們靜靜地看著我，一小時後，我輸掉了最後一卒。分數是四十三萬七千九百七十七。

這局一結束，艾區立刻發聲。「大事不妙，麻吉。」她說。

「怎麼了？」

「我們猜得沒錯，超爆彈爆炸時，有一批六數人預備軍在這個區塊的邊界外等著。炸彈引爆後他們再次進入，直接前往『雀索尼亞』，他們……」她支支吾吾。

「他們怎樣？」

「他們大概五分鐘前剛進入第三道門。」雅蒂米思回答。「你進入之後門關起來，但六數人抵達後利用三把鑰匙把它重新打開。」

「妳是說，六數人已經進入第三道門裡？現在？」

「共有十八個。」艾區說：「他們踏入門後，一一進入各自獨立的虛擬世界中，也就是每一個獨立的門內。他們就跟你一樣，現在正在打『暴風射擊』，試圖打敗哈勒代的最高分。而且他們全都利用駭客軟體來得到免費的四十局。他們多數人打得不好，不過有一個技術高超。我們認為操縱那個分身的很可能就是索倫托。他剛剛開始打第二局……」

「等等！」我打岔：「你們怎麼知道這些？」

「因為我們看得見他們啊。」小刀說：「現在所有登入『綠洲』的人都看得見。他們也看得見你。」

「你到底在說什麼啊？」

「只要有人進入第三道門，計分板上方就會出現那人分身的現場轉播。」雅蒂米思說：「看來，哈勒代要讓大批觀眾都能目睹闖過最後一道門的景象。」

「等等。」我說：「妳是說，過去這一小時全世界都在看我玩『暴風射擊』？」

「正確。」雅蒂米思說：「而且此時他們正看著你站在那裡，對著我們碎碎唸。所以說話小心啊。」

「之前你們怎麼不告訴我？」我咆哮。

「我們不想讓你緊張嘛。」艾區說：「或者讓你分心啊。」

「噢，太棒了！太好了！真多謝啊！」我繼續提高嗓門，有點歇斯底里。

「冷靜，帕西法爾，」雅蒂米思說：「把心思放回遊戲中。現在正在比賽，有十八個分身緊追不捨。所以你必須搞定下一局，懂嗎？」

「懂。」我說，緩緩地吐出一口氣，「我懂。」我又深吸一口氣，再次按下單人遊戲鍵。

如同往常，競爭激發出我最好的潛力。這次，我成功地提高專注力，表現得更優異。翻轉、掃射、轟炸、闖關，避開大釘。我連想都不用想，雙手自然地控制一切。我忘了這場遊戲所攸關的大事，忘了幾百萬人正在看著我，我完全沉浸在遊戲中。

我玩了一個多小時，晉級到第八十一關時，聽見激動歡呼聲。「你辦到了，老兄！」我聽見小刀大叫。

我的視線瞟向螢幕最上方。我的分數是八十萬兩千四百八十八分。

我繼續玩，本能地想打到最高分。但我聽見雅蒂米思大聲清喉嚨的聲音，我知道不需要再玩下去。繼續玩就是浪費寶貴的時間，讓六數人有機會急起直追。我趕緊耗盡剩下的兩條命，螢幕閃爍著遊戲結束的訊息。我再次輸入我的名字縮寫，WOW出現在名單最上頭，就在哈勒代的最高分之上。接著，螢幕一片空白，然後出現兩行字：

幹得好，帕西法爾！

準備進入第二階段！

遊戲機臺消失，我的分身也跟著不見。

★

我發現自己奔馳過一片霧濛濛的山坡。我心想，我應該是在騎馬，因為我的身體不停上下跳動，而且聽見馬蹄聲。一座熟悉的城堡就出現在正前方的濃霧中。

但我低頭看著我分身的身體，卻發現我沒在騎馬，而是走在地上。我的分身穿著細鐵鍊製成的鎧甲，雙手舉在身前，彷彿正握著一套韁繩。但我雙手空空如也，什麼都沒有。

我停止往前移動，幾秒鐘後馬蹄聲也停歇。我轉身，看見聲音來源。不是馬，是有人敲擊兩個剖半的椰子殼所製造出來的馬蹄聲。

這時，我曉得自己身在何處。我正身處喜劇電影《蒙地蟒蛇之聖杯傳奇》（*Monty Python and Holy Grail*）的第一幕。這是哈勒代最喜歡的影片之一，或許堪稱有史以來最受技客喜愛的影片。顯然又要來一次同步演出，就像闖入第一道門之後在《戰爭遊戲》的模擬世界裡一樣。

我發現自己正在扮演亞瑟王，因為我穿著葛理漢．查普曼（Graham Chapman）在電影裡所穿的服裝。而拿著椰子的那個人，是我最信賴的僕人派西，由泰瑞．吉連（Terry Gilliam）飾演。

我轉身面向派西時，他略微俯身鞠躬，但沒說任何話。

「這是蒙地蟒蛇的《聖杯傳奇》！」我聽見小刀興奮地低聲說道。

「廢話。」我說，霎時忘了我當下的角色。「我知道，小刀。」

我的顯示器上出現一則警告：**臺詞錯誤！**顯示器角落出現負一百分。

「腦袋裝大便啊，立瀉通。」我聽見雅蒂米思說。

「有任何需要就讓我們知道，Z。」艾區說：「揮揮手之類的，我們就把下一句臺詞告訴你。」

我點點頭，舉起大拇指，不過我想我不需要太多幫助。畢竟這六年來，我一共看了《聖杯傳奇》一百五十七次。我已經記牢每一句臺詞。

我抬頭瞥向前方的城堡，知道前方有什麼等著我。我再次「馳騁」，抓住隱形韁繩，假裝騎馬往前奔。派西開始敲擊兩個剖半的椰子殼，並騎在我的身後。我們抵達城堡門口，我把「韁繩」往後拉，讓我的「駿馬」停住。

「停！」我吆喝。

我的分數立刻多了一百分，現在總分從負分提高到零分。

兩名士兵出現在城堡上方，從城牆往下俯視。「來者何人？」其中一人朝我們大聲問道。

「是我，亞瑟，烏瑟・潘達拉貢之子，來自卡麥洛城堡。」我背出臺詞。「不列顛之王！敝人我勇挫薩克遜人！統治全英國！」

我的分數又增加五百分，而且有則訊息通知我，因為我腔調純正，有抑揚有頓挫，所以獲得額外分數。我感覺自己放鬆下來，發現我已經陶醉其中。

「別騙我！」士兵說。

「我句句屬實。」我繼續，「這位是我可靠的僕人派西。我們騎馬千里迢迢來此尋找願意加入我卡美洛宮廷的騎士。我要跟你們的主子說話！」

又多了五百分。我聽見朋友開心地咯咯笑，還拍手鼓掌。

「什麼？」另一名士兵說：「騎在馬上？」

「對。」我說。一百分。

「你們用的是椰子！」

「什麼？」我說。又一百分。

「你們用椰子殼敲出聲音！」

「那又怎樣？反正打從冬雪覆蓋大地以來，我們就騎馬穿越了莫西亞王國，越過……」又五百分。

「你們是打哪拿到椰子的？」

就這樣繼續下去。我所飾演的角色每一幕都不同，誰的臺詞最多我就變成誰。不可思議，我只搞砸六、七句臺詞。每次我結巴，只要聳聳肩，伸出手，掌心朝上——這代表我需要幫忙——艾區、雅蒂米思和小刀就會興沖沖地把正確的臺詞告訴我。其餘時間他們就靜靜地看著，除了偶爾咯咯笑或爆笑。對我來說，唯一困難的地方在於要忍著不能笑，尤其在炭疽城堡那一幕，雅蒂米思開始以唯妙唯肖的腔調說出女演員卡蘿．克利弗蘭（Carol Cleveland）的所有臺詞時。我忍不住爆笑了幾次，被扣了一些分數，除此之外我演得很順利。

演電影可不簡單——很耗費精力的。

演到一半，大約是我遇到倪騎士之後，我打開顯示器上的文字視窗，輸入這幾個字：六數人狀況如何？

「十五個還在打『暴風射擊』。」我聽見艾區回答，「有三個超越哈勒代的最高分，現在已進入《聖杯傳奇》的模擬情境中。」短暫停頓。「他們的領導人——我們猜想就是索倫托——只落後你九分鐘。」

「而且到目前為止，他沒說錯一句臺詞。」小刀補上一句。

我差點大聲咒罵出來，趕緊克制，在顯示器上打出：可惡！

「是啊。」雅蒂米思說。

我深吸一口氣，把注意力放回下一幕（蘭斯洛特騎士傳說）。艾區繼續在我詢問時告訴我六數人的最新狀況。

演到最後一幕（襲擊法蘭西城堡）時，我愈來愈緊張，不曉得接下來會發生什麼事。第一道門要我重演電影《戰爭遊戲》，第二道門裡的挑戰是電玩遊戲「黑虎」，而到目前為止，第三道門已包含兩者。我知道一定會有第三階段，但我實在不曉得那會是什麼。

幾分鐘後，答案揭曉。演完《聖杯傳奇》最後一幕，我的顯示器變黑，這時電影結尾的風琴蠢音樂響了幾分鐘。音樂停止後，我的顯示器出現這些字：

恭喜！

你成功演到最後一幕！

準備挑戰單人遊戲！

接著，字體慢慢褪去，我發現自己站在鑲嵌著橡木板的房間，這個房間大如倉庫，有圓拱狀的挑高天花板和光可鑑人的硬木地板。房間無窗，只有一個出口——巨大的門就在其中一面光禿禿的牆壁上。這間豪華房間的正中央，有一個年代較久遠的高級「綠洲」情境體驗設備。在這個設備的四周有上百張玻璃桌，圍成橢圓狀。每張桌子上都有一臺經典款的家用電腦或電玩系統，款款不同，而且旁邊有階梯式的架子，這些架子顯然是要用來放置周邊設備、控制器、軟體和遊戲。這些東西擺設得很完美，彷彿博物館的展示品。我環視一圈，視線從一臺移動到另一臺，發現這些電腦似乎大略依照出產的年代排列而成。一臺PDP-1電腦、一臺Altair 8800電腦、一臺IMSAI 8080電腦、一臺蘋果第一代電腦，旁邊是蘋果第二代。一臺雅達利2600電玩主機，一臺Commodore PET電腦，一臺Intellivision電玩主機、幾臺不同型號的TRS-80電腦。雅達利400和雅達利800各一臺。一臺ColecoVision電玩主機，一臺TI-99/4電腦，一臺Sinclair ZX80電腦，一臺Commodore 64電腦，還有幾臺不同的任天堂和Sega電玩主機。一整個系列的麥金塔電腦和個人電腦、PlayStations遊戲機，以及Xbox遊戲機。位在這圈電腦和電玩主機最後方的是「綠洲」的主機系統——連接到房間中央的情境體驗設備。

我知道我正站在詹姆士·哈勒代辦公室的複製物當中。他人生的最後十五年，多半就是在他豪宅的這個房間裡度過。他在這裡寫出最後一個最偉大的遊戲，也就是我正在玩的這一個。

我從未見過這個房間的照片，但哈勒代死後被雇去整理他家的搬運工曾鉅細靡遺地描述裡頭的擺設布置和物品。

我低頭看我的分身，發現我不再是蒙地蟒蛇騎士。我又成了帕西法爾。

首先，我做了最顯而易見的事，就是試著推開門。但門怎樣都不動。

我轉身，仔細地環視房間，瀏覽哈勒代這一長串的豐功偉業以及電腦和電玩遊戲的歷史。

這時，我驀然發現，它們所排列的橢圓環狀正是蛋的輪廓。

我在腦海裡背誦哈勒代第一首謎語詩，就是在「安納瑞克英雄帖」裡的那一首：

三把隱藏之鑰開啟三道祕密之門
探險漂泊者將在門裡受試煉
測試是否具有某種特質
有能力熬過難關者
將抵終點
抱得獎賞歸

我抵達最後一關了，就是這兒了。哈勒代的程式彩蛋一定藏在這個房間某處。

38

「你們看見了嗎？」我壓低聲音說。

沒回應。

「哈囉？艾區？雅蒂米思？小刀？你們還在嗎？」

依舊沒回應。要不是歐格切斷了他們跟我的通話，就是哈勒代把這道門的最後一個階段設計成無法與外界溝通。我很確定應該是後者。

我沉默地佇立原地幾分鐘，不曉得該怎麼做。然後我遵從直覺，走到雅達利2600。它跟一臺一九七七年的Zenith彩色電視機連在一起。我打開電視，什麼都沒發生。接著我啟動雅達利。還是沒反應。完全沒電，即使電視和雅達利的插頭都插在地上的電源插座裡。

我試試旁邊那臺蘋果第二代，一樣開不了機。

實驗了幾分鐘後，我發現唯一能啟動的是年代最古老的IMSAI 8080電腦，這臺跟馬修．鮑德瑞克在《戰爭遊戲》裡所使用的電腦是同一款。

我啟動後，螢幕完全漆黑，只有兩個字：

登入：

我打下「安納瑞克」，然後按輸入鍵。

身分無法辨識——連線中斷

電腦自己關機，我得重新開機才又會出現登入的畫面。

我試了「哈勒代」。沒動靜。

在《戰爭遊戲》裡，要登入那臺名為「作戰行動計畫應變」的超級電腦的密碼是「約書亞」。這臺電腦的發明人弗肯老師利用兒子的名字當密碼，因為他是他在世上最愛的人。

我打入「歐格」。沒用，「歐格頓」也沒效。

接著打入「綺拉」，按下輸入鍵。

身分無法辨識——連線中斷

我試了哈勒代父母的名字，還試了他養的寵物魚的名字「查弗德」。接著試「堤柏瑞斯」，這是他養的白鼬的名字。

全都行不通。

我看看時間，我已經在這個房間待了十多分鐘。這代表索倫托已經趕上我。所以，他現在一定也在他的那個房間內，或許還有一群專門研究哈勒代的學者在他耳邊提供建議，而這都拜他那套可以駭入系統的情境體驗設備所賜。他們大概列出了可能是密碼的所有清單，而索倫托正盡全力從可能性最高的開始輸入。

我沒時間了。

我沮喪地咬著牙，實在不曉得接下來該試什麼字。

接著，我想起歐格頓·莫洛的自傳裡的一段文字：「異性通常會讓詹姆士手足無措，綺拉是我見過他唯一能輕鬆交談的女孩。不過即使如此，這情況也只發生在我們玩『龍與地下城』遊戲時。在遊戲裡，他成了安納瑞克，而綺拉就成了露克西雅。」

我再次啟動電腦，當「登入」的畫面再次出現，我打下「露克西雅」，接著按下輸入鍵。

房間裡的每臺主機瞬間都自行啟動。硬碟轉動的聲音、主機測試的嗶嗶聲，以及其他功能啟動的聲響反射在圓拱天花板上。

我奔回雅達利2600，在電腦旁那個大架子上尋找。我在架上那一排排依照字母順序排列的遊戲卡匣中找到我要的：「冒險」。我將它放入雅達利2600裡，啟動主機，按下「重設」鍵，開始進行遊戲。

我只花了幾分鐘就抵達祕密房間。

我抓著劍，把三條龍全都宰掉，然後找到黑色鑰匙，用它打開黑城堡的門，冒險進入裡頭的迷宮。灰點果然藏在它應該藏匿的地方。我拾起它，帶著它穿越小小的八位元王國，然後利用它來穿越魔法障礙物，進入祕密房間。不過，這個祕密房間跟原始的雅達利遊戲不一樣，裡頭沒有「冒險」遊戲的原創設計者華倫·羅賓奈特的名字。螢幕正中央，有個大大的白色橢圓形物體，物體邊緣呈現像素點的鋸齒狀。是一顆蛋。

就是那顆蛋。

我震驚地望著電視螢幕好一會兒，片刻後才把雅達利的操縱桿往右拉，將我的正方形分身移到閃爍螢幕的另一邊。我放下灰點，拿起這顆蛋時，電視的單音擴音器發出簡短的嗶聲。這時一陣刺眼的亮光出現，我發現我的分身不再握著操縱桿。現在，我的掌心捧著一顆巨大的銀蛋。在銀亮的弧形蛋殼上，有我分身的變形倒影。

終於，我不再繼續盯著它看，轉而抬起頭，看見房間另一側的對門已經被出口所取代——這個出口是邊緣鑲著水晶的通道口，可以通往安納瑞克城堡的大廳。這個城堡顯然完全復原了，即使「綠洲」的伺服器還要好幾個小時才會重新設定。

我環視哈勒代的辦公室最後一眼，雙手緊握著那顆蛋，走到房間另一頭，穿越那個出口。

我穿越後，轉身正好看見水晶門變成城堡牆上的一道大木門。

我打開木門，看到一道螺旋樓梯通往安納瑞克城堡最高塔樓的上方。我在塔樓上發現安納瑞克的書房。房裡有著一排排高聳的書架，架上擺滿古籍書卷和蒙塵的咒語書。

我走到窗邊，眺望城堡四周令人屏息的景致。這裡不再荒蕪光禿，之前超爆彈所造成的傷害已經不再，現在整個「雀索尼亞」都跟著城堡一起復原了。

我環視屋內。那幅熟悉的黑龍圖畫正下方，有個裝飾華麗的水晶臺，臺子上放了金色高腳杯，杯子外層鑲飾著碎鑽。酒杯的直徑恰好符合我手中的銀蛋。

我將蛋放在高腳杯上，尺寸恰恰好。

接著，我聽見遠方傳來響亮的號角聲，蛋開始發光。

「你贏了。」我聽見有個聲音說。一轉身，我看見安納瑞克站在我正後方。他那席黑曜石般黑亮的長袍似乎吸納了房裡的多數陽光。「恭喜。」他說，伸出纖長手指。

我躊躇，納悶這會不會又是一個小把戲。或者是最後一個測試……

「遊戲結束了。」安納瑞克說，彷彿讀到我的心思。「現在是你領獎的時候。」

我低頭看著他伸長的手，遲疑了片刻後，我終於握住他的手。

我們之間出現一道道藍色閃電，這些如蜘蛛網般密密麻麻的叉型閃電籠罩我們兩個，彷彿他分身的巨大力量正流到我的分身上。閃電褪去，我看見安納瑞克不再穿著黑色的巫師袍。事實上，他看起來一點都不像安納瑞克，反而變得更矮、更瘦，沒那麼帥。現在的他看起來就像中年時的詹姆士·哈勒代，臉色蒼白，穿著破舊的牛仔褲和電玩遊戲「太空入侵者」的褪色復古T恤。

我低頭看看自己的分身，發現我穿著安納瑞克的長袍。接著我發現我顯示器邊緣的圖示和訊息已經改變。我的各種統計數值都達到最高分，而且顯示器上還不停捲動著一連串清單，清單上列出我現在具有的魔力、本質威力，以及各種寶物。

我的分身級數和生命值圖示的前方，都出現了無限值的符號。

而且我的帳戶數字也出現了十二位數。我成了千億富翁。

「我現在把『綠洲』交給你，帕西法爾。」哈勒代說：「你的分身永遠不死，威力無邊。不管想要什麼，你只要期待就能擁有。很棒吧？」他傾身靠向我，壓低聲音說：「不過幫我一個忙，好嗎？只把你的威力用在好的地方，好不好？」

「好。」我說，聲量甚至比不上悄悄話。

哈勒代微笑，然後朝我們四周比畫了一下，說：「現在，這是你專屬的城堡，我把程式設定成只有你的分身可以進入，這樣做的目的是要確保只有你一個人可以來這裡。」他走到倚牆的書架前，抽出一冊書籍。我聽見喀啦一聲，書架往旁邊滑開，露出牆上的一塊正方形鐵板。板子中間是一個大得可笑的紅色按鍵，上面只寫了一個字，「關」。

「我把這稱為大紅鍵。」哈勒代說：「如果你按下它，它會立刻關掉整個『綠洲』，並放出破壞程式來刪除儲存在『群聚擬仿』伺服器裡的一切資料，包括『綠洲』的原始碼。到時『綠洲』會被永遠關閉。」他嘻嘻笑，說：「所以，別隨便按下它，除非你很確定這麼做才正確，好嗎？」他對我露出奇怪的笑容，「我相信你的判斷。」

哈勒代將書架滑回原位，再次藏起大紅鍵。接著，他忽然伸手摟著我的肩，嚇了我一跳。「聽著，」他說，口氣神祕兮兮的，「我離開之前必須告訴你一件事。我之前一直都沒想通這件事，想通時為時已晚。」他領我到窗邊，指著城堡外頭的綿延景致。「我創造『綠洲』是因為我在真實世界裡格格不入。我不曉得怎麼跟真實世界裡的人相處。我害怕，終其一生都怕，直到我發現我已走到人生盡頭。那時，我才了解，只有在真實世界裡，你才能找到真正的幸福，而這種了悟跟真實人生一樣嚇人又痛苦。真實世界才是真實的。你懂嗎？」

「懂，」我說：「我想我懂。」

「很好。」他說，對我眨眨眼。「別犯下跟我一樣的錯。別永遠躲在這裡。」

他微笑，往後退離幾步。「好，我想，這句話就足以道盡一切。我該閃人了。」

哈勒代微笑著跟我揮手道別，他的分身慢慢消失。

「祝好運，帕西法爾。還有，謝謝你，感謝你來玩我的遊戲。」

說完後，他整個人消失無影。

★

「你們大家在嗎？」幾分鐘後我對著空氣說。

「在！」艾區興奮答道，「你聽得到我們說話嗎？」

「可以，現在聽得到，剛剛發生什麼事？」

「你一進入哈勒代的辦公室，我們的語音連線就被切斷了。」

「不過幸好你不需要我們幫忙。」小刀說：「幹得好呀，老兄。」

「恭喜，韋德。」我聽見雅蒂米思說，我也聽出她是真心恭喜我。

「謝謝。如果沒有你們大家，我一定無法辦到。」

「你說的對。」雅蒂米思說：「待會兒跟媒體說話時記得提到這一點啊。歐格說，有好幾百名記者正要趕來這裡。」

我回頭瞥向藏著「大紅鍵」的那排書架。「你們大家聽到了哈勒代在消失前跟我說的那些話嗎？」我問。

「沒有。」雅蒂米思說：「我們只聽見他告訴你，『只把你的威力用在好的地方』。接著你的影像就被切斷。之後發生了什麼事？」

「沒什麼。晚點兒再告訴你們。」

「老兄，」艾區說：「你得瞧瞧計分板。」

我打開視窗，拉出計分板。最高分的清單已消失。現在，哈勒代的網站上只有我分身的影像：穿著安納瑞克的長袍，手中捧著銀蛋。旁邊有一行字：**帕西法爾贏了！**

「六數人呢？」我問：「仍在第三道門裡的那些六數人呢？」

「不曉得。」艾區說：「計分板一產生變化，他們的影像就消失了。」

「或許他們的分身死了，」小刀說：「或者……」

「或許被轟出門外了。」我說。

我拉開「雀索尼亞」的地圖，發現我只要在地圖上挑選我想去的地方，就能心電移動到「綠洲」的任何角落。我放大安納瑞克城堡，點入城堡的大門外，一眨眼，我的分身就站在那裡。

果然如我所料，當我闖過第三道門，那十八個仍在門內的六數人分身就立刻被轟出門，丟在城堡前方。他們站在那裡，茫然地看我穿著一身華服出現在他們面前。

他們沉默地望著我幾秒鐘，然後拔出槍和劍，準備攻擊我。他們看起來全都一個模樣，我實在分辨不出哪個分身是由索倫托控制，不過在這關頭，我也不在乎了。

我利用分身所具有的新超級權限，手大力一揮，在我的顯示器上挑選每一個六數人分身，他們的輪廓立刻變紅。接著我點入工具列裡的頭顱和兩根交叉骨頭的圖示，這十八個六數人的分身立刻死翹翹。他們的身體慢慢消失，留下一小堆武器和掠奪品。

「哇賽！」我聽見小刀透過無線電驚呼，「你是怎麼辦到的？」

「你聽見哈勒代的話了，」艾區說：「他的分身永遠不死，而且威力無邊。」

「對，」我說：「他不是說著玩的。」

「哈勒代也說你想要什麼就能心想事成。」艾區說：「那你第一個願望是什麼？」

我想了一下，然後點入顯示器邊緣的「指令」圖示。「我希望艾區、雅蒂米思和小刀能復活。」

一個對話視窗跳出來，要我確認他們分身的名字是否無誤。我確認之後，系統問我，除了讓他們的分身復活外，是否要復原他們失去的物品。我點入「是」的圖示。接著，我的顯示器邊緣出現一則訊息：**復活完成。分身復原。**

「各位，」我說：「你們重新登入帳號吧。」

「我們正在登入。」艾區大聲說。

幾秒鐘後，小刀登入帳號，他的分身出現在我前方不遠處，也就是幾小時前他被殺死的地方。他跑向我，咧出大笑臉，說：「阿哩嘎多，帕西法爾桑。」還對我深深一鞠躬。

我鞠躬回禮，然後伸手擁抱他。「歡迎回來。」一會兒後艾區也出現在城堡門口，他跑向我們。

「跟新的一樣棒。」他說，低頭看著他復原的分身，咧嘴而笑。「謝謝你，Z。」

「免禮啦。」我回頭望向城堡大門。「雅蒂米思呢？她應該也跟著你一起出現的。」

「她不想進來。」艾區說：「她說她要在外面透透氣。」

「你看見她了？那她……」我尋找合適的字眼。「那她長得什麼樣？」

他們兩人笑著看我，然後艾區一手搭在我肩上。「她說，她在外頭等你，你準備好之後就可以隨時去找她。」

我點點頭，正準備點入「登出」圖示，就見艾區舉起她的——他的——手。「等等！你登出之前，得先看看這個。」他說，在我面前打開一個視窗。「現在播放的是所有新聞媒體正在報導的東西。聯邦探員剛剛把索倫托帶去偵訊。他們衝入『創線企』總部，將他從觸覺椅上拽下來！」

視窗開始播放一段影片。手持的攝影機拍攝到一隊聯邦探員壓著索倫托走過「創線企」總部的大廳。他依舊穿著觸覺服，旁邊有個穿西裝的灰髮男子亦步亦趨，我猜他是索倫托的律師。索倫托一臉惱怒，不見驚惶，彷彿這只造成他一些不便。畫面底下的字幕寫著：「創線企」高階主管索倫托因涉嫌謀殺被捕。

「新聞媒體整天都在播放你和索倫托在聊連視訊上的影片。」艾區說著將新聞影片暫停，「尤其是他威脅要殺掉你，炸掉你姨媽拖車屋的那一幕。」

艾區按下「播放」鍵，新聞影片繼續，聯邦探員壓著索倫托走過大廳，裡頭擠滿新聞記者，他們爭相推擠，搶著大聲發問。拍攝這段影片的記者往前衝，將攝影機塞到索倫托面前。「是你個人下令要殺死韋德．瓦茲的嗎？」記者提高嗓門問：「你發現輸掉尋寶競賽的感覺如何？」

索倫托微笑，不發一語。接著他的律師跨到鏡頭面前，對記者說：「對我的當事人的這些指控荒謬可笑，媒體反覆播放的這段影片顯然是造假的。此刻我們不想做任何評論。」

索倫托點點頭，繼續微笑，跟著媒體走出總部大樓。

「這混帳搞不好能逍遙法外。」我說：「『創線企』請得起全世界最好的律師。」

「對，他們可以。」艾區說，露出他柴郡貓式的笑臉，「不過現在我們也可以啊。」

39

我步出情境體驗房，歐格已經站在外頭等我。「幹得好呀，韋德！」他給我一個大擁抱。

「謝謝你，歐格。」我還頭暈目眩，站都站不穩。

「你還沒登出時，『群聚擬仿』已經來了幾位高層主管。詹姆士的所有律師也來了。他們在樓上等你。你應該可以想見，他們急著跟你說話。」

「我現在就得和他們談嗎？」

「不，當然不一定！」他笑著說，「他們現在都替你工作，記得嗎？你想讓那些傢伙等多久就多久！」他往前傾身，「我的律師也在樓上，他是個好人，也是真正的鬥牛犬。他不會讓任何人欺負你的。」

「謝謝，歐格，我欠你一份人情。」

「胡說八道！我才要謝謝你呢。我已經幾十年沒這麼快樂過！你做得很棒，孩子。」

我躊躇地左右張望。艾區和小刀仍在他們的情境體驗室，舉行即時的網路記者會。不過雅蒂米思的體驗室是空的。我再次轉向歐格。

「你知道雅蒂米思去哪裡了嗎？」

歐格對我咧嘴一笑，指著樓上。「你上樓後就從看到的第一道門走出去。她告訴我她要在我的樹籬迷宮正中央等你。」他微笑，繼續說道：「這迷宮不複雜，你很快就能找到她。」

我走出去，瞇起眼睛適應光線。空氣溫煦，太陽高掛天空。萬里無雲。

真是美麗的天氣啊。

樹籬迷宮在宅邸後方，占地好幾英畝。入口設計得跟城堡正面一樣。我從開放的入口進入迷宮。構成迷宮的濃密樹籬大約三公尺高，讓人很難從上方偷窺，即使站在散置迷宮四處的長椅上。

我進去後有幾分鐘茫然地繞著圈子，最後發現這座迷宮的設計就跟「冒險」電玩遊戲裡那座迷宮一樣。

恍然大悟後，我花了幾分鐘找到迷宮中央的大空地。那兒有個大噴泉，還有三座刻工精細的雕像。雕像雕的是「冒險」遊戲裡那三隻長得像鴨子的龍。每一隻龍嘴裡吐出潺潺流水，而非噴出火焰。

接著，我看見她了。

她坐在一張石凳上，凝視著噴泉。她背對我，略微低頭。烏黑長髮披在右肩，我看見她的雙手相互搓揉。

我害怕，不敢靠近。最後終於鼓起勇氣開口。「哈囉。」

她聞聲抬起頭，但沒轉過身。

「哈囉。」我聽見她回應我。這是她的聲音，雅蒂米思的聲音。我聽了數百小時的聲音。這聲音讓我有勇氣往前跨出去。

我繞過噴泉，站在她正前方。她聽見我靠近，別過頭，轉移視線不看我。

但我可以看見她。

她看起來就跟我見過的那張照片一樣。同樣豐腴的身軀，同樣有雀斑的白皙肌膚。同樣淡褐色的眼眸和烏黑秀髮。同樣美麗的圓臉蛋，同樣的深紅胎記。但跟照片不一樣的是，她沒有用頭髮來遮掩胎記。現在，她將頭髮往後捋，好讓我看見她的胎記。

我沉默地等待，但她就是不抬頭看我。

「妳看起來就跟我想像的一樣，一樣美。」

「真的嗎？」她輕聲說，緩緩地轉身面向我，緩緩地看向我，從我的腳一路慢慢往上看到我的臉。我們終於四目相接，她緊張地對我微笑。「嗯，你知道嗎？你也跟我想像的一樣。一樣醜不啦嘰。」

我們兩人哈哈笑，緊張的氣氛幾乎不見了。然後，我們凝視彼此的眼睛，好久好久。我知道，這也是我們第一次面對面相望。

「我們還沒正式自我介紹。我是莎蔓莎。」

「嗨，莎蔓莎，我是韋德。」

「很高興終於見到你本人，韋德。」

她拍拍旁邊的石凳，我坐下。

沉默良久後，她終於開口：「那，現在呢？」

我微笑。「我們要利用剛剛贏到的錢，讓這個星球上的所有人都有食物吃，我們要讓這世界變成一個更美好的地方，對吧？」

她咧嘴一笑，說：「你不是要建造一艘巨大的星際太空船，放入所有的電玩遊戲、垃圾食物，以及舒適的沙發，然後滾離這裡嗎？」

「我也打算這麼做，如果下半輩子能跟妳一起度過的話。」

她對我羞赧一笑，「再說吧，我們才剛認識，你知道的。」

「我已經愛上妳了。」

她的下唇顫抖，「你確定嗎？」

「我確定。因為這種感覺很真實。」

她對我微笑，但我也發現她正在哭。「對不起，我從你的生活裡突然消失。我只是……」

「沒關係。我現在了解妳為何要這麼做了。」

她的神色輕鬆起來。「你懂？」

我點點頭，「妳做得很對。」

「你這麼認為？」

「我們贏了，不是嗎？」

她又對我微笑，我也回以笑臉。

「聽著，我們可以依照妳的意思慢慢來。我這個人很不錯的，如果你了解我的話。我發誓。」

她噗哧一笑，抹去淚水，但沒說什麼。

「我提過我現在超有錢嗎？當然啦，妳也很有錢，所以我想這不是自我推銷的好賣點。」

「你不必跟我推銷任何東西，韋德。你是我最好的朋友，我最喜歡的人。」我看得出來，她費了一些勁才有勇氣凝視我的眼睛，「我真的很想你，你知道嗎？」

我的心像火在燒，好一會兒才提得起勇氣伸手握住她的手。我們就這麼手牽手，靜靜地坐了片刻，沉浸在兩人真實碰觸的全新感覺中。

一會兒後，她傾身過來吻我。那感覺果然跟所有歌曲和詩裡描寫的一樣。美妙極了。

就我記憶所及，這是許久以來我第一次完全不想回到「綠洲」裡。

謝詞

有好多人要感謝，他們在這本書的初稿階段提供無價的回饋和鼓勵。衷心感謝Eric Cline、Susan Somers-Willett、Chris Beaver、Harry Knowles、Amber Bird、Ingrid Richter、Sara Sutterfield Winn、Jeff Knight、Hilary Thomas、Anne Miano、Tonie Knight、Nichole Cook、Cristin O'Keefe Aptowicz、Jay Smith、Andy Howell，以及Chris Fry。

我也欠Yfat Reiss Gendell一份恩情，她是既知宇宙裡最酷的經紀人。在我認識她幾個月後，她就讓我畢生的好幾個夢想成真。感謝Stéphanie Abou、Hannah Brown Gordon、Cecilia Campbell-Westlind、以及版權代理經紀公司Foundry Literary and Media裡每個超棒的人。

我要大大感謝了不起的Dan Farah，他身兼我的好友、經理，以及我在好萊塢的共犯。此外，要感謝華納兄弟公司（Warner Bros）的Donald De Line、Andrew Haas、Jesse Ehrman，他們相信這本書能改編成一部很棒的電影。

感謝Crown出版社才華洋溢、全心支持我的團隊，包括Patty Berg、Sarah Breivogel、Jacob Bronstein、David Drake、Jill Flaxman、Wade Lucas、Jacqui Lebow、Rachelle Mandik、Maya Mavjee、Seth Morris、Michael Palgon、Tina Pohlman、Annsley Rosner，以及Molly Stern。還有我的夢幻文字編輯Deanna Hoak，是她找到了「冒險」電玩遊戲裡的祕密房間。

特別感謝我那傑出優秀的編輯**Julian Pavia**，遠在我寫完這本書之前他就相信我有能力當作家。他的聰明、洞識和縝密細心的專注力，幫助我讓這本一直想完成的書具體變成《一級玩家》，而且是他讓我在這過程中變成更好的作家。

最後，我要感謝這個故事裡所提及的作家、導演、演員、藝術家、音樂家、星球設計師、電玩設計師，以及每個技客，我要利用這本書向他們致敬。這些人帶給我娛樂，也深深啟發了我。我希望這本書就跟哈勒代的尋寶競賽一樣，能啟發其他人去找出屬於他們的創作。

Hit

暢／小說

030

一級玩家

• 原著書名：Ready Player One • 作者：恩斯特．克萊恩（Ernest Cline）• 翻譯：郭寶蓮 • 書封設計：莊謹銘 • 主編：徐凡 • 責任編輯：祁怡瑋（初版）、徐凡（二版）、李培瑜（四版）• 國際版權：吳玲緯、楊靜 • 行銷：闕志勳、吳宇軒、余一霞 • 業務：李再星、李振東、陳美燕 • 總編輯：巫維珍 • 編輯總監：劉麗真 • 出版社：麥田出版／城邦文化事業股份有限公司／115台北市南港區昆陽街16號4樓／電話：(02) 25000888／傳真：(02) 25001951、發行：英屬蓋曼群島商家庭傳媒股份有限公司城邦分公司／115台北市南港區昆陽街16號8樓／書虫客戶服務專線：(02) 25007718 ; 25007719／24小時傳真服務：(02) 25001990 ; 25001991／讀者服務信箱：service@readingclub.com.tw／劃撥帳號：19863813／戶名：書虫股份有限公司 • 香港發行所：城邦（香港）出版集團有限公司／香港九龍土瓜灣土瓜灣道86號順聯工業大廈6樓A室／電話：(852) 25086231／傳真：(852) 25789337／E-mail：hkcite@biznetvigator.com • 馬新發行所／城邦（馬新）出版集團【Cite(M) Sdn. Bhd. (458372U)】／41, Jalan Radin Anum, Bandar Baru Seri Petaling, 57000 Kuala Lumpur, Malaysia.／電話：+603-9056-3833／傳真：+603-9057-6622／E-mail：services@cite.my • 印刷：前進彩藝有限公司 • 2012年5月初版 • 2016年11月二版 • 2018年2月三版 • 2022年1月四版 • 2024年4月四版七刷 • 定價420元

家圖書館出版品預行編目資料

一級玩家／恩斯特．克萊恩（Ernest Cline）著；郭寶蓮譯. -- 四版. -- 臺北市：麥田，城邦文化出版：家庭傳媒城邦分公司發行，2022.01
面；　公分. --（Hit暢小說；30）
譯自：Ready Player One
ISBN 978-626-310-140-1（平裝）

874.57　　110018391

This is a work of fiction. Names, characters, places, and incidents either are the product of the authors imagination or are used fictitiously. Any resemblance to actual persons, living or dead, events, or locales is entirely coincidental.

Originally published in the United States by Ballantine Books, an imprint of Random House, a division of Penguin Random House LLC, New York.